Sauermilch
und Pulverdampf

. . . als die Kunst noch schlief

Erinnerungen
des Malers Josef Doerr

Die Deutsche Bibliothek – CIP-Einheitsaufnahme

Doerr, Josef:
Sauermilch und Pulverdampf : . . . als die Kunst noch schlief ;
Erinnerungen des Malers Josef Doerr. – Speyer : Pilger-Verl., 1999

ISBN 3-87637-065-5

Satz und Layout: Michael Doerr, Laer
Umschlaggestaltung: Johannes M. Doerr, Speyer
Druck und Verarbeitung: Progressdruck, Speyer

Die in Originalgröße abgebildeten Arbeiten von
Josef Doerr entstanden in den Jahren 1995 und 1998

1

Es dürfte ein Samstag gewesen sein, als ich geboren wurde. Im Kalender läßt es sich leicht nachrechnen, und in meinem Bewußtsein schwebte immer schon so ein Gefühl von getaner Arbeit und herannahender Ruhe. Ob ich gern oder mit Widerwillen das Licht der Welt erblickte, liegt im Schoß unergründlicher Philosophie begraben. Wenn ich mein Wesen betrachte und den Satz erwäge, daß das Tun in seiner Qualität dem Sein analog ist, so dürfte mein Auftritt auf unserer Narrenbühne Welt mit einigem Hin und Her und Wenn und Aber verbunden gewesen sein.

Doch die Liebe und Hoffnung meiner Eltern waren mit mir. Ich gedieh von Anfang an prächtig. Ich wuchs sozusagen in den Frühling hinein, in Blumen und Gras, in Morgentau und milde Abendsonne, in Vogelgezwitscher und drängendes Leben der Natur, denn mein Geburtstag war der zweite Mai.

Da es damals, im Jahr 1914, noch üblich war, daß man Kinder zu Hause bekam und nicht wie heutzutage in den gynäkologischen Werften der Krankenhäuser, trat ich dort auf den Plan, wo ich heute noch lebe und arbeite, nämlich in dem Haus Nummer 11 der Paulstraße der damals freien Reichsstadt Speyer, im Schatten des ehrwürdig alten Kaiserdomes.

Noch lag zum Zeitpunkt meiner Geburt die Welt im Zustand des Friedens, drei Monate später stürzte sie sich in den Strudel des Krieges.

Von unserem Haus aus hatte man damals einen freien Blick zur Josefskirche, ein Umstand, der symbolische Perspektiven meines Lebensweges andeutete. Doch getauft wurde ich wohl im hohen Dom, weil die Josefskirche kirchenrechtlich noch nicht funktionierte.

Der Krieg tobte also, doch mein kindliches Gemüt erreichte er zunächst noch nicht. Ich bekam keine Muttermilch, weil einfach keine vorhanden war, aber mit Kuhmilch und Haferschleim tat ich's auch. Darin war ich glücklicher als ein Bruder, der 1911 geboren wurde, aber nach einem halben Jahr uns wieder verließ, weil sein Anrecht auf die Mutterbrust ihm einfach nicht zugestanden werden konnte.

Mein Vater, der während des Krieges Dienst bei der Flak tat, hatte das seltene Glück, seinen Beitrag zur Vaterlandsverteidigung sozusagen unmittelbar vor der eigenen Haustür abzuleisten. Seine Flakkanone, der er als Unteroffizier Vorstand, befand sich 2 km südlich von Speyer.

Einige feindliche Flugzeuge drangen damals tatsächlich schon bis in den Speyerer Raum vor. Sie warfen Bomben. Ihr Ziel dürfte der Bahnhof gewesen sein. Es gab im ganzen zwei Bombentrichter, so wie ich es in Erinnerung habe. Sie waren verhältnismäßig tief, doch von geringem Durchmesser. Irgendwer nahm mich bei der Hand und zeigte mir die Dinger.

In der Flakstellung meines Vaters war ich oft. Ich bestaunte die Unterstände, die Kanonen und die Granaten, aufgestapelt auf Holzregalen an den Grabenwänden.

Manchmal marschierte ich von der Stellung mit den Soldaten bis nach Speyer in unsere Wohnung.

Die rauhen Kriegsleute hatten natürlich eine besondere Freude daran, mir zu zeigen, wie scharf sie ausschreiten konnten. Sie ließen mich hinterherhüpfen, und ich mußte alle Kraft zusammenreißen, um dem Haufen folgen zu können. Bald war ich am Ende meiner Kräfte, und so sehr ich mich anstrengte und die größten mir möglichen Schritte machte, ich trabte hinterher wie ein Dackel hinter einer Elefantenherde. Schließlich erbarmten sich die Soldaten meiner, nahmen mich bei der Hand und schleiften mich mit.

Sie hatten den unmilitärischen Auftrag, meiner Mutter eine Nachtigall auszuhändigen. Ich dachte an nichts anderes als an das lieblich schlagende Vöglein und war voll freudiger Erwartung. Meine Freude war so groß, daß dann auch die Enttäuschung mir besonders bitter ankam; denn die Nachtigall entpuppte sich hinterher als ein ganz ordinärer und hundsgewöhnlicher Nachttopf. Mir wollte nicht in den Kopf, daß Nachtigall nicht gleich Nachtigall war.

Ich wollte auch nicht begreifen, wenn man mich nachts aus dem Schlaf riß, hastig ankleidete und wir dann alle schnell im Keller verschwanden, nur deshalb, weil über uns ein paar Flugzeuge unschuldig dahinbrummten. Mir kam das sehr komisch vor.

Zusammen mit uns lebte damals auch meine Großmutter. Sie war die Mutter meines Vaters. Ihr Mann starb, als sie 48 Jahre alt war. Das Leben schenkte ihr nicht viel. Die Frau hatte vier Kinder, und als sie Witwe wurde, stand ihr Ältester im 19. Lebensjahr, während mein Vater, der Jüngste, gerade angefangen hatte, die

Schule zu besuchen. Die wirtschaftlichen Verhältnisse der Familie scheinen nicht sehr gesegnet gewesen zu sein.

Mein Vater erinnerte sich an einige Fakten:

Infolge schlechter Witterung und weil es damals noch keine chemischen Mittel gab, um Pflanzenschädlinge zu bekämpfen, herrschte ohnehin in dem kleinen Weinort Gleisweiler, wo der Stamm der Doerre schon einige Generationen vor der Reformation machtvoll blühte, in manchen Jahren große Armut. Wenn im Herbst die Weinstöcke leer oder die Trauben verfault oder verdorrt am Stock hingen, gab«s nicht nur lange Gesichter, sondern auch sehr betrübliche Aussichten auf einen Winter mit Hunger und Not. Am Wein hing alles, denn die Äcker eigneten sich wohl nicht für eine andere Art der Feldbestellung.

Im Jahre 1888 hat man in der Familie meines Vaters den gesamten Traubenertrag des Jahres in einer einzigen Hotte nach Hause getragen. Da wurde Schmalhans Küchenmeister. Keines der Kinder wollte noch zum Bäcker gehen, weil man schon zu tief in der Kreide stand. Das Kindheitserlebnis der Armut blieb meinem Vater tief in der Seele sitzen. Er ist nie davon losgekommen, er hat sich nie von ihm freimachen können.

Manche waren geschickt genug, dem Elend in irgendeiner Weise auszuweichen. Mein Großvater hatte dazu denkbar gute Voraussetzungen. Er war gelernter Schlosser. Mehrmals hatte man ihm eine Stelle in einer naheliegenden Maschinenfabrik angeboten. Doch er ging lieber in seine Weinberge. Aber dort hatte er wenig Erfolg. Es scheint, daß er die Kunst des Rebenschneidens schlecht beherrschte. Wie kann aber ein Winzer auf einen guten Ertrag hoffen, wenn ihm das Auge fehlt, um zu erkennen, welches Holz trägt und welches zurückgeschnitten werden muß.

Wahrscheinlich war der Mann auch ein schlechter Menschenkenner, denn er machte mit den Viehhändlern miserable Geschäfte. Für diese kaufmännisch versierten Trickkünstler muß seine notorische Gutgläubigkeit ein gefundenes Fressen gewesen sein. Was er für gute und qualifizierte Milchkühe in Zahlung nahm, entpuppten sich als abgerackerte Schindluder.

Eines Tages erfuhr meine Großmutter beim Wasserholen am Brunnen durch den Dorfbüttel, daß das ganze Anwesen zur Zwangsversteigerung ausgeboten sei.

Es kam alles unter den Hammer. Bald darauf starb mein Großvater! Bei der Stallarbeit hatte er sich eine Starrkrampfinfektion zugezogen. Hoffentlich hat man ihn nicht lebendig begraben. Bei dieser tückischen Krankheit soll früher solches vorgekommen sein. Ich erinnere mich nicht, je sein Grab gesehen zu haben. Wahrscheinlich wurde es früh eingeebnet.

Nachdem die Großmutter Mann und Besitz verloren hatte, stand sie mit ihren vier Kindern fast mittellos da. Diese Frau hatte nicht die Art zu klagen, aber die Not muß groß gewesen sein.

Schicksale wie diese waren in jener Zeit nicht selten. Staatliche Fürsorge gab es nicht. Wer nicht arbeitete, mußte betteln gehen. Um betteln zu gehen, war jedoch die Tochter eines Pflasterermeisters aus Edesheim zu stolz. Sie verdingte sich bei anderen Winzern, und an Festtagen übernahm sie die Kocharbeit in sogenannten besseren Familien. Um ein paar Eier oder ein paar Pfund Obst preiswert zu verkaufen, scheute sie nicht den Fußweg zum Wochenmarkt nach Speyer. Die einfache Entfernung beträgt übrigens 30 km. Nach Art der damaligen Frauen trug sie ihre Lasten auf dem Kopf. Sicher schöpfte diese Frau ihre Kraft, ein so hartes Leben zu meistern, aus dem Urgrund ihrer religiösen Überzeugung.

In meiner Erinnerung erscheint mir die Großmutter als eine große, aufrechte Frau. Damals kannte ich ihr Geschick noch nicht, hatte auch noch keine Ahnung davon, daß Lebenswege auch Charakterwege sein können und auch, daß ein hart durchstandenes Leben dem Gemüt etwas Eisernes vermitteln kann.

Jedenfalls, wenn ich die Großmutter auch nicht fürchtete, geliebt habe ich sie nicht.

Mit ihrem harten, blauleinenen Halbschurz wischte sie mir öfter die Nase ab, als ich noch nicht intelligent genug war, ein Taschentuch zu benutzen. Doch diese Prozedur des Naseputzens suchte ich zu vermeiden und ging ihr aus dem Weg. Ich fürchtete, die Nase könnte bei der rauhen Behandlung Schaden leiden. Für Zärtlichkeiten scheint in dem verhärteten Herzen wenig Platz gewesen zu sein. Meine Mutter hatte es natürlich besonders schwer. Bei dieser Schwiegermutter spielte sie die Rolle eines besseren Dienstmädchens. Sie durfte weder kochen, noch sonst für leibliche Bedürfnisse meines Vaters sorgen. Man muß darin eine Art Bestrafung sehen, eine Vergeltung für das schwere Unrecht, daß da über Nacht ein Mädchen daherkam und ihr einfach den Sohn wegnahm.

Die Eifersucht dieser alten Frau auf ihre Schwiegertochter soll manchmal geradezu barbarische Formen angenommen haben. Im Kindbett gab's regelmäßig Hungerrationen.

Ich war vier Jahre alt, als diese Apollonia Doerr, geb. Stern, aus Edesheim im Herrn verschied. Die harten Züge hatte der Tod nicht gemildert.

Noch lange hing die schön mit Perlen verzierte Kopftrage an der Wand ihres Zimmers.

Eigentlich hätten wir dieses Stück behalten sollen, um es reliquiengleich zu verehren. Dieser kleine, mit Roßhaaren gepolsterte Ring trug mit an einem gewissen Aufstieg der Familie. Er half mit, daß mein Vater Lehrer werden konnte. Und zur damaligen Zeit hatte der Lehrer noch einen gesellschaftlichen Glanz, wie es ihn heute nicht mehr gibt.

2

Meine Mutter stammte aus dem nordpfälzischen Dorf Göllheim.

Die Könige Adolf von Nassau und Albrecht von Österreich hatten vor den Toren des Marktfleckens und vor vielen hundert Jahren die Schlacht geschlagen, die dann über Krone und Leben entschied.

Die reizvolle und freie Landschaft ist ganz durch den Donnersberg geprägt.

Zu Göllheim zog es mich immer hin, nach Gleisweiler kaum.

Übrigens scheint auch die Göllheimer Großmutter ihre unverwechselbaren und ausgeprägten Eigenschaften gehabt zu haben. Da sie bald nach meiner Geburt starb, verbinden sich mit ihr keine persönlichen Erlebnisse. Sie wurde mir als eine fleißige Frau geschildert. Ob ihr Fleiß als Tugend gelten konnte, oder ob es nur ein Teil der tieferen Einsicht war, daß man sich regen mußte, um zu Segen zu kommen, wer weiß dies. Die Güter, deren man zum Leben bedurfte, waren eben nur durch harte Arbeit zu gewinnen. Man arbeitete nicht nur, man sparte auch. Noch hatte man ja keine Geldentwertung erlebt. Besitz machte stolz und unabhängig. Er stärkte das Gefühl der eigenen Leistung. Nach Göllheim in das Haus des Philipp Maul kamen jedenfalls weder Gerichtsvollzieher, noch Zwangsversteigerungsbescheide. Anwesen und Äcker gingen erst eine Generation später verloren, als die Zeit sich und die Erben verändert hatte.

In Göllheim erlebte ich eine weitverzweigte Verwandtschaft. Die Beziehungen untereinander wurden lebhaft gepflegt.

Meine Großmutter stammte aus der Familie des Anton Foohs. Er lebte als Wagner in dem 3 km entfernten Kerzenheim. Das massive und stattliche Haus steht noch. Die Holzschnitzereien, die er in seiner Muße schuf, sind verschollen. Im allgemeinen dominiert in der Familie Foohs der nüchterne mathematische Sinn. Daß meine Großmutter hin und wieder ihre Gedanken in Verse faßte, entsprang vielleicht der gleichen Seitenlinie der Familienbegabung wie das Holzgeschnitzte meines Urgroßvaters. Das Rechnerische ist geradlinig leicht zu verfolgen: Der Bruder der Großmutter war Finanzrat, sein Sohn Vorstand des Finanzamtes in Speyer und dessen Sohn wieder stellvertretender Präsident des Bayerischen Rechnungshofes.

Meine Großmutter war nicht nur der aktivere Teil in ihrer Ehe, sie war auch einige Jahre älter als ihr Mann Philipp. Was getan und was gesagt werden mußte, das erledigte Großmutter Margarete.

So fleißig Philipp mit seinen großen, breiten und schweren Händen zugriff, so sehr ersparte er seiner Umgebung die Gabe seiner Rede. Noch schweigsamer sei sein Vater gewesen, der es während einer Woche nur zu einem einzigen Satz gebracht habe.

Leute, die wenig reden, haben oft nicht viel zu sagen, aber es gibt genug der Sorte, die ewig reden und fast nichts sagen.

Ich denke, mein Großvater hatte eine schwere Zunge, und sein Geist war vielleicht nicht lebhaft genug, sie zu bewegen. Schließlich arbeitete er als Handwerker fast ausschließlich mit seinen Händen und nicht mit der Zunge.

Wenn er in späteren Jahren in seinem Lehnsessel saß, den Krückstock zwischen den blauroten, dicken Fingern haltend, wirkte er wie ein Denkmal aus Stein. Manchmal zog er mich kleinen Knirps auf seine Knie, aber das liebte ich nicht, weil seine harten Knochen mich schon nach kurzer Zeit schmerzten.

Oft stand hinter seinem Sessel eine Flasche Likör, die man ihm zum Fest- oder Feiertag geschenkt hatte. Öfters griff auch ich zu dieser Flasche. So ein Bergamottelikör schien mir nicht nur für Großväter geschaffen zu sein.

Einem anderen Genuß gegenüber versagten meine jugendlichen Kräfte. Großvater liebte es, ab und zu eine Zigarre zu rauchen. Da mein Vater bis dahin absoluter Nichtraucher war, erschien es mir neu und bedeutend, wie ein Schornstein den Rauch nach allen Seiten hin zu verblasen. Ohne alle Schwierigkeit kam ich an die Zigarrenschachtel heran. Das Mittagessen war vorüber, das Geschirr gespült, abgetrocknet und wieder an seinen Platz geräumt, alle zogen sich etwas zur Ruhe zurück, jetzt konnte ich ungestört versuchen zu zeigen, welche männlichen Fähigkeiten in mir schlummerten. Ich zog mich in das kleine Zimmerchen neben der Küche zurück und zündete mir eine dieser dunkelbraunen Zigarren an. Likör schmeckte besser, das mußte ich mir schon sagen. Aber wer weiß, vielleicht kam der richtige Genuß dieser Sache erst am Ende der Übung. Wenn auch der Tabak auf der Zunge brannte und ein bittersauerer Geschmack im Munde sich bemerkbar machte, der blaue Rauch zog sich in gewaltigen Schwaden durch das Zimmer, wie Novembernebel hob und senkte sich der wabernde Dampf. Mit jedem Zug wuchs mein Stolz, zwar war ich erst acht Jahre alt, aber mir schien, ich könnte es schon so gut wie ein gestandener Mann. Nach einiger Zeit stieg so ein komisches Gefühl in mir auf. Ich mußte es schon einmal gespürt haben, beim Reitschulfahren während der Speyerer Messe. Da wurde mir auch so übel zumute. Jetzt lief mir der Speichel im Munde zusammen, der Kopf fing an zu brummen, im Magen ballte sich irgendetwas zusammen, die Gegenstände um mich herum fingen an zu tanzen, der Zigarrenrauch flatterte nicht mehr wie zuvor lustig durch die Gegend, sondern blieb undurchdringlich im Zimmer kleben, alle Freude an diesem neuen Abenteuer schmolz dahin. Auf einmal wußte ich ganz klar: Du hast geraucht, nun ist es dir sterbensübel geworden. An diesem Tag hatte es Dampfnudeln zu Mittag gegeben. Als es so weit war, streckte ich meinen Kopf weit zum Fenster hinaus. Die Prozedur blieb nicht lautlos, und bald war auch meine Mutter zur Stelle. Sie begriff sehr schnell den Grund meiner Übelkeit. Schläge gab's keine, man hielt wohl die ausgestandene Qual für eine adäquate Strafe.

Großvater lächelte wie so oft nachsichtig und milde. Er lächelte in genau der gleichen Weise, wie wenn mein Vater das Einmaleins abhörte, das ich damals nie beherrschte, weil ich es nur sehr widerwillig lernte. Dieses schwer zu deutende Lächeln paßte gut zu dem einzigen in Satzform vorgebrachten Gedanken zu der Nachkriegszeiten Weh und Not: "Wenn Handel und Wandel wieder gehen, bessern sich die Zeiten". Das sollte ein

Trost sein für die Jüngeren, ihm selbst hatten die Zeiten wohl nichts mehr zu bieten.

1915 starb ihm die Frau und als ich groß genug war, um so richtig seiner ansichtig zu werden, da ließen seine Körperkräfte schon stark nach. Sie waren verbraucht durch lebenslange harte Arbeit. Sein amtlicher Namenstitel hieß zwar Philipp Maul der Vierte, und so stand es auch auf den Briefumschlägen der Ämter. Die Göllheimer nannten ihn den Glaser Maul, zum Unterschied hieß sein Bruder Peter der Schreiner Maul, und Heinrich, der Jüngste der Dreien, war als Blechschmied Maul bekannt.

Die Werkstatt hatte ein breites helles Fenster, das zum Hof führte. Vor dem Fenster stand die Hobelbank. An den Wänden hingen einige Sägen, der Fußboden war dick übersät mit Hobelspänen. Unter der Hobelbank fand man dann die Werkzeuge, die jeden Jungen besonders interessieren: Stecheisen, Hobel und anderes. Von Maschinen, die die Arbeit erleichtern, wußte mein Großvater noch nichts. Er mußte jedes Stück Holz, das er zu seinen Fenstern verarbeitete, selber von Hand zurechtschneiden. Die fertigen Stücke nahm er auf seine breiten Schultern und trug sie zum Kunden. Bis nach Dreisen, Ottersheim und Standenbühl schleppte der Mann seine Fenster. Das waren Fußmärsche bis zu drei Stunden.

Nach saurer Wochenarbeit vereinte der Sonntagnachmittag die Familien der drei Brüder zum gemeinsamen Spaziergang. Vielleicht waren die drei Maule auch nicht ein Herz und eine Seele, aber sie standen zueinander. In der Rückerinnerung erscheinen mir diese Spaziergänge, an denen wir während der Ferien immer teilnahmen, als eine dörfliche Idylle, die nicht mehr wiederkehrt.

Nicht nur Handwerk und gemeinsamer Gang über das Feld knüpften die Bande der Verwandtschaft enger, mehr noch steuerte die Musik dazu bei. Jeder der drei Brüder spielte je ein Blas- und ein Streichinstrument. Großvater blies die Tuba und strich die Viola, Peter spielte Flöte und Geige und Heinrich eine Blas- Streichkombination, die ich vergessen habe. Beim Kirchweihtanz und auch weniger lauten Festen musizierte man gemeinsam zur Freude und auch, um einige Kreuzer dazuzuverdienen. Bis nach Schifferstadt sind die drei marschiert, um Kirchweihmusik zu machen. Wenn dann am Dienstag in der Frühe die letzten müden Tänzer das Lokal geräumt hatten, packten die drei Göllheimer Musikanten ihre sieben Sachen zusammen und traten unverdrossen den Heimmarsch an. Es waren immerhin 50 km zu bewältigen. Zu Hause hat man dann die Kleider gewechselt, kurz den Leib mit einem Imbiß gestärkt, dann ging es an die gewohnte Arbeit.

Harte Strapazen gehörten zu den alltäglichen Erscheinungen und Notwendigkeiten der Leute jener Zeit.

Mit der Handwerksarbeit war es nicht getan, da lagen vor den Toren Göllheims noch ein Dutzend Äcker, die bewirtschaftet werden wollten.

Zur Milchselbstversorgung hatte man Ziegen im Stalle.

Mit diesen Ziegen stand mein Vater auf dem Kriegsfuß. Er haßte den Geruch von Ziegenmilch und verschmähte natürlich auch ihren Genuß.

Als bei seinem ersten Besuch in Göllheim meine Großmutter die ihr unbegreifliche Aversion gegen Ziegenmilch bei ihrem Schwiegersohn in spe feststellte, sann sie auf Abhilfe. Zunächst ging sie sehr willfährig auf den Wunsch des jungen Mannes ein, ihn mit Ziegenmilch zu verschonen. Jeden Abend holte sie geräuschvoll das Milchkännchen aus dem Schrank und äußerte dabei laut, daß sie mal schnell zum Nachbar Worster hinüberspringe, um frische Kuhmilch zu holen. Nach kurzer Zeit erschien sie dann auch tatsächlich wieder mit dem vollen Milchtopf, und alles schien in bester Ordnung. Daß die Frau nur mal kurz im Ziegenstall ihre Kanne melkend gefüllt hatte, merkte niemand, am wenigsten der, den es am meisten anging. Alle lobten wohl die schmackhafte Milch von Nachbars Kühen, und niemand hatte den Einfall, daß da ein falsches Spiel getrieben wurde. Mein Vater scheint jahrelang Ziegenmilch für Kuhmilch getrunken zu haben. Als er auf den Schwindel kam, nahm er die Affäre nicht von der heiteren Seite.

3

Der junge Lehrer kam in Haus und Familie Maul durch meiner Mutter Bruder. Beide hatten sich als Kollegen in Ludwigshafen gegenseitig angefreundet.

Liebe kommt nicht auf Bestellung, auch nicht auf Wunsch Dritter, sondern eigensinnig und unergründbar aus der Tiefe des Herzens. Die beiden jungen Leute, die sich da so zufällig trafen, liebten sich jedenfalls sofort und innig und so unwiderstehlich, daß man gleich Verlobung feierte. Soweit ich darüber urteilen kann, wurde aus dieser Liebe auf den ersten Blick eine sehr glückliche und harmonische Ehe. Einmal nur habe ich eine kleine Verstimmung zwischen meinen Eltern bemerkt und das wegen einer Bagatellsache. An einem Fest wurde mir ein Spielzeug geschenkt. Damit mein kindlicher Zerstörungsdrang es nicht gleich ruinierte, sollte ich es nur quentchenweise benutzen dürfen. Das dachte und sagte mein Vater. Die Mutter war anderer Meinung. Es gab einen kurzen Wortwechsel. Die mütterliche Ansicht setzte sich durch.

Ansonsten konnte ich mir keine besseren Eheleute vorstellen. Ihr Verhältnis wurde durch gegenseitige Zuneigung, Rücksichtnahme und Zuvorkommenheit geprägt.

Meine Eltern kauften im Jahre 1908 das Haus in der Paulstraße. Obwohl meine Mutter die Hälfte des

Kaufpreises als Mitgift in die Ehe brachte, hatten sie an ihren Schulden zunächst hart zu zappeln; der Gehalt eines Volksschullehrers wuchs damals noch auf sehr dürrem Boden. Da mein Vater sehr gute Examina vorzeigen konnte, bot man ihm eine Stelle als Lehrer am Mädchenlyzeum in Speyer an. Auf diese Weise verbesserte er seine Stellung und auch bald seine finanziellen Einkünfte. In den dreißiger Jahren dürfte er einer der höchst bezahlten städtischen Beamten gewesen sein. Er war ein Mann, der seine Pflichten sehr genau nahm und sich seiner Berufsarbeit mit großem Fleiß widmete.

Hierin und auch was Charakter und Haltung betrafen, bestanden die stärksten Gegensätze zwischen ihm und seinem Schwager Joseph, dem Bruder meiner Mutter.

Neben anderen Eigenheiten besaß jener auch die Fähigkeit, Frauen zu bezaubern. Und er tat dies, wann immer es ihm reizvoll schien.

Der Hafen der Ehe schmeckte ihm jedoch nicht. Seine Mutter machte ihm deshalb oft Vorwürfe und prophezeite, daß er einmal sterben würde wie der alte Handrichel. Handrichel war der Schweinehirt des Dorfes. Er schlief mit seiner Schnapsflasche und dem Eber zusammen im Stall. Da die Großmutter auf ihrem Sterbebett ihrem Sohn Joseph das Versprechen abnahm, zu heiraten, tat er es dann auch schließlich. Die Ehe ging dann auch bald in die Brüche. Der Onkel starb hochbetagt, einsam und verlassen. Er litt Zeit seines Lebens an den Widersprüchen seiner Natur. Um sich selber zu entfliehen, wechselte er unaufhörlich Orte und Wohnungen. Nach seiner mißglückten Ehe wurde er zum Weiberfeind, und er suchte Trost und Vergessen im Alkohol. Wie schade, daß seine vielfältigen Gaben so wenig genutzt in ihm verrotteten. Mein Vater zitterte immer um sein Klavier, wenn Onkel Joseph in die Tasten griff. Niemals mehr habe ich jemanden leidenschaftlicher und mit solcher Vehemenz spielen sehen. Sein Profil, das an Liszt gemahnte, die schwarzen, langen Locken, das von musikalischem Ausdruckswillen durchglühte Gesicht, alles vermittelte den Eindruck eines genialen Musikers. Fleiß und Disziplin jedoch waren ihm zuwider, und so versackte seine Kunst in den Widerwärtigkeiten des Daseins. Sowohl als Lehrer, wie auch als geistreicher Unterhalter in Gesellschaften verfügte er über einmalige Fähigkeiten.

4

Als der 1. Weltkrieg zu Ende ging, war ich vier Jahre alt.

Tag und Nacht marschierten die geschlagenen Truppen durch Speyer, um sich über den Rhein abzusetzen. Dieses seltene Schauspiel ließ ich mir nicht entgehen. Stundenlang stand ich in der Schützenstraße und ließ die Kolonnen an mir vorbeidefilieren. Besonders interessierten mich die Gulaschkanonen, die dampfend über das Pflaster ratterten. Einmal hatten wir auch Einquartierung. Das Bild eines untersetzten Soldaten, der in unserem kleinen Zimmer neben der Küche hinterm Kanonenöfchen seine nassen Kleider trocknete und frische Fußlappen um seine verschwollenen Füße wickelte, blieb in der kindlichen Erinnerung haften.

Nach den Deutschen kamen die Franzosen. Ich haßte sie nicht, aber ich konnte sie auch nicht lieben. Auf ihren Münzen, die bald da und dort auftauchten, dokumentierten sie liberté, egalité und fraternité. Wir spürten nur Hochmut, Arroganz und Feindseligkeit.

Sie hatten schon einmal meiner Vaterstadt Speyer übel mitgespielt. Das Ergebnis ihrer damaligen mitleidlosen Härte liegt uns Speyerern heute noch vor Augen.

Wenn auch die französische Besatzung uns drückte und französische Soldaten schikanierten, wo sie konnten, wir haben trotzdem einen kleinen Nutzen daraus gezogen.

Wir litten nach dem Krieg großen Hunger und der Brotkorb hing höher denn je. Dazu war eine schreckliche Grippeepidemie getreten. Der Kummer und die Traurigkeit jener Jahre haben mein Gedächtnis nie verlassen. Außer mir lagen alle schwer fiebernd im Bett. Eine fremde Frau kam morgens und besorgte das Nötigste. So gut ich konnte, half ich, besorgte kleine Handreichungen, spülte Geschirr, trug die Nachttöpfe hinaus und hantierte mit Putzeimer und Lappen. Meine Eltern lobten meinen Eifer. Wenn ich sagte: "Ich bin kränker als ihr alle", so glaubte es mir niemand.

Und der Tag kam dann auch, daß mich die Grippe packte. Sie schüttelte mich zwei Wochen lang kräftig. Noch längere Zeit fühlte ich mich schlecht und nahm wenig Anteil an allem, was um mich herum vorging.

Die Influenza ging, die Hungerjahre blieben. Aus dem Brot zogen wir Hobelspäne und Birkenrinde heraus, wenn wir es aßen. Sägemehl wurde ebenso mitverbacken wie Erbsen, Linsen und Bohnen. Zwischen Kruste und Krumme klafften faustdicke Höhlungen; seifige und glasige Schichten von undefinierbarem Charakter zogen sich quer durch den Brotlaib. Manchmal gelang es meiner Mutter, ein Brötchen zu ergattern, um es mir zuzustecken. Aus irgendeinem dummen Stolz heraus schob ich die Brötchen weit von mir und griff zum deftigen, klotzigen, nassen Schwarzbrot. Ich wollte keine Verweichlichung.

Um dem Hunger zu begegnen, mußte man sich etwas einfallen lassen. Meine Eltern kamen auf die Idee, ein Schwein zu halten. Wir hatten im Nebenbau zu ebener Erde einen kleinen Raum, der sich als Stall gut eignete. Für die Fütterung kamen seltsamerweise die ungeliebten Franzosen auf. Mein Vater holte täglich in zwei Eimern die Abfälle aus der Kaserne. Was die französischen Soldaten nicht essen wollten, wurde in große Bottiche gekippt. Manchmal schwammen auf der dicken, fetten Brühe große Weißbrote und appetitliche Fleischhappen. Bevor der Inhalt der Eimer in den Sautrog geschüttet wurde, haben wir ihn in der Küche sorgfältig untersucht. Was noch zu essen war, wurde herausgefischt, mit ein bißchen Wasser abgespült und gleich an Ort und Stelle vertilgt.

Mit der Tierzucht und ihren Ergebnissen jedoch hatten wir wenig Glück. Einige Male kamen wir nicht zum Schlachten, weil die Schweine zuvor das Zeitliche gesegnet hatten, ein anderes Mal verdarben uns Würste, Schinken und Schwartemagen, weil sie unsachgemäß verwahrt worden waren.

In jenen Nottagen und -jahren erschien bei uns eines schönen Nachmittags der Herr Aumonier, der Militärgeistliche der französischen Truppen in Speyer. Er bot meinem Vater den Organistendienst beim sonntäglichen Gottesdienst der französischen Gemeinde an. In diesem Fall siegte bei meinem Vater die Sorge um seine hungernden Mäuler über die patriotische Gesinnung. Das "Salär“ wurde schließlich in echten Francs ausgezahlt, eine kleine Goldgrube bei dem schwindsüchtigen Verfall unserer Währung. Es war die Zeit, da stolze Bankguthaben über Nacht zu einem Trinkgeld zusammenschmolzen. Um nur das Dringendste und Lebensnotwendige zu beschaffen, brauchte man waschkorbweise Papiergeld.

Mein Schwiegervater zum Beispiel hatte sich in Weiler bei Weißenburg in harter Arbeit ein Vermögen von 80 000 Goldmark zusammengespart. Um das Geld handlicher zu machen und es so besser verwahren zu können, wechselte er nach dem Krieg sein Gold in Papierscheine um. Die 80.000 Mark deckten dann noch den Erwerb eines Baumwollschürzchens.

In einem Spätsommer jener Nachkriegsjahre schickten meine Eltern meine sieben Jahre ältere Schwester Maria und mich mit einem Handwägelchen nach Harthausen. Wir sollten versuchen, bei den Bauern Kartoffeln zu kaufen. Damals ging ich schon in die Schule, und weil der Unterricht auch am Nachmittag stattfand, war es schon spät, als wir aufbrachen. In der Schützenstraße trafen wir auf ein Mädchen, das ein Stück Brot aß. Ich wollte meinen Augen kaum trauen. Das Brot war mit Butter und Obstgelee bestrichen. Der Luxus eines Doppelbrotaufstriches schien mir so ungewöhnlich, daß ich diese kleine Episode nicht vergessen habe.

Es dunkelte schon, als wir Harthausen erreichten. Für die sieben Kilometer Weges brauchten wir fast zwei Stunden. Obwohl wir von Haus zu Haus gingen, sehr mitleiderregende Gesichter machten, unseren Hunger, so gut wir konnten, zur Schau stellten und Geld in jeder Menge anboten, so hatten wir doch keinerlei Erfolg. Kein Bauer rückte auch nur ein Pfund Kartoffeln heraus.

Tief niedergeschlagen traten wir den Heimweg an. Inzwischen war es stockfinstere Nacht geworden. Meine Schwester weinte leise. Sicher hatte sie Angst vor der Dunkelheit und weil die Straße, die wir zurückzogen, einsam und menschenleer war. Irgendwann schimmerte vor uns das Licht eines Radfahrers. Wir wollten gerade davonlaufen, als uns unser Vater anrief.

Besonders schwierig war es, Milch zu beschaffen. Doch da hatten wir mehr Glück. In einem Bauernhaus in Dudenhofen wurde uns öfters die Kanne gefüllt. An solch einen Milchmarsch im Winter erinnere ich mich noch sehr gut. Da Schnee lag, nahmen wir den Schlitten. Meine Schwester zog mich. Mir taten die Füße elend weh vor Kälte. Unsere Schuhe bestanden ja zum größten Teil aus gepreßter Pappe und nicht aus Leder. Das Schneewasser und die Kälte hatten ungehinderten Zutritt zu unseren armen Füßen. Auf dem Heimweg wurde die Milchkanne vor mir auf dem Schlitten verstaut. Am Schützenbuckel, im Angesicht von Speyer und kaum fünf Minuten von der Paulstraße entfernt, warf eine vereiste Schneewehe am Straßenrand den Schlitten um. Die gute und so dringend nötige Milch lief bläulich schimmernd in den Schnee hinein. An diesem Abend bekam meine kleine Schwester Elisabeth, die erst einige Monate alt war, wahrscheinlich einen Wasserbrei.

Bald wurde ich zum alleinigen Milchholer der Familie. Damals lief noch das Pfefferminzbähnchen. Die Speyerer hatten es so getauft, weil die Bauern von Geinsheim, die damals noch fleißig Pfefferminztee produzierten, ihre Teeballen mit dieser Schmalspurbahn beförderten, die zwischen Neustadt und Speyer alle größeren und kleineren Dörfer anlief, die nicht an das Hauptstreckennetz angeschlossen waren. Auch die Milch der Dörfer in der Umgebung kam mit dem Pfefferminzbähnchen. Jeden Morgen warteten damals hunderte von Leuten am sogenannten Gaubahnhof in der Nähe des Viadukts auf die Ankunft des Bähnchens. Die Milch wurde gleich am Bahnhof ausgeschenkt.

Doch nur Familien mit kleinen Kindern waren berechtigt, Milch zu kaufen. Ich ging noch nicht zur Schule, als ich jeden Morgen mit der Milchkanne zum Gaubahnhof geschickt wurde. Im Sommer hatte ich nur mit der

Last der vollen Kanne zu kämpfen. Schlimmer war's im Winter. Am meisten fürchtete ich Schnee und Regen, denn das Schuhwerk hatte sich noch nicht gebessert, und für meine kalten Hände hatte ich nur einen einzigen Fausthandschuh. Der Zweite war verlorengegangen, und Ersatz gab es keinen. Manchmal wurde es mir vor Nässe und Kälte ganz übel, und meine Mutter mußte meine halberfrorenen Hände und Füße kurieren.

Hin und wieder begleitete mich eine gute Frauenseele, die denselben Weg hatte und sprach mir Mut zu oder nahm mir eine zeitlang die volle Kanne ab, damit ich die Hände in die Hosentaschen stecken konnte. Schlimmer als Kälte, Nässe und Müdigkeit empfand ich die Rücksichtslosigkeit der Erwachsenen. Sie drängten mich immer wieder zurück, so daß ich meist als einer der Letzten meine volle Milchkanne bekam.

1919 wurde meine Schwester Elisabeth geboren. Ein Schwesterchen zu haben, machte mir große Freude. Mit großen, kastanienbraunen Augen und schwarzen Haaren lag sie im Wickelkissen neben meiner Mutter. Ich wunderte mich immer, wie präzise der Klapperstorch funktionierte. Wenn ich meine Mutter damit quälte, daß ich gern eine kleine Schwester oder einen Bruder hätte, empfahl sie mir immer, einige Stücke Würfelzucker vors Schlafzimmerfenster zu legen. Da ich öfter mit meinem Zucker Erfolg hatte, glaubte ich auch fest an die Zuckermethode. Über das zuvorkommende Wirken des "Klapperstorches" war mein Vater viel weniger entzückt als ich. Er sagte, er würde die Hebamme lieber von hinten sehen. Es ist ein Glück, daß man als Kind wenig begreift und dort noch goldene Rosen sieht, wo sich die Erwachsenen schon die Finger wund gestochen haben.

In meinem Eifer, dem Klapperstorch Zucker vors Fenster zu legen, ließ ich nicht nach, und mein Vater sah die Hebamme doch noch einige Male von vorne. Meine Aufgabe war es dann, genügend viel Milch herbeizuschleppen. Die Milchausgabe hatte sich damals in die Obere Langgasse verlagert. Da auch die Welt inzwischen sich zivilisierter gab, wurde für Säuglinge pasteurisierte Milch in Flaschen verabreicht.

Die Flaschen staken in einem großen unhandlichen Blechgestell. Da unser Milchbedarf damals ein enormes Größenmaß erreichte, hatte ich mich ganz schön abzuschleppen.

Einmal erreichte ich die Paulstraße so müde und abgekämpft, daß ich kurz vor der Haustür über den Bordstein stolperte und zu Boden fiel. Fast alle Flaschen zerbrachen. Als ich mich mühsam aufrichtete und meine zerschürften Knie betrachtete, stand meine Mutter vor mir. Eine Krankenschwester, die zufällig vorbeikam und das Ganze beobachtet hatte, legte für mich bei meiner Mutter ein gutes Wort ein. Ich wäre zu klein für eine so schwere Last und hätte wohl eher Anerkennung als Strafe verdient.

Meine Mutter war recht niedergeschlagen wegen dieses kleinen Unfalles, denn die Milch, die auf der Straße herumlief, konnte nicht ersetzt werden. Wie alle Lebensmittel unterlag damals auch Milch einer strengen Zuteilungsverordnung.

Mit diesem Vorfall endeten meine Milcherlebnisse. Immerhin war mir auf recht anschauliche Weise klar geworden, daß kleine Kinder ohne Milch nicht leben und gedeihen können. Eines aber wußte ich nicht, und das merkten wir alle nicht, daß nämlich die Kindernahrung nicht allein aus Kuhmilch und Haferschleim bestehen darf.

Die lebensnotwendigen Vitamine fehlten. So kam es dann, daß meine kleinen Geschwister alle sich sehr zaghaft entwickelten und alle an der sogenannten englischen Krankheit zu leiden hatten. Die Haare verklebten wie mit Honig bestrichen. Die Beinknochen verkrümmten sich unter der Last des Körpers nach der Seite und nach vorn, die Gliedmaßen schwollen an und bildeten an den Gelenken tief eingeschnittene Ringe. Am stärksten traf die Krankheit unsere kleine Elisabeth. Sie zeigte so wenig Lebenswillen, daß ich meinen Vater mehrmals sagen hörte: "Ich weiß nicht, ob uns unsere Elisabeth erhalten bleibt.“ Als sie dann mit fast zwei Jahren ihre ersten Gehversuche machte, nahm ihre Lebensenergie ständig zu. Sie überwand die Krankheit und gesundete langsam.

In diesen Jahren brachte eine kleine Katze zusätzliche Freude in unsere Familie. Sie wurde unser liebstes Spielzeug.

Die Katze, wenn sie ihre nächtlichen Streifzüge durch die Hinterhofgärten und über die Dächer hinter sich hatte, kletterte jeden Morgen dann am Weinstock des Nebenbaues hoch, um miauend zu warten, bis ich aufwachte und ihr das Fenster öffnete. Dann kuschelte sie sich ans Fußende meines Bettes und während sie behaglich schnurrte, schlief ich noch eine Viertelstunde, bis der Wecker rappelte.

Wurden meine kleinen Geschwister aus dem Bett genommen, war das flinke Tier schon da, um die zurückbleibende Nestwärme zu genießen.

Auf dem Schoß meiner Mutter fühlte sie sich ebenso wohl wie in unseren Armen.

Mein liebster Spielplatz war die Straße. Der Hof wurde mir immer schnell zu eng und langweilig. Da ich aber auf der Straße von anderen Kindern viele kleine Unarten mit nach Hause brachte, wurde mir das freie Umherspielen auf der Straße streng rationiert. Ein oder zwei Stunden Auslauf auf die Straße, das war schon ziemlich viel. Die restliche Zeit mußte ich mich auf dem Hof verweilen. Dort hatte mir mein Vater Sand aufgeschüttet. Mit kleinen Blechformen, in die ich den Sand hineinschüttete, unterhielt ich mich am liebsten. In den Blechmodeln ließ sich der ruppige Sand sauber und glatt formen. Es war wie beim Kuchenbacken, es entstand etwas Neues.

Einmal zur Mittagszeit beschäftigte ich mich sehr hingebungsvoll mit meinen Sandfiguren. Über mir öffnete sich das Küchenfenster. Meine Mutter rief, denn es war Zeit zum Mittagessen. Daß ich mitten im Spiel so gestört wurde, ärgerte mich so, daß ich zornig zurückrief: "Halt's Maul, Drecksau!" und spielte gelassen weiter. Es dauerte nicht lange, da packte mich eine starke Hand, einige Ohrfeigen klatschten, und meine Mutter zog mich schreiend hinter sich her. Meine Gelehrigkeit auf der Straße hatte da schlechte Früchte gezeitigt. In nächster Zukunft sah ich denn auch das Straßenpflaster sehr selten und von den Spießgesellen, die ich hin und wieder in der Paulstraße oder in angrenzenden Gefilden traf, hielt man mich noch mehr fern als sonst. Manchmal hockte ich dann am Fenster und schaute sehnsüchtig hinaus.

Daß mich meine Eltern rechtschaffen liebten, daran hatte ich keine Zweifel. Sie boten alle Kraft auf, um aus mir und auch aus allen meinen Geschwistern gesittete Menschen zu machen. Sie haben auch nie aus Bequemlichkeit falsche Nachsicht geübt. Wenn ich wegen meiner Unarten und Frechheiten auch fast wöchentlich mit dem Stock in Berührung kam oder sonst empfindlich gestraft wurde, so kam mir doch nie in den Kopf, dies als eine ungerechte Behandlung meinen Eltern nachzutragen. Im Gegenteil bin ich ihnen von Herzen dankbar, daß sie sich so viel Mühe machten, mich streng zu erziehen.

Als ich klein war, sah ich das nicht so klar wie heute. Manchmal empfand ich gerechte Strenge als willkürliche Grausamkeit. Einmal beklagte ich mich auch bei meiner Mutter über die strenge Zucht. Als Erwiderung auf meine Vorwürfe zitierte sie einen Vers aus dem Alten Testament: "Erspare dem Kind die Züchtigung nicht, denn schlägst du es mit der Rute, so wirst du seine Seele retten!“

Immer mehr erkannte ich, daß meine Mutter eine edle, gerecht denkende und besonnene Frau war und söhnte mich mit ihrer unnachgiebigen erziehlichen Strenge aus.

Väter strafen härter und empfindlicher. So fürchtete ich auch des Vaters Hand mehr wie die meiner Mutter. Ich wäre kein Bub gewesen, hätte ich nicht dann und wann versucht, die Wirkung einer Züchtigung abzumildern. Eine Begebenheit dieser Art ist mir noch ganz gut erinnerlich.

Mein Vater hatte ein sogenanntes Familienbuch verfaßt. Er ließ es drucken und verlegte es bei sich selbst. Obwohl es hübsch in Pappe gebunden war, holzfreies Papier hatte und viele jugendstilartig verzierte Rubriken aufwies, in die man alles Wohl und Wehe eines Familiendaseins eintragen konnte, ließ der Vertrieb sehr zu wünschen übrig. Der geschäftsunerfahrene Mann blieb sogar auf der fast vollständigen ersten Auflage sitzen. Das Ganze endete natürlich mit einem finanziellen Fiasko. Damit die Bücher wenigstens irgendeinen Zweck erfüllten, durften wir sie ganz nach Belieben verwenden. Wir kritzelten, schrieben und schmierten hinein. Wenn wir Pappe brauchten, zerrissen wir sie einfach.

Eines Tages — ich ging noch nicht zur Schule — entdeckte ich, daß der Buchdeckel als Wurfgeschoß ganz hervorragende Eigenschaften entwickelte.

Vielleicht war es draußen kalt, vielleicht regnete es auch, oder ich hatte einen meiner häufigen Hausarreste. Ich spielte zu Füßen meiner Mutter, die auf ihrem runden korbgeflochtenen Stuhl saß, mit einer Näharbeit beschäftigt war und wie immer das Wohnzimmer mit einer Atmosphäre der Traulichkeit erfüllte, wie ich es später nie mehr erlebte.

An diesem Tag hatte ich nun die Entdeckung gemacht, daß diese Buchdeckel, wenn man sie geschickt warf, wie Bumerange schräg aufwärts segeln konnten. So verwandelte ich den stillen Raum in ein Schlachtfeld fliegender Untertassen. Meiner Mutter wurde das Treiben natürlich zu bunt, und sie verbot mir den Spaß bald. Zwar gehorchte ich schon, aber nicht sofort. Noch einmal wollte ich einen Deckel durch das Zimmer schwirren sehen, und da es der letzte Versuch sein sollte, strengte ich mich besonders an bei diesem Wurf. Die harte Pappkante stieß halt dann gegen die Verglasung unseres Bücherschrankes. Es gab ein helles Klirren, und dann lag die Scheibe in viele Stücke zerbrochen auf dem Fußboden. Meine Mutter meinte verhältnismäßig gelassen, daß das Unheil nicht passiert wäre, wenn ich sofort auf ihre Mahnungen gehört hätte, nun bliebe ihr nichts anderes übrig, als Papa darüber aufzuklären, wieso sein Bücherschrank mit einem Male so hohläugig in die Welt glotze. Ich wurde sehr still, und die Angst schnürte mir die Kehle zu. Sie beflügelte aber auch meine Phantasie, einen kleinen Ausweg aus der ärgsten Not zu finden.

Ich rollte meine Strümpfe hinab, entblätterte ein Familienbuch bis auf den Einband und bandagierte mit den harten Blättern meine Beine, ich stopfte mir auch noch einen Packen zwischen Gesäß und Hosenboden und fühlte mich so dem kommenden Unwetter gegenüber, das so sicher kam, wie das Amen in der Kirche, gewappnet.

Nach einiger Zeit kam denn auch mein Vater, hörte sich Mutters Rapport an, betrachtete aufgebracht das Loch in der Verglasung des Schrankes, holte den Stock, zog mich unter dem Tisch hervor, wo ich Deckung gesucht hatte und versohlte mir das Hinterteil. Trotz Bandagen spürte ich noch einiges, doch wurden viele Hiebe durch die guten und holzfreien Blätter unseres gedemütigten Familienalbums erträglicher.

Da die Hiebe so seltsam hohl auf mein Hinterteil klatschten, merkte mein Vater schnell, daß da etwas faul war. Er wechselte mit meiner Mutter halb erboste, halb belustigte Blicke und stellte seine Exekution ein.

Ich fühlte mich als Held der Stunde, hatte ich doch zum ersten Mal in meinem Leben erfahren, daß man seinem Schicksal trotzen kann.

5

Im Hause neben uns wohnte die Familie Löffel. Sie hatte einen einzigen Sohn in meinem Alter. Er war stark und grob und gab mir häufig Gelegenheit, meine Kräfte an ihm zu messen. Zuerst spielten wir gewöhnlich einträchtig, dann gerieten wir jedoch oft in Streit und gingen aufeinander los. Zwar war Karl Löffel viel stärker als ich, schließlich war er auch ein ganzes Jahr älter, aber ich zeigte mich ihm fast regelmäßig überlegen, weil ich schneller reagierte und flinker beobachtete. Häufig endete unser Streit damit, daß Karl laut heulend und mit blutender Nase bei seiner Mutter Zuflucht suchte. Diesen Rückhalt hatte ich bei meinen Streitigkeiten nie, weil sich meine Eltern strikt aus meinen kindlichen Auseinandersetzungen heraushielten.

Der Vater Löffel erschien mir als eine interessante Figur. Er hatte am Boxeraufstand teilgenommen, und seine Tapferkeitsauszeichnungen konnte man im Wohnzimmer der Familie unter Glas bestaunen. Weil er wenig redete und immer sehr finster vor sich hinblickte, ging ich ihm aus dem Wege. Die einzige Person in diesem Hause, zu der ich Zutrauen hatte, war die Großmutter von Karl. Sie hatte ein freundliches Wort für uns Kinder, obwohl sie in ihrem langen und hochgeschlossenen Kleid sehr ernst wirkte.

Im Gegensatz zu Karl Löffel verband mich mit Paul Glatz eine echte Jugendfreundschaft. Er war auch ein Jahr älter als ich und wohnte ebenfalls ganz in der

Nähe. Da er einen unangenehmen Ausschlag am Kopf hatte, trug er immer ein rundes Käppchen, so wie man sie damals bei alten Männern häufig sehen konnte. Ich glaube, sein Vater hatte es für ihn geschneidert und hübsch bestickt.

Unsere Freundschaft verlief harmonisch. Ich weiß nicht, ob wir uns je in die Haare geraten sind. Einmal gruben wir in unserem Garten ein tiefes Loch. Wir wollten versuchen, an den Erdmittelpunkt heranzukommen. Obwohl wir mit unseren Kinderschaufeln uns alle erdenkliche Mühe gaben, haben wir unser Ziel nicht erreicht. Das hat uns sehr gewundert.

An der Ecke zur Kämmererstraße lebte die jüdische Familie Heymann. Auf der Hauswand prangte ein Schild mit der Aufschrift "Taschentücher en gros und en detail“. Das en gros und en detail verstand ich lange nicht. Das hinderte mich nicht, die Tochter des Heymannschen Hauses sehr lieblich zu finden. Sie hatte zwei prachtvolle und tiefschwarze Zöpfe. Als mir später die Augen aufgingen und ich anfing, zwischen hübschen und weniger hübschen Gesichtern zu unterscheiden, fand ich ihr Gesicht nicht besonders schön. Aber ihre glänzenden schwarzen Zöpfe zogen mich an, und ich erreichte es, daß wir öfter miteinander spielen durften.

Mein Vater räucherte damals in einem alten Blecheimer die Ergebnisse unserer Schweinezucht. Beim Spielen entdeckten wir in unserer Waschküche den blechernen Rauchfang. Mit in unserer Küche gestohlenen Streichhölzern brachten wir das Sägemehl und die Hobelspäne in dem Eimer zum Glühen. Es dampfte ganz schön. Als ich noch eine Zeitung fand, sie entzündete und lustig brennen ließ, geschah das Unglück. Florle Heymann beugte sich tief über den Eimer, um besser sehen zu können, wie sich das Feuer entfaltete, dabei fielen ihr die Zöpfe von den Schultern direkt in die Flammen hinein. Im Nu zischte die züngelnde Glut die langen Zöpfe entlang und verwandelte ihre glänzende Schwärze in ein fahles Strohgelb. Ich erschrak kaum, da mir noch der Maßstab der Erfahrung fehlte, aber ich fühlte das Drohende des Vorganges. Wäre Florle wie Paulinchen aus dem Struwwelpeter in hellen Flammen gestanden, dann wäre mir die schreckliche Macht des Feuers schneller deutlich geworden. Florle brannte ja nicht, das Feuer hatte nur die Farbe ihrer Haare verändert. Sie schrie und heulte auch nicht, im Gegenteil, sie wurde merkwürdig still und verschwand auf einmal. Mir war die Lust am Spiel vergangen. Mich erfaßte eine quälende Unruhe. Ich verkroch mich in der Mansarde ganz oben unterm Dach und sinnierte vor mich hin. Der Gedanke verließ mich nicht, daß ich etwas getan hatte, was ich nicht hätte tun dürfen. Immer wieder hatten unsere Eltern uns ermahnt, die Finger vom Feuer zu lassen. Nun hatte ich auch noch die Streichhölzer unerlaubterweise an mich gebracht. Und daß die Haare von Florle sich so schnell verändert hatten, das alles erzeugte eine tiefe und unglückliche Unruhe in mir. Als ich nach kurzer Zeit hörte, daß die Hausglocke anschlug, begriff ich, daß sich über meinem Haupt düstere Wolken versammelten. Frau Heymann fragte nach meiner Mutter. Die beiden Frauen sprachen lange miteinander. Als die Nachbarsfrau gegangen war, drückte ich mich langsam und zögernd ins Wohnzimmer. Ich wollte die Strafe möglichst rasch hinter mich bringen. Der Zustand der Gewissensnot behagte mir gar nicht.

Lieber jetzt gestraft werden und dann wieder frei atmen können.

Die erwartete Strafe kam nicht, statt dessen nahm mich meine Mutter in den Arm und erläuterte mir sehr eindringlich die Gefahren, die entstehen können, wenn man das Wort seiner Eltern in den Wind schlägt. Diese sanfte Unterredung brachte mehr Erfolg als die härteste Strafe. Von da an unterließ ich es, mit Feuer zu spielen.

6

Inzwischen hatte ich ein Alter erreicht, in dem die Freiheiten vermindert und die Pflichten vermehrt werden.

Ich mußte zur Schule.

An einem grauen, nebeligen Septembertag – eine Vorahnung vieler zukünftiger grauer Schulalltage – nahm mich meine ältere Schwester Maria bei der Hand und führte mich, besser, sie zog mich in die Übungsschule des Lehrerseminars in der Johannesstraße. Zuvor hatte ich einen einzigen Vormittag im Kindergarten zugebracht, aber der genügte vollkommen, den ganzen Schulbetrieb vom ersten Tag an zu verabscheuen, und doch verfolgte er mich ein Leben lang.

So ganz klar ist es mir heute nicht mehr, warum mir der Aufenthalt im Kindergarten so ganz und gar nicht gefiel. Ich saß an einem kleinen Tisch, viele Kinder an ebenfalls kleinen Tischen um mich herum, und alle mußten irgendwie etwas nachmachen. Diese herdenhafte Nachahmung, die da verlangt wurde, ging mir gegen den Strich. Die Kinderschulschwester merkte, daß ich nicht wollte, ärgerte sich und wurde streng. Ich fühlte mich ganz hilflos und mutterseelenallein.

Am nächsten Morgen halfen weder Zureden noch Versprechen, noch Drohungen. Mit nichts war ich zu bewegen, wieder den Kindergarten zu besuchen. Ich hatte alle Ausreden, schützte Kopfschmerzen und Übelkeit vor und blieb stur.

Da meine Mutter eine kluge Frau war, wußte sie, daß der Versuch mit dem Kindergarten fehlgeschlagen war. Sie wiederholte ihn nicht und ließ mir meine fröhliche Freiheit.

Mit der Schule war das natürlich eine andere Sache. Diese Einrichtung konnte man nicht einfach umgehen, und das hat man mir sicher dann auch so klar gemacht, daß ich begriff. Ich habe mich in das Unvermeidliche gefügt.

Am Anfang ging es auch nicht gerade schlecht. Die schöne Fibel mit den vielen bunten Bildern erregte in mir eine gewisse begierige Aufmerksamkeit. Das Begreifen ist bei mir ein Prozeß, der Zeit und Geduld braucht. Mein Lehrer der ersten Klasse war gütig und geduldig, und so lernte ich denn auch die Kunst des Lesens und Schreibens zwar langsam, aber doch ziemlich hinreichend.

Das erste Schuljahr dauerte für mich nur drei Monate.

In diesem Jahr nämlich ersann die obere Schulbehörde die Umstellung des Schuljahrbeginns auf die Woche nach Ostern. An dieser Schraube wurde bisher schon einige Male gedreht. Einen Schüler– oder Schulnutzen hat das Herummanipulieren des Schuljahrbeginns meines Wissens meistens nie gebracht. Was wissen auch schon die höheren Pädagogen, was den armen Schülern nutzt und frommt.

Gerade also hatte ich angefangen, an der Schulbildungsleiter die erste Sprosse zu nehmen, da wurde ich krank. Ich hustete wie ein Pferd. Alle Tropfen und Teesorten halfen mir nicht. Noch nicht einmal Gänsefett, heiß auf die Brust gestrichen, brachte Linderung. Dann stellte sich noch Atemnot ein. Bei den Hustenanfällen verfärbte sich mein Gesicht, daß es blau wurde wie eine Pflaume. Manchmal nahm mich ein Hustenanfall so mit, daß es mir schwarz vor Augen wurde und ich wie ein Betrunkener taumelte.

Die Eltern ahnten es, der Arzt konstatierte es, der Bub hatte den Keuchhusten. Drei volle Monate war ich von nun an vor der Schule sicher. Der Arzt sagte, ich bräuchte viel frische Luft, das sei die beste Medizin für diese Krankheit und mein guter Vater und meine liebe Mutter hielten sich zu meiner großen Freude recht genau an die ärztliche Verordnung. Frühmorgens schon wurde ich auf die Straße gestellt und sollte nur zu den Hauptmahlzeiten wieder daheim sein. In dem Gebiet am Gieshübelbach fand ich dann ein wahres Eldorado. Auf dem Bach schwammen Gänse und Enten. Im nahen Bauernhof gackerten die Hühner, krähten die Hähne, wieherten die Pferde; wenn sie von der Arbeit zurückkehrten, brüllten die Kühe im Stall. Das war ein reiches, bewegtes Leben, wie ich es noch nie erfahren konnte. Ich saß stundenlang dort herum, um zu sehen, zu beobachten, zu erleben. Mit zufriedenem Gesicht erschien ich zum Mittagessen, mit noch zufriedenerem trabte ich danach wieder davon, ein Stück trockenes Brot als Notimbiß gegen meinen fürchterlichen Hunger in der Tasche. Die Liebe zum Gieshübel wurzelte fest und hielt noch lange Jahre. Jeden Sommer staute man den Bach – eigentlich war es ein alter Kanal, den die Speyerer dermaleinst gebaut hatten, als sie Baumaterial zum Dombau möglichst nahe heranflößen wollten – weit oberhalb, so daß man in dem niedrigen Wasser bis nach Dudenhofen waten konnte. Damals führte der Bach noch ziemlich klares Wasser, und es tummelten sich noch Fische aller Art in ihm. Wir fingen Stichlinge, Molche, Frösche, Salamander und freuten uns an großen blauen Libellen und flinken Wasserläufern. Am Steilufer des Baches wuchs zwischen undurchdringlichem Gebüsch der wilde Hopfen, an dem wir unsere ersten Rauchversuche ausprobierten. Am Gieshübelbach regten sich auch dann erste, zärtliche Regungen der Liebe.

Durch meinen Keuchhusten und die Verlagerung des Schuljahrbeginns drückte ich die Schulbank im ersten Jahr meiner Schulpflicht nur knapp vier Monate. Nach meiner Versetzung an Ostern wechselten wir den Lehrer. I.B. war ein kleiner schmächtiger Mann mit einem Spitzbärtchen, der in Speyer sehr bekannt war, weil er einige Bücher verfaßt hatte. Unter anderem schrieb er "Geschichten aus dem lachenden Ländchen", die ich später sehr gern gelesen habe, weil er eine glückliche Art hatte, den Pfälzern ins feucht–fröhliche Herz zu schauen. Eines Tages kam wie üblich im Unterricht die Reihe an mich, vorzulesen. Meine Lesekunst erfreute den Lehrer so wenig, daß er eine sehr ernste Miene aufsetzte und sagte: "Josef, wenn du nicht besser lesen lernst, muß ich dich am Ende des Schuljahres sitzen lassen!"

Da ich mich bei diesem Mann, der meinen Vater gut kannte und in unserer Nachbarschaft zu Hause war, wohlgelitten fühlte, steckte ich den Tadel wortlos ein. Ich schämte mich vor I.B. und vor den Mitschülern meiner Klasse.

In den folgenden Tagen saß ich oft in unserer kleinen Mansarde, um über meine miserablen Leseleistungen nachzugrübeln. Die Mansarde beherbergte so ziemlich alles, was man in der Wohnung unten nicht brauchen konnte. Da oben im dritten Stock unter dem

Dach störte niemand die Unordnung der Kisten, Kasten, Schachteln und Koffer, die herumstanden. Ein kleines Dachfenster zeigte ein kleines rechteckiges Stück Himmel und auf einer Kiste zwischen all dem Krimskrams sitzend, ließ es sich ungestört vor sich hinträumen. Hatte man ausgeträumt, gab es viel Interessantes zu entdecken und zu bewundern. Mitten im Raum stand eine sogenannte Reitschule, ein Karussell also, wie sie damals noch jede Kirchweihe und auch die Speyerer Messe zierte.

Mein Vater hatte sie für meine ältere Schwester gebastelt. Einiges war schon aus dem Leim gegangen, und niemand kümmerte sich eigentlich um dieses schöne Stück, das den großen Karussells so getreu nachgebildet war. Ich selbst stand oft davor und musterte alle Einzelheiten: die possierlichen Pferde, die glänzenden Spiegelchen, die samtenen Schabraken mit den Goldborten und vieles andere mehr.

Jetzt aber quälte mich die Unruhe, und ich stöberte in den alten Koffern herum. Da fiel mir ein kleines, braun eingebundenes Büchlein in die Hände. Auf seiner Vorderseite stand in Goldbuchstaben zu lesen: "Grimms Kinder– und Hausmärchen“. Ich fing an zu lesen. Zuerst gelang es mir schlecht, aber von Seite zu Seite merkte ich, wie ich Fortschritte machte und überhaupt, was war das für eine spannende Sache, das Lesen. Vor meinem inneren Auge zog ein Märchen nach dem anderen vorüber, und sie entzückten mich alle. Ich schlüpfte täglich in die Mansarde und verschlang das Büchlein von vorn bis hinten. Ich lernte schneller lesen, als I.B. es wohl für möglich gehalten hatte.

In der dritten und vierten Klasse gab's neue Schwierigkeiten. Wenn ich einen Aufsatz zu fabrizieren hatte, fiel mir nichts Gescheites ein, und das, was ich dann mit großer Mühe zu Papier brachte, strotzte so von Fehlern, daß die Lehrer immer von einem Schlachtfeld sprachen, wenn sie mir das korrigierte Zeug zurückgaben. Da keiner der nachfolgenden Lehrer meinen Ehrgeiz anzustacheln verstand, sanken meine Leistungen mehr als sie stiegen. Ich wurde ein schlechter Schüler, nicht so schlecht zwar, daß man hätte von einem hoffnungslosen Fall reden können, aber doch so, daß ich mit Neid auf die fünf oder sechs sah, die immer das Richtige wußten und bei ihren Schularbeiten reichlich Lob und Anerkennung ernteten.

Genauso waren auch meine Lehrer für mich keine Lichtblicke. Sie haben ihren Unterricht mit einer Art bissiger Humorlosigkeit betrieben. Am nachtschwarzen Himmel der Schulalltagslangeweile nahmen sich Sätze wie dieser: "Setz dich, du liederlicher Fetzen, auf dein angeforztes Hinterloch!“ wie irisierendes Nordlicht aus. Nur wurde das dem armen Opfer mit so tiefsinnigem Ernst und mit so fürchterlich geschwollenen Backentaschen entgegengebrüllt, daß das humorig funkelnde Nordlicht im Ansatz erstarb.

In der Übungsschule, die der Lehrerbildungsanstalt als Volksschule angegliedert war, unterrichtete uns auch ein Herr Hilarius. Bei seinem klangvollen Namen tippt man unwillkürlich auf musikalische Gaben. Er genoß denn auch als Interpret romantischer Klavierliteratur in den Konzertsälen hohes Ansehen. Im Unterricht jedoch befleißigte er sich einer ganz unmusikalischen Trockenheit, die jede Aufmerksamkeit vernichtete und das Stillsitzen zur Qual machte.

Wenn er einen besonders guten Tag hatte, suchte er, die Schulstunde zu beleben, indem er immer wieder dieselbe Heldentat aus seinen Weltkriegserinnerungen zum Besten gab. Sie bestand darin, daß er in ein Faß fiel, das mit weißem Käse gefüllt war.

Erregender wurde es schon, wenn die Seminaristen kamen, um an uns ihre ersten Unterrichtsversuche zu probieren. Über manchen, der da vor uns seine Ungeschicklichkeiten produzierte, mußten wir uns halbtot lachen. Einer sollte uns das innere und äußere Gehabe eines Gockelhahnes nahebringen. Zu diesem Zwecke postierte er vor uns ein ausgestopftes Gockelvieh auf den Tisch. Es mag sein, daß es dem jungen Mann ganz gut gelang, über das ausgestopfte Tier hinweg einen zutreffenden Begriff des lebendigen Hahnes zu vermitteln, aber er sagte statt Gockelhahn immer Göckelhahn und brachte uns damit eine Stunde lang in die heiterste Verfassung.

Da es aber im allgemeinen in den Unterrichtsstunden nichts zu lachen gab, bemühten wir uns selber darum, das trostlose Einerlei durch Lachreize zu beleben.

Bei einer Katechese zum Beispiel wurde vom Unterrichtenden scharf methodisch die Wahrheit herausgearbeitet, daß nur Gott Wunder wirken könne. Vor mir lag ein Griffelstummel, ein einige Zentimeter großes Stück jener Schiefergriffel, die man zum Schreiben auf die Tafel benutzte. Ich schob das Stück in den Mund, meldete mich und fragte, ob ich beweisen dürfe, daß auch Menschen Wunder wirken können. Ich zeigte meine leeren Hände zum Beweis, daß kein Griffel da war, dann lief ich bis vors Pult des Lehrers und zog dort vor aller Augen den Griffel aus dem Mund. So dumm das Schülerstückchen war, der Lehrer schmunzelte, die Seminaristen lachten und die Klasse tobte vor Heiterkeit.

Eine gut bürgerliche katholische Familie besuchte den Sonntagsgottesdienst am Morgen, die Kinder gingen dann noch zur Nachmittagsandacht, und nach dem vier Uhr Kaffee versammelten sich alle zum gemeinsamen Spaziergang. Man versuchte eben, sonntäglichen Glanz und Gepränge zu pflegen. In meiner Jugendzeit fiel es kaum jemandem ein, an solchen Sitten zu rütteln, weder mir noch meinen Geschwistern. Bei den Bekannten und Verwandten dachte man ähnlich, und abweichende Sonntagsübungen überließ man anderen, die aus irgendeinem Grund den Sinn des Sonntags nicht erkennen konnten oder wollten. Manchmal versuchte ich, die Nachmittagsandacht zu schwänzen, aber das sollte nicht als grundsätzlicher Protest gelten, sondern zeigte eher, wie bequem ich war und wie langweilig mir die Sonntagnachmittage erschienen.Den Familienspaziergängen konnte ich gleich gar nichts abgewinnen. Dieses ewige Getrottel und Hand in Hand Marschieren gefiel mir ganz und gar nicht. Der Gedanke daran ermüdete mich schon. In dem eintönigen Kiefernwald gegen Dudenhofen hin hatte man den ganzen Sommer über nur gegen Schnaken zu kämpfen. Dort wuchsen weder interessante Pflanzen, noch begegneten uns je andere Tiere als ein paar Hasen oder Karnickel. Man durfte auf keinen Baum steigen, keinen Hang hinunterpurzeln, keine Sandhöhle näher betrachten, denn es sollten ja die guten Sonntagskleider möglichst geschont werden. Um meine Eltern nicht all zu sehr zu ärgern, machte ich gute Miene, so weit ich konnte und maulte so wenig wie möglich. Dann und wann sorgte meine Mutter durch eine kleine Geschichte oder ein spaßiges Wort für Ausgleich. Ich werde auch nicht die zwei Gärtnereien vergessen, die am Weg lagen. Gärtner sein, ist ein arbeitsreicher und harter Beruf. Das Wachstum der Pflanzen bestimmt den Rhythmus der Arbeit, und dieser Rhythmus richtet sich nicht nach Sonn– und Feiertagen. Meist standen denn auch die Gärtner auf ihren Beeten, wenn wir vorbeischlenderten und arbeiteten, als ob es Werktag wäre. Da mich ohnehin intensive körperliche Arbeit wenig begeistern konnte, hatte ich für das Verbot der Sonntagsarbeit damals ein lebhaftes Verständnis. Meine Mutter dagegen, die gern arbeitete und immer ganz unglücklich jammerte, wenn ihr körperlicher Zustand ihr anstrengende Tätigkeit verbot, ereiferte sich gegen die Sonntagsarbeit, weil sie die Worte der Bibel: "Gedenke des Sabbath…!“ nicht auf die leichte Schulter nahm. Sie sagte damals: "Josef, du wirst noch erleben, daß diese Leute an ihrer Sonntagsarbeit zugrunde gehen. Sonntagsarbeit gedeiht nicht.“ Ob nun diese Leute an ihrem "knechtischen Tun“ am Tag des Herrn zugrunde gingen, kann ich nicht sagen. Nach einigen Jahren – meine Mutter war bereits gestorben – verschwanden die beiden Gärtnereien von der Bildfläche.

Meine Mutter liebte die Menschen, tat ihnen Gutes, wann sie konnte, knüpfte gern Kontakte und pflegte die Beziehungen zu Freunden und Verwandten. Da zeitweilig Mutters Onkel und Tante in Speyer wohnten und schließlich dort auch starben, hatten wir oft Besuch und erwiderten ihn auch. Die Verwandtschaft meines Vaters trat viel weniger in Erscheinung. Die Doerre sind wohl scheue Leute, die sich nicht gern mitteilen.

In der Weihnachtszeit erreichte der verwandtschaftliche Besuchsaustausch seinen Höhepunkt. Wir

Kinder freuten uns ganz besonders, wenn wir bei Familie Foohs eingeladen waren. Onkel Foohs war ein Cousin meiner Mutter. Oft im Leben sind es die Frauen, die den Ton angeben. Herr Foohs ging in seinem Beruf als Finanzbeamter und in seinem Hobby Astronomie so auf, daß für gesellschaftliche Gemütlichkeit kein Platz blieb. Seine Frau Lilly sorgte in ihrer seelenvollen Art für Harmonie und Ausgleich. Beim Weihnachtsbesuch bestaunten wir alljährlich das von der Frau des Hauses aus selbstgebackenen Lebkuchen gestaltete Hexenhäuschen, dann durften wir mit dem Kaufladen spielen, d.h., wir fielen trotz aller uns zu Hause verabreichten Ermahnungen wie hungrige Wölfe über die Süßigkeiten her und rasteten nicht, bis der Kaufladen leergefressen war.

Nach der Kaufladenszene versammelten wir uns zum Genuß der Foohsschen Schokolade. Sie wurde in feinem Porzellan kredenzt und war nicht mit unserem ordinären Kakao zu vergleichen, der in der Paulstraße den Weihnachtsbescherabend versüßte. Der Höhepunkt des Nachmittags wurde mit "Professor Hilarius" erreicht. Dieses alte Spiel mit vergilbten Karten liebten wir über alle Maßen. Es muß sehr reizvoll gewesen sein.

Mit dem Sohn Ludwig der Familie Foohs freundete ich mich früh an. Wir gingen miteinander in die gleiche Schulklasse.

Kaum, daß wir schreiben konnten, malten wir auf ein Holzbrettchen den naiv epigrammatischen Satz: Ludwig Foohs und Josef Doerr haben einen Bund geschlossen. Das Brett trugen wir dann stolz in einen Winkel an der Retscherkirche, stellten es weihevoll senkrecht an die Mauer und pißten gemeinsam auf unser "Bundeslädchen". Anschließend fielen wir uns in die Arme und dachten, daß unsere ”Kulthandlung“ eine ewige Freundschaft besiegelt habe. Immerhin sind die Bande dieser Freundschaft nie ganz zerrissen. Sie besteht auch heute noch.

Daß wir echte Freunde waren, beweist das Folgende.

1933 liebte Ludwig ein Mädchen, das auch ich sehr hübsch fand, zumal sie lange, dicke und blonde Zöpfe trug. Ludwig hatte damals gerade sein Abitur hinter sich und mußte zum Reichsarbeitsdienst einrücken. Ich selbst besuchte damals die letzte Klasse der Lehrerbildungsanstalt und im Frühling des gleichen Jahres auch die Tanzstunde. Bevor Ludwig zum Arbeitsdienst ging, vereinbarten wir, daß M. meine Tanzstundendame werden sollte. Mein Freund war sicher, daß er mir unbedenklich sein Liebesglück anvertrauen konnte.

So tanzten also M. und ich miteinander und flanierten auch ein und das andere Mal nach den Tanzabenden durch den Feuerbachpark und über stadtnahe Feldwege. Es war Frühling. Laue Luft wehte und der Mond glänzte silbern durch die knospenden Zweige der Bäume. Wir himmelten ihn an. Ich deklamierte Gedichtfetzen unsterblicher Liebe, wie sie unsere Dichter verfaßt hatten. M. seufzte manchmal leise, und wir ahnten wohl beide, daß gegenseitige Liebe in uns brannte. Ein kleines Zeichen, eine Handbewegung, ein Schritt aufeinander zu, eine Drehung des Kopfes, ein verwirrender Blick hätte genügt, um die Glut zur Flamme zu entfachen. Mit einem Male erinnerte ich mich unserer Freundschaft. Ich konnte Ludwig nicht enttäuschen, es wäre zu schäbig gewesen. Wir gingen schweigend auseinander und wußten, daß es so besser war.

Die Tanzstunden zogen vorüber, die großen Ferien kamen, ich verreiste für sechs Wochen nach Italien und Frankreich, und als ich zurückkehrte, erfuhr ich als erste Neuigkeit, daß M. sich einem anderen Mann angeschlossen hatte. Die Heirat mit ihm fand kurze Zeit später statt. Ich traf Ludwig fassungslos, aber das Leben geht halt seine eigenen Wege und kümmert sich nicht um eines jeden Wunsch.

Zurück zum Gang der Ereignisse. Wir schrieben das Jahr 1923. Wir zahlten für einen Laib Brot eine Summe Geldes, die in ihrer Höhe so astronomisch war, daß ein gewöhnlicher Sterblicher sich keine genaue Vorstellung davon machen konnte.

Im selben Jahr begann und endete die Herrschaft der Separatisten. Eine sehr kleine Gruppe Pfälzer unter der Führung des Heinz aus dem nordpfälzischen Dorf Orbis – kurz Heinz von Orbis genannt – versuchte, auf Anregung und Unterstützung der Besatzung ihr Heimatland zu einem französischen Protektorat zu machen. Das Unternehmen mißlang völlig, obwohl die Franzosen öffentlich und nichtöffentlich die Separatisten mit allen Mitteln unterstützten. Dem Volk galten die Separatisten als Franzosenfreunde, als Emporkömmlinge auf den Bayonetten einer fremden Macht. Sie waren verhaßt wie die Besatzer selber. Wer mit ihnen paktierte, den mied man wie eine ansteckende Krankheit. Daß ausgerechnet das Volk, dessen Köpfe die Volkssouveränität erträumt hatte, keinerlei Gespür für den wirklichen Willen der Pfälzer entwickelte, erscheint fast absurd.

Da also die Zustimmung der Massen gänzlich ausblieb, griff man zur nackten Gewalt.

Eines Frühmorgens rückten die Separatisten in ziemlich wunderlichen Uniformen und mit französischen Waffen heran und probierten einen Angriff auf das Gebäude der Regierung der Pfalz. Französische Truppen gaben Flankenschutz und Rückendeckung, sie sorgten auch für die Logistik des Unternehmens, sofern man an so etwas überhaupt gedacht hatte. Meinen damaligen Eindrücken zufolge und verglichen mit dem, was ich als Soldat gesehen und erlebt hatte, war das ganze Theater von blutigen Dilettanten inszeniert.

An diesem Morgen fiel mir in der Schule auf, daß unsere Lehrer ungewöhnlich fahrig und aufgeregt hin und her liefen, ohne daß ein Grund für ihr Verhalten sichtbar wurde. Bald nach Unterrichtsbeginn kam dann auch der Direktor mit furchtbar ernster Miene und verkündete, daß in der Stadt geschossen würde. Da es ganz schön lebensgefährlich sei, auf der Hauptstraße herumzuspazieren, sollten wir die ruhigeren Nebenstraßen für unseren Heimweg benutzen. Voller Freude über das unverdiente Geschenk stürzten wir ins Freie.

Wo es knallte, da wollte ich dabei sein, also wandte ich mich zur Hauptstraße. Die Separatisten hatten sich in der alten Landesversicherungsanstalt verschanzt und beschossen von dort aus den Regierungssitz. Gendarmeriebeamte erwiderten das Feuer. Zum ersten Mal hörte ich Schüsse peitschen, Geschosse pfeifen und den summenden Ton der Querschläger. Da sonst nichts weiter passierte und die Schießerei sich endlos hinzog, trollte ich mich bald heimwärts. Am nächsten Tag, als der "Krieg“ vorüber war und die Separatisten dank ihrer französischen Freunde bravourös gesiegt hatten, hielten die "Befreier“ ihren triumphalen Einzug.

Die Hauptstraße war so vollgepfercht von Menschen, daß man den Eindruck hatte, die quellenden Massen hätten die Kraft, die Wände der Häuser einzudrücken. Trotz der vielen Leute herrschte eine ungewöhnliche Stille. Alle schauten angestrengt zum Altpörtel, unter dessen Torbogen gerade die ersten Fahrzeuge auftauchten. Es waren französische Militärautos, die "Helden" standen und saßen auf den offenen Wagen und ließen mißtrauisch und nicht ganz siegerhaft ihre Blicke unruhig an der Menschenmenge entlang schweifen. Die Kolonne bewegte sich im Schritttempo. Heinz von Orbis stand mit den Händen in den Hüften abgestützt auf dem Sitz des ersten Fahrzeuges. Die Wagen hatten gerade die Einmündung zur Wormser Straße erreicht, als donnernde Pfuirufe die angespannte Stille zerrissen. Ich war in der Menge eingekeilt und hatte auf einmal Angst. Dieser tausendköpfige Haß und die Macht der Masse schnürten mir den Atem ab. Ich dachte, nun würden sich die Leute auf dieses armselige und aufgeblasene Häuflein von Separatisten stürzen und sie wie die Hunde erschlagen. Zum Glück geschah nichts dergleichen. Zwar schoß einer der Söldlinge mit der Flinte in die Luft, wohl weil er angesichts der drohenden Haltung der Speyerer die Nerven verloren hatte, aber er löste dann doch nicht einen allgemeinen Aufstand aus. Jeder spürte wohl, daß es anderer Männer mit anderem Zuschnitt bedurft hätte, um ein in allen Teilen widerstrebendes Volk zur Räson zu zwingen. Daß die Herrschaft der Separatisten von kurzer Dauer war, lag damals schon in der Luft. Einige Wochen später wurde Heinz von Orbis bei einer Festparty von Widerstandskämpfern erschossen.

Die Franzosen merkten, daß sie auf das falsche Pferd gesetzt hatten und pfiffen ihre deutschen Spießgesellen zurück.

Die Pfalz blieb deutsch wie sie war.

Nach der Grundschule wurde ich ins humanistische Gymnasium geschickt. Mit Papier, Bleistift, Federhalter und einem sehr beklommenen Herzen wanderte ich zur Aufnahmeprüfung in die Große Pfaffengasse. Daß mir nicht wohl zu Mute war, hatte seinen guten Grund: im Übertrittzeugnis fand man ein Notenbild, das sehr wenig Glanz verbreitete. An dem Tag, an dem ich das Zeugnis nach Hause brachte, mußte ich einige Stunden Strafarbeit im Garten unter der Aufsicht meines Vaters verrichten, die Haustür blieb für mich, obwohl es ein verlockender Sonnentag war, verschlossen, und in der Familie stieß ich nur auf sehr verstörte Gesichter. Wider jedes Erwarten wurde ich nach der Aufnahmeprüfung nicht wieder in die Volksschule zurückgeschickt. Meine gymnasiale Ochsentour begann.

Das Gymnasium, ein Schulkasten, der um die Jahrhundertwende entstand, hatte jedenfalls eine lebhafte Verzierung der Sandsteinfassade mit reicher, aber sehr keuscher Jugendstilornamentik und vielen oder jedenfalls mehreren Kernsprüchen, die mit dem Eros der Humboldtschen Erfindung zusammenhingen.

Ganz vorne über dem Portal steht zum Beispiel zu lesen: Deo et musis. In den fünf Jahren, da ich das Mißvergnügen hatte, täglich in diesem Kasten für mehrere Stunden eingesperrt zu sein, wurde im Religionsunterricht schon einiges von Gott geboten, während er in allen anderen Fächern ein Deus absconditus blieb. Die flügelschlagenden Musen hatte man wohl bei den ausgestopften oder den in Spiritus schwimmenden Tieren des Naturlehrevorratsraumes sorgfältig versteckt, denn ich kam mit ihnen nicht in Berührung.

Lehrer gab's in großer Menge, sie wurden auch haufenweise auf uns losgelassen. Ein jeder bebrütete das Nest seines Faches und dozierte aus seiner Nestperspektive heraus. Bei manchen entstand der Eindruck, daß man mit der Maxime "Post examen ignorantia non nocet" lebte. Ich fand keinen, mit dem ich mich menschlich arrangieren konnte. Keiner hat je uns mit unseren Vornamen angeredet, dafür aber häufiger die dritte Person angewendet, so wie es der alte Fritz mit seinen Soldatenkerlen tat. Wir wurden vorphilanthropisch gehalten. Die Unterrichtsstunden verliefen meist in einem farblosen Einerlei, es sei denn, daß sie von den Schülern durch originelle Einfälle belebt wurden. Einen Stoff mit Phantasie zu verlebendigen und ihn so mit Spannung anzureichern, daß der intelektuelle Appetit des Schülers gereizt wurde, gelang den Gymnasialpädagogen selten oder nie.

Schon bei der ersten Schulaufgabe, es war eine Mathematikarbeit, holte ich mir die Note ungenügend. Der Mathematiklehrer hieß Meile, doch alle nannten ihn nur "die Brezel". Eines Tages redete ich ihn mit Herr Professor Brezel an, was ihm geradezu den Atem verschlug. Mein ohnehin dürftiges Ansehen stürzte in die Tiefe des Kellers. Ich hatte nichts mehr zu melden, und die schlechten Noten waren schon vorprogrammiert. Seine geflügelte Epistel lautete: Es gibt drei Arten von Menschen auf der Welt, solche, die sofort begreifen, solche, bei denen nach einiger Zeit der Groschen fällt und solche, die es nie erfassen. Im Nachsatz dazu wurde ich ohne viel Federlesens in die dritte Gruppe eingestuft: "Der

Doerr wird's nie begreifen." Er hat's dann doch begriffen, aber sehr spät. Zu welcher Gruppe der Begreifer der Herr Professor Brezel gehörte, habe ich leider nie herausgefunden.

Da ich in jener Zeit alles, was die Lehrer von sich gaben, mit ziemlich gläubigem Herzen aufnahm, war mir die von ihnen zudekredierte Dummheit unumstößlich gewiß.

In der Obertertia saß ich zu Füßen eines Mannes, den die Schüler hinter seinem Rücken mit "Spatz" titulierten, obwohl er gar nichts Spatzenhaftes an sich hatte. Er war ein sehr stattlicher Herr mit fein gezwirbeltem Oberlippenbart à la Kaiser Wilhelm der Zweite, mit lustig gekräuseltem, dichtem Haupthaar und mit einem Vollbauch, den eine goldene Uhrkette zierte. Eine stets gegenwärtige Strenge trug er vor sich her, so selbstverständlich wie seinen Schmerbauch. Wer bis zur Untersekunda vorstieß – mir ist das nicht gelungen – , erlebte aus Spatzens Mund eine unübertreffliche Charakterisierung der Hauptfigur des "Wilhelm Tell". Für ihn war Wilhelm Tell der Mann der Tat, der Taktik und Tendenz. Der Slogan konnte sich je nach Anlaß ein gutes Dutzend mal je nach gegebenem Anlaß pro Stunde wiederholen. Fast nur mit einem Satz und oft nur mit diesem Satz allein wurde "Wilhelm Tell" erschöpfend interpretiert. Er ging damit um wie einst die Alchimisten mit dem Stein der Weisen. Bei der Berührung mit der Literatur verwandelte sich jedes Wort in das reine Gold der Dichtung.

Es war die Zeit, da ich so oft die Schule schwänzte, als ich konnte. Wenn morgens die Sonne hell und freundlich in mein Zimmer schien und es Zeit zum Aufstehen war, wurde mir doch so trübe im Gemüt, daß ich den Tag mit seiner unerträglichen Schullast verwünschte. Meine Leistungen gingen zurück, zum Teil bis zur untersten Grenze des Möglichen. In Latein, Griechisch und Mathematik rangierte ich bei den Schlechtesten. Die sichere Katastrophe vor Augen sank auch mein schulischer und häuslicher Fleiß auf einen Nullpunkt. In den Sprachen fertigte ich zu Hause schon gar keine Übersetzungen mehr an, ich schrieb sie entweder vor dem Unterricht ab oder, was gar nicht selten vorkam, ich legte einfach täglich die gleiche Übersetzung vor und wunderte mich, daß es meinen Lehrern nicht auffiel. Vielleicht wollten sie es nicht merken, weil sie mich schon aufgegeben hatten.

Daß ich mich in der Schule nur im Krebsgang bewegte, blieb natürlich meinen Eltern nicht lange verborgen. Meine damals schon sehr kranke Mutter verzweifelte schier, mein Vater reagierte mit Strenge. Eigentlich hing diese Misere gar nicht von meinem guten oder bösen Willen ab. Ich konnte einfach nicht. Die einzelnen Fächer häuften Berge von Schwierigkeiten vor mir auf. In den Sprachen durchschaute ich nicht ihren grammatikalischen Aufbau, in der Mathematik verließen mich schon die Kräfte, wenn ich von einer Mehrheit auf die andere schließen sollte. Wie war es nur möglich, daß andere Schulkameraden mit Leichtigkeit und ohne ersichtliche Anstrengung alle diese Hürden, die mir unüberwindlich schienen, mit eleganter Leichtigkeit nahmen.

Mein Vater machte ein Besuch im Gymnasium. Er dachte wohl, das Blatt sei noch zu wenden. Als ich an diesem Tag von der Schule zurückkehrte, fand ich meine Eltern schweigend beieinander sitzen. Mein Vater trug einen dunklen Anzug und machte ein sehr strenges Gesicht. Meine Mutter blickte in den Schoß auf ihre Hände, die sie immer auf ihre eigene seltsame Art gefaltet hatte, wenn ihr eine Sache unabänderlich schien. Da mein Gruß nur sehr schwach erwidert wurde, schwante mir Schlimmes. Der feierliche Anzug meines Vaters, sein abweisender Blick, die dumpfe Schwüle des Schweigens veranlaßten mich, kurz die Pfade meines Gewissens zu durchstreifen, um mein Bewußtsein wappnen zu können. Einige dunkle Punkte gab's da natürlich immer, doch zur Zeit lastete wohl das Scheusal Schule auf meinem Gemüt. Und so ergoß sich denn auch das Schulunheil über mein ungeschirmtes Haupt. Während meine Mutter stumm blieb – sie seufzte nur still in sich hinein –, eröffnete mir mein Vater das Konto meines Schulversagens. "Ich war bei deinem Klassenlehrer", so begann er und legte nach jedem langsam vorgebrachten Satz eine noch längere Pause ein, "um zu erfahren, woran es liegt, daß deine Leistungen immer mehr nachlassen. Er hat mir erklärt, du seist dumm und faul und sozusagen ein ziemlich hoffnungsloser Fall. Deine Mutter und ich haben uns gefragt, wo eigentlich diese Dummheit herkommen könnte. Wir sind zu keinem befriedigenden Ergebnis gekommen. Trotzdem mag sein, daß dein Lehrer recht hat. Dummheit läßt sich nicht ändern, wir müssen sie ertragen, doch für deine Faulheit, da ist noch ein Kraut gewachsen." Daraufhin zog er den gefürchteten Stock hinter seinem Rücken hervor und ließ ihn mit aller Macht auf meinem Hinterteil herumtanzen. Danach wurde ich natürlich nicht fleißiger, sondern noch verdrossener. Ich fand nicht die Kraft, mein Schulschicksal zu wenden. In diesen Tagen und Wochen wurde die Erkrankung meiner Mutter immer bedrohlicher, und wenn schlimmere Übel kommen, achtet man auf die geringfügigeren nur noch wenig. Mein Schuldasein und seine Schwierigkeiten verblaßten hinter den Sorgen um meine liebe Mutter.

Auch schwarze Schafe haben zuweilen helle Flecken. Meine dunklen fünf Sklavenjahre am Gymnasium im Schatten des verehrungswürdigen Salierdomes zu Speyer wurden immerhin von zwei Lichtern, kurz und schwach zwar, aber doch deutlich, erleuchtet. Zwei kleine Triumphe waren es, die meine Selbstwerteinschätzung verbesserten.

In der Quarta mußten wir einen Aufsatz schreiben über das Thema: Der Zug Hannibals über die Alpen. Im allgemeinen graute es mir vor Aufsätzen. Nach einigen Sätzen hatte ich für gewöhnlich das Thema erschöpfend behandelt, dann zog ich meist vergeblich an den Strichen meines Gehirneuters, ohne daß noch ein Tropfen geistiger Kuhmilch sich einstellte. Für dieses Mal kannte ich mich selber nicht mehr, es dampfte nur so in mir. Die Gedanken überstürzten sich. Die Bilder des Geschehens flogen mir zu wie ein Schwarm zahmer Tauben. Ich füllte ein Blatt nach dem anderen, ohne zu zögern, ohne Qual und ohne Weh. Ich schrieb noch, als schon alle abgeliefert hatten. Als ich dann den Federhalter zurücklegte, erwachte ich wie aus einem Traum.

Vierzehn Tage später bekamen wir die Arbeit korrigiert zurück. Da ich fast nur immer die Note entsprechend, mangelhaft oder sogar ungenügend gewohnt war, staunte ich nicht wenig, daß auf meinem Blatt rechts oben eine glatte Eins thronte.

Als dann noch der Lehrer meinen Text als beispielgebende Leistung vorlas, empfand ich diese Momente fast als eine königliche Huldigung.

Nicht so spektakulär konnte ich im Lateinischen glänzen. Da ich mit der Grammatik einen verzweifelten, aber sehr aussichtslosen Kampf führte, wurden meine Übersetzungen ins Lateinische lebensunfähige Sprachgebilde, die dann auch der Lateinlehrer mit viel roter Tinte abqualifizierte. Von den vielen Schularbeiten, die wir alljährlich in dieser Sprache zusammenzubasteln hatten, waren nur sehr wenige, bei denen ein lateinischer Text in die deutsche Sprache zu übertragen war. Bei allen übrigen mußten wir deutsche Geistesergüsse in das goldene Latein à la Cicero pressen. Bei diesem Cicero rangierte ich natürlich immer im hinteren Leistungsfeld der Klasse, während eine Übertragung in die Muttersprache mir die Möglichkeit bot, geschickt zu kombinieren und phantasievoll zu ergänzen.

Von allen Fächern schuf mir die Mathematik die größten Leiden. Manchmal nahm sich mein Vater meiner an, um zu versuchen, mir die mathematischen Regeln in eine plausible Denkarbeit umzusetzen. Der arme Mann verlor dann angesichts meines trostlosen unfruchtbaren rechnerischen Ackerbodens schnell die Nerven, klebte mir dann zumeist eine Ohrfeige und wünschte mich zum Kuckuck. Den Schluß von der Einheit auf die Mehrheit begriff ich ja gerade noch, dagegen machte es mich schwindelig, wenn ich von einer Mehrheit auf eine größere oder kleinere schließen sollte. Von meinen Lehrern erfuhr ich da wenig Hilfe. Sie besaßen ungenügende pädagogische Kenntnisse, mangelndes methodisches Geschick und überaus wenig menschliche Geduld. Dafür versäumte einer von ihnen nie die Gelegenheit, meine Begriffsstutzigkeit mit Ohrfeigen glattzubügeln, und mit der Bemerkung, daß ich von ihm mehr Schläge zu erwarten hätte, als ich von meinem Vater Brot zu essen bekäme, lähmte er auch noch völlig meine ohnehin schwachen intellektuellen Antriebe.

Ich fürchtete die Mathematikstunden mehr als den ganzen übrigen Unterricht. Daß ich öfter durch kleinere und größere Streiche mein Selbstbewußtsein zu erhalten versuchte, ist nicht verwunderlich.

Oft war ich auch einfach ungezogen und hatte meinen Gefallen daran, schwächere Lehrer zu terrorisieren. Schüler spähen gierig nach den Schwächen ihrer Lehrer und nutzen sie schonungslos aus.

In der Sexta hatten wir einen Dr. Schabel. Wir nannten ihn "Isi“. Der Krieg hatte ihn gezeichnet. Über dem linken Auge fehlte ihm ein handtellergroßes Stück Schädeldecke. Kam "Isi“ in Erregung, und das passierte oft aus geringfügigem Anlaß, dann zuckte die Haut, die dieses Schädelloch zudeckte, im Takt des Pulsschlages. Wir taten alles, um durch lautes Schwätzen oder sonstigen auffälligen Krach diesen Mann zu ärgern, denn es machte uns eine grausame Freude, wenn "Isi“ auf Touren kam und sein "Loch“ zu pulsieren begann. Gewöhnlich eröffneten wir unsere Aktivitäten schon, wenn unser Spion an der Klassenzimmertür meldete: "Er kommt“. Dann erhoben wir auf einen Schlag ein mörderisches Geschrei und empfingen "Isi“ so laut johlend, daß er sich vor Wut kaum mehr kannte. Er verlor jede Fassung, sein Gesicht wurde krebsrot, er schrie in den höchsten Fisteltönen, so daß sich seine Stimme ständig überschlug, dann stürzte er sich auf den Katheder, warf alle Bücher und Hefte, die er bei sich trug, in äußerster Erregung uns vor die Füße, nahm seinen Stuhl, stemmte ihn wie ein Gewichtheber und ließ ihn donnernd aufs Pult sausen, daß es nur so krachte. Sein "Loch" bibberte wie das Kalbfell unter dem Trommelwirbel eines Schlagzeugers. "Isis" Zorn dauerte nie lange, er löste sich nach kurzer Zeit in Nichts auf. Dann begann er seinen Unterricht gewöhnlich mit der Frage: "Wo waren wir stehen geblieben", und seine Stimme klang so sanft, als hätte es nie Donner und Doria gegeben.

In der Obertertia sahen wir "Isi" wieder. Er sollte uns stenographische Grundkenntnisse beibringen. Ob ich schnell oder langsam meine und anderer Leute Gedanken zu Papier bringen konnte, juckte mich damals noch nicht einmal am kleinen Zeh. Eigentlich habe ich es in meinem ganzen Leben nicht vermißt, kein Stenograph geworden zu sein. Immerhin brachte ich es so weit, daß ich wenigstens Stenographisches lesen konnte. Im Unterricht bei "Isi" lernte ich es jedenfalls nicht. Da quälten mich nur die Gefühle schrecklicher Langeweile. Ein neckischer Einfall verschaffte mir Kurzweil.

Ich besorgte mir einen Stock von ungefähr einem Meter Länge und befestigte an seinem Ende eine Stecknadel. Wir saßen damals in unseren Schulbänken auf Klappsitzen, deren Sitzflächen vier Latten bildeten, die zur besseren "Entlüftung" Zwischenräume hatten.

Wenn nun "Isi" im Verlauf des Unterrichts seine mehr oder weniger geschickten didaktischen Fragen an uns stellte, um unseren Wissensstand zu prüfen, fuhr ich mit meinem nadelbewehrten Stock immer dann einem meiner Vordermänner unter den Hintern, wenn so ein armes Schülerwürstchen, das sich in den letzten Bänken dem verdienten Nachmittagsdämmerschlaf hingab, dem Herrn Professor Rede und Antwort stehen sollte. Den "Gestochenen" vor mir, der aus naheliegendem Grund sehr schnell und zackig vom Sitz hochschnellte, fuhr "Isi" dann ärgerlich an: "Dich habe ich doch gar nicht aufgerufen!" Der wirklich Aufgerufene hatte Zeit, sich von seinem Nebenmann eine passende Antwort zuflüstern zu lassen. Es war geradezu köstlich, wie bei jeder Frage zwei Antworter sich erhoben, der eine, vom Sitz aufspritzend, aber alles andere, als eine passende Antwort auf der Zunge, der andere, sich langsam in die Höhe windend und mit sehr dummem Gesicht, den zelotischen Eifer seines Kameraden gar nicht begreifend.

Das Spiel endete abrupt, als einer der Gepisackten laut und empört rief: "Herr Professor, der Doerr sticht mich!" "Isi" segelte mit langen Schritten zu mir, entriß mir den "Stichelstock", blies gradezu furchterregend die Backen auf und verdonnerte mich an Ort und Stelle zu zwei Stunden Direktoratsarrest. Nach Ende der Unterrichtsstunde packte mich "Isi" am Kragen und führte mich dem Direktor vor, der durchaus nicht sehr milde mit mir umsprang. Die zwei Stunden brummte ich ab, doch es ergriff mich weder Reue, noch faßte ich Vorsätze zur Besserung. So reifte denn auch die nächste "böse Tat" bald heran.

Als ich eines Tages im Frühjahr durch die Speyerer Messe schlenderte, blieb mein Blick an einem Stand haften, der bengalisches Feuer, Knallerbsen, Zündblättchen und anderes harmloses Feuerwerk zu verkaufen hatte. Mit einigen Schächtelchen Zündblättchen in der Tasche eilte ich ins nahe Gymnasium, um wie üblich an diesem Nachmittag die Stenographiestunde abzusitzen. Wir schrieben damals noch mit Federhalter und Tinte, denn der Füllfederhalter war in seinem Siegeszug noch nicht in die Klassenzimmer der Schulen vorgedrungen. Vor jedem Sitzplatz stak in einer Vertiefung ein richtiges Tintenfaß aus Glas oder Porzellan. Damit durch ungestüme "Schülerarbeit" nicht etwa die Tinte aus dem Faß hochspritzte, waren die Tintenfässer durch einen gußeisernen Deckel zu verschließen. Man schob den Deckel von der Seite her gegen ein metallenes Widerlager, um den Tintenbehälter abzudecken. Weil das so schön klapperte, wurden die Deckel in manchen Stunden eifrig betätigt. Als ich an diesem Nachmittag das Klassenzimmer betrat, hatte der Unterricht noch nicht begonnen. So munitionierte ich in aller Eile die Tintenfässer mit Zündblättchen, indem ich mehrere von diesen pfenniggroßen Scheibchen dort an das Widerlager der Tintenfässer legte, wo ich besonders eifrige "Tintenfaßspieler" vermutete. Als die Stunde begonnen hatte, wartete ich voller Spannung darauf, daß es nun bald aus irgendeiner Ecke knallen würde. Doch es geschah nichts. Die Kameraden waren wohl an diesem schönen Nachmittag zu träge, sie hatten noch nicht einmal Lust, mit ein bißchen Tintenfaßdeckelgeklapper den Lehrer zu reizen. Nachdem bald eine halbe Stunde ohne jede Sensation verstrichen war, befürchtete ich einen unrühmlichen Ausgang des Unternehmens. Wenn nun die anderen zu blöd, zu faul oder zu ängstlich waren, mußte ich schließlich mit gutem Beispiel vorangehen. Ich schob an mein Tintenfaß ein gutes halbes Dutzend von diesen Knalldingern und schlug vehement den Deckel zu. Die Wirkung war ganz außerordentlich, zumal in diesem Augenblick nach einer Frage von "Isi", auf die keiner eine passende Antwort wußte, im Klassenzimmer eine ungewohnte und fast feierliche Stille herrschte. In diese Ruhe hinein platzte der Krach meines "Feuerwerks". Nach einigen Schrecksekunden setzte ein wieherndes Klassengelächter ein. Da mein Platz von blauen Pulverdampfschwaden umnebelt war, konnte "Isi" leicht den Übeltäter ausmachen. Die Strafe, die ich nun hinnehmen mußte, war zweifellos wohlverdient, doch sie erschütterte meinen Gleichmut beträchtlich. Bis zum Stundenende saß ich dumpf brütend da und überlegte, wie ich den Hals aus der Schlinge ziehen könnte. Als es läutete und die Klassenhorde johlend abgezogen war, ging ich zum Lehrerpult, nicht etwa um mich zu entschuldigen, wie es Sitte und Anstand verlangt hätten, sondern um mich kaltschnäuzig zu beschweren.

Es ist mir heute noch ganz und gar unverständlich, daß ich damit Erfolg hatte. Ich redete wie ein Buch, beschönigte durchaus nicht meine Untat, sondern erklärte, daß es einfach eine Ungerechtigkeit sei, einen so armen Kerl wie mich immer zu erwischen und ihn obendrein noch zu bestrafen. Schließlich seien ja auch noch andere da, die ihren Unfug im Unterricht trieben, die aber würden weder erwischt, und wenn schon, dann kämen sie ohne Strafe davon.

Wie angedeutet, trug meine Frechheit einen vollständigen Sieg davon. Ohne gemaßregelt zu werden, verließ ich den Saal. Es kann schon sein, daß Lehrer manchmal sogar dort von einem schlechten Gewissen geplagt werden, wenn sie rundum im Recht sind.

Die verdiente Strafe erreichte mich dann doch allerdings sehr viel später, als ich selber als Lehrer vor Schülern stand, die aus dem gleichen Holz geschnitzt waren wie ich. Auch meine Schüler haben meine Schwächen erkannt und ausgebeutet, wo sie nur konnten.

Einen wirklich originellen Streich habe ich nur einmal erlebt.

Ich war Lehrer in Bolanden und unterrichtete in der siebten und achten Klasse. Eines Morgens komme ich in den Schulsaal. Alle erheben sich, wie damals üblich, von ihren Plätzen, um zu grüßen. Einer in der hintersten Bank steht da und hat noch die Mütze auf dem Kopf. Ich rufe ihm zu: "Nimm deine Mütze ab, sonst denkt man, du hättest Spatzen unterm Hut!“ Er nimmt die Kappe ab, und tatsächlich flattert ein armes Spätzlein daraus hervor und kreuzt im Zickzackflug über eine Klasse, die laut und schrankenlos sich erheitert.

Ich lachte mit, denn es hatte mich köstlich amüsiert.

Noch einen kleinen Nachtrag zu unserem lieben Dr. "Isi“:

Lange nach dem Krieg traf ich zufällig mit dem Schwager von Dr. S. zusammen. Im Laufe der Unterhaltung kamen wir auch auf meinen ehemaligen Lehrer zu sprechen. Mein Erstaunen war groß, als ich hörte, daß sich "Isi“ noch ganz gut meiner erinnere, denn ich sei ja ein so lieber Bub und braver Schüler gewesen. Hinterher habe ich darüber laut und herzlich gelacht.

7

Solange meine Mutter lebte, verbrachten wir unsere Sommerferien für gewöhnlich im Hause meines Großvaters im nordpfälzischen Göllheim. Zwei Erwachsene und drei Kinder schleppten einen Berg von Schachteln und Koffern zum Bahnhof und da wir mehrmals umsteigen mußten und wir oft auf den Anschluß der Züge lange warten mußten, nahm die Reise meist einen ganzen Tag in Anspruch. Vom Bahnhof Dreisen aus hatten wir dann noch einen drei Kilometer langen Fußmarsch vor uns, bis wir endlich hundemüde, aber doch, was mich betraf, sehr glücklich das liebe Göllheim erreichten.

1925 kaufte mein Vater ein Auto. Sicher dachte er dabei auch an die mühselige Bahnrackerei, wenn er mit seiner Familie nach Göllheim wollte. Der Wagen trug den anspruchsvollen Namen ”Freia“. Er hatte drei Sitze, einen Werkzeugkasten, der den ganzen Raum für den vierten Sitz einnahm, eine recht schnittige Form und ein sehr sportliches Allwetterverdeck. Vor jeder Fahrt mußte mein Vater den Vergaser herausnehmen, um ihn zu reinigen und wenn man den Wagen dann wirklich anlassen wollte, brauchte es eine gute halbe Stunde schweißtriefender Arbeit mit der Kurbel, denn die Wohltat des elektrischen Anlassers hatte man ihm noch nicht mit auf den Weg gegeben. Nach jeder größeren Fahrt mußten wir unter den Wagen kriechen, um nachzusehen, ob noch alle Schrauben in ihren Gewinden seien. Die Scheinwerfer leuchteten so schlecht, daß Nachtfahrten etwas Abenteuerliches an sich hatten. Vor jeder stärkeren Kurve drosselte mein Vater den Wagen auf Schrittempo, um die richtige Biegung der Straße auszumachen, damit er nicht auf einem Acker landete. Tatsächlich saßen wir auch einmal des Nachts bei einer Fahrt zu einem Bruder meines Vaters nach Kirrweiler in einem Rübenacker, weil mein Vater, der sehr achtsam fuhr, die Änderung der Straßenrichtung nicht mitbekam. Wir wurden alle tüchtig durchgeschüttelt, besonders ich, den man im ausgeräumten Werkzeugkasten verstaut hatte. Daß weiter nichts passierte, hatten wir dann doch auch wieder unserer lieben "Freia"zu verdanken, denn sie ließ sich nicht schneller bewegen, als ein strammer Radfahrer an Geschwindigkeit vorlegt. Ein einziges Mal fuhren wir mit diesem Karch nach Göllheim. Wir brauchten genauso lange oder vielleicht sogar noch länger wie in früheren Jahren mit dem Zug. Mußten wir an einigen Stationen auf den Anschlußzug warten, so wußten wir doch bei aller Langeweile und Ungeduld, die wir empfanden, daß der Zug kam, wenn die Fahrplanzeit da war. Unsere "Freia" dagegen kümmerte sich um keine Zeit. Sie stotterte des Morgens schon kurz nach Speyer und ließ sich alle "Eingeweide" inspizieren, bis sie sich bequemte, weiterzurollen. Hatten wir sie dann ein bißchen unter Dampf und sie marschierte tüchtig, fing sie auf einmal an zu qualmen, weil ihr das Kühlwasser davongelaufen war. Einmal wollte sie partout nicht mehr auf der Straße bleiben und tat, als ob sie nur noch die Äcker links und rechts der Straße interessieren würden. An der Lenkung hatte sich ein Bolzen gelockert und war herausgefallen. Die ganze Belegschaft des Wagens stieg aus und suchte kilometerweit jeden Quadratdezimeter Straße ab. Nach vieler Mühe und nach einigen Geldgelöbnissen für die Armen des heiligen Antonius ließ sich der verfluchte Bolzen endlich finden.

Göllheim war sicher eine Reise wert, ob sich aber diese Fahrt mit diesen Verdrießlichkeiten Göllheims wegen lohnte, möchte ich meine Eltern nicht gefragt haben. Für uns Kinder dagegen hatten diese Autofahrten mit Hindernissen immer etwas Vergnügliches. Noch in demselben Jahr entledigten wir uns der ärgerlichen Bürde unserer Motorisierung. Ein Herr aus Worms kaufte uns den Schinken ab, zahlte einige hundert Mark und stellte uns für den Rest ein altes abgefahrenes Motorrad in den Hausgang.

Mein Vater hatte ein knappes Jahr zuvor für die damals schon arg abgetriebene "Freia" ein kleines Vermögen hingeblättert. Es hätte in jener Zeit zum Kauf eines Einfamilienhauses bescheidener Ausstattung fast ausgereicht. Durch das volle schwarze Haar meiner Mutter zogen sich die ersten Silberfäden.

Auf der Überführungsfahrt starb dann "Freia" quasi an Schlagfluß. Das Kardangetriebe zersprang mitten während der Fahrt in Fetzen. Vorzeitig und unrühmlich schied der schnittige Wagen mit dem sportlichen Allwetterverdeck aus dem Leben.

Göllheim war das Paradies meiner Jugend. Nirgends fühlte ich mich so wohl wie dort. Zwar hatte ich noch nicht den Sinn für den starken und beruhigenden Charakter der Donnersberglandschaft wie später, dafür aber entzückte mich die Welt des bäuerischen Lebens. Tag für Tag marschierte ich zum Nachbarn Worster. Ich war beim Pflügen, Säen und Ernten dabei. Ich half im Stall und freundete mich mit den zwei glänzenden schwarzen Rappen an, und kein Geruch duftete mir süßer als der des Misthaufens. Wenn mich jemand fragte, was ich werden wolle, dann gab es damals nur eine Antwort: "Bauer, natürlich!"

Wenn die Ferientage zu Ende gingen, gab's gewöhnlich Tränen. Warum nur mußte ich wieder nach Speyer zurück, wo mich alles peinigte, wo ich nie so befreit und froh atmen konnte wie in Göllheim.

Was war doch in Göllheim alles zu sehen und zu erleben.

Es ist eine kleine, aber wichtige Nebensächlichkeit des täglichen Lebens, in Ruhe abzuladen, wozu unser Körper nur eine bedingte Vorratshaltung aufweist. In Speyer stieg man von der Wohnungsvortür sieben Stufen abwärts, um ein enges stilles Örtchen mit einem winzigen Fenster zu erreichen. In Göllheim wanderte man zuerst eine schmale hölzerne Wendeltreppe hinunter, dann ging es über große Steinfliesen an der Werkstatt des Großvaters vorbei, am Schluß überquerte man auf schwankenden Bohlen die große Jauchegrube und trat dann in eine geräumige Bretterbude ein, sie war wohl niedrig, bildete aber ein stattliches Geviert.

Wie ruhig und abgeschieden man da saß. Spinnen hatten ihre Netze kreuz und quer gezogen. Sie huschten eifrig auf ihren Fäden entlang, damit ihnen ja keine zappelnde Mücke in ihren Todesfallen entging. Irgendwo brach sich ein golden glänzender Sonnenstrahl eine breite Bahn durch den Raum. Staubteilchen tanzten in ihm wie gespenstige Marionetten. Durch den herzförmigen Ausschnitt in der Tür blaute der Himmel wie ein Wappenschild in das Kämmerchen.

Jede Kleinigkeit wurde zu einem Erlebnis. Jedes Erlebnis barg den Keim eines kleinen Abenteuers in sich.

Kein Tag glich dem anderen, und doch füllte sich jeder Tag mit Lust und Freude. Regnete es, war ich in der nunmehr verlassenen Glaserwekstätte meines Großvaters, hantierte mit Stemmeisen und alten Hobeln.

Schien die Sonne, nahm der Vater uns mit zum Trübelbrunnen, bastelte uns dort Wasserräder mit einem Apfel als Nabe und Kiefernrindenstücken als Schaufeln. Oder aber wir wanderten zum Kloster Rosental, dann wurde die Geschichte Adolfs von Nassau lebendig, der auf der Hasenheide vor den Toren Göllheims sein Leben verloren hatte und im Kloster zur Leichenklage aufgebahrt worden war. Und immer wieder stahl ich mich zum Nachbarn, dem Bauern Worster, und fuhr hinaus mit ihm auf die Felder.

Göllheim hatte sogar noch einen Gänsehirten. Er zog frühmorgens von einem Dorfende zum anderen und sammelte seine Herde. Das Geschnatter und Flügelschlagen nahm kein Ende. Wenn abends die Gänse von den Feldern zurückkamen, erhoben sich ganze Pulks in die Luft und segelten die Dorfstraße entlang. Ich dachte, die Welt könne nirgends reicher und anregender sein als in Göllheim.

Gegen Ende August wehten die ersten Herbstwinde über Dorf und Felder. Die Telefonleitungen fingen dann an zu singen und mir war, als ob einzig in der Nordpfalz sich Winde und Musik zu vollkommener Harmonie verbinden könnten. In Speyer, ja da wirbelte auch der Wind, er trug ein paar Fetzen Papier durch die Straße, aber nur in Göllheim griff er in die Saiten und jubilierte sein Lied. Da war eben halt alles besser, sowohl die Brötchen vom Feßler, wie die Latwerg von Worster und genau so die Milch von Feßlers und die Butter vom Sundheimerhof. Wenn ich abends in das Bett mit den zersprungenen Federn in der Hinterstube kroch, merkte ich zwar, daß mir eine Wolke urgroßväterlichen Uringeruchs entgegendampfte, aber es verschlug mir nicht den Atem, ich sog ihn so willig und brünstig in mich hinein, als wäre es der Duft der frischen Erdschollen hinter dem Pflug auf dem Felde. Die Luft war eben unvergleichlich besser als anderswo, die Menschen herzlicher, die Häuser malerischer, sogar das alte Tafelklavier klang beseelter, die Sonne schien klarer und die große Standuhr beim Uhrmacher Schott schlug die Stunden freier und wohlklingender, selbst das Trinkwasser schmeckte kräftiger, es wurde ja auch noch vom Brunnen geholt, wo die Bauern ihre Pferde tränkten. Und erst dieser Duft in der Wohnung von Großvater, der von zerlassener Butter und geröstetem Korn herrührte.

Göllheim mit seinen roten Feldern, den stattlichen Bauernhöfen, seinen heimeligen Gassen, dem immerwährenden Geplätscher des Röhrenbrunnens vor dem behäbigen Rathaus, dem freundlichen Geläute der beiden Kirchen, der kräftigen kernigen Sprache der Leute, es war für mich der schönste Fleck, den mir die Erde damals zu bieten hatte. Und wie gesagt, ich wollte Bauer werden, aber nur in Göllheim, nirgends sonst.

Daß man sein armseliges Dasein nicht ungefährdet durchs Leben trägt, erfuhr ich mit elf oder zwölf Jahren zum ersten Mal. Ich hatte zwei Unfälle. Der eine war meinem Leichtsinn und meiner Unerfahrenheit zuzurechnen, den anderen verschuldeten mehr unglückselige Umstände.

Schon bevor ich zur Schule kam, wäre ich gern in unserer Pfarrkirche Meßdiener geworden. Während der

Kindtaufe unserer kleinen Elisabeth schlich ich mich nach Ende der Zeremonie ganz nahe an den Pfarrer heran und stammelte ihm mein Anliegen ins Ohr. Er meinte, ich sollte doch noch einige Jahre warten, denn jetzt würde mir ja der Talar auf dem Boden nachschleifen.

In der zweiten Volksschulklasse wurde ich dann reif für den Altar. Den Dienst nahm ich genau und weder winters noch sommers schreckte es mich, daß ich früh aus den Federn mußte, um rechtzeitig zur Messe zu erscheinen. Nur mit dem lateinischen Meßgebet, da haperte es lange, und oft half der Priester weiter, wenn ich steckengeblieben war. Auch die Abfolge der einzelnen Dienstverrichtungen machte mir anfangs Schwierigkeiten, so daß ich dem Geistlichen öfter Wasser statt Wein hinreichte oder ihm sogar den Wein zur Händereinigung anbot. Es kam auch vor, daß ich das schwere Meßbuch auf die andere Altarseite schleppte und es dann wieder zurücktrug, wenn ich meinen Fehler erkannte. Im Laufe der Zeit gelang es mir dann doch, probat und aufmerksam zu dienen.

Wir wären keine rechten Meßdiener gewesen, wenn wir nicht allerhand Schabernak getrieben hätten, um andere zu necken und den Meßner in der Sakristei auf die Palme zu bringen. Der Meßner war ein älterer, untersetzter Mann mit einem feuerroten, kurzen Bart, der keinen Spaß vertrug. Wenn wir ihm seine Utensilien versteckten oder die Ärmel der Meßdienerröcke verknoteten, fackelte er nicht lange, holte seinen Ochsenziemer aus der hinteren Ecke des Paramentenschrankes, schwang ihn wild über unseren Köpfen oder prügelte auf uns ein. "Ich will euch Mores lehren!“ schrie er. Während er uns mit diesen Worten andonnerte, entließ er aus dem lückenhaften Gehege seiner Zähne große Mengen saftiger Spucke, vor der wir uns zwischen die Meßdienerröcke flüchteten, die eng beieinander an einer großen Garderobe hingen. Da der Mann immer einen Pfriem Kautabak im Mund umherwälzte, hatte sein Speichel eine jauchebraune Farbe. Davor ekelten wir uns mehr, als wir uns vor dem gedörrten Ochsenschwanz fürchteten.

Als Meßdiener hatten wir auch die Aufgabe, die Glocken zu läuten. Das taten wir sehr gern. Da waren wir ohne jede Aufsicht, konnten uns gegenseitig unsere Kraft zeigen und darin wetteifern, wer sich vom Glockenseil am höchsten hinaufziehen ließ.

Über eine ganz schmale Wendeltreppe stiegen wir zum Glockenstuhl hinauf, hingen uns an die Glocken, um sie zum Schwingen zu bringen oder stießen den Klöppel gegen den Glockenmantel, um Uhrenschlag vorzutäuschen und so die lieben Leute auf der Straße zu verwirren. Über einen anderen Gang konnten wir auch in den Dachboden des Langschiffes eindringen. Dort turnten wir in aufregenden Klettereien über fußbreite Balken in schwindelnder Höhe. Ganze Nachmittage verbrachten wir auf dem Kirchenspeicher, stellten den wilden Tauben nach und hoben ihre Nester aus. Dohlen scheuchten wir in hellen Mengen durch die Luken ins Freie und kamen dann rußig und verdreckt nach Hause wie die Kaminfeger nach einem anstrengenden Tag.

Einer meiner Begleiter auf diesen Entdeckungsfahrten war E.S., ein Bub aus der Nachbarschaft. Sein Kopf steckte voller wilder Streiche, nichts schien ihm zu verwegen. Einmal läuteten wir miteinander die Glocken zur Maiandacht und stiegen dann zum Glockenstuhl hinauf. Die Glockenseile liefen an einer Holzbrücke vorbei, man konnte sie gut greifen. Von dort aus ging es vier Stockwerke hinunter. An jenem Abend standen wir auf dieser Brücke und schauten in die Tiefe. E.S. meinte, man könne doch einmal versuchen, sich auf ein Glockenseil zu schwingen und hinunter zu klettern. Seeleute müßten so etwas immer machen. Ob ich wohl den Mut dazu hätte. Natürlich wollte ich kein Feigling sein, der Stolz packte mich, diesem E.S., der ein oder zwei Jahre älter war und den ich als kleinen Haudegen bewunderte, zu zeigen, daß ich ihm nicht nachstand, wenn es galt, Mut zu zeigen.

Also griff ich nach dem Seil, schwang mich über das Geländer und versuchte wie in der Turnstunde an den Kletterstangen, langsam mich abzuhangeln. Das Seil jedoch war eingewachst und aalglatt. Nach zwei oder drei Griffen konnte ich es nicht mehr festhalten. Meine Hände hatten auf einmal einfach nicht mehr die Kraft, sich an dem besenstieldicken Tau festzuklammern, so glitt ich immer schneller in die Tiefe. Ich nahm alle meine Kräfte zusammen, unglücklicherweise entwand sich das Seil auch dem Kletterschluß der Beine. Ich gewann immer größere Geschwindigkeit und wußte nicht, wie ich sie abbremsen konnte. An den Fingern und Handflächen empfand ich so gräßliche Schmerzen, daß ich mehrmals überlegte, ob ich mich nicht einfach fallen lassen sollte. Glücklicherweise schaltete sich immer wieder ein Quentchen nüchternen Denkens dazwischen, das mir in diesem Fall den sicheren Tod auf dem Beton da unten in Aussicht stellte. Ich hatte also die Folgen vor Augen und tat es nicht. Ich hielt das Feuer, das meine Hände durchloderte, mit äußerster Willenskraft aus und plumpste krachend wie ein Mehlsack auf dem Boden auf. Als ich mich mühsam erhob, schmerzten mir alle Knochen, doch der brennende Schmerz der Hände überwältigte jedes andere Gefühl. Rohes dunkelrotes Fleisch glühte aus meinen Handflächen. Besonders die Finger waren tief eingebrannt, und es wurde mir vor Schmerzen übel. Nach einiger Zeit kroch ich in die Höhe und schwankte hinunter in die Sakristei, wo ich mir die Hände unter kaltem Leitungswasser kühlte. Dann verkroch ich mich stöhnend hinter den Meßdienerröcken.

Einer der Kapläne entdeckte mich und dachte, ich wollte mich vor ihm verstecken. Wortlos hielt ich ihm meine Hände entgegen. Er erschrak, begriff aber, was passiert war und nahm mich mit in die Sakristei. Die Schwester des Pfarrers, eine mütterliche Frau, beschmierte die Wunde dick mit Salbe und wickelte die Hände in Binden. Da ich jung und gesund war, schritt die Heilung schnell vorwärts. Die Narben sind heute noch zu erkennen. Von nun an habe ich alle Stricke, die zum Klettern einluden, gemieden.

Der nächste Unfall traf mich ganz ohne eigene Schuld.

Nie habe ich wie andere leicht und schnell gelernt. Nicht nur, daß es viel Geduld und Beharrlichkeit brauchte, wenn ich mir Wissen aneignen wollte, auch so eine einfache Sache wie die Kunst des Radfahrens fiel mir nicht in den Schoß. Viele Stunden übte ich zusammen mit meiner Schwester in dem nahegelegenen Grasweg, bis ich endlich so viel Gleichgewichtsgefühl entwickelte, daß ich nicht immer wieder herunterpurzelte, wenn sie mich losließ. Einige Wochen später wurde ich dann doch so fahrtüchtig, daß mein Vater eine kleine Radtour mit mir wagte. Unser Ziel war Philippsburg, jenseits des Rheines. Heutzutage ist es fast selbstverständlich, daß man seinen radfahrenden Kindern bald ein neues Fahrrad schenkt. Weihnachten oder Ostern sind da die geeigneten Termine. Mein Vater gehörte zwar zur gehobenen Einkommensklasse, aber ein nagelneues Fahrrad für mich schien ihm ein übertriebener Luxus. Mit zwölf Jahren lernte ich radfahren, ich war schon fünfzehn, als ich Besitzer eines eigenen Fahrrades wurde. Es war ein gebrauchtes Rad Marke Presto, das einer unserer Mieter uns verkaufte. Ich glaube, daß der Fahrradkauf damals etwas mit rückständiger Miete zu tun hatte. Bis dahin lieh mir ab und zu meine Schwester Maria ihren "Bock". Er war sehr eng gebaut, schwer und wenig manövrierfähig. Auch nach Philippsburg fuhr ich auf Marias "Schaukel". Mein Vater fuhr voraus, ich kurbelte stolz hinterdrein. Autos behinderten damals die Radfahrer auf den Straßen noch kaum. Bis Philippsburg ließ sich alles sehr gut an. Weil ich so brav gefahren war, kaufte mein Vater eine Flasche Limonade. An einer Hausecke in dem kleinen Städtchen haben wir das Brot, das wir von zu Hause mitgebracht hatten, mit gutem Appetit verzehrt. In froher Laune ging's zurück nach Speyer. Die Straße war sehr schmal und geschottert. Kurz nach Philippsburg tauchten vor uns zwei hochbeladene Heufuhrwerke auf. Sie fuhren in die gleiche Richtung. Der vordere Wagen hielt sich an die rechte Straßenseite, der andere dicht dahinter benutzte die Mitte der Straße. Mein Vater, wie immer vor mir, überholte das letzte Gefährt rechts, mußte dann aber stark bremsen, als er sah, daß er den vorderen Wagen nicht auch rechts überholen konnte. Auch ich trat natürlich auf die Bremse, war aber noch nicht geschickt genug, im langsamen Tempo das Gleichgewicht zu halten. Zuerst schlingerte die Lenkstange, weil das Tempo sich zu stark verlangsamte, dann wackelte der ganze Bau des Rades, weil ich mich krampfhaft bemühte, im Sattel zu bleiben, und schließlich stürzte ich dann doch auf die Straße. Bewußt wurde mir nur der Moment, als ich die Herrschaft über das Fahrrad verlor, hellwach fand ich mich erst wieder, als einige Dezimeter vor mir ein eisenbeschlagenes, knarrendes Rad sich direkt in Höhe meines Brustkastens langsam auf mich zubewegte. Der Schreck nahm mir erneut die Besinnung. Dann fand ich mich auf der Straße liegend hinter dem Heuwagen wieder. Mit letzter Kraft und instinktiv mich drehend hatte das Rad nicht die Brust erreicht, sondern war schürfend an meiner linken Seite von der Schulter bis zum Knie entlanggeglitten. Das Schulterblatt war gebrochen, die ganze linke Seite sah aus, als habe man mir die Haut abgezogen, und oberhalb der Kniescheibe hatte ich eine faustgroße Fleischwunde. Ein Pflugskarch von einer Kuh gezogen, der Bauer hatte Dickrüben vom Feld geholt, nahm mich auf und transportierte mich nach Philippsburg zurück. Auf dem Karren lag ich wie auf einer Folter. Jede Vertiefung in der Straße, jeder Schotterstein schmerzte so, daß ich laut hätte hinausschreien mögen. Die kurze Strecke nach Philippsburg erschien mir wie eine peinigende Ewigkeit. Ein Arzt versetzte mich dann mit einer Morphiumspritze in einen Zustand wohligen Nichtfühlens. Spät am Abend brachte ein Krankentransportwagen mich ins Vincentiuskrankenhaus nach Speyer. Am nächsten Morgen wurde mir das Schulterblatt eingerichtet, übrigens ohne jede Betäubung. Zwar liefen mir die Tränen über die Wangen, ich konnte sie nicht zurückhalten, doch geschrien habe ich nicht.

Ein dicker Panzer von einem Gipsverband bedeckte meine linke Schulter. An Gesicht, Oberschenkel und oberhalb der Kniescheibe wurde ich zugepflastert und für vierzehn Tage zum Krankenhausinsassen gemacht. Ich kann nicht sagen, daß mich die Sehnsucht nach draußen, nach frischer Luft und freier Bewegung verzehrt hätte. Nach einigen Tagen hatte ich fast keine Schmerzen mehr, und ich fühlte mich in der liebevollen Atmosphäre des Betreutwerdens recht wohl.

So verließ ich also das Vincentiuskrankenhaus mit einem nassen Auge. Und die Tränen wurden nicht trockener, als ich die Schule wieder sah.

In diesen Jahren ergriff mich eine gesteigerte Abenteuerlust. Ich wollte die Welt kennenlernen und die Gefahren, die sie birgt, meistern. Die Schule, ihre Forderungen und Aufgaben, trat in einen sehr nebligen Hintergrund.

Die entlegensten Wald– und Wiesengebiete suchte ich auf. Ich kam auf stundenlangen Wanderungen fast bis Iggelheim und Haßloch. Damals gab es noch Blindschleichen, Ringelnattern, Molche und Frösche in großer Anzahl. Oft trug ich solche Tiere nach Hause, setzte sie in ein Terrarium, um sie zu beobachten, oder ließ sie in unserem Garten frei herumlaufen.

Auch der Altrhein mit seinen vielen Wasservögeln lockte mich. Ich schreckte weder vor tiefem Wasser noch knietiefem Schlamm zurück, um ein Wildentennest zu entdecken.

In den Sommermonaten badeten wir jeden Tag im Rhein. Wir benutzten dazu die Niemandsche Schwimmschule. Sie war ein riesiges Floß, das knapp südlich der Speyerbachmündung in der Nähe des Rheinufers vor Anker lag. Alles an ihr war aus Holz, die Becken für Nichtschwimmer, der Sprungturm, die Kabinen, die Laufflächen, sogar die Toiletten. Der Rhein hatte noch sauberes Wasser, es schimmerte blaugrün, nur nach heftigen Regenfällen nahm es eine gelbliche Farbe an. Die Umkleidekabinen befanden sich landwärts, so daß sie das muntere Treiben der Badegäste verdeckten und keine lüsternen Blicke erlaubten. Ohnehin badete man damals noch streng nach Geschlechtern getrennt. Die Damenbadeanstalt nebenan wirkte noch finsterer, abgekapselt und undurchsichtig wie ein Serail. Nie gelang unseren neugierigen Blicken eine Entdeckung weiblicher Blöße. Als man in den dreißiger Jahren damit anfing, Weiblein und Männlein gemeinsam baden zu lassen, gab es zunächst einen gewaltigen Sturm der Entrüstung. Er legte sich zwar bald wieder, aber die Wogen des moralischen Protestes schlugen sehr hoch, für die ungezügelte Libertinität heute, vierzig Jahre später, ein Zustand, der schwer begriffen werden kann. Man muß wissen, daß damals sogar so harmlose Schlager wie "Ich hab' mein Herz in Heidelberg verloren" von vielen als unsittlich gewertet wurden. Wer mag wohl entscheiden, welche Welt dem Wohl des menschlichen Herzens besser gedient hat?

Wir Buben fühlten uns jedenfalls in der alten "geschlechterfeindlichen" Schwimmschule sehr wohl. Wir tobten und spritzten nach Herzenslust in dem nassen Element und räkelten uns auf den warmen Brettern vor den Kabinen. Der Blick auf den Strom, auf den leuchtend gelben Streifen Sandbank und das saftige Grün des Auwaldes gegenüber genügte uns völlig. Die großen Raddampfer zogen nahe an uns vorbei, wir schaukelten mit großem Vergnügen in ihren hohen Wellen. Das Schwimmen im freien Rhein war nur auf der Länge des Schwimmbades erlaubt. Mit gutem Grund verbot man den Schwimmern, sich weiter treiben zu lassen, weil man dann in die gefährlichen Wirbel des Speyerbaches geriet. Da uns Buben die Gefahr anzog, tauchten wir oft unter den Closetten hindurch, da konnte uns der Bademeister nicht sehen. Am Ufer des Rheines nördlich der Speyerbachmündung hatten die Fischer ihren Kahn "Paul" festgetäut. Ihn steuerten wir mit Vorliebe an, kletterten über das Ruder am Heck an Bord, legten uns in die Fischernetze und trieben allerhand Unfug. Einmal entdeckte ich einen Eimer mit einer langen Leine. Ich ließ ihn ins Wasser hinunter und goß den vollen Eimer in den Schornstein der kleinen Kombüse. Welche Schweinerei wir da unten in dem kleinen Raum anrichteten, kam uns natürlich nicht in den Sinn. Mein "Josefskirchturmkamerad" E.S. war mit von der Partie. Wir waren so in unseren Unfug vertieft, daß wir die Gefahr, die sich am Ufer zusammenbraute, nicht bemerkten. Da hatten sich nämlich einige Fischer zusammengefunden, die unser nichtsnutziges Treiben beobachteten. Erst als uns einer der Männer mit drohend geballter Faust zurief, daß wir heute nicht ungeschoren nach Hause kämen, begriffen wir, was die Uhr geschlagen hatte. Gegen die Strömung zurück in die Badeanstalt zu schwimmen, ging über unsere Kräfte, zum Ufer war es wohl nicht weit, und wir hätten es bequem erreichen können, aber da warteten einige derbe Fäuste auf uns. Der einzige Fluchtweg, der uns aus diesen Schwierigkeiten herausführen konnte, ging durch den ca. 250 Meter breiten Strom, der an unserem Schiff vorbeiquirlte. So ganz gemütlich erschien uns der Gedanke, über den Rhein zu schwimmen, nicht. Im allgemeinen versuchten es nur geübte und ältere Schwimmer. Von der Badeanstalt aus hatte man es leichter. Da erreichte man für gewöhnlich noch den äußersten Zipfel der Sandbank. Von der Sandbank aus konnte man durch das seichte Wasser bis zum Ufer hinüberwaten. Wir dagegen mußten von unserem Standort aus damit rechnen, daß die Strömung uns an der Sandbank vorbeitrieb, dann wurde der Rhein breiter und am jenseitigen Ufer tiefer und reißender. Da wir die aufgebrachten Männer mehr fürchteten als die Tücken des Vaters Rhein, sprangen wir mit elegantem Kopfsprung über Bord, dachten, es wird schon gut gehen und stellten uns vor, wie wir dann bei unseren Kameraden renomieren konnten. Bis zur Mitte des Flusses ging eigentlich alles gut, doch dann wurden wir zusehends müder und schlapper. Schließlich verließen uns die Kräfte so sehr, daß uns bei jedem Schwimmstoß der Gegendruck des Wassers die Finger spreizte. Zum guten Glück überkam uns nicht die Angst, sonst wären wir wahrscheinlich verloren gewesen. Von alten Schwimmhasen wußten wir, daß man wieder zu Kräften kommen kann, wenn man sich auf den Rücken legt und sich willenlos von der Strömung dahintreiben läßt. Als wir uns diesen Rat zunutze machten, spürten wir, wie die Müdigkeit nachließ. Wir erreichten dann doch viele hundert Meter unterhalb der Speyerbachmündung das rettende Ufer. Schlotternd vor Kälte und sehr ermattet stiegen wir aus dem Wasser. In der Freude über unsere Heldentat vergaßen wir schnell die Strapazen. Nach einer kleinen Ruhepause im sonnendurchwärmten Sand zogen wir guten Mutes auf dem Leinpfad flußaufwärts bis zum badischen Hafen. Die Überquerung von der rechten zur linken Rheinseite schreckte uns weit weniger. Sie bietet wegen einer günstigen Strömungsdrift geringere Schwierigkeiten. Man mußte sich nur geschickt durch die Pontons der Schiffsbrücke hindurchlavieren. Da diese eisernen Kähne ziemlich dicht beieinander hingen, forderte es schon einige Aufmerksamkeit, daß man eine geeignete Lücke fand, wo die Wassermassen keine gegenläufigen Strudel erzeugten. Manch tapferer Schwimmer sei da schon mit dem Kopf gegen die stählernen Dinger gestoßen und ertrunken, hatten uns die "Alten" erzählt. Ich habe selbst zwar während vieler Jahre unserer sommerlichen Badefreuden im Rhein nie einen solchen Unfall erlebt, immerhin paßten wir scharf auf, daß wir uns auf den richtigen Durchlaß frühzeitig einsteuerten. — Glücklich, den Fischern des "Paul" ein so herrliches Schnippchen geschlagen zu haben, gingen wir an Land der Badeanstalt.

Wir wußten nun, daß wir in der Lage waren, den Rhein zu durchschwimmen, und darauf waren wir sehr stolz.

Später entdeckten wir ein Vergnügen, das noch viel abwechslungsreicher war. An der Schwimmschule zogen die großen Raddampfer vorbei, die zwei, drei, manchmal sogar fünf und sechs Schlepper hinter sich nachzogen. Die Schleppkähne waren flußaufwärts so schwer beladen, daß sie tief im Wasser lagen. Man brauchte nur heranzuschwimmen, um sich an der Bordwand festzuhalten, dann konnte man sich leicht auf einen der Kähne hinaufziehen. Meist duldeten es die Schiffseigner, daß wir mitfuhren. Gewöhnlich verließen wir die Schiffe auf der Höhe von Rheinhausen wieder. Der Fluß trieb uns wie Treibholz nach Speyer zurück. Ein besonderes Vergnügen hatten wir, wenn so ein großer Dampfkasten mit seinen Schaufeln hohe Wellen aufwarf. Wir schwebten dann auf und nieder wie auf einer Schiffschaukel. Alles hat seinen Preis. Eines dieser Schleppervergnügen mußte ich unverhältnismäßig hoch bezahlen. Das geschah in dem Sommer, der dem Tod meiner Mutter folgte. Mein Vater war dahintergekommen, was wir am Rhein für übermütige Spiele trieben und verbot mir ernsthaft und deutlich das Entern der Schleppkähne. Im allgemeinen wachte er sonst nicht sehr ängstlich über meinen jugendlichen Übermut, aber er war schließlich ein Mann mit Erfahrung und überdies Nichtschwimmer. Er sah die Gefahren und wollte Schlimmeres verhüten. Für die Sommerferien plante er eine Radtour in die Eifel. Ich freute mich sehr darauf, die andersartige Welt der Eifellandschaft kennenzulernen.

Da der Sommer sehr warm war, ging ich täglich baden. Einige Wochen, bevor es Ferien gab, passierte es dann. Wie üblich, saß ich nach einem fröhlichen Badenachmittag an der Kaffeetafel. Ich trug kurze Hosen und streckte meine nackten Beine seitlich am Tisch vorbei in die Gegend. Es fiel mir auf, daß mein Vater besonders interessiert und aufmerksam mein Untergestell musterte. Ich ahnte nichts Böses und dachte ganz und gar nicht daran, daß der gute Mann gerade dabei war, mir meinen Ungehorsam von der nackten Haut abzulesen. Meinen Imbiß verzehrte ich wie immer mit großem Appetit, bis mir dann doch die Brocken im Hals stecken blieben; denn auf einmal wurde mein Vater bitterböse und erklärte unvermittelt, daß ich mir die Fahrt in die Eifel an den Hut stecken könne. Er habe ja schließlich von mir erwartet, daß ich in einer so wichtigen Sache – er meinte das Schlepperverbot – mich nicht über seine strikten Anordnungen hinwegsetzen würde. Als ertappter Sünder bekam ich einen hochroten Kopf und senkte den Blick, der nun gerade meine Beine streifte. Jetzt wurde mir auf einmal alles klar. Vom Knie bis zum Hosenansatz zog sich ein schwarzer Teerstreifen. Der Schlepper, von dem ich gerade kam, hatte sein Deck frisch geteert, und als ich mich an Bord zog, bemalte ich mich mit den verräterischen Zebrastreifen. Die Kunst, Spuren zu verwischen , hatte ich noch nicht gelernt. Die Fahrt in die Eifel war also nicht nur sprichwörtlich, sondern sogar dem Wortsinn nach ins Wasser gefallen. Wie ein Eifelmaar aussieht, habe ich dann doch ohne Hilfe einige Jahrzehnte später erfahren. Der Erlebniswert jedoch wäre früher unvergleichlich höher gewesen.

Die direkten und unmittelbaren Erziehungsbemühungen meines Vaters endeten fast gänzlich, als ich mein sechzehntes Lebensjahr erreicht hatte. Von da an genoß ich fast völlige Freiheit. Da ich mir in vielem selber Zügel anlegte und in allgemeinen Grundsätzen den Erwartungen meines Vaters entsprach, bekam mir das elterliche laissez faire sehr gut. Eine wichtige Rolle spielte, daß durch den frühen Tod der Mutter und die Wiederverheiratung meines Vaters das Gefüge der Familie sich vorzeitig lockerte.

Es ist mir unvergeßlich, als mich mein Vater zum letzten Mal, doch mit großer Anteilnahme und Erregung, durchbläute.

Nachdem meine Mutter gestorben war, nahmen sich einige Hilfsgeister der verwaisten Familie an. Das war ein ziemlich trostloser Zustand. Der Haushalt lief zwar weiter, es gab zu Essen ungefähr wie zuvor, auch die Löcher in den Strümpfen wurden gestopft und zerrissene Hosen geflickt. Doch die Lampen leuchteten schwächer, die Räume machten Frösteln, ein vertrauter Ort der Zuflucht fehlte.

Bei dem Versuch, der ständigen Verlorenheit zu entgehen, stieß ich auf Karl May. Um meiner Leselust zu fröhnen, verkroch ich mich in die hintersten Winkel des Hauses. Wie den Säufer zum Alkohol und den Rauschgiftsüchtigen zur Droge, so zog es mich zu den dicken Schmökern, die angefüllt waren mit den Lüsten unsäglicher Abenteuer. Durch fünf Bände wühlte ich mich hindurch. Der sechste fuhr in die Feuerhölle des Küchenherdes.

Da meine Schulzeugnisse auf einem sehr abschüssigen Weg wandelten, verbot mein Vater mir kurzerhand die Karl-May-Pille. Da ich aber seine Hausgewohnheiten gut kannte, fühlte ich mich in meinem Schlupfwinkel sicher. Der Krug ging dann auch einige Zeit unversehrt zum Brunnen, aber eines Tages brach er doch.

Unsere gute Tante Anna – über ihre neurotische Kinkerlitzchen wäre ein psychologischer Roman zu schreiben – führte uns damals den Haushalt. Eigentlich war sie nicht sehr geeignet, mit Umsicht und Verantwortungsgefühl ein paar Kinder und einen Mann zu versorgen, aber in der Not frißt der Teufel bekanntlich auch Fliegen. Über Sauberkeit zum Beispiel hatte sie ganz verwirrende Vorstellungen. Bei den Küchenvorbereitungen zur Verlobung meiner Schwester Maria nahm sie den Geschirrspüllappen, um die Schnitzel in der Bratpfanne auf die andere Seite zu drehen. Es passierten auch noch andere Dinge, auf die ich mich nicht mehr recht besinnen kann. Diese Frau – sie war damals eine knappe Fünfzigerin – enthüllte eines Tages meinem Vater, daß ich zwar für die Schule so gut wie nichts, aber für diese dicken

Karl-May-Bücher alles tun würde. Um ihre Anschuldigung zu beweisen, schwenkte sie den "Schut", den sie mir entwendet hatte, triumphierend vor die väterliche Nase und wiederholte ihre Vorwürfe mehrfach mit hoher, gepreßter Fistelstimme.

Mein Vater, damals nervlich sehr geschwächt, sah rot, wurde maßlos zornig, ergriff den Stock und stürzte sich auf mich. Ich ergriff die Flucht um den Küchentisch. Ob mein Vater in seiner Erregung meine hintere Hälfte verfehlte oder ob ihn vielleicht auch ein leichter Zorn gegen die Verräterin packte, kann ich heute nicht mehr mit Sicherheit sagen. Jedenfalls ging diese Tracht Prügel damals zu einem guten Teil auf Tante Annas Rücken. Das Ganze endete mit einem gewaltigen Fußtritt auf mein Hinterteil, so daß ich durch die geöffnete Küchentür über den Gang durch die angelehnte Wohnzimmertür bis vor den Tisch im Eßzimmer flog und dort wie ein nasser Sack landete. Dem armen Karl May ging es noch viel schlechter. Er wurde ins Herdfeuer geschleudert und von den züngelnden Flammen zu Ende gelesen. Da ich das Buch jedoch von einer Tante geliehen hatte, kam der Ärger noch hinzu, daß es ersetzt werden mußte. Obwohl nunmehr für alle Zukunft von Karl May geheilt, ereilte mich doch in der Schule das in den Wolken vorprogrammierte Sitzenbleiberschicksal.

Gemessen an dem satten Speck heutigen Wohlstandes lebten wir sehr bescheiden, ja fast kärglich. Im Hinblick auf die schreiende Armut, die uns damals täglich begegnete, ging es uns dagegen sehr gut. In den□kriegsbedingten Notzeiten hungerten wir wie alle anderen. Als sich jedoch die Reichsmark wieder stabilisiert hatte, besaßen wir mehr als ein knapp zugemessenes tägliches Brot. Es gibt Leute, die leben, um zu essen. Wir aßen, um zu leben. Nie hörte ich von meinen Eltern etwas über die Köstlichkeit des Essens oder über den Geschmack erlesener Speisen. Bei den Mahlzeiten wurde häufig der Armen gedacht, die nicht satt wurden, und durch Belehrung und Beispiel der Eltern lernten wir, eher zu verzichten, als zu genießen. Unser Hauptnahrungsmittel war die Kartoffel. Vom Herbst bis zum darauffolgenden Sommer lag unser Kartoffelverbrauch bei ungefähr zwanzig Zentnern. Im Sommer gab's tagtäglich zum Abendessen Sauermilch, im Winter kamen Heringe auf den Tisch, eine sehr billige Mahlzeit damals. Beim Mittagessen wiederholte sich meist Woche für Woche der gleiche Speisezettel. Zwei Mal Mehlspeise, das durfte nicht fehlen. Mit Griesbrei, Reisbrei, Weckknödel, Karthäuserklößen und dem unvermeidlichen Apfelbrei als Beigabe war auch dieser Teil der Speisefolge erfolgreich abgehandelt. Fleisch gab's zwei Mal in der Woche. Es versteht sich, daß meine Mutter darauf sah, die Fleischportionen klein zu halten. Wir hatten auch eine Anzahl Weingläser. Ich glaube, daß sie nur bei Festen höheren Grades Tischluft genießen durften. Dagegen kam es an außergewöhnlich heißen Augusttagen vor, daß ich in die Wirtschaft um die Ecke geschickt wurde, um einen Liter Bier zu erstehen. Unterwegs hing ich jedoch meinen Rüssel so tief in den Schaum, daß mein Vater einige Male Verdacht schöpfte.

Das Essen war, wie gesagt, nicht nur sehr einfach, sondern auch sehr eintönig. Manchmal unterbrachen Dampfnudeln oder Schneckennudeln die Gleichförmigkeit der Essenslitanei, und das waren für uns hochwillkommene, kulinarische Spitzenangebote. Wir saßen dann nicht am Tisch, sondern lagen davor, wir aßen nicht, sondern fraßen in uns hinein. Bei Namenstag oder Geburtstag bekamen wir in der Regel eine Tafel Schokolade, manchmal auch einen Gummiball.

Genau erinnere ich mich an die wohl einzige Gans, die ich in meinem damaligen Leben mithalf, zu verzehren. Onkel und Tante hatten das stattliche Vieh gegen Ende des ersten Weltkrieges bei einem Besuch mitgebracht. Die Tafel hatte man festlich gedeckt, und ich habe bis heute noch den Eindruck, als ob wir alle zungenschnalzend uns auf unseren Stühlen gewiegt hätten, denn eine Gans, so richtig knusprig und von innerem Leben glänzend, in Augenhöhe, in Nasennähe und Reichweite der messer– und gabelbewehrten Hände gegen Ende des Weltkrieges, das war so selten und so köstlich wie ein Goldkorn im Ascheneimer. Die Tafelfreuden kamen dann doch nicht so recht zur Entfaltung. Ganz dunkel erinnert's sich in mir, daß mit der Zubereitung des Gänseleichnams etwas schief gelaufen war. Trotz Weltkriegshungers sackte mit einem Schlag der Familienappetit auf die Nullmarke. Vielleicht haben die Köchinnen in dem edlen Bestreben, alle maximal zu sättigen, dem Ganskadaverchen einen Teil zu wenig entnommen.

8

Auch als die Zeiten kamen, da unser Bauch wieder satt und gefüllt war, wurden jene nicht vergessen, die sich von Not und Armut nicht befreien konnten. Ihnen galt die unermüdliche Sorge meiner Mutter. Oft speiste sie die Hungrigen an der Tür. Während ich mit den abgerissensten Sandalen ging und einige Zeit sogar die abgelegten Damenschuhe meiner älteren Schwester tragen mußte, was mir Hohn und Spott meiner Altersgefährten eintrug, kaufte meine Mutter einem Buben, der bei kaltem Wetter halbnackt daherkam, ein Paar Lederschuhe und verschaffte ihm ordentliche Kleidung.

Sie fragte nicht nach Gesinnung und Herkunft, die Bedürftigkeit des Empfängers genügte ihr. Sonntags drückte sie mir eine Tasche mit Essen in die Hand. Alten, alleinstehenden Menschen hat sie dadurch an Sonntagen wenigstens zu einer ordentlichen Mahlzeit verholfen. Im Haus nebenan in einer Dachkammer darbte eine alte Frau. Sie wurde von meiner Mutter mit allem Lebensnotwendigen versorgt. Als sie krank wurde, hat sie meine Mutter täglich betreut, und als das Ende kam, ihr im Todeskampf beigestanden.

Mögen andere Kinder feinere, hübschere, stolzere, vornehmere Mütter gehabt haben, so gut und edel wie unsere war keine, und wir hatten sie alle sehr gern.

Leider habe ich meine Mutter nie als eine gesunde Frau erlebt. In meiner Seele schwebte ständig ein dunkler Schatten von Angst um sie. Wie oft kam mein Vater morgens aus dem Schlafzimmer und sagte uns: "Mama ist krank, sie kann nicht aufstehen!" Dann kroch ich zu ihr ins Bett und heulte für gewöhnlich wie ein Schloßhund. Manchmal weckte man mich in aller Herrgottsfrühe: "Josef, geh zum Doktor und bitte ihn, daß er kommt, Mama geht es sehr schlecht!" Wenn es ihr dann ein bißchen besser ging, machte sie ihre Scherze mit uns, war fröhlich und voller Humor, als ob ihr das Leben nur die heitersten Seiten zeigen würde.

Wir hofften von Krankheit zu Krankheit, doch bald wurde deutlich, daß ihr Lebenslicht zu flackern begann. Der Gedanke war schrecklich, und niemand wagte auszusprechen, was er dachte.

Mit der spanischen Grippe 1918 begann es. Eine Rippenfellentzündung, die folgte, wurde vermutlich nicht rechtzeitig entdeckt. Die Nachkriegshungerjahre und die schnelle Folge von fünf Geburten innerhalb von zehn Jahren verzehrten ihre Kräfte.

Außer dem Wohnraum und den Schlafzimmern hatten wir auch noch ein sogenanntes "gutes Zimmer". Leute höheren gesellschaftlichen Grades empfingen meine Eltern dort. Einfach wie überall war auch diese Staatsstube möbliert. Ein Plüschsofa mit zwei Sesseln, ein Spieltischchen, eine Kommode mit der Büste des von meiner Mutter hochverehrten Papstes Pius X. und auf dem Boden ein Veloursteppich in lindgrüner Farbe gaben mit einigen Bildern an den Wänden dem Raum einen vagen Schimmer von gutbürgerlicher Eleganz. Das "gute Zimmer " war für uns Kinder tabu, dort hatten wir nichts zu suchen. In dieses Zimmer führte eines Tages, kurze Zeit nach Kriegsende, als die Zeiten noch miserabel schlecht waren, meine Mutter den Arzt, der seine Visite bei ihr gemacht hatte. Nach einiger Zeit verabschiedete sich der Arzt, ein großer breitschultriger Mann, in dessen grobem Gesicht von mitfühlender Güte wenig zu finden war. Meine Mutter kam damals außerordentlich niedergeschlagen zu uns in die Küche. Ich war noch zu jung und unerfahren, um die Art und Tiefe des Kummers zu erahnen. Einige Tage danach verreisten die Eltern in den Schwarzwald. Mein Vater kam allein zurück, meine Mutter blieb in einem jener Sanatorien, die Lungenkranke aufnehmen. Ihr Leiden nahm dort nicht ab, sondern zu. Außerdem quälte sie das Heimweh nach ihrer Familie. Sechs Wochen später schrieben die Ärzte meinem Vater einen Brief. Er möge seine Frau abholen; da die Krankheit ein unheilbares Stadium erreicht habe, könne sie auch zu Hause sterben.

So unwirtlich und grau war mir das Bahnhofsgebäude in Speyer noch nie erschienen als an dem Tage, da meine Mutter vom Schwarzwald heimkehrte.

Nun begann ein Wettlauf mit dem Tode. Meist lag meine Mutter zu Bett und hustete gequält. In ihrem Zimmer standen Tag und Nacht die Fenster offen wegen ihrer Atemnot. Mein Vater besorgte immer wieder frische Tannenzweige und verwandelte den Raum in einen künstlichen Wald. Unsere Wohnung erschien mir in jener Zeit unfreundlich trüb, auch wenn die Sonne schien. Die Glocken der nahen Kirchen erklangen dumpfer denn je.

In Elendszeiten mehr als sonst wachsen den Menschen oft seltene Kräfte zu. In Bad Dürkheim lebte damals eine Frau, die die bemerkenswerte Fähigkeit besaß, aus der Beschaffenheit des Urins die jeweilige Krankheit zu erkennen. Sie hieß Tempel, für uns ein Tempel der Verheißung. Mein Vater, der in seiner Not auch von einem Strohhalm Rettung erhofft hätte, fuhr also zu dieser Frau. Sie nahm den in einem Fläschchen abgepackten Urin meiner Mutter, schüttelte ihn, betrachtete ihn nachdenklich und schrieb eine Liste von Teesorten auf ein Heftblatt. Nach ein paar kurzen Wochen kam die Tuberkulose zum Stillstand. Natürlich war ein großer Teil der Lunge dieser Krankheit schon zum Opfer gefallen und von einer echten Gesundung war nicht zu sprechen, dazu saß der Hieb schon zu tief. Der Atem ging sehr schnell, und die Füße trugen sie nur sehr mühsam. Oft saß sie in der Küche auf dem Holzkasten, rang die Hände und jammerte, daß das Schlimmste von allem wäre, nicht mehr arbeiten zu können wie früher. Da mir damals nichts lieber war, als zu faulenzen, konnte ich die Klagen meiner Mutter nicht begreifen.

1919 bekam ich ein Schwesterlein, es schaute dunkelhaarig und schwarzäugig aus den Kissen. Wie mühsam sie sich ins Dasein hineinlebte, habe ich schon erzählt.

Der Klapperstorch, durch mein beharrliches Würfelzuckeropfer angefeuert, bescherte uns dann 1922 das ersehnte Brüderchen. Es sollte mir ein lieber Spielkamerad werden, so hoffte ich. Meine Hoffnungen gingen ins Leere. Obwohl ich pflichtgemäß die Milch beischleppte und den Haferschleim allabendlich auf dem Gasherd rührte, damit er nicht anbrannte, hat dieser kleine Ludwig Aloysius uns bald wieder verlassen. Es war ein liebes Kind mit blonden zarten Löckchen. Als ob er ahnte, daß sein Leben nur kurz sei, hat er uns alle Tage nur Freude gemacht.

Es gibt Ereignisse, die keine Schatten vorauswerfen, bei denen man zumindest die Vorankündigung nicht

1994

1995 J. Iven

wahrnimmt. Das liebe Brüderchen verzog plötzlich eines Nachts Gesicht und Gliedmaßen zu Grimassen und wilden Verrenkungen. Es schlug wie von Sinnen um sich. Der Arzt stellte Hirnhautentzündung fest. Man sagte damals hinterher, die einseitige und kalkarme Ernährung sei daran schuld. Heute glaubt man, wie ich hörte, daß diese Infektion vor allem durch Katzen übertragen werden kann. Wir hatten eine Katze, die mit dem kleinen Ludwig Aloysius aufwuchs. Sie spielten miteinander und suchten die gegenseitige Wärme.

Am Abend dieses Tages hatte mein kleiner Bruder ausgelitten. Im Tode glätteten sich seine Gesichtszüge zu einem lächelnden und überaus friedlichen Ausdruck. Meine Mutter, der ich half, das Bettchen mit dem toten Kind aus dem Zimmer zu tragen, sagte: "Es ist schmerzlich, wenn man seine Mutter verliert, sein eigenes Kind hergeben zu müssen, ist bitterer als alles!“ Sie litt still und entsagend, wie immer. Wir schrieben das Jahr 1924. Ein kleiner Grabstein mit einem trauernden Porzellanengelchen auf dem Friedhof und einige helle Ringellocken in einer kleinen Schatulle blieben uns als letzte sichtbare Erinnerung.

Und wieder tat der Würfelzucker am Schlafzimmerfenster meiner Eltern seine prompte Wirkung.

An einem klaren, sonnigen Sonntag im Juli 1925 wurde uns ein Knabe geboren. Im Gedenken an seinen verstorbenen Bruder hat er in der Taufe den Namen Ludwig Aloysius bekommen. Auch er wuchs ohne Muttermilch heran, auch ihn zeichnete die englische Krankheit, doch trotz vieler kindlicher Erkrankungen rappelte er sich vielversprechend ins Leben hinein. Er gedieh zu einem fröhlichen und freundlichen Kind. Kaum war er ein paar

Wochen alt, da packten wir ihn mit Soxlettopf und riesigen Pappschachteln in unsere Freya hinein und zogen mit ihm gemeinsam in unser Ferienidyll Göllheim. Die frühe Ortsveränderung mag seinen Lebensschwung beflügelt haben.

Ab 1926 ging es mit unserer lieben Mutter rapide bergab. Eine Nierenentzündung brachte sie an den Rand des Grabes. Sie lag zu Bett und phantasierte. Ihr Gesicht zeigte eine fahle, bläuliche Blässe. Eine Nachbarin brachte ein gut zugerichtetes Täubchen. Anfänglich aß sie davon, dann gab sie den Teller weg und wiederholte immer wieder, daß man ihr eine Schlange vorgesetzt habe. Traurig trugen wir das gebratene Täubchen in die Küche. Da wir alle sehr niedergeschlagen waren, aß niemand davon. Der Arzt meinte, wir sollten uns auf das Schlimmste gefaßt machen. Abends kam der Pfarrer und brachte die Sterbesakramente. Das Weh und der Kummer um die geliebte Mutter, die nun dahingehen sollte, ergriff uns mit großer Macht. Wir konnten unsere Tränen nicht zurückhalten und weinten laut und herzzerbrechend. In einem Anfall völliger Verzweiflung wälzte sich unser Vater auf dem Sofa und heulte vor Schmerz. Es war das einzige Mal, daß ich erlebt habe, wie dieser Mann von seinen Gefühlen völlig überwältigt wurde.

Alle Heiligen haben wir auf den Knien beschworen. Der Himmel hatte ein Einsehen, unsere Mutter starb nicht. Das Fieber schwand, das Bewußtsein kehrte wieder. Schon am darauffolgenden Morgen waren alle Symptome einer plötzlichen Gesundung zu erkennen. Die Sterbende gewann neue Lebenskraft, sie genas, sie erholte sich. Wir vergaßen nicht, Gott für diese Gnade zu danken. Damals konnten wir allerdings nicht ahnen, daß der

Tod ihr nur eine kurze Frist gönnte. Fast genau zwei Jahre später verließ sie uns für immer.

Im Gymnasium schaffte ich die Versetzung in die nächsthöhere Klasse von Jahr zu Jahr immer mühsamer. Ich will dafür keine Entschuldigung suchen, aber sicher war auch der kränkelnde Zustand meiner Mutter, den ich wie einen Mühlstein um den Hals trug, Grund und Motiv für meine Unwilligkeit, mich anzustrengen. Das häusliche Elend verband sich mit dem fortdauernden Mißerfolg in der Schule zu einem beständigen Komplex, der mein Hirn umnebelte und meine Kräfte lahmlegte. Meine Eltern sannen auf Abhilfe. Sie schickten mich jeden Nachmittag zu den freundlichen Leuten, die unser Erdgeschoß bewohnten. Dort saß ich dann stundenlang in einem bequemen Lehnsessel, um meine lateinischen Wörter zu lernen, während die Damen sich mit ihren Handarbeiten beschäftigten. Ich döste vor den Verben, Substantiven und grammatikalischen Regeln der Amsdorf–Schwarz–Grammatik, mein Kopf blieb leer wie zuvor. Es fehlte mir an jedem inneren Impuls.

Immer wieder fand die Regie meines Unterbewußtseins ein Ventil, mich vom Schuldruck für einige Zeit zu entlasten.

Bei einer kleinen Rauferei im Schulhof kugelte ich mir das linke Fußgelenk aus. Ein Schulkamerad setzte mich auf die Querstange des Fahrrades und brachte mich heim. Wir gingen nicht zum Arzt, sondern zum Knocheneinrenker. Der Mann stammte aus Harthausen, wohnte wohl auch dort und betrieb in Speyer in einer Gastwirtschaft in der Johannesstraße je nach Bedarf seine Praxis. Irgendwie staatlich approbiert war er nicht, aber er verstand augenscheinlich sein Handwerk.

Ich legte mich auf eine der harten Wirtschaftsbänke, der Bader zog sein Jackett aus, krempelte die Ärmel hoch, packte mit beiden Händen meinen Fuß, zog ihn ruckartig einmal nach oben und dann nach unten, so daß ich das Jubilieren der Engel im Himmel zu vernehmen glaubte. Zum Schluß wurde der Fuß stramm umwickelt, dann war die Reparatur zu Ende. Drei Wochen durfte ich faulenzend zu Hause bleiben.

Im Sommer 1927 genossen wir wieder Göllheimer Ferienfreuden. Es sollte das letzte Mal sein. Statt wie früher mit dem Bauern Worster an des Ackers Freud und Leid teilzunehmen, saß ich stundenlang in des Großvaters Hinterstube und las Bücher aus fernen Landen, die ich mir aus der Pfarrbibliothek geholt hatte. Meine Interessen hatten sich gewandelt, Bauer zu werden erschien mir nun nicht mehr das Erstrebenswerteste im Leben. Jede Woche einmal pilgerten wir hinaus auf den Gundheimerhof, eine halbe Stunde Weges vor den Toren Göllheims, um dort frische Butter zu kaufen. Letzten Endes zogen weder Butter noch Buttermilch mich auf den Hof, der so still mitten zwischen den flachen Hügeln lag, sondern die vielen Tauben, die zwei lange Nistkästen über der Scheune bevölkerten. Ich konnte mich nicht satt sehen, wenn der Taubert seinen metallisch glänzenden Kopf aufblähte und der Taubin nickend und trippelnd entgegenschritt, wenn die ganze Schar zum gemeinsamen Flug rund um das Gehöft sich versammelte und mit laut klatschendem Flügelschlag sich erhob, wenn die Jungen neugierig und doch auch wieder zitternd vor Angst zum ersten Mal die Schwingen ausbreiteten, um zu prüfen, wie die Luft sie trug. Nichts schien mir schöner, eleganter, anheimelnder und erregender als das vielfältige Gebahren dieser munteren Tiere. Der Besitzer des Hofes schenkte mir ein Pärchen Tauben. Mein Vater zimmerte mir in Speyer einen Taubenkasten, und nun hatte ich nichts anderes und wichtigeres zu tun, als stundenlang vom Fenster meines Zimmers den Tauben zuzuschauen. Die Arbeit für die Schule trat noch weiter in den Hintergrund.

In Göllheim hatte die Nierenerkrankung meiner Mutter sich erneut bemerkbar gemacht. Zwar blieben die hohen Temperaturen diesmal aus, dafür schwollen die Füße stark an, dann die Waden bis zum Knie. Der Arzt sagte, es sei Wassersucht. Die fortdauernde Entzündung der Nieren habe den Herzmuskel degeneriert, was die Entwässerung des Körpers verhindere. Weder Luftwechsel noch Medizin halfen. Von Schmerzen geplagt wanderte die Arme vom Bett zum Sofa. Nach kurzer Zeit wurde ihr dann das Sofa zu unbequem und sie sehnte sich zum Bett zurück. Die Pein der Krankheit und eine innere Unruhe trieben sie ständig hin und her. Sie klagte kaum und fügte sich mit großer Seelenkraft in ihr Schicksal. Hellsichtig erkannte sie, daß es unabänderlich war und sie ihrem Ende entgegenging.

"Ich weiß, daß ich sterben muß", sagte sie in den Herbstwochen des Jahres 1928 zu mir, "ich fürchte mich auch nicht vor dem Tod, doch ich mache mir Sorgen um euch, wenn ich nicht mehr da bin, am meisten aber um unsere Elisabeth!"

Warum sie die Zukunft unserer Elisabeth so sehr bekümmerte, begriff ich damals nicht. Sie war erst neun Jahre alt, aber wahrscheinlich entging meiner Mutter nicht, daß sie mit den Realitäten des Lebens schlecht fertig wurde.

An einem trüben Nachmittag zogen Mackenbacher Musikanten durch unser Viertel und spielten ihre bekannten Volksweisen. "Das ist meine Grabmusik", meinte die Todkranke. Sie sagte es ernst, aber durchaus nicht niedergeschlagen. Mich rührte es kalt an. Am Abend vor ihrem Tod aß sie noch einmal mit gutem Appetit und las im Christlichen Pilger die Fortsetzung des Romanes "Der Engel von Augsburg". Sie ging aus dem Bett, spielte mit meinem dreijährigen Bruder Ludwig und war voller gelockerter Güte und frohgelaunt. Wir freuten uns sehr und wußten nicht, daß ihre Lebenskraft kurz vor ihrem Ende noch einmal aufflackerte.

Früh am nächsten Morgen wurden wir geweckt. Meine Mutter hatte das Bewußtsein verloren. Schwer und unregelmäßig atmend lag sie regungslos in den Kissen. Als die Glocken der Josefskirche zu einer Seelenmesse für ihre verstorbene Mutter läuteten, tat sie ihren letzten tiefen Atemzug. Der Friede des Todes verklärte ihr Gesicht. Schön und klar wirkte sie, wie eine Heilige, in uns und um uns jedoch war eine Welt zerbrochen. Bei der Beerdigung stand ihr Bruder Josef abseits von allen Trauergästen hinter einer Buchenhecke. Er brachte eine jahrelange, bornierte und ungerechtfertigte Feindschaft damit zum Ausdruck. Noch im Tode hat er meiner Mutter nicht verzeihen können, daß sie einmal von sich aus einer Mieterin im elterlichen Haus in Göllheim die Monatsmiete um fünf Mark ermäßigte. Natürlich war dies nur ein Anlaß, der tiefere Gründe verbarg. Die eigentliche Ursache lag in der gescheiterten Ehe des lieben Onkels. Als er sich nämlich von seiner Frau trennte, die mit nichts das Ende ihrer unglückseligen Ehe verschuldet hatte, trat meine Mutter auf die Seite ihrer Schwägerin und las ihrem Bruder eine ernsthafte Epistel. Nicht Recht zu haben, verletzt bei weitem nicht so, wie wenn man auch nicht Recht bekommt. In diesem Mann jedenfalls wuchs ein solcher Groll, daß er bei gegebenem Anlaß alle Brücken zu unserer Familie abbrach.

Es war mir an diesem Beerdigungstag völlig gleichgültig, wer um mich herumstand und mit welchen Gefühlen die Menschen hinter dem Sarg herzogen. Ich wußte, hier wurde das Licht, die Zuflucht, ja die Seele unserer Familie zu Grabe getragen.

Als wir in die Paulstraße zurückkehrten, hatte sich ihr Gesicht verändert. Jedes Haus schaute mich traurig an, am traurigsten aber unser eigenes. Ich fand keine Hoffnung mehr in ihm. Die Fensterhöhlen starrten tot und leer. Alle Zimmer schienen ohne Wohnlichkeit, ohne Leben, ohne Geborgenheit. Am liebsten hätte ich mich hinter einer Hecke des Gartens verkrochen. Es gab kein zu Hause mehr. Mein Vater war zwar noch da und auch meine Geschwister, aber es gab niemanden, der unsere Seelen öffnete und uns alle im Herzen trug. Nur langsam und zögernd dämpfte die Zeit unseren Schmerz.

Vier Wochen nach dem Tod der Mutter schickte mich mein Vater zur Erholung in das Försterhaus auf dem Taubensuhl. Die kräftige Winterluft auf der Höhe des Pfälzer Waldes tat mir sehr gut. Die Förstersleute waren mitfühlende Menschen. Sie betreuten mich sehr fürsorglich. Kinder, mit denen ich mich anfreunden konnte, gab es nicht. Um mich waren nur Erwachsene: Ein alter Mann von achtzig Jahren, der schon den Krieg 1870/71 als Soldat erlebt hatte, sein Sohn, der Förster, und dessen Schwester, die mit großer Umsicht den Haushalt besorgte. An alle drei knüpfen sich prägnante Erinnerungen.

Der Veteran des deutsch–französischen Krieges saß gewöhnlich in seinem Lehnstuhl in der Küche und rauchte seine Tonpfeife. Der Förster, wenn er nicht gerade seine Gänge durchs Revier machte, arbeitete in seinem Bürozimmer an den Holzlisten. Er paffte noch wilder als sein Vater, und das Zimmer war so mit blaugrauem Rauch gefüllt, daß er sich auf seinem Stuhl wie ein Schatten gegen seine Umgebung abhob. Im Kachelofen knisterten die Buchenscheite, so daß dort eine kernige Gemütlichkeit herrschte. Das Fräulein, obwohl kaum vierzig Jahre alt, erschien mir damals schon sehr in Jahren mit ihren um den Kopf gewickelten Gretchenzöpfen und den Ohrringen, deren Steine im fahlen Küchenlicht hin und wieder aufblitzten. Sie hatte ihre Sorgen mit den beiden Männern, mit dem einen, weil er schon so alt und gebrechlich war, mit dem anderen aus genau entgegengesetztem Grund. Er genoß die Kraft seiner besten Mannesjahre. Über die Moralvorstellungen seiner lieben Schwester setzte er sich sehr leichtfüßig hinweg.

Das Forsthaus lag mitten im Wald. Es hatte ein und ein halbes Stockwerke, ein großes nach vier Seiten abgeschrägtes Dach. Die massiven Wände bestanden aus Sandsteinen des Pfälzer Waldes. Hinter uns rauschten mächtige Buchen, vor dem Haus sorgte eine Lichtung mit ein bißchen dürftigem Acker– und Wiesenland für Helligkeit und Sonnenlicht. Wenn nicht gerade mal ein Holzknecht hereinschaute oder der schnauzbärtige Vorarbeiter wegen der Einteilung der Arbeit im Wald vorsprach, sah man nicht viel von der Menschheit.

Täglich begleitete ich den Förster in den Wald, und weil dauerhafter Schnee lag, lernte ich bald die Fährten des flüchtenden Rehes, des schnürenden Fuchses, des hoppelnden Hasen und anderer Tiere kennen und wußte, sie gut zu unterscheiden. Die Kenntnisse dieses Anschauungsunterrichtes sind bis auf den heutigen Tag lebendig geblieben. Sonntags marschierten das Fräulein und ich zur Kirche. Der alte Mann wäre gern mitgegangen, aber seine Kräfte reichten nicht mehr aus, um diesen Fußmarsch zum Kirchdorf Eußerthal zu bewältigen. Der Förster schien von diesen Sonntagsübungen nicht viel zu halten. Er begleitete uns nie. Mag sein, daß er den lieben Gott lieber zwischen Eichen und Buchen seines Waldes verehrte.

Schließlich gab es auch Vergnüglicheres als diesen Sonntagsgang zum Dorf. Der Weg war schlecht, der knöchelhohe Schnee taute talabwärts. Mit nassen Füßen und durchgefroren standen wir oder knieten wir nach zwei Stunden Fußmarsch in der eiskalten Kirche. Die Vorstellung von der mollig warmen Stube bei befreundeten Bauersleuten, von heißem Kaffee und frischem Kuchen nach dem Amen in der Kirche durchbrach oft unsere Andacht.

Wenn wir um 14 Uhr wieder das Forsthaus erreichten, setzten wir uns trotz erlittener Kälte und Nässe heiter und froh an die Mittagstafel. Der Sonntag hatte noch sein Gepräge, und wir hatten unseren Teil dazu beigetragen.

Schlechte Beispiele ziehen mehr als gute Sitten. Wenn die Männer auf Taubensuhl ihre Pfeifen rauchten, dachte ich, es müsse doch schön sein, das Gleiche zu tun. Die Pfeife zwischen den Zähnen erschien mir als ein Ausdruck wahrer Männlichkeit. Zwar wußte ich durch den Umgang mit der Zigarre meines Großvaters um die erlebten unangenehmen Folgen, aber ich war ja inzwischen einige Jahre älter und stärker geworden, also konnte ich es doch getrost probieren. Und für den Genuß einer Pfeife galten ja doch wahrscheinlich andere Gesetze.

Eines Tages also pilgerte ich zum Dorf. In einem verträumten Kramladen fand ich, was ich suchte. Ich nahm die billigste Pfeife, die zu haben war und eine große Tüte groben Tabaks. Auf dem Bett in meinem Kämmerchen sitzend und frierend tat ich dann, was ich nicht lassen konnte. Es kam dann auch, wie es kommen mußte. Weil ich dieses Mal keine Dampfnudeln im Magen hatte, konnten auch keine hochkommen. Ersatzweise spukte ich ein anderes Menü. Das Fräulein nahm sich großzügig verzeihend meiner an.

Kurz vor Weihnachten nahm ich Abschied vom Taubensuhl. Ich fühlte mich gekräftigt und wohler als zuvor.

Auf dem Bahnhof in Schifferstadt hatte ich eine Stunde Aufenthalt. Mit mir wartete ein blonder, energisch und elastisch hin– und herschreitender Mann. Ich kannte ihn von der Seminarübungsschule her. Drei Jahre später sollte er mein Mathematiklehrer an der Lehrerbildungsanstalt werden. Er spielte dann eine entscheidende Rolle in der Orientierung meines Verstandes.

Ich war wieder daheim: Das erste Weihnachtsfest ohne Mutter. Der Christbaum brannte, die Krippe war aufgestellt; es gab am Bescherabend wie üblich Kakao und Streuselkuchen. Die Geschenke lagen auf dem Gabentisch, nach jedermanns Wunsch und Geschmack ausgewählt. Mein Vater setzte sich ans Klavier und intonierte die Weihnachtslieder, wie er es immer tat. Wir versuchten auch zu singen, aber es ging einfach nicht. Nach einigen Takten schnürte sich uns allen die Kehle zu. Einer nach dem anderen verschwand. Mit Tränen und geröteten Augen fanden wir uns wieder. Mein Bruder Ludwig war der einzige, der mit seiner dreijährigen, ungetrübten Unschuld die Freude des Festes ungeschmälert empfinden konnte.

Der unaussprechliche Hauch mütterlicher Zuwendung, der sonst in diesen Tagen Worte und Dinge mit Gold überzog, um sie bis ins Innere der Seele fühlbar zu machen, fehlte. Es wurde uns allen klar: Weihnachten, wie es bisher war, wird nie wiederkehren.

Nach den Weihnachtsferien trottete ich wieder in die Große Pfaffengasse, um "deo et litteris" zu dienen. Das Klassenziel würde ich nicht erreichen. Das wußte ich. Die Löcher des Wissens und Könnens konnte ich mit größtem Fleiß und aller Anstrengung, der ich fähig war, nicht mehr stopfen. Ihre Größe und Anzahl überblickte ich schon gar nicht mehr. So ließ ich alles treiben und bereitete mich auf den Tag vor, wo es möglicherweise heißen konnte: "Mein lieber Josef Doerr, Gott möge dir deinen sonnigen Humor erhalten und seine schützende Hand immer über dich halten, doch das Tor zur nächsten Klassenstufe müssen wir dir verschließen. Schau dir dein Zeugnis an: eine Fünf in Latein, eine Sechs in Mathematik und ebenfalls in Griechisch. Mit diesen Noten müßten wir dich gleich zwei Mal durchfallen lassen, der Gerechtigkeit wegen. Aber da wir mitfühlende Menschen sind, lassen wir es jetzt bei diesem einen Male. Wir erhoffen uns damit ein ehrendes Andenken." Natürlich haben mir die Lehrer meine Nichtversetzung in einem ganz trockenen und sachlichen Ton mitgeteilt, schließlich waren es ja ehrenwerte Leute und keine Witzbolde.

Zu Hause erlebte ich mit meinem Zeugnis weder einen großen Krach noch Bestürzung oder Entsetzen. Das Unheil hatte man erwartet und trug es mit ziemlicher Gelassenheit.

Eines wurde uns allen klar: Ein gymnasialer Tapetenwechsel tat not. Nach einigem Nachdenken und Nachforschen entschied sich mein Vater für Münnerstadt. Münnerstadt liegt im Unterfränkischen an der Bahnlinie Würzburg — Meiningen. Der Ort hatte damals nur ein paar tausend Einwohner. Die Bedeutung diese kleinen Städtchens mit Häusern, Kirchen, Türmen, Toren und Mauern aus dem Mittelalter lag darin, daß es zwar kein Amtsgericht, keine Kreisverwaltung, keine Regierungsfunktion, keine wirtschaftliche Macht besaß, aber immerhin bedeutende Schnitzwerke des großen Tilmann Riemenschneider in seiner gotischen Pfarrkirche vorweisen konnte.Was aber "Mürscht", wie die Franken sagen, zu aktueller Bekanntheit stempelte, das war das Gymnasium der Augustiner. Wer in süddeutschen Gymnasien versagte, den schickte man ins badische Sasbach oder eben nach Münnerstadt. Beide galten als ein refugium peccatorum. Münnerstadt lag wohl reizvoller am Rande der Rhön und atmete mehr Tradition. Als ich in Münnerstadt ankam, ergriff mich zuerst der Reiz des Neuen und Fremdartigen, doch dann schüttelte mich mit großer Wucht das Heimweh. Oft stand ich im obersten Stockwerk des Schülerheimes und schaute auf den kleinen, grauen, häßlichen Bahnhof, der mich an die Herfahrt erinnerte und von dem ich die Heimfahrt erwünschte. Eine brennende Sehnsucht nach daheim überfiel mich und kam über mich wie eine Krankheit, der ich nicht Herr werden konnte. Weder guter Zuspruch, noch die Ablenkung durch Landschaft, Natur oder Vergnügen halfen. Eigentlich hatte ich ja alles besser als zu Hause. Die Studierzeit war geregelt, während der freien Zeit stand uns ein großer Sportplatz vor dem Haus zur Verfügung. Zwischen Rasenbeeten und Obstplantagen konnten wir spazierengehen. Wenn man es ein bißchen geschickt anstellte, war es auch möglich, hin und wieder in das Städtchen zu entwischen. Doch in der Stadt lockten mich nur die Bäckereien. Es gab da so gute Apfel–, Pflaumen– und Streuselkuchen zu kaufen, wie sie sonst nirgends zu finden waren. Nicht immer und regelmäßig, aber häufig erlaubte ich mir diesen Genuß.

Trotz Kameraden und Freunden, trotz des gütigen Zuspruchs von Präfekten und des Direktors, das nagende Heimweh war einfach nicht fortzujagen. Bei allem Unerfindlichen dieser seelischen Krankheit lagen in Münnerstadt doch auch rationale Wurzeln. Die kahlen, grauen Hügel mit ihren Wacholderbüschen, die einförmige Rhönvorlandschaft befremdeten mich. Ebenso fremd waren mir die Mentalität und der Dialekt der Unterfranken. Ich bin schließlich am Rhein groß geworden. Die Frische und der Atem des großen Stromes, sein pulsierender Verkehr, die schweifende Phantasie, die ihm flußauf– und flußabwärts folgte, haben mich immer bewegt und den Sinn für das Abenteuerliche erregt. Münnerstadt war niedlich, puppig, dörflich, ihm fehlte der weitausholende Schwung. Für die reiche Vergangenheit und geschichtliche Einmaligkeit fehlte es noch an Welterfahrung und Klugheit. Zudem stak ich damals mitten in den Wirbeln der Pubertät. Tausend Ängste quälten mich. Immer wieder stand ich vor dem Spiegel, um zu beobachten, wie sich mein Gesicht entwickelte, um die Pickel auf der Nase zu zählen und zu befürchten, daß es der Anfang bösartiger Entstellung sein könnte. Schaurige Geschichten von Syphilis und anderen Geschlechtskrankheiten ängstigten mich, von Menschen, die bei lebendigem Leib verfaulten und dies um den Preis und die Lust einer einzigen Sünde. Diese Vorstellungen drangen bis zum Grund meiner Seele und schafften mir bei Tag und bei Nacht schlimme Qualen.

Es gab keinen einzigen einleuchtenden, wirklichen und plausiblen Grund für meine zerrüttenden Gedanken, und doch stand ihre drohende Realität so erschreckend vor mir, daß ich in panische Ängste geriet. Alle vernünftige Überlegung prallte an dieser Art von Besessenheit ab. Ich wurde meines Lebens nicht mehr froh. Ich vertraute mich den Patres an, die über unser Heil wachten. Sie redeten mir vergeblich zu. Weder Rat noch Zuspruch, weder sachliche Erörterung noch Begründung des Gegenteils konnten die Macht der Wahnideen brechen.

Über meinen verschatteten Gemütszustand kam durch eine Radfahrt in den Sommerferien etwas Helligkeit. Mit meinem Vater fuhr ich rund um Bayern, vier Wochen lang. Wir kamen nach München, Regensburg, in die Oberpfalz, das Fichtelgebirge und auf dem Rückweg über Bamberg und Würzburg. In dem kleinen Dorf Konnersreuth mitten im Fichtelgebirge lebte damals eine heiligmäßige Person. Sie erregte großes Aufsehen in der Öffentlichkeit, weil sie die Wundmale des Gekreuzigten trug. Viele Fremde, Gläubige und Ungläubige, Neugierige und solche, die nur sensationslüstern waren, kamen nach Konnersreuth, um Therese zu sehen. Ich beschloß, ihr meine Seelennot vorzutragen. Kurz entschlossen klopfte ich an die niedere Holztür, die in das kleine, aber saubere Häuschen der Therese führte. Als ich die Tür öffnete, stand vor mir eine mittelgroße, robuste, füllige Bauersfrau, die so mißfällig an mir herunterschaute, daß ich mit großer Mühe meine Bitte, ob ich mit Therese sprechen könne, herausstotterte. Es gelang mir kaum, meinen Satz zu Ende zu sagen, da brummte auch schon diese Frau – sie war Theresens Mutter – mich mit solcher knobelbecherartigen Heftigkeit an, daß mir jedes weitere Wort im Halse stecken blieb. "Schaff dich hinaus", sagte sie, "wenn du jemanden besuchen willst, dann geh hinüber in die Kirche und bete, das ist besser, als uns hier zu belästigen!" Ich stand sehr schnell wieder auf der Straße. Der Kopf brummte mir wie von Hammerschlägen und im Magen hatte ich ein ganz flaues Gefühl. Man hatte mich wie einen Hund davongejagt. Und das geschah sozusagen im Vorhof der "Heiligkeit". Auch in mir war eine Tür zugefallen, einiges wurde aus mir hinausgedrängt, festgefügte Begriffe nahmen eine andere Gestalt an.

War es der Schock als Folge dieses Erlebnisses, oder waren es die wechselnden Eindrücke dieser Reise, von Konnersreuth an begann sich jedenfalls meine Seelenlage zu stabilisieren. Auf einmal merkte ich, daß sich die unheilkrächzenden Raben aus meinem Gehirn verscheuchen ließen. Nach und nach wurde ich endlich wieder freier Herr meiner Gedanken und meiner selbst. So hat mich Konnersreuth doch geheilt, wenn auch vom anderen Ende her.

Diese Radtour forderte auch einiges an Strapazen. Mein Vater war damals schon achtundvierzig Jahre alt. Ich bewundere heute mehr noch als damals seine Leistung. Auf den Straßen, die meist nur geschottert waren, von morgens bis zum Abend bergauf und bergab radeln, das war keine Spazierfahrt. Wir lebten sehr karg, meist aßen wir aus der Hand, und wir übernachteten in Jugendherbergen, die manchmal so belegt waren, daß wir mit Matratzenlagern in Sammelschlafsälen vorlieb nehmen mußten.

In den ersten Tagen unserer Fahrt litt ich großen Durst, weil die Sonne unbarmherzig auf uns herabstach. Als ich einmal wegen der Hitze klagte, bekam ich zur Antwort:"Wenn du ein rechter Mann werden willst, mußt du das bißchen Durst ertragen lernen, ohne zu jammern und zu klagen!“ Nicht durch die Worte, die ich hörte, kam ich zur Einsicht und Überzeugung, sondern durch das Beispiel dieses Mannes, der vor mir herradelte, schwitzte, ermüdete, hungerte und bei anderer Gelegenheit auch naß und schmutzig wurde und unter allem vielleicht noch mehr litt als ich, aber unverdrossen gleichmütig alles Widrige trug. Wer vorlebt, was er fordert, spricht seine Lehren nicht in den Wind.

Sei es, daß meinen Vater der Betrieb in der Jugendherberge störte, vielleicht ärgerte ihn auch, daß die Herbergsmutter in Neckarsteinach ihm den Beruf des Lehrers auf den Kopf zusagte, er fühlte sich nicht wohl, wenn man ihm den Beruf von der Nasenspitze ablas, möglicherweise zog es ihn auch in die Stille der Natur, oder er wollte einfach das Abenteuerliche eines Waldlagers genießen, jedenfalls überraschte er mich mit dem Vorschlag, die letzte Nacht unserer Fahrt mitten im rauschenden Wald und unter Gottes freier Natur zuzubringen. Die Aussicht auf eine wildromantische Nacht mit gespenstigem Mondschein, dem Säuseln der Baumwipfel über uns, dem schreckhaften Knacken des Unterholzes in der atemlosen Stille der Nacht, das begeisterte mich ungemein. So bezaubernd wie vorempfunden wurde nun dieses nächtliche Zigeunerlager doch wieder nicht.

Am Abend verproviantierten wir uns mit Kartoffeln und Milch und schlugen einen stillen Waldweg ein, um einen geeigneten Platz zu finden. Wir fanden auch die richtige Waldlichtung, stellten unsere Fahrradböcke ab und sammelten trockenes Holz. Die Kartoffeln über dem offenen Feuer gerieten einmalig. Selten hat mir dieses urbäuerliche Essen so gut geschmeckt wie dort, vor den niederbrennenden Buchenreisern im Grase liegend. Die Dämmerung kam, und die Nacht brach herein, wir saßen vor der verglimmenden Glut und genossen die Freiheit in seliger Stimmung. Es bedrückte uns gar nicht, daß wir für unser Vorhaben sehr schlecht gerüstet waren, wir hatten eine Dreieckszeltplane und eine verschlissenen Schlafdecke, beides Rückstände des kaiserlich königlichen Feldheeres.

Mit Laub und Moos schufen wir eine weiche Unterlage, zogen alle Kleider, die wir mitführten, auf den Leib und deckten uns so geschickt wie möglich mit unserem armseligen Zeug zu. Stockfinster war es, als wir uns niederlegten, kein Sternlein flimmerte, kein schummernder Mondstrahl versilberte die Landschaft. Nach den Anstrengungen des Tages und in der reinen Luft sanken wir schnell in einen tiefen Schlaf. In der Nacht, es mag gegen ein Uhr gewesen sein, wurde ich plötzlich wach. Da war ein Geräusch, aber nicht von den Bäumen, die sich im Nachtwind wiegten; mir kam es vor, als ob einer mit leichter Hand die Trommel rührte. Es kam nicht Schlag auf Schlag, es war kein Rhythmus in der Abfolge dieser dumpfen Laute. So trommelte kein Trommler, so widernatürlich unregelmäßig schlug man nicht aufs Kalbfell. Mit einem Mal reagierten meine Sinne ganz scharf und klar, nun wußte und spürte ich es: Langsam einsetzender Regen schepperte auf das Blattwerk der Bäume und Sträucher. Zuerst waren wir beide sehr still und hörten zu, wie es immer tropf, tropf machte. Dann meinte mein Vater, das wäre gar nicht so schlimm, der Himmel würde sich bald aufklären, im Sommer seien Landregen sehr selten und überhaupt, ein warmer Sommerregen sei wärmer als das Wasser im Rhein. Vor dem Baden im Rhein hätte ich mich ja auch nie gefürchtet. Doch der Regen kümmerte sich nicht um die tröstenden Worte meines Vaters. Er hatte sein Pensum, und das absolvierte er. Der Trommelwirbel steigerte sich, überschlug sich, verlor jedes Maß und prasselte nur so daher. Der Helfershelfer Wind trat noch hinzu und schüttelte die Bäume, daß das Wasser der Blätter hart und schwer auf uns herniederklatschte. Die Nachtruhe war nun dahin, keiner konnte mehr schlafen. Wir unterhielten uns, was zu tun sei. Von allen Seiten bedrängten uns die Rinnsale. Da uns nichts besseres einfiel und man in der Nacht nicht gern aufsteht, wenn man nicht gerade aufgescheucht wird, blieben wir halt geduldig liegen, hörten auf das plätschernde Regenwasser und hofften inständig, daß es bald aufhören möge, auf uns herunterzugießen. Erst als der Morgen graute, ließ das Tröpfeln und Tropfen endlich nach. Da wir unglücklicherweise in einer Erdmulde lagen und Wasser sich gern und leicht in Vertiefungen sammelt, kamen wir uns wie in einem Bachbett liegend vor. Verdreckt und völlig durchnäßt und eingeweicht, zitternd vor Kälte und ganz schlotterich erhoben wir uns beim Schein des ersten Morgenlichtes von unserem Lager. Von der Romantik des Vorabends war in unseren Gesichtern keine Spur mehr zu lesen. Meinen Vater plagten noch hinterher wütende rheumatische Schmerzen in allen Gliedern.

Sehr ernüchtert trafen wir noch am gleichen Tag in Speyer ein.

Im Gymnasium in Münnerstadt gewann ich eine für mich überraschende Schulerfahrung. Bisher traten mir meine Lehrer meist als seelenlose Unterrichtsmechaniker gegenüber, die uns Kraft ihrer psychischen und geistigen Überlegenheit beherrschten. Die Herren, die vor uns auf dem Podium thronten, regierten fast immer monarchisch unnahbar oder diktatorisch unanfechtbar. Jetzt auf einmal lernte ich Lehrer kennen, die sich uns als Menschen näherten, die ihre Fehler hatten, vielleicht sogar wegen irgend eines Skandälchens in das Provinznest Münnerstadt versetzt worden waren, aber Wärme und Gefühl ausstrahlten, in ihrem Unterricht uns und auch sich selbst auf den Arm nahmen, mal witzelten, daß die Klasse vor echter Heiterkeit auflachte, mal ihre Rolle als Lehrer mit bissigem Humor spielten, um dann wieder mit lachender Miene die Wunden zu lecken, die wir ihnen geschlagen hatten. Wir sahen, das waren einmal Lausbuben wie wir, und sie versteckten dies nicht hinter falschem Lack. Zum ersten Mal machte es mir Freude, in der Schule zu sitzen und zuzuhören. Ich bekam Interesse an der Sache. Die Leistungen, besonders in Latein und Griechisch, stiegen steil aufwärts. Wenn nur das dumme Heimweh, das immer wieder herankroch, mir nicht so oft die Suppe versalzen hätte. Münnerstadt hätte dann ein fast sonniger Lenz werden können.

Unter meinen Klassenkameraden fühlte ich mich recht wohl. Aus allen Teilen des Freistaates Bayern hatte man sie nach Münnerstadt geschickt, damit die Augustinermönche ihnen Sitte und Anstand beibrachten oder damit sie in der Schule frühere Scharten auswetzten. Niederbayern, Oberfranken, Oberbayern, Niederfranken waren hier vertreten, solche vom Fichtelgebirge, von Main und Donau, von München und Augsburg. Alles in allem eine gelungene Selbstdarstellung bajuwarischer Temperamente und Intelligenzen. Kaum einer kam aus Münnerstadt selbst. Neustadt an der Saale und Mellrichstadt stellten sogenannte Fahrschüler, die also täglich heranreisten und nach Unterrichtsende wieder abfuhren. Es waren meist kernige Rabauken, die dafür sorgten, daß echter Pennälergeist inmitten der gehobenen Sittsamkeit der Internatsschüler auch zu seinem Recht kam. Dabei war das Studienseminar der Augustiner durchaus kein gehobenes Zuchthaus. Natürlich herrschten da Regeln, die zu befolgen waren, und natürlich gab es für die, die sich nicht fügen wollten, Sanktionen, doch sowohl die Präfekten wie auch der Direktor bemühten sich um pädagogische Führung und individuelle Seelsorge.

Jeden Abend nach dem gemeinsamen Nachtgebet in der Kapelle fischte sich der Direktor, ein Mann in den besten Jahren, einen seiner Zöglinge heraus, um mit ihm in der Stille seines Studierzimmers die Nöte und Perspektiven seines Daseins zu erörtern. Ich empfand diese Gespräche als eine Wohltat, denn sie halfen mit zu innerer Klärung. Doch daß ich mich wie ein Musterzögling geführt hätte, kann ich nicht sagen. Ich war ungebärdig wie immer und habe dafür manche verdiente Ohrfeige eingesteckt. Jeden Monat ging über jeden von uns eine kurze Beurteilung an die Eltern. " Er ist immer noch sehr meck", hieß es meistens bei mir in unverkennbarem Unterfränkisch. "Meck“ bedeutet dort so viel wie ungezogen, widerspenstig und unbotmäßig.

Über die Menage war am wenigsten zu klagen. Wir bekamen gut und genügend zu essen. Ich erinnere mich gern an das wundervolle Schwarzbrot aus der Klosterbäckerei. Um den Durst zu löschen, setzte man uns Himbeersprudel auf den Tisch, der so schmackhaft und erfrischend war, daß er mich heute noch begeistern könnte. Die Herren ab Untersekunda durften Bier trinken. Maß und Häufigkeit des Genusses regelte man nach den Grundsätzen christlicher Mäßigung. Für unser leibliches Wohl sorgte man gut, und alles, was wir verzehrten, ließ man auf den Klosteräckern wachsen und tat nichts anderes hinzu als das, was die Natur vorgesehen hatte.

Die Münnerstädter Zeit stellte Weichen für mein Leben. Einiges davon empfand ich sofort, an anderes rückerinnerte ich mich später, vieles versank im Meer des Unterbewußten.

Ich sollte noch einmal ganz präzise Lehren ziehen aus dem, was in Münnerstadt nicht unter die Haut zu gehen schien, aber nach langen Jahren wie eine plötzliche Erleuchtung auftauchte und mein Leben dann wie eine Richtschnur bestimmte.

9

In den Weihnachtsferien 1929/30 fielen die Würfel, die meinen Beruf entschieden. In diesen Weihnachtstagen unterhielt sich mein Vater sehr ausführlich mit mir über das, was mir für die Zukunft vorschwebte. Bis dahin hatte ich mir immer – sicher auch durch den Einfluß meiner Mutter – vorgestellt, daß ich einmal als Priester am Altar stehen würde, angetan mit wertvollen, alten liturgischen Gewändern, umgeben von Meßdienern, wie ich einer war, eingehüllt in die Weihrauchdüfte Arabiens, den Blick von der sinnverwirrenden Erde hinein ins Ewige wendend. Auf dem Weg zum Dienst des Herrn aber lag so wie in der Mythologie der Alten vor dem Höllenschlund der Zerberus der Ehelosigkeit. Da damals schon die Sirenengesänge weiblicher Reize meinen Sinnen gefielen, wäre ich dann später mit dem Zölibat sicher arg ins Gehege gekommen. Auf diesen Punkt fühlte wohl mein Vater vor, als er wissen wollte, welche Gedanken ich mir über meinen zukünftigen Beruf gemacht hätte oder noch machen würde. Mein Vater wußte sicher, wie die Hasen bei mir liefen und fing von Theologie schon gar nicht an. Seiner Meinung nach war die Doerrsche Sippe ohnehin kein Mutterboden für Priesterberufe. In diesem Sinn äußerte er sich oft. Von Münnerstadt hatte ich zwar gute Zeugnisse mitgebracht, und ich erntete auch Anerkennung deshalb. Aber ob dem "Frieden" zu trauen war, wer konnte das wissen. Auch ein gebrannter Vater scheut das Feuer. So legte er seine Ansichten über meine Zukunft folgendermaßen dar: ”Es freut uns alle, daß du anscheinend deinen Frieden mit der Schule gemacht hast, und ich glaube schon, daß du das Abitur, ohne noch einmal zu straucheln, schaffen wirst, aber ein Hochschulstudium wäre heutzutage nur sinnvoll, wenn es mit einem Qualitätsexamen abgeschlossen wird, denn es gibt so viele stellenlose Akademiker, daß man mit ihnen die Straßen pflastern könnte. Ich würde dir raten, werde Lehrer!“ Dann malte er mir ein Bild seines eigenen Berufes in den leuchtendsten Farben: ”Als Lehrer stehen dir viele Möglichkeiten offen, wenn du Liebhabereien pflegen willst. Bedenke auch, wie du als Lehrer auf einem Dorf wirken kannst. Ein guter Lehrer kann ein Dorf für Generationen prägen.“ Ich hörte aufmerksam zu, ließ mir einiges näher erklären und war zuletzt rundum begeistert. Und so beschloß ich also, Lehrer zu werden. So ganz einfach hatten es damals Gymnasiasten nicht mit dem Übertritt in eine Lehrerbildungsanstalt. Sie umfaßte sechs Ausbildungsjahre und baute auf der Volksschule auf. Da ich schon fünf Gymnasialklassen hatte, konnte ich mich für die dritte Klasse der Lehrerbildungsanstalt bewerben. Zur Aufnahme war eine Prüfung vorgesehen. Sie erstreckte sich über allgemeinbildende Fächer wie Deutsch, Mathematik und ähnliche, daneben jedoch mußte ich beweisen, daß ich in Klavier, Violine, Harmonielehre und allgemeiner musikalischer Begabung den Anforderungen der dritten Klasse entsprach. Da ich mich auf dem Klavier schon ein bißchen zurechtgefunden hatte, brauchte ich mich nur auf Violine und Harmonielehre zu stürzen. Nur drei Monate hatte ich Zeit, mich auf diese Fächer so vorzubereiten, daß ich den Stand meiner neuen Klasse erreichte.

Nach den Weihnachtsferien reiste ich wieder nach Münnerstadt ab. Es begannen drei anstrengende Monate. Ein älterer Mitschüler gab mir Geigenunterricht; für den Unterricht in der Harmonielehre konnte ich den Musiklehrer des Gymnasiums, einen gütigen Augustinerpater, gewinnen. Ich übte und lernte mit großem Eifer, ohne daß mich jemand anzutreiben brauchte. Im Geigenunterricht machte ich so gute Fortschritte, daß ich dann im Lehrerseminar einer der besten Geiger der Klasse wurde. Auch das Studium der Harmonielehre fiel mir nicht schwer, und bei der Aufnahmeprüfung hatte ich dann auch keinerlei Schwierigkeiten. Leider erlahmte mein Interesse am Tonsatz in der Lehrerbildungsanstalt schnell, weil wir einen Lehrer bekamen, der seinen Unterricht ertötend langweilig gestaltete. So sank dann mein Kenntnisstand von Jahr zu Jahr. Daß ich im Abschlußzeugnis in diesem Fach kein Ungenügend vorfand, war wohl nur damit zu erklären, daß man mir diesen häßlichen Fleck in einem sonst bemerkenswerten Zeugnis ersparen wollte.

Mein Münnerstädter Jahr, das einer gewissen Buße und Besserung gedient hatte, war also zu Ende, als ich mit Beginn des Schuljahres 1930 nach den Osterferien mich auf meinen Beruf als Volksschullehrer vorzubereiten begann. Der "Kasten", wie die Speyerer das Seminar getauft hatten, lag in der Johannesstraße, nicht weit von der Stelle, wo siebenhundert Jahre zuvor Kaiser Rudolf von Habsburg in einem Klosterhof sein Leben ausgehaucht hatte, und es war auch der nämliche Ort, an dem ich die ersten vier Volksschuljahre verbracht hatte. Einen "Kasten" konnte man dieses Gebäude schon nennen, mit seiner kahlen Rechteckigkeit und seiner schmucklosen Fassade. Es stand an der Grenze zum Hasenpfuhl, ein

Ortsteil, mit dem die heimatbewußten Bürger der Stadt wenig Ehre einlegen konnten. Wollte man einen Speyerer in seiner Ehre treffen, dann bezeichnete man ihn als Hasenpfühler. Speyerer unter sich, die sich nicht grün waren, titulierten sich mit "Spitäler". Das traf noch härter, denn im Spital brachte man nicht nur Kranke, Alte und Gebrechliche unter, sondern auch die, in deren Hirn die Tassen wackelten.

Die Lehrerbildungsanstalt vermittelte in den ersten fünf Jahren vornehmlich sogenanntes Bildungswissen und schloß nach der fünften Klasse mit einer Prüfung in den natur- und geisteswissenschaftlichen Fächern ab. Das sechste Schuljahr diente fast ausschließlich der Einführung in die Kunst des Unterrichtens.

Ich fand mich einem neuen Typus von Lehrern gegenüber. Am Seminar unterrichtete, wer sich als Volksschullehrer qualifiziert hatte. Zwar hatten diese Leute auch zur Vervollständigung ihrer Ausbildung in den Universitätsbetrieb hineingerochen, aber das galt nur der Erweiterung und der Vervollständigung ihres Wissens. Sie hatten den Titel Studienrat oder Studienprofessor ebenso wie ihre Kollegen in den Gymnasien. Die Gymnasiallehrer schauten auf sie herab, weil sie keine Vollakademiker waren, und doch konnten sich jene mit diesen, was Wissen, Bildung, Interesse und Können betraf, kaum messen.

Sie hatten von der Pike auf gedient, und die meisten beherrschten deshalb auch die Kunst, ihr Wissen methodisch ihren Schülern zu vermitteln. Wer in sich nur Fachwissen speichert, verödet leicht.

Wir hatten im Seminar ausgezeichnete Mathematiker, Botaniker, Chemiker und Germanisten, die zugleich eine Klavier– und Orgelklasse leiteten. Ein reiches Maß von außerordentlichen Begabungen hatte sich in dieser Schule zusammengefunden. Unser Deutschlehrer war ein namhafter Dichter und Schriftsteller, der einige Bücher geschrieben hatte. Der Naturkundelehrer galt als einer der besten Vogelstimmenkenner Süddeutschlands. Einer leitete nebenher den pfälzischen Sport– und Turnverein, ein anderer fungierte als Kreistagsabgeordneter. Andere dirigierten große Chöre, oder sie traten als Pianisten an die Öffentlichkeit und bewährten sich als Männerchorkomponisten, unser Zeichenlehrer hatte Rang und Namen als bildender Künstler, und auch der Religionslehrer erschöpfte sich nicht in seiner Theologie, sondern galt als Kapazität in der Baugeschichte des Domes. Sein vielseitiges Wissen, gepaart mit einem scharf durchdringenden philosophischen Verstand, machte damals tiefen Eindruck auf mich. Ich durfte mich überhaupt glücklich schätzen, zu Füßen einer solchen Elite zu sitzen. Trotzdem habe ich es nie bereut, daß ich bei meinem Eintritt in die Lehrerbildungsanstalt fünf Jahre altsprachliche Schulbildung hinter mir hatte. Die daraus resultierende Denkfähigkeit gab meinem Dasein eine unerschütterliche Grundlage. Immer in meinem Leben traf ich auf Personen und Sachen, mit denen ich meine Schwierigkeiten hatte. Es wäre deshalb geradezu ein Wunder gewesen, wenn ich die nun folgenden Jahre ohne jede Anfechtung durchlaufen hätte. Doch zunächst gewöhnte ich mich an meine neue Schulumgebung und versuchte, mich den gegebenen Umständen anzupassen.

Wenn die Brut flügge wird, drängt sie über den Rand des Nestes. Mit sechzehn Jahren möchte man das warme Nest zwar noch nicht ganz entbehren, aber die

Weite der Welt lockte doch schon vernehmlich. In den Sommerferien 1930 packte ich meinen Tornister und zog mit H. Bößer, der in Münnerstadt mein Freund geworden war, in die Ferne. Unser Plan war: Zugfahrt bis Basel, Fußmarsch nach Locarno und dann eben zurück, je nach Lage und Geldbeutel teils mit der Eisenbahn, teils auf Schusters Rappen. Ich brauche nicht zu sagen, welch frohen Mutes wir von dannen zogen, mit viel Leichtsinn im Kopf und einem mageren Geldbeutel, der knappe dreißig Reichsmark hergab. Doch die Ferne lockte, und wir waren zu Abenteuer und Wagnis entschlossen. Wir taten die ersten Schritte über den Rand des Nestes hinaus und tauschten für einige Wochen Fürsorge und Schutz für freie und ungebundene Selbständigkeit. Nicht zuletzt war es unser Geldbeutel, der mithalf, den Hunger nach Erlebnissen zu stillen. Die Dürftigkeit unserer Barschaft zwang uns überall zum Appell an die Nächstenliebe unserer Mitmenschen. In der Schweiz hatten wir uns zwecks Leibes – Atzung in einem evangelischen Pfarrhaus eingenistet. Die Pfarrersleute kamen uns mit großer Gastlichkeit entgegen und deckten den Tisch so vorzüglich, daß uns die Augen fast übergingen und unser Magen laut danach knurrte, nur noch blanke Schüsseln übrigzulassen. Dem legte der Pfarrer jedoch leider einen handfesten Riegel vor. Er verwickelte uns so geschickt in Gespräche, daß wir kaum einen Bissen verzehren konnten. Mit vollem Mund zu sprechen, verbot uns der Anstand, und wenn wir bereitwillig auf alle Fragen antworteten, war es unmöglich, den Mund vollzustopfen. Wir verabschiedeten uns mit solch angekurbeltem Hunger, daß wir dann auf dem Weg zum Grimselpaß ein vergammeltes Brötchen, das wir auf der Straße fanden, heißhungrig verschlangen. Mit den Klöstern, die wir anpeilten, hatten wir es schon besser. Da gab es volle irdene Näpfe. Durch hölzerne Gitter hindurch wurden sie uns wortlos entgegengeschoben. Außer einem halblaut gemurmelten "Danke schön" erwartete man nichts weiter von uns. So konnten wir uns völlig ungestört unserem Mahl widmen.

Abends suchten wir die Nähe der Dörfer. Nicht jedes Haus gefiel uns, nicht alle sahen einladend aus. Manche hatten verschlossene, abweisende "Gesichter". Andere aber lockten freundlich und Vertrauen weckend. Wo Blumen vor den Fenstern blühten, wurden wir meist nicht abgewiesen. Dann bekamen wir in der Scheuer ein weiches Lager auf Stroh oder Heu. Es kam auch vor, daß wir in einer Ecke des Stalles einquartiert wurden. Nach den anstrengenden Märschen fielen uns schnell die Augen zu. Das Rasseln der Ketten, das gleichförmige Mahlen der Kuhkiefer störten uns nicht nur nicht, wir empfanden es wie eine stimmungsvolle Nachtmusik. Wenn's bei den Kühen unterm Schwanz losging und die fetten Platscher klatschend auf dem Boden auftrafen, war uns im Halbschlaf, als ob nun der Schlagzeuger einsetzte. In Wirklichkeit setzte es dann für uns spinatgrüne Spritzer ab. Gewöhnlich hat uns dann am Morgen der Bauer an den Familientisch eingeladen. Damals lebte man auch auf den großen Bauernhöfen noch sehr bescheiden und anspruchslos. Mehr als Milch, Käse und Brot kam nicht auf den Tisch. Wir waren sehr zufrieden damit, denn bei dem ständigen Hunger, den wir hatten, fiel uns nicht ein, wählerisch zu sein.

Unvergeßlich wurde mir einer dieser Bergbauernhöfe am Fuße des Pilatus. Ein vierzehnjähriges Mädchen betreute seine kleinen Geschwister, da die Mutter gestorben war. Sie tat es so rührend herzlich, daß ich mir für später eine solche Frau wünschte. Mein Wunsch ging in Erfüllung. Möge auch dieses Mädchen, das ich nie wieder sah und von dem ich nie wieder etwas hörte, in ihrem Leben den Lohn für ihre Güte gefunden haben.

Unsere Seelen waren jung und frisch, so haben sich viele Eindrücke mit großer Kraft erhalten.

Wie schön war Gottes Welt, wie großartig die riesigen Berge, wie erfrischend das saftige Grün und die vielfarbigen Blumen.

Von der Höhe des Grimselpasses sahen wir auf den königsblau schimmernden Rhonegletscher, für uns Buben ein Anblick majestätischer Herrlichkeit. Die überwältigende Macht der Bergwelt erregte nicht nur Staunen und Ehrfurcht, sie fuhr uns auch manchmal wie ein kalter Schauer in die Glieder. Auch unsere überschäumende Lebenslust verdrängten dann schnell wieder die drohenden Geister der Natur. Hunger, Durst, Müdigkeit, steile, beschwerliche Wege, Regen, Hitze, mangelhafte Ausrüstung und die Unsicherheit, die die Nacht zuweilen brachte, wenn kein Haus, keine Siedlung, kein Dorf zu finden waren, wenn wir auf keinen Menschen trafen, der uns den Weg weisen und uns raten konnte, all dies brachte unseren Wander– und Abenteuerwillen nicht ins Wanken.

Gefahren schreckten uns nicht sehr, dazu war unser Verstand noch viel zu grün. Nur wenn wir im Schlamassel steckten, begannen wir zu überlegen und dann in der konjunktivischen Wendung: ”Wir hätten halt doch…!“

Vom Rhonetal führte zum Nufenenpaß ein Saumpfad, so stand es in unserer Karte. Die Karte hatte auch recht. Nur wußten wir in unserer Einfalt nicht, wie ein Saumpfad in der rauhen Wirklichkeit des Hochgebirges aussieht. Unserer Vorstellung schwebte etwas von einem gepflegten Wanderweg vor. In Büchern, die wir gelesen hatten, war schon einmal etwas von Saumtieren zu erfahren, sie seien trittfest, schwindelfrei und orientierungssicher. Esel und Maultieren wollten wir nicht nachstehen. Dabei fiel uns nicht ein, daß die Tiere und ihre Begleiter den Weg wie ihre Hosentasche kannten. Wir dagegen mußten ihn suchen. Zwar half uns die Karte, aber was verstanden wir damals von der Kunst des Kartenlesens und überdies gab sie wegen ihres Maßstabes nur das Gröbste der Landschaft preis. Es dauerte auch gar nicht lange, da hingen wir an einem steilen Geröllhang und suchten unseren Weg vergeblich. Von oben lösten sich Steine und rollten herunter. Unser Genick schmerzte uns, weil wir angestrengt in die Höhe schauten, um dem Geröll auszuweichen. Als dann noch plötzlich Nebel uns alle Sicht verwehrte, begriffen wir, daß die Lage brenzlich war. Wir kramten aus dem Gepäck Karte und Kompaß heraus, wurden aber dann doch nicht klüger. Schließlich entschlossen wir uns, weiter aufwärts zu klettern. Einen vernünftigen Grund gab es dafür nicht, wir hätten uns genau so gut talwärts bewegen können. Im Moment der Gefahr jedoch drängt oft eine innere Stimme in die richtige Richtung, ohne daß es für eine solche Entscheidung logische Gründe gibt. Wir fanden keinen Weg, weil es keinen gab, aber auf dem Kamm der Höhe erreichten wir ein Firnfeld, das mäßig steil zum anderen Tal abfiel. Mehr auf dem Hosenboden als zu Fuß schlitterten wir abwärts. Auf einmal stand ein Mann vor uns, ein Hirte. Wenn wir ins Tal kämen, bräuchten wir nur am Bach entlang zu gehen, dann würden wir Airolo erreichen, sagte er uns. Den Nufenen hatten wir also verpaßt. Es dunkelte, als wir an einen Bretterschuppen kamen. Wahrscheinlich diente er den Bergziegen als Notunterkunft. Über eine Holztreppe ging es zum Dachboden. Er war völlig leer, ganz hinten in der Ecke lag ein Klumpen Käse. Wir waren sehr hungrig, den ganzen Tag hatten wir nichts anderes zu uns genommen als eine halbverschimmelte Rinde eines Gerstenbrotes, das uns mitleidige Leute geschenkt hatten. Und doch ließen wir nach einem kurzen Versuch den Käse links liegen. Er schmeckte so widerlich fade und abstoßend, daß der Magen dagegen rebellierte. Neben dem Schuppen floß der Bach. An seinem Ufer entdeckten wir Pfefferminzstauden. Auf dem Spirituskocher abgebrühter Pfefferminztee ohne Zucker und sonstiges wurde unser Nachtessen. Schlotternd vor Kälte verkrochen wir uns in den Speicher und versuchten, zu schlafen. Durch die daumendicken Ritzen der Bretter zog es fürchterlich. Wir hatten elf Stunden Marsch hinter uns und waren müde zum Umfallen: obwohl wir alle Lumpen und Klamotten, die wir mitführten, um uns wickelten und eng aneinander krochen, gelang es uns nicht, einzuschlafen. Der Wind fauchte durch die Sparren des Daches, der Regen prasselte auf die Schindeln: in regelmäßigen und unregelmäßigen Rhythmen tropfte das Wasser auf uns. Die Stunden der Nacht zogen sich ins Unendliche. Der Sturm nahm zu und erreichte orkanartige Gewalt. Peitschende Regensalven knatterten gegen die dünnen Bretterwände unserer Hütte, und wenn die Windböen heranfauchten, stöhnte und ächzte der ganze Bau. Da man den Schlaf nicht herbeizwingen kann und er von alleine nicht kam, lagen wir wortlos nebeneinander, starrten in die rabenschwarze Finsternis und sehnten das Morgenlicht herbei. Mitternacht mußte längst vorüber sein, als wir hörten, daß es in den Stallungen unter uns lebendig wurde. Die Ziegen kamen und suchten Zuflucht. Selbst diesen abgehärteten Tieren schien das Unwetter zuzusetzen. Aber wenn die schon in den Stall kamen, sollte das nicht ein Wink für uns sein? Wir hatten doch unterwegs einige Milchziegen beobachtet, die ein ganz schön prall gefülltes Euter trugen. Ob nicht da unten auch ein paar sehnsüchtig darauf warteten, daß man sie ein bißchen erleichterte? Ziegenmilch soll ja sehr nahrhaft sein. Unsere leeren Mägen gaben dann den Ausschlag. Wir stiegen die Treppe hinunter. Als die Tiere uns hörten, wurden sie nervös und liefen wild durcheinander. Unsere Taschenlampe gab so viel Licht, daß wir die richtige Unterscheidung treffen konnten. Hermann Bößer packte eine Milchziege bei den Hörnern, die ihres prallen Milchsackes wegen schon ganz breitbeinig dastand, während ich mich tief hinunterbückte, um kräftig zuzufassen. Man soll nicht glauben, daß es leicht ist, mitten in der Nacht beim Schein einer schwachen Funzel einem halbwilden Tier die Milch abzupressen. Zwanzig Jahre später habe ich mir zwar die Kunst des Melkens angeeignet, aber in dieser Nacht in dem Bretterstall unterhalb des Nufenenpasses mißlang mein Versuch völlig. Wohl erwischte ich einen der "Zapfhähne" und drückte daran herum, bis mir ein Strahl warmer Milch ins Gesicht spritzte. Doch dabei blieb es, und meinen weit geöffneten Mund erreichte das begehrte Naß einfach nicht: eine Wiederholung meines Versuches mißlang, weil das störrische Tier sich der Umklammerung Bößers entriß und sich mit einem wilden Satz unter seine Kameraden mischte. Bei einer zweiten und dritten Ziege hatten wir das gleiche enttäuschende Ergebnis.

Erschöpft schlichen wir nach oben und warteten schnatternd, bis es endlich dämmerte. Beim ersten Lichtschein packten wir unsere Habseligkeiten zusammen und stapften davon. Bleigrau und düster schimmerten Matten und Berghöhen. Es hatte während der Nacht fast bis zu unserer Hütte herunter geschneit.

Gegen sieben Uhr erreichten wir die ersten Häuser eines Dorfes. Es kümmerte uns nicht, daß man zu dieser frühen Stunde nicht fremden Leuten bettelnd ins Haus einfällt. Unser Hunger überschrie jede gute Sitte. Obwohl unser Aussehen kein Vertrauen wecken konnte, kamen uns die Leute sehr freundlich entgegen. Unser gutes Pfälzisch, das sich so gut eignet, auch die grausamsten Hungergefühle mit plastischen Wortgestalten auszuschmücken, versagte hier gänzlich, denn wir hatten bereits die Sprachgrenze überschritten, und die einfachen Leute, an deren Tisch wir nun saßen, redeten nur italienisch. Da es Gebärden für Hunger gibt, die auf der ganzen Welt verstanden werden, hatten wir keine unüberbrückbaren Sprachschwierigkeiten. Volle Milchschüsseln, die man uns vorsetzte, waren im Nu geleert, dickbauchige Brote verschwanden fast schneller vom Tisch als sie in Stücke geschnitten waren. Als wir uns erhoben, fühlten wir uns wieder als Menschen mit Leib und Seele. An diesem Tag noch stiefelten wir fünfzig Kilometer herunter, nach den Strapazen der voraufgegangenen Nacht eine respektable Leistung. Am Abend hatten wir fast Bellinzona erreicht. Nach dem reichlichen Milchgenuß am Morgen arbeiteten die Gedärme meines Freundes Bößer den ganzen Tag über im Geschwindschritt. Immer wieder war er gezwungen, vom Wege abzuirren, um dem Überdruck seiner Verdauung Genüge zu tun. Zuletzt wurde er ganz apathisch und nicht mehr ansprechbar. Er erklärte, er sei am Ende seiner Kräfte, entweder wir gingen auf Quartiersuche oder aber er würde sich an den Straßenrand niedersetzen und keinen Schritt mehr tun. Als ich ein bißchen ironisch an ihm herumstichelte, wurde er richtig böse, und ich merkte, daß die Grenze seiner Leistungsfähigkeit erreicht war. So suchten wir nach einem Nachtlager. An der rechten Straßenseite standen ein paar locker hingestreute Häuser. Wir prüften sie nach ihren "Gesichtern" und entschieden uns für das Freundlichste. Man nahm uns sofort und ohne Umstände auf, so selbstverständlich, als habe man uns erwartet.

Wie heil war damals noch die Welt. Wieviel Gastfreundschaft, wieviel unkomplizierte Nächstenliebe, wieviel Mitgefühl und Hilfsbereitschaft brachte man uns immer wieder entgegen. Noch war man nicht durch Genuß verdorben oder übersättigt. Leute, die kaum lesen und schreiben konnten, die arm und bedürfnislos lebten, die hart um einen kargen Lohn arbeiteten, die vielleicht kaum wußten, wie ihre hungrigen Mäuler über die Runde zu bringen seien, haben uns immer wieder selbstlos geholfen, wenn wir ihre Menschenfreundlichkeit beanspruchten. Natürlich gab es auch solche, deren Herz sich verschloß, aber wir wurden reichlich durch die Zuneigung der anderen entschädigt.

In der Bleibe vor Bellinzona hatte ich unseren Gastgebern erst einmal klar zu machen, daß mein Kamerad an einer gewissen sehr unangenehmen Unpäßlichkeit litt. Anfänglich stutzten die Leute, sie konnten gar nicht begreifen, was wir wollten, wenn wir eine Hand auf die

Magengegend legten und mit der anderen Hand vom Hintern aus steil abwärts fuhren, während wir leicht in die Kniee gingen und mit den Lippen ein "pf" langsam und gedehnt erzeugten. Auf einmal zuckte ein Aufleuchten über die gespannten Gesichtszüge unserer Wirtsleute. Sie hatten begriffen, und sie brauten auch gleich die richtige Arznei: schwarzer Kaffee, angereichert mit einem kräftigen Schuß eines geistigen Getränkes. Eine medizinische Verordnung hätte nicht hilfreicher und probater wirken können.

In einem kleinen Heustadel jenseits der Straße haben wir vom Abend bis tief in den Morgen hinein wie die Murmeltiere geschlafen. Als wir endlich wach wurden, standen die zwei schwarzhaarigen Töchter des Hauses in der geöffneten Tür und zeigten lachend und schwadronierend auf uns beide Langschläfer. Ein breiter Strahl gleißenden Sonnenlichtes drang durch die Türöffnung und verhieß uns einen freundlichen Tag.

Auch ein von der Sonne vergoldeter Tag kann Freundschaft und Kameradschaft auf die Probe stellen. Wir konnten uns schon aufeinander verlassen, aber Meinungsverschiedenheiten ließen sich nicht umgehen, und einmal prallten die Gegensätze so hart aufeinander, daß unsere Wege sich trennten.

Um zügig vorwärts zu kommen, benutzten wir auch öfter Landstraßen anstelle der Bergpfade und Wanderwege. Im allgemeinen hatten die Autos noch nicht wie heute die Straßen gepachtet, um alle, die marschierten, zu belästigen oder zu verdrängen. Unser Rückweg führte uns über die Axenstraße. Sie ist sehr malerisch und zieht sich am Ufer des Vierwaldstättersees entlang. Damals war sie noch eng und nicht asphaltiert. Wir wußten nicht, daß gerade an dem Tag, da wir die Straße passierten, in der Nähe ein Rennen stattfand und ungezählte Wagen an uns vorbeidefilieren würden. Die Staubwolken drohten uns fast zu ersticken. Wohl wegen der schlechten Sicht hat ein Rennwagenfahrer H. Bößer von hinten angefahren. Zum guten Glück passierte ihm nichts, er kam mit dem Schrecken davon. Der Staub, das fortwährende Aufheulen der Motoren und die Rücksichtslosigkeit der Fahrer zerrten an unseren Nerven und machten uns ungewöhnlich reizbar. Nach zwei oder drei Stunden war das Ärgste vorüber, die Nebelschwaden lichteten sich, und der See lag hell und klar in der Nachmittagssonne vor uns. Er lud zum Bade, und wir hatten auch ein dringendes Bedürfnis, unsere vom Staub zugerußten Körper im blitzblanken Seewasser zu schwenken. So sehr mich auch der See anzog, so wußte ich doch, daß die Nacht bald kommen würde und daß es völlig aussichtslos sei, bei den Besitzern der vornehmen Ufervillen um ein Nachtquartier anzuklopfen. So viel hatten wir schon erfahren, daß hinter dem Gewand der Armut hilfreichere Herzen schlagen als hinter Pelz, Seide und Samt. Nun entspann sich zwischen uns beiden ein Dialog, der auf Baden oder Nichtbaden hinauslief. Keiner wollte nachgeben. Bößer beharrte auf Baden, ich widersetzte mich hartnäckig und das aus einleuchtendem Grund. So kam es, daß Bößer dem See zuging und ich auf der Straße weitertippelte.

So siegte der Eigensinn, und jeder ging seines Weges. Ich übernachtete, marschierte am nächsten Tag weiter, übernachtete wieder und marschierte wieder, von Bößer sah und hörte ich nichts mehr. Die Welt ist weiträumig, und daß wir uns wieder trafen, war doch sehr ungewiß. Vage schwebte mir vor, daß wir uns einmal darüber unterhalten hatten, eventuell auch Maria Einsiedeln zu besuchen. Ich steuerte also Maria Einsiedeln an. In mir lebte nur eine schwache Hoffnung, dort Bößer zu treffen.

In Einsiedeln zog mich zuerst und vor allem die Wallfahrtskirche an. Ich kniete mich in eine Bank und betete, daß wir uns doch gesund und glücklich wiedertreffen möchten, dann schlenderte ich von einer Altarnische zur anderen und legte allen Heiligen, deren Figuren dort aufgestellt sind, noch einmal mein Anliegen vor. Schon wollte ich mich ziemlich mutlos dem Ausgang zuwenden, als plötzlich Bößer vor mir stand, als sei er aus der Erde gewachsen. Die beiderseitige Freude war riesengroß. Draußen vor der Kirche auf einer Bank saßen wir lange beieinander und erzählten, was wir in der Zwischenzeit gesehen und erlebt hatten. Jeder faßte den festen Vorsatz, alles zu tun, daß es zu keiner Trennung wie dieser mehr käme.Auf dem großen Platz vor der Wallfahrtskirche hatte man eine Bühne aufgeschlagen. Jeden Abend ging dort eines der großartigen Schauspiele von Calderon de la Barca über die Bretter. Wir hätten uns das Stück gern angesehen und umstrichen die Bretterbude, wo man gerade die Eintrittskarten verkaufte. Nach Prüfung unserer Finanzen entschlossen wir uns schweren Herzens, auf den Eintritt zu verzichten. Ein Mann, der wohl unsere geheimen Wünsche ahnte und wahrscheinlich auch bemerkte, daß es uns an dem notwendigen Kleingeld fehlte, gesellte sich zu uns. Er sprach sehr freundlich mit uns, erkundigte sich teilnehmend nach unserem Woher und Wohin und sagte schließlich, daß er uns für den nächsten Abend Karten besorgen wolle.

In Einsiedeln waren wir regelmäßige Mittagsgäste an der Pforte des Benediktinerklosters. Unser unverwüstlicher Appetit begnügte sich nicht mit den Schüsseln der Benediktiner, wir eilten gleich anschließend vor die Tore der Stadt, wo wir uns in dem Schwesterklösterchen "Unserer lieben Frau von der Au" eine weitere Mahlzeit einverleibten.

Da die Benediktiner recht umgängliche Leute waren, unterhielten wir uns häufig mit ihnen. Wir erzählten auch von dem freundlichen Herrn, den wir getroffen hatten. "Da laßt euch nur auf nichts ein", belehrte uns einer der Patres. "Das sind Agenten der Fremdenlegion. Sie sind jungen Leuten gegenüber sehr gefällig, aber nur so lange, bis das ahnungslose Opfer in ihre Netze gegangen ist, dann zeigen sie ihr wahres Gesicht. Sie hätten euch nach der Theatervorführung in einem vornehmen Lokal mit erlesenen Speisen und schweren Weinen so lange traktiert, bis ihr mit benommenem Kopf eure Unterschrift unter eine französisch abgefaßte Dienstverpflichtung gesetzt hättet. Spätestens in Marseille wären euch die Augen aufgegangen, dann jedoch wäre jeder Protest zu spät gekommen."

Nach diesen Informationen trauten wir uns abends schon gar nicht mehr auf die Straßen und verließen bald das sonst sehr idyllische Einsiedeln.

Obwohl wir für unsere Dickköpfe schon hinreichend Lehrgeld gezahlt hatten, verschonte uns die Versuchung nicht, daß bei nächster Gelegenheit wieder jeder meinte, er hätte Recht und auf seinem Recht beharrte.

Im südlichen Schwarzwald marschierten wir auf obskuren Waldwegen nordwärts in Richtung Heimat. Es geschah, was immer geschieht, wenn man sich in einer

Gegend nicht auskennt: wir verloren die Orientierung, alle Wege, die wir gingen, führten in die falsche Richtung, vor jeder Abzweigung, Gabelung und Kreuzung standen wir ratlos und stritten heftig. Zunächst hielt ich mich eingedenk unserer leidvollen Erfahrung mit meinem Urteil über den jeweils richtigen Weg zurück und überließ meinem Freund die letzte Entscheidung. Als wir jedoch einmal nach langer und mühevoller Wanderung wieder vor der Lichtung standen, von der wir Stunden vorher ausgegangen waren, zweifelte ich doch an der Sicherheit von Bößers Geländeinstinkt. Vor einer Wegegabelung hatten wir dann zu überlegen, ob wir rechts oder links abzweigen sollten. Mein eigener Instinkt sagte mir, daß wir uns auf den linken Weg einlassen sollten, H. Bößer plädierte hartnäckig für rechts. Ziemlich kalt stellte ich ihn vor die Wahl, entweder meinem Vorschlag zu folgen, oder uns aber zu trennen wie am Vierwaldstättersee. Da er noch genug hatte von getrennter Marschroute, trottete er zähneknirschend hinter mir her und war mit nichts mehr ansprechbar. Ich hatte seinen Stolz verletzt. Wir gingen nebeneinander her, als ob wir nicht nur den Weg, sondern auch die Sprache verloren hätten.

Die Wege im Schwarzwald können sich stundenweit dehnen, ohne daß man auf eine Menschenseele trifft. Stunde um Stunde verging, kein Wegweiser, keine Markierung halfen uns. Jeder vergrub sich in seine Gedanken, jeder hoffte, der andere möge sich geirrt haben. Der dichte Tannenwald wurde immer undurchdringlicher. Man konnte die Hoffnung verlieren, daß wir an ein Ende kämen. Keiner ließ den anderen spüren, wie niedergeschlagen er war.

Auf einmal lichtete sich doch der Wald. Die Bäume traten zurück, der Weg verbreiterte sich, ein Hund bellte und nach einigen hundert Metern hörten wir Hühner gackern und einen Hahn krähen.

Im Glanz der Sonne stand ein stattliches Haus vor uns. An der Tür kam uns eine mittelgroße, dickliche Frau mit runden Backen entgegen. Sie trug eine blaue Arbeitsschürze. Wir hätten entsetzlichen Hunger, ob wir nicht vielleicht etwas zu essen haben könnten, frugen wir nach der üblichen Begrüßung. "Aber sicher", meinte die Gute und versprach uns Suppe mit nachfolgender Eierspeise. In unserem Heißhunger haben wir die Teller förmlich leergefegt. Da ich den gastfreundlichen Schalmeien unserer ehrenwerten Wirtin nicht ganz traute, standen unsere Tornister griffbereit neben unseren Stühlen. Nach dem letzten Bissen schulterten wir unser Gepäck, da stand auch schon die mollige Schwarzwälderin vor uns, wischte sich die küchenfeuchten Hände an ihrer Schürze ab, und wenn mich nicht alles täuschte, waren dies die Vorbereitungen, um die klingende Münze ihrer Gastfreundschaft einzustreichen. Meist bin ich in prekären Situationen um schnelle Reaktion in Worten verlegen, aber dieses Mal sprudelte es gerade so aus mir heraus: "Liebe Frau, das Essen hat uns ganz ausgezeichnet geschmeckt wie noch nie, und wir möchten uns auch für ihre großzügige Gastlichkeit sehr herzlich bedanken!" Sprach's, warteten keine Entgegnung ab, sondern schritten schnurstracks zum Ausgang und stürmten laut lachend einen Hang hinunter gerade in einen dichten Baumbestand hinein, der uns allen Blicken entzog. Das Gesicht der Bäuerin, wie es sich von fettiger Süße in jähem Schreck zu kaltem Stein wandelte, haben wir trotz eiliger Flucht doch noch wahrgenommen.

Fröhlich, gestärkt und erleichtert zogen wir weiter. Das Eis der Verstimmung war gebrochen. Wir sangen miteinander und waren gesprächig wie nie zuvor. An diesem Tag fanden wir dann noch alle Wege, die wir suchten.

Ob es am gleichen oder darauffolgenden Tag war, weiß ich nicht mehr, aber mir steht noch der strahlende Abend mit der rotgoldenen Sonne vor Augen, als wir in ein kleines Dorf kamen.

In der Dorfstraße trafen wir auf einen kleinen, struppigen Menschen, der wilde Flüche durch die Zähne zischte, weil sein abgetriebener Karrengaul den hochbeladenen Erntewagen nicht schnell genug vom Fleck zog. Bößer stieß mich an: "Du, bei dem könnten wir vielleicht übernachten. Wenn er Korn heimfährt, hat er auch eine Scheune, und ob der überhaupt so übel ist, wie er aussieht? Geh doch rüber und frag ihn!" In der Nähe sah das Gesicht des Bauern noch viel widerwärtiger aus, als es von Ferne schien. Ein Augenlid hing tief und kraftlos herunter, Oberlippe und Unterlippe durchfurchten mehrere Narben, ein struppiger Schnurrbart und ein unrasiertes Kinn unterstrichen seine abstoßende Häßlichkeit. Am liebsten hätte ich kehrt gemacht, aber nun stand ich vor dem Mann, und da sagte ich dann auch das gewohnte Sprüchlein. Doch der blieb gar nicht stehen, trieb sein Pferd mit Hühott an, knallte mit der Peitsche und drehte nur so weit die Nase zu mir, daß da zu bemerken war, wie er irgendwelche Worte zwischen den Zähnen hervorkaute. Zu verstehen war nichts. Auf ein Zeichen zu Bößer hin trabten wir einfach hinter dem hochbeladenen Wagen her. Ziemlich am Ende des Dorfes schwenkte das Gefährt in eine Einfahrt. Das kleine Wohnhaus machte einen unansehnlichen, verwahrlosten Eindruck. Im Hof hatten wir Mühe, den Mistfladen, die bunt verstreut und auch wieder sehr dicht beieinander lagen, auszuweichen. Der Stall stand offen, eine Kuh ragte mit ihrem dreckverschmierten Hinterteil ins Freie, eine Ziege meckerte jämmerlich. Im rückwärtigen Teil des Hofes lag die Scheuer, ein Exemplar, das baupolizeilich nicht ganz stubenrein schien. Der Bauer spannte seinen Gaul vom Wagen, postierte sich dann vor uns auf, stemmte die Hände in die Hüften und verkündete laut und deutlich, daß wir als Entgelt für ein Nachtlager in der Scheune seinen Wagen abzuladen hätten und zwar jetzt sofort. Dann drückte er jedem eine Gabel in die Hand und kletterte auf den Heuboden, um die Garben, die wir hinaufreichten, in Reih und Glied zu setzen. Nach der Arbeit verschwand unser Boß spurlos. Auch am nächsten Morgen, als wir weiterzogen, ließ er sich nicht blicken. Im Haus brannte am Abend kein Licht und auch am Tag rührte sich nichts, ein Einmannhaushalt ohne weibliche Assistenz. Aus kulinarischen Gründen haben wir die Abwesenheit eines mitfühlenden Frauenherzens bedauert.

Über Frankreich kehrten wir heim. Unsere letzte Station hieß Straßburg. Bei Kehl überschritten wir den Rhein und die Grenze. Von Ferne grüßte die Silhouette der alten Reichsstadt, überragt vom majestätischen Münsterturm. Die staubige und harte Straße zog sich endlos. Was in dem hellen Nachmittagslicht wie ein Katzensprung aussah, entpuppte sich zu langem, ermüdendem Marsch. In einem Kolonialwarenladen der Vorstadt erstanden wir zwei Rollmöpse, für mehr und Besseres reichte unsere Barschaft nicht. Das Geld für die Zugfahrt ab Straßburg nach Hause mußten wir eisern zurückhalten.

Wir waren jung und hatten einen abenteuerlichen Sinn für die große, weite Welt. Sie sollte unseren Erlebnishunger stillen. Für die Kulturschätze dieser Welt jedoch hatte unser Geist noch keine hinlängliche Reife. Natürlich haben wir das Münster besucht, aber es überwältigte uns nicht. Ganz sicher nahmen wir die herrlichen Fachwerkhäuser in Augenschein, aber die bedeuteten unserem unvergorenen Gemüt wenig. Wir betrachteten diese herrlichen Fassaden mit den Augen derer, die sich ein frisches Bett und eine gedeckte Tafel wünschten. Hier kümmerte sich keiner der vielen satten Menschen, die unseren Weg kreuzten, um unseren leeren Magen, hier war keine Scheune zu finden, in die wir uns verkriechen konnten. Nur dieses leidige Geld, das wir nicht besaßen, konnte Türen öffnen und volle Schüsseln in Bewegung setzen. Bis Mitternacht trieben wir uns in den Straßen der Stadt herum. Vor festlich erleuchteten Hotels blieben wir lange stehen und sahen zu, wie vornehm gekleidete Menschen zur Eingangshalle schritten, während livrierte Boys die Gepäckstücke der Hautevolee nachschleppten.

Nach Mitternacht stießen wir auf den Bahnhof. Die Eingangshalle war noch hell erleuchtet. Einige heimatlose Gestalten lungerten herum. Ein deutscher ehemaliger Fremdenlegionär sprach uns an. Ihn freute es sichtlich, Landsleute zu sehen und heimatliche Laute zu hören. Er erzählte Atemberaubendes und Schauerliches von seinem Soldatenjob. Die kümmerliche Rente verlebte er in Frankreich. Allem Anschein nach badete er seine Erinnerungen täglich in großen Mengen Alkohols.

Schlafen konnten wir in dieser Nacht nicht viel. Jedes Mal, wenn wir uns auf einer der Bänke niedergelassen hatten, scheuchten uns Beamte wieder hoch. Nur bei der Gepäckabfertigung hatten wir etwas mehr Glück. Sie lag in einem schlecht beleuchteten Seitentrakt, so daß wir auf einer Rampe eine Stunde lang einnicken konnten, bevor uns ein paar wütende Uniformierte mit gewaltigem Gebrüll fortjagten. Trotz der Wärme einer lauen Sommernacht fröstelten wir, denn die Nacht wurde uns endlos lang, und unser Magen knurrte uns an. Der Morgen dämmerte grau in grau, ganz in den Farben unserer Gemütsverfassung.

Mit den ersten Zügen fuhren wir ab. H. Bößer bestieg einen Eilzug, der ihn über Weißenburg nach Landau führen sollte, während ich einige Minuten später in einem Personenzug Richtung Speyer abdampfte. Mit großer Herzlichkeit verabschiedeten wir uns. Wir hatten drei Wochen lang Freud und Leid geteilt. Daran reifte unsere Freundschaft und wohl wir selbst auch.

Wegen des Grenzübertritts hatte mein Zug in Lauterburg längeren Aufenthalt. In der kleinen, schmutzigen Bahnhofshalle musterte ich mein Gepäck, um die passende Kleidung zum Einzug in meine Vaterstadt zu finden. Viel Passendes werde ich nicht gefunden haben, vielleicht war es nur das letzte saubere Taschentuch aus der hintersten Ecke meines Militärranzens. Einige Fetzen und Fäden, das Ergebnis einer rauhen Dreiwochenfahrt und nicht immer sachgemäßer Behandlung, empfand ich an meinen Klamotten als überflüssig und schnitt sie mit meinem Fahrtenmesser kurzerhand ab. Im übrigen bewegte mich das Hochgefühl, einige Leistungen vollbracht und einige Strapazen gut durchgestanden zu haben. Ganz mit meinen Sachen beschäftigt entging es mir, daß mich in der Nähe zwei französische Polizisten scharf beobachteten. Erst als einer der beiden von hinten auf mich zutrat und mir mit schnellem Griff das Messer aus der Hand wand, merkte ich, daß ich in Teufels Küche geraten war. Das Gesicht des Franzosen verzerrte sich in schadenfrohem Haß, als er mir mit dem Messer vor der Nase herumfuchtelte und mich mit einer näselnden Stimme in gebrochenem Deutsch anherrschte: "Das ist eine Waffe. Das ist in Frankreich verboten. Sie werden dafür bestraft. Kommen Sie mit, Sie sind verhaftet!" Erklärungen und Gegenreden fruchteten nichts. Die Beiden führten mich in einen kleinen Raum. Dort saß an einem Schreibtisch, der sehr unordentlich mit Papieren überladen war, ein Beamter in Zivil. Er fragte zuerst nach Name, Wohnort, Herkunft, Beruf des Vaters, Familienverhältnisse, dann natürlich mußte ich alle meine Papiere abliefern. Meine sieben Sachen wurden durchwühlt: Vielleicht hoffte man, weitere Waffen zu finden. Am Schluß hatte ich Rechenschaft über jede Stunde meines Aufenthaltes in Frankreich abzulegen. Wenn ich etwas ungenau wiedergab, ermahnte mich der Beamte schroff, bei der Wahrheit zu bleiben. Irgend etwas zu verheimlichen, hatte schon gar keinen Sinn, denn der Mann da vor mir schien über alles informiert zu sein. Er wußte, daß wir mit einem Fremdenlegionär gesprochen hatten und Einzelheiten, wie wir uns die Nacht am Bahnhof in Straßburg vertrieben hatten. Ich stand da und kam mir wie ein wirklicher Verbrecher vor. Vor allem war ich sehr niedergeschlagen, denn es schien mir sicher, daß ich nun die nächsten drei Wochen hinter Gitter zubringen müßte. Das wurde mir während des Verhörs so oft und so glaubhaft versichert, daß ich nicht daran zweifeln konnte.

Was hatte ich eigentlich Schlimmes verbrochen? Um ein feststehendes Messer mit einer Schneide von sieben Zentimetern Länge kümmerte sich bei uns zu Hause doch kein Mensch. Jeder Bayer trug in seiner krachledernen Hose ein Messer wie dieses so selbstverständlich bei sich wie ein Taschentuch.

Die beiden Polizisten schoben mich in einen kahlen Nebenraum. Ich hätte Weiteres abzuwarten. Zwischen diesen vier kahlen Wänden sollte ich über mein Vergehen nachdenken und zur Einsicht kommen, daß ich gegen die "Grande Nation“ gesündigt hatte. Meine Gefühle wechselten zwischen ohnmächtigem Zorn und einschnürender Angst. Ich stand an dem vergitterten Fenster und schaute in den sonnigen Tag. Trübes regnerisches Novemberwetter hätte viel besser meiner Stimmung entsprochen. Ich maß meine Zelle mit meinen Schritten aus wie ein Häftling, immer drei oder vier Schritte vor und zurück, dann kurze Pause am Fenster, dabei wehmütig die Schatten anstarrend, die länger und länger wurden. Es mußte schon später Nachmittag sein, folgerte ich, meine Uhr lag ja im Zimmer nebenan auf dem Tisch neben dem verflixten "Mordinstrument“.

Nach stundenlangem, quälendem Warten wurde ich in das Zimmer , wo man mich verhört hatte, zurückgerufen. Der Beamte hatte ein Blatt Papier in der Hand und eröffnete mir folgendes: Wegen meiner Jugend habe man von der gesetzlich vorgesehenen Strafe Abstand genommen. Es möge mir eine Warnung sein in Zukunft. Sollte ich noch einmal mit einer verbotenen Waffe in

Frankreich erwischt werden, würde man mich schwer bestrafen und nicht mehr nachsichtig sein wie heute.

Meine Utensilien erhielt ich zurück, auch sogar das "kriminelle" Messer. Ich war frei und konnte nach Hause fahren.

Wie eine schwere, drückende Kette fiel mir die Angst von der Seele. Ich fühlte mich leicht und glücklich. Eine halbe Stunde später saß ich im Zug. Bald grüßten durch die Scheiben des Eisenbahnwaggons die ersten Häuser eines deutschen Dorfes.

Dieser kleine, aber unangenehme Vorfall machte, daß ich in Zukunft die Schlagbäume der Landesgrenze ähnlich scheute wie ein gebranntes Kind das Feuer. Von französischer Liebenswürdigkeit und Höflichkeit hatte ich für lange Zeit die Nase voll. Glücklicherweise fand ich dann doch später menschlichere Vertreter dieses Volkes.

In Speyer marschierte ich vom Bahnhof zur Paulstraße mit dem Bewußtsein eines Soldaten, der mutgeschwellt aus siegreicher Schlacht heimkehrt.

10

Wir schrieben die Jahre der großen wirtschaftlichen Depression. Viele Arbeitslose mit unmutigen Gesichtern und ärmlicher Kleidung standen auf den Straßen herum oder drängten sich vor den Ämtern wegen einer dürftigen Unterstützung. Die Radikalität der politischen Parteien der äußersten Rechten und Linken nahm bedrohlich zu. Gewalttätigkeiten häuften sich. Schlimmeres lag in der Luft.

Da mein Vater als Beamter wirtschaftlich ziemlich sicher schien und ich in meinem Alter noch keinen Sinn für staatliche und politische Normen entwickelt hatte, lebte ich unberührt von den herrschenden Zeitläufen.

Dagegen berührte mich der Zauber der Liebe. Und er kam, ohne anzuklopfen, mit großer leidenschaftlicher Macht. Auch früher schon sah ich gern nette Mädchen, besonders gern hatte ich schwere, lange, blonde Zöpfe. Aber mein Glück bestand nur darin, daß ich sie aus der Ferne anhimmelte. Jetzt aber suchte ich Nähe und Begegnung. Eine hatte es mir in dieser Zeit angetan, und ich versuchte alles, ihr nahezukommen. Um die glimmende Glut der Liebe zu heller Flamme zu entfachen, genügte, wenn das liebliche Wesen auf der Straße an mir vorbeitrippelte, aus Neugier oder Zuneigung die Augen groß auf mich richtete, um dann schnell aus Scham die Lider wie klapperige Jalousien herunterzulassen. Dem auf diese Weise entstandenen kurzen Entzücken folgten Tage qualvoller unendlicher Zweifel. Brannte auch ihr

Herz oder schien es nur so? Durch lange Märsche, Spaziergänge und stundenweite Wanderungen querfeldein versuchte ich, innere Ruhe wiederzufinden. Die Liebe schüttelte mich stark, und je stärker sie mich in ihren Bann zog, desto kindischer, unreifer und wahnwitziger benahm ich mich. Da umkreiste ich stundenlang das Haus der Angebeteten und warf nachts kleine Steinchen ans Fenster, um mich bemerkbar zu machen. Ich freundete mich mit ihren Brüdern an und brachte es fertig, im Familienkreis am Nachmittagskaffeetisch zu sitzen. Blick und Wort der Liebsten erregten unnennbar süße Wonnen. Dann endlich öffnete sich das Paradies. Wir standen einander gegenüber. In das erwartungsvolle Schweigen fielen die Worte: "Ich liebe dich!“ Es gab keine Umarmung, keine Liebkosung. Klar und weit wölbte sich der Himmel über uns, und die Sonne der Liebe strahlte überirdisch. Wir sahen uns nur an und schwelgten im gemeinsamen Glück. Nach ganzen sieben Tagen endete der Traum, der Glanz der Liebe erlosch. So wie mich zuvor ein einziger Satz aus dem Mund der Geliebten in den Himmel der Verzückung gerissen hatte, so stürzten mich jetzt die Worte: "Ich liebe dich nicht mehr“ in die Hölle der Verzweiflung. Ich dachte, der Boden, auf dem sie stand, müßte ob ihrer Herzlosigkeit in Stücke fahren und die Luft, in die sie hineinsprach, vor Entsetzen zurückweichen. Ich geriet völlig außer mir und schrie und tobte vor Fassungslosigkeit. Als ob je im Ausbruch des Zornes Liebe neu beschworen werden könnte. Während ich von Liebeslust ergriffen war, geriet natürlich wieder die Schule in den Hintergrund.

Zwar hatte die Aufnahmeprüfung mir die Reife für die dritte Klasse des Seminars bescheinigt, aber in den seminareigenen Unterrichtsstoffen gab es noch viele Löcher zu flicken. Seltsamerweise hatte man von mir in der englischen Sprache keine Kenntnisse bei meinem Eintritt in die Schule verlangt, sondern sehr entgegenkommend vereinbart, daß ich diese Sprache eben im Laufe der nächsten Zeit nachlernen sollte, damit ich den Leistungsstand der Klasse erreichen würde. Ein vier Jahre älterer Seminarist bot sich an, nachzuhelfen. Ich ging jede Woche zwei Mal in die Wohnung meines Englischhelfers und ließ mir Grammatik, Verben und Geist der Sprache in meinen unwilligen Kopf hineintrommeln. Nachdem ein Jahr verflossen war, dachte wohl mein Vater, nun sei es genug mit der Nachhilfe und befürchtete sicher auch, er würde nur meine Faulheit unterstützen, wenn er weiter für den Englischunterricht Geld ausgäbe. Ich nahm also dann am Klassenunterricht teil und langweilte mich fürchterlich, weil ich kaum ein Wort dieser Sprache verstand, die Wörter nicht richtig aussprach und bei Übersetzungen Kraut– und Rübensalat lieferte. Ich stand mal wieder vor einer Sache, die zu bewältigen ich keine Ahnung hatte und deswegen einfach links liegen ließ, statt Mittel und Wege zu finden und Kräfte in Bewegung zu setzen, um ihrer Herr zu werden. Im Augenblick gelang mir noch nichts, doch später vieles.

Auch der beste Lehrer muß nicht jedem Schüler behagen, und auch Lehrer mit Feingefühl für Gerechtigkeit mögen nicht eine Schülervisage wie die andere. Mit dem Biologielehrer G.G. hatte ich schon in den ersten Tagen einen massiven Zusammenstoß. Aus einem nichtigen Anlaß rief er mich an: ”Dich dahinten haben wir nicht gebraucht, geh du dort wieder hin, wo du hergekommen bist!“ Meine Antwort: ”Ich wäre auch im Gymnasium weitergekommen, ich habe das Seminar nicht gebraucht!“ klang in der damaligen Zeit schon sehr unbotmäßig. Ein Jahr später, ich war gerade 17 Jahre alt geworden, empfing ich von G.G. eine schallende Ohrfeige. Wie kam es dazu? Ich hatte auf eine seiner Fragen im Chemieunterricht eine eindeutig zutreffende Antwort gegeben und wurde daraufhin mit einem : ”Setz dich, ungenügend!“ abgeschmettert. Nach dem Unterricht erkundigte ich mich, höflich fragend, ob ich die Begründung meiner schlechten Benotung erfahren dürfe. ”Da hast du meine Antwort“, sagte es und schmierte mir eine, ”und sag deinem Vater, er habe dich schlecht erzogen!“ Ich hab’s meinem Vater ausgerichtet. Er ärgerte sich maßlos über die Taktlosigkeit seines ”Kollegen“, zumal die Ungezogenheiten und Frechheiten eines der G.G.–Söhne stadtbekannte Tatsachen waren. Obwohl also mein Verhältnis zu G.G. mit einer nervösen Spannung belastet war, ging ich doch gern in seinen Unterricht. Er verstand, Interesse zu wecken und den Lehrgegenstand fesselnd vorzutragen.

Ganz anderes erlebte ich mit einem Lehrer, den wir kurz Lalagé nannten. Er unterrichtete Deutsche Sprache und Geschichte, aber sein ganzes Sinnen und Trachten galt seinen Bienenvölkern. Da er nicht immer dort war, wo seine Gedanken weilten und seine Gedanken oft seinen Ortsveränderungen vorauseilten oder nachhinkten, kam es vor, daß er dies und das vergaß. ”Geh heim, Müller, und hol mein Pausenbrot, es muß auf dem Türpfosten neben dem Bienenhaus liegen!“ oder etwa: ”Ich hab’ mein Fahrrad heute früh nicht gefunden, ich glaube, es steht noch am Dom. Ich mein’, gestern bin ich noch damit gefahren!“ Solches und ähnliches kam schon manchmal vor. Lalagé hätte nichts Besseres tun können, um uns zu erheitern. Wir boten uns gern an, einen vergessenen Gegenstand aufzustöbern und beizubringen.

Im Geschichtsunterricht saß Lalagé auf dem Katheder und dozierte aus dem aufgeschlagenen Buch. Die ganze Klasse wand sich in tödlicher Langeweile, denn jeder hatte das gleiche Buch vor sich und las den gleichen Text. Die meisten schwätzten halblaut oder bastelten an unterlassenen Hausaufgaben für die nächste Stunde. Andere verfolgten Lalagés Leseübungen und korrigierten, wenn er die falsche Zeile erwischte. Welchen Unsinn er da manchmal verzapfte, merkte der gute Mann nicht, denn mit seinen Gedanken bewegte er sich gewiß in ganz anderen Gefilden. Ab und zu störte ihn der Geräuschpegel der Klasse, und je nach Stärke reagierte er nur halb– oder viertelbewußt, indem er mechanisch mit einem Zeigefinger auf die Tischplatte trommelte. Wurde die Belästigung störender, nahm er Zeige– und Mittelfinger, dann wenn der Erfolg ausblieb, eine geballte Faust, im weiteren Verlauf auch zwei Fäuste und wenn er gar ob seines Mißerfolges in Rage geriet, noch die Füße und donnerte sich auf seinem Katheder in ein wildes Staccato hinein. In seinem nunmehr hellwachen Zustand rief er in die Klasse: "Ihr dummen Kerle!“ und noch einiges mehr. Hatte der Tumult seinen Höhepunkt erreicht, besannen wir uns wohlweislich auf ein kurzes Wohlverhalten. Es dauerte nicht lange, und der ganze Spuk begann da capo.

Die Gedichtstunde jeden Mittwoch um 8 Uhr reservierte Lalagé wochenlang für Schillers "Glocke“. Abschnittweise mußten wir den riesigen Literaturschinken auswendig lernen. Das war kein Fall für meines Vaters Sohn, denn erstens wollte ich nicht, weil ich zweitens nicht gut konnte. Der Fähigkeit des Auswendiglernens entsprachen wohl in meinem Hirn nicht die richtigen Ganglienschaltungen. also kam ich mittwochmorgens erst, als Lalagé nach seinen Gedichtübungen das Klassenzimmer bereits verlassen hatte. Der gute Deutschlehrer merkte nichts oder wollte nichts merken. Nur beim letzten Mal, da hat er mich erwischt. Statt wie sonst durch die Hintertür ins Haus zu schlüpfen, betrat ich den "Kasten" durchs Hauptportal und stieß frontal auf Lalagé:

"Wo kommst du her, du saudummer Kerl!"

"Mir war's heute morgen so schlecht, Herr Professor."

"Lüg mich doch nicht so frech an, du saudummer Kerl, du wirst genauso liederlich wie dein Onkel!"

Nach dieser kurzen Wechselrede ging jeder seines Weges. Der Vorfall blieb ohne Folgen.

Wenn auch die "Glocke" und was an Drum und Dran daraus gemacht wurde, mich nicht sonderlich ansprach, so war ich doch nicht ganz unempfindlich für die Schönheit dichterischen Ausdrucks. Durch Zufall geriet mir Shakespeare in die Finger, und da wußte ich dann: das ist der Dichter für dich, und er blieb es auch mein ganzes Leben hindurch. Da wurde man durch alle Höhen und Tiefen des menschlichen Daseins gerissen, in die arglistigen Verstrickungen des Bösen hineingezogen, vor die dramatische Entwicklung des Schicksals gestellt, in abgründigem Humor und gelassener Heiterkeit gebadet und mit Worten von Pracht und Gewalt überschüttet. Ich las die meisten Schauspiele, aber Hamlet, King Lear und Othello immer wieder.

Wenn mich der Unterricht langweilte, zog ich mein Reclamheftchen auf die Bank und ließ mich von der

Welt Shakespearschen Geistes so fesseln, daß ich kaum noch wahrnahm, was um mich herum vor sich ging.

In der Seminarabschlußklasse fand allsamstäglich unter Leitung des Direktors und der Mithilfe zweier weiterer Lehrer eine Besprechung unserer Lehrprobenversuche statt. Diese Veranstaltung hatte hohen Stellenwert, denn in einigen Monaten sollten wir ja unterrichtsmethodisch gesichert vor eine Schulklasse hintreten können. Bei mir jedoch erzeugte die Stunde Dauergähnen, und wenn nicht gerade ein besonderer Klamauk stattfand, vertiefte ich mich in meine Shakespeare–Lektüre. Bei einer solchen Gelegenheit, als ich nur Auge für meine Nebenbeschäftigung war, ging einer der anwesenden Lehrer auf meinen Platz zu und überraschte mich Ahnungslosen auf frischer Tat. Er nahm mir das Büchlein aus der Hand, hielt es triumphierend in die Höhe. "Herr Direktor", sagte er, "der Doerr liest Shakespeare!" Der Direktor, ein Mann feinsinniger Menschlichkeit und ein gelassener Pädagoge, entgegnete: "Stören Sie ihn nicht, lassen Sie ihn weiterlesen. An dem ist doch Hopfen und Malz verloren!" Und das sagte er mit so viel weltmännischer Nonchalance und in einem Ton solchen Wohlwollens, daß ich auf der Stelle den Shakespeare verschwinden ließ und mir Mühe gab, für den Rest in der Stunde ein interessiertes Gesicht zu machen. Einen Tag in meinem Schulleben werde ich nicht vergessen, weil er mir zum Schicksalstag wurde. Es war im Spätherbst des Jahres 1931.

Ich saß in der vierten Klasse in dem düsteren Schulsaal mit der eisernen Säule und auf dem Platz, der eben durch diese Säule gegen Kathedersicht abgesichert war. Mein Leistungsbarometer zeigte nach unten. Ganz langsam wich der Zeiger zurück, so langsam, daß ich zunächst gar nichts merkte, bis mich eines Tages die Zensur einer Mathematikarbeit wie ein Donnerschlag anrührte. Der Mathematiklehrer stand an seinem Pult, hatte die Arbeiten in der Hand und verteilte sie so, daß zuerst die sehr guten, dann die weniger guten, die mittelmäßigen, die kaum noch entsprechenden, die mangelhaften und zum Schluß eben die Schlußlichter ihre Arbeiten erhielten. Meine Hände fühlten sich feucht an, und mein Kopf spannte mir, als ich so dasaß und wartete, daß endlich mein Name aufgerufen wurde. Meine Spannung stieg bis zum Überschlag in Trostlosigkeit, denn jetzt stand der Lehrer da vorne und hatte noch genau zwei Arbeiten in der Hand. "Das zweitschlechteste Ergebnis stammt vom Doerr!“ Als ich meinen Namen hörte, stand ich auf, ging langsam nach vorne, nahm mein Blatt in Empfang und setzte mich wieder auf meinen Platz. In dieser Stunde hörte und sah ich nichts mehr, sondern stierte nur unentwegt auf meine miserable Note, die mit roter Tinte groß, unübersehbar und kalligraphisch schön am oberen Rand des Doppelblattes prangte. Nun war es also wieder so weit, schoß es mir durch den Kopf. Heute die schlechte Note in der Mathematik, morgen und übermorgen in anderen Fächern. Am Ende des Jahres wird dann wieder der Vermerk stehen: Vorrücken nicht gestattet. Dein Vater wird dich dann aus der Schule nehmen und in eine Handwerkslehre stecken. Deine ehemaligen Schulkameraden werden dir eines Tages begegnen, als junge, selbstbewußte Lehrer. Sie werden herablassend und mitleidig auf dich schauen, und in ihren Gesichtern wirst du lesen, was sie denken: Das ist der dumme Doerr. Wie dreckig und verschmiert er aussieht. Dann packt dich vielleicht ein wilder Zorn, aber es wird zu spät sein. Wie der Baum fällt, so bleibt er liegen. Hatte nicht mein Vater immer wieder gesagt: "Aus dir wird nichts! Du fängst alles an und wirfst alles wieder weg. Nichts fesselt dich! Dir fehlt es bei allem an Ausdauer!"

Solche Gedanken bewegten mich an diesem Nachmittag, als ich nach dem Unterricht auf weiten Umwegen nach Hause ging. Eines wurde mir klar: Es muß eine Wende geben, meine angeborene Faulheit muß in einen ausdauernden Fleiß umschlagen. Mein Wesen mußte ich ändern, meinen Willen stählen, mir Ziele setzen und nimmer rasten, bis sie erreicht waren. Noch am gleichen Abend vertiefte ich mich in mathematische Aufgaben, grübelte und rechnete und bemerkte schon kleine Anfangserfolge, als ich in der Nacht um zwei Uhr das Licht löschte. Nun saß ich Tag für Tag vor meinen Büchern. Leicht abgewandelt hätte ich wie Jakob zum Engel sprechen können: "Ich lasse euch nicht, es sei denn ihr segnet mich!" Meinen Schlaf reduzierte ich auf das dringendste Bedürfnis. Um Mitternacht ging ich zu Bett. Gegen 5 Uhr in der Frühe erhob ich mich wieder. Im Winter schreckte mich nicht die Kälte. Wenn der Ofen nicht heizte, und das tat er öfter, zog ich einen alten Umhang meiner Großmutter an und studierte verbissen weiter. Oft wärmte ich mich zwischendurch mit gymnastischen Übungen auf. Es geschah, daß ich morgens wie eine Maschine aufstand, aber erst zu mir kam, wenn ich vor dem Waschbecken stand und Wasser spürte. Nach einigen Monaten harter Arbeit stieg mein Notenpegel steil aufwärts. Ein Jahr nach dem demütigenden fast Ungenügend schrieb ich keine Klassenarbeit in Mathematik mehr unter der Note Hervorragend. Ich hatte es geschafft durch eisernen Willen, und der Wille mobilisierte alle Kräfte meiner Intelligenz. Im Bücherschrank meines Vaters entdeckte ich ein dickes Buch über höhere Mathematik und ein dünneres mit den Geheimnissen der sphärischen Trigonometrie für das schiefwinkelige Dreieck. Ich bohrte mich so in die schwierige Materie hinein, daß ich dachte, Mathematik wäre Bestimmung und Aufgabe meines Lebens. Es kam vor, daß mir Aufgabenlösungen einfielen, die sogar der Lehrer nicht gefunden hatte. Später habe ich dann doch eingesehen, daß auch dem unbändigsten Willen der Verstand seine Grenzen setzt. Nach der Mathematik wandte ich mich der Physik und Chemie zu und erzielte ähnlich gute Ergebnisse. Durch die Sprachschulung, die mir Shakespeare vermittelte und die Beschäftigung mit einem dreibändigen Werk von O. Willmann über philosophische Propädeutik kam ich im Deutschen zwar nicht an die Klassenspitze, aber doch so weit nach vorne, daß ich sogar in der "Pfälzer Zeitung" einen Artikel mit dem Thema "Nicht Freiheit, sondern Verantwortung" anbrachte. Das Eis war gebrochen, und ich wußte, daß etwas aus mir werden konnte. Mein Stolz wuchs. Ich sah Perspektiven ohne Grenzen.

An dieser Stelle muß ich in Dankbarkeit und Hochachtung einiger meiner Lehrer gedenken. Sie haben nicht nur meinen Fleiß anerkannt und vielfältige Interessen geweckt, sondern auch die Maßlosigkeit und den Freiheitsdrang meiner Individualität großzügig toleriert.

In den Sommerferien 1931 lockte mich die Weite der Norddeutschen Tiefebene ebenso wie die Küsten von Nord- und Ostsee. Bößer zog nicht mit, er hatte andere Pläne, dafür bot sich ein ehemaliger Mitschüler aus der Speyerer Gymnasialzeit an. Wir planten die Fahrt mit unseren Rädern und dachten daran, zunächst einmal Hamburg und Kiel zu erreichen, um dann nach Westen abzuschwenken, Holland bis zur Nordsee zu durchqueren und zum Schluß das Rheintal aufwärts zu fahren. Unsere Räder waren keine Prachtstücke und weder für diese weite Fahrt noch für das schwere Gepäck, das wir ihnen aufbürdeten, sehr geeignet. Mein Schulkamerad J.M. benutzte das kränkliche Damenrad seiner Schwester, während ich mich auf meine kampfesmüde Prestomaschine verlassen mußte. Weil J.M. für seinen Feldwegrenner noch nicht einmal eine Beleuchtung hatte, mußte ich nachts immer Spitze fahren. Einmal tat ich's nicht, sondern ließ ihn vorausfahren, was ihm nicht gut bekam, er prallte nämlich mit einem entgegenkommenden Radfahrer, der ebenfalls kein Licht hatte, zusammen. Zum Glück tat sich niemand ernstlich weh, doch stritten wir heftig, weil der andere uns zudem noch auf der linken Straßenseite entgegengekommen war. Wegen der Beleuchtung gab es noch einmal eine kleine Affäre.

Um eine Orientierungshilfe zu besitzen und nicht einfach blind in die Welt hineinzufahren, hatten wir vorsorglich aus unserem Schulatlas das Blatt "Norddeutsche Tiefebene" herausgerissen. Mit unserer Karte sind wir auch im großen und ganzen gut gefahren, nur einmal hat sie uns einen Streich gespielt. Wir hatten uns Kiel angesehen und uns für die irisierenden Farben der Quallen, die wir in der Kieler Förde entdeckt hatten, begeistert. Die Großstadt Hamburg lag bereits hinter uns, und wir hatten kein Verlangen danach, ihr noch einmal zu begegnen. Ihre quasi magische Anziehungskraft jedoch hatten wir stark unterschätzt. Ein Blick auf unsere Karte belehrte uns, daß wir nur am Nordostseekanal entlang zu fahren brauchten, dann müßten wir doch todsicher an die Elbe kommen und dort auch todsicher über eine Fährverbindung Bremerhaven, unser nächstes Ziel, erreichen. Also stießen wir zum Kanal vor, fanden eine Straße, die sich parallel dazu hielt und radelten, bis die Straße sich zum Feldweg verengte, dann in einen Fußpfad mündete und zu guter Letzt in einem Dornengestrüpp endete. Wir setzten uns hin und überlegten, aber denken half nicht, wir brauchten einen sachkundigen Rat. Ein Bauer kam des Weges. Er klärte uns auf: "Am Kanal entlang führt kein Weg nach Bremerhaven. Ihr müßt umkehren. Nach Bremerhaven kommt ihr nur über Hamburg!“ Die Worte trafen uns hart, aber sie ließen uns keine Wahl. Es war später Nachmittag, zwischen uns und Hamburg lagen ca. 100 Kilometer. Um Mitternacht passierten wir Hamburgs Vorstädte. Unterwegs hatten wir den oben beschriebenen Zusammenstoß. Sehr vorsichtig tasteten wir uns in die Innenstadt hinein. Wegen der fehlenden Fahrradbeleuchtung wollten wir in jedem Fall eine Berührung mit der Polizei vermeiden. Für ein Protokoll hatten wir uns ja schließlich nicht bis hierher mehr oder weniger durchgehungert. Obwohl ich vorne fuhr und scharf nach allen Seiten spähte, um jede Gefahr rechtzeitig zu erkennen, wäre ich um ein Haar zwei Polizisten in die Hände gefallen. Sie standen mitten auf einer Kreuzung. Zehn Schritte vor ihnen ließ ich mich vom Rad fallen, marschierte kerzengerade auf sie zu und fragte keck: "Wissen Sie , ob wir hier auf dem richtigen Weg nach Bremerhaven sind?“ Vielleicht waren die Polizisten ein bißchen blind auf einem Auge. Sie wiesen uns nämlich bereitwillig den Weg, und keiner nahm Anstoß an der fehlenden Beleuchtung des Fahrrades hinter mir.

Es war schon 4 Uhr in der Frühe, und wir zockelten immer noch durch die fahle Häuserwüste der Großstadt. In einem Park bot sich eine Bank zum Ausruhen an. Kaum saßen wir, da schliefen wir auch schon ein. Ein Polizist rüttelte uns wach. Unser außerordentliches Schlafbedürfnis rührte ihn nicht. Wenn junge Leute statt ein Bett in der Herberge eine Bank im Park als Nachtlager benutzen, so ist das schließlich ein Grund zur ordnungspolizeilichen Beanstandung. Unsere wortreichen Einwendungen halfen nicht, erst als auf der Wache unsere Personalien einwandfrei festgestellt waren, durften wir weiterziehen. Wir sollten nachts lieber Jugendherbergen aufsuchen als Parkbänke, wurde uns beim Abschied von den Polizisten bedeutet. Beim ersten Sonnenstrahl hatten wir die Stadt hinter uns. Nicht lange danach grüßte der rauchende Kamin eines Bauernhauses, er lud förmlich zum Mahle. Schwarzer Kaffee, Brot mit Schmalzaufstrich und freundliche Gesichter gab es vor dem rauchgeschwärzten Kamin, in dem dicke Scheite rot glühten.

J.M. hatte es schwer, sich mit der Lebensweise des türklinkenputzenden Handwerksgesellen, die wir praktizieren mußten, anzufreunden. Er wollte überhaupt nichts davon wissen, den Hunger auf Kosten der Mildtätigkeit lieber Mitmenschen zu stillen. Zur harten Notwendigkeit des Bettelns konnte ich ihn erst überreden, als ich ihm das Verhältnis unserer Budgetlage zu unseren weitgesteckten Fahrtzielen auseinandersetzte. Er zeigte in dieser Sache jedoch wenig Antriebskräfte und überließ es meist mir, Initiativen zu entwickeln. Was ich tat und erreichte, war nie zu seinem Nachteil. An diesem Tag hatten wir gut 250 Kilometer heruntergeradelt. Unsere Kräfte reichten gerade noch, um uns die "Columbus“, das zweitgrößte Fahrgastschiff, das im Hafen lag, anzusehen. In der Jugendherberge Bremerhaven fielen wir überanstrengt und erschöpft wie Tote in die Betten.

Der Grenzübertritt nach Holland machte uns gewisse Schwierigkeiten. Im Zuge der Devisenschwäche des Deutschen Reiches hatte der damalige Reichskanzler Brüning Auslandsreisen kurzerhand untersagt. Ein solches Verbot konnte unsere Unternehmungslust jedoch nicht schrecken. Wir fanden ein stilles Sträßchen zum Grenzübertritt. Kein Grenzposten, kein Schlagbaum, keine Zollabfertigung hinderten uns, und was kümmerte schon die Holländer deutsche Verordnungen. Wir mußten dann doch bei der Rückfahrt auslöffeln, was wir uns bei der illegalen Einreise nach Holland eingebrockt hatten. Wir präsentierten nämlich unsere Pässe so harmlos, wie wir waren und dachten längst nicht mehr an die diesbezüglichen Notverordnungen. Man hielt uns lange an der Grenze fest, verhörte uns und fertigte Protokolle an. Wir wußten nicht recht, was uns da blühen sollte. In Speyer erst kam es ans Tageslicht. Mein Vater wurde aufgefordert, in Sachen seines Sohnes Josef vor Gericht zu erscheinen. Die Geschichte endete dann doch ziemlich glimpflich. Der Richter beließ es bei einem Vortrag über die Verantwortlichkeit eines Vaters hinsichtlich seines minderjährigen Sohnes, wenn dieser unerlaubt die Grenze überschreitet.

In Holland sprang uns der Reichtum des Landes in die Augen. Die Häuser strotzten vor Wohlhabenheit und sprichwörtlicher Sauberkeit. Wenn auch der Herbergsvater der Amsterdamer Jugendherberge ein gewisses Gefühl der Deutschfeindlichkeit bei uns hinterließ, so hatten wir uns doch im übrigen nie über mangelnde Gastfreundschaft zu beklagen. Jeder war freundlich zu uns und gab uns bereitwillig alle Auskünfte, die wir erfragten.

In einem katholischen Pfarrhaus steckte man uns drei Gulden zu, damit wir in einem Gasthaus übernachten konnten, bei C&A in Utrecht wurden wir zum Nachmittagskaffee eingeladen, und die Patres im Dominikanerkloster in Nymwegen fütterten uns fast zu Tode. Als ich in Den Haag alleine am Abend durch die Stadt schlenderte – J.M. hatte ich im Straßengewirr verloren –, griff mich ein Fremder auf der Straße auf, nahm mich mit in seine Wohnung, beherbergte und verköstigte mich mit großer Herzlichkeit. Wie ich dann erfuhr, war die Frau meines Gastgebers eine gebürtige Augsburgerin und zur Zeit auf Heimaturlaub.

Wahrscheinlich würde man heute in Holland sehr viel schlechtere Erfahrungen sammeln, denn wir haben uns im vergangenen Krieg bei diesem weltoffenen Volk verhaßt gemacht.

Ursprünglich wollten wir über Belgien und Luxemburg heimkehren. Holländer, mit denen wir über unsere Reiseroute sprachen, rieten von Belgien dringend ab. Sie sagten, daß heute noch – der erste Weltkrieg lag schon dreizehn Jahre hinter uns – hin und wieder Deutsche spurlos verschwänden.

1995

1995

11

Der Frühling des Jahres 1931 brachte nicht nur Laub, Gras und Blumen wie üblich, sondern auch die süße Bitterkeit einer neuen Liebe. Wie seltsam schnell die Wunden der alten Liebe vernarbt waren! Doch Genosse Cupido legte den Pfeil an und traf auch ins Schwarze. Besser gesagt, er traf wieder den Herzschlag meines jungen Lebens. Mit Bruderhilfe wie damals, mir ein warmes Plätzchen am häuslichen Herd zu erobern, konnte mir nicht gelingen, denn M.A. besaß nur eine Zwillingsschwester.

Während im Januar zuvor ein jovialer Vater mit unbekümmerter Deftigkeit den häuslichen Kreis mit urtümlichen Witzen erheiterte, hatte ich jetzt Gelegenheit, dann und wann in der Zeitung Verse des alten Herrn der neuen Frühlingsliebe zu lesen, so etwa wie diesen, das Lebensalter eines Fünfzigers betreffend. ”Eine Stufe weiter, abwärts geht die Leiter.“ Aber was zählten schon die Väter, wo es um die Töchter ging!

M.A. war drei Jahre jünger als ich und erinnerte im Profil an den Gesichtsschnitt des erhabenen Dante Alighieri. Ich glaube, sie war auch sonst ganz gut gewachsen, doch war ich damals für intime körperliche Reize wenig empfänglich. Der Ausdruck des Gesichtes genügte mir, um stürmische Begeisterung zu wecken. Was mich besonders entzückte, war, daß M.A. Gedichte schrieb wie ihr Vater. Sie sprachen mich durch ihre natürliche Kraft an. Für mich waren sie der schönste Ausdruck ihres Wesens. M.A. liebte mich. Sie umschrieb ihre Zuneigung mit sybillinischen Worten. Solche fachten das Feuer erst recht an. Wie lange das Sehnen und Wähnen ihrer Liebe andauerte, wann das schamvolle Rot ihrer Wangen beim Zusammentreffen nachließ und dann ganz erstarb, ich habe es in meiner Liebesblindheit nicht bemerkt, sondern glaubte, ihre Gefühle seien wie die meinen unveränderbar. Ziemlich spät mußte ich dann doch erfahren, daß ihre Sehnsüchte längst verflogen waren, als in mir noch volle Akkorde der Zuneigung klangen.

Um unsere Liebe vor dem all zu sinnlich Irdischen zu bewahren, trafen wir uns nur einmal im Monat. Es wurden Spaziergänge jauchzenden Schweigens oder stoßweise seufzender Worte. Wir näherten uns weder zum Kusse, noch zu Umarmungen. Ein derartiges Übermaß von Keuschheitswillen klingt heute wie eine Sage aus fernen Zeiten. Nach einiger Zeit fand sich M.A. zu unseren Treffpunkten immer später ein. Manchmal wartete ich bis zu vier Stunden, bis sie endlich dann doch erschien, und dann kam es auch vor, daß sie gar nicht kam und ich trübsinnig nach Hause schlich. An Ausflüchte konnte ich nicht glauben, sondern nahm alles, was sie als Entschuldigung vorbrachte, als die lautere und unverfälschte Wahrheit.

Einmal wollte ich sie zum Geburtstag mit einem Strauß Rosen überraschen. Ich traute mich nicht, die Rosen in der Wohnung abzugeben, da ich Angst hatte, die Eltern wären vielleicht ungehalten über solche Liebeserweise eines noch sehr grünen Würstchens. Was sollte ich tun mit den Blumen? Ich konnte und wollte nicht der Liebsten auf der Straße auflauern. Zu dumm, wenn dann die Leute stehen blieben, um sich am Schauspiel der Liebe zweier Möchtegern-Großen zu ergötzen. Lange überlegte ich, dann trieb es mich zu den Nonnen, die M.A. unterrichteten. Schüchtern klopfte ich an die Klosterpforte, noch zaghafter sprach ich, und noch sachter überreichte ich die Rosen. Beim Heimweg bewegte mich ein volles Zutrauen in die Verständnisfähigkeit klösterlicher Herzen.

Wie tief war dann doch die Enttäuschung, als ich nach einigen Tagen gewahr wurde, daß die schönen roten Rosen auf dem Altar der Klosterkirche gelandet waren.

Zweieinhalb Jahre lang liebte ich nur von weitem und übte eifrige Selbstzucht. Von der Ferne himmelte ich an, in der Nähe hielt ich mich in züchtiger Distanz. Ich tat es, weil ich glaubte, ich sei es unserer Liebe schuldig. Sie sollte ja nicht wie ein Strohfeuer aufflackern und erlöschen, sondern verinnerlicht, von Jahr zu Jahr sich entfaltend, dem Altar der Ehe entgegengetragen werden. Ich dachte, so sei es richtig, so müsse es sein und so würde meine liebe M.A. auch denken. Da ich die Welt durch die Augen eines Liebenden sah, entging mir die schleichende Auszehrung, von der diese Liebe betroffen war, zuerst völlig. Was ich für erhabene Sittsamkeit und Edelsinn des Charakters ansah, entpuppte sich als lässige Langeweile. Das Feuer der Liebe war ihr längst erloschen, als sie immer noch mit der aktuellen Flamme spielte. Sicher hatte das Schiff der Zuneigung schon monatelang auf hoher See neue Ufer angesteuert, als ich immer noch kindlich naiv es im Hafen wähnte. Da mir dann doch Zweifel kamen, nagten sie wie Ratten mit scharfem Zahn und immerfort an dem Betonklotz meines Vertrauens. Die Qual wurde so unerträglich, daß ich mir ein Ende mit Schrecken lieber wünschte als tägliche Folter.

Ich stellte ihre Liebe auf die Probe und erbat von ihr als Siegel der Zuneigung einen Kuß. Wir trafen uns an einem Novemberabend in einer von Lampen nur schwach erleuchteten Straße. Die Antwort auf mein Anliegen, das ich zögernd und schamvoll vorbrachte, lautete: "Da meine Liebe zu dir erkaltet ist, wäre es sinnlos, einander zu küssen.“ Wir trennten uns schweigend und vermieden es von da an, einander wiederzusehen.

Dreißig Jahre später kreuzten sich unsere Wege noch einmal. Vieles hatte sich verändert, so daß ich gar nicht mehr begreifen konnte, daß ich einmal ihr mein Herz und all seine Liebeskräfte wie einer Göttin zu Füßen gelegt hatte.

Seltsamerweise litt mein Eifer, in der Schule mich hervorzutun, nie unter den Beziehungen, die ich zu M.A. geknüpft hatte. Wissen und Erkennen faszinierten mich wie zuvor und auch der Wunsch, dadurch bei ihr an Wert zu gewinnen. So ließ ich in meinen wilden Bemühungen, geistig zu glänzen, nicht nach. Mitunter wollte mein Körper streiken. Heftige Magenkrämpfe schüttelten mich, doch ich gab nicht auf und auch nicht nach. Statt die Gesundheit zu schonen, zwang ich ihr meinen stählernen Willen auf. Noch im Monat Dezember, als der Rhein schon Treibeis führte, badete ich. Wochenlang schlief ich in meinem Bett auf einem hölzernen Rost. Doch dann warf mich eine schwere Angina nieder, so daß ich von dem gröbsten Irrsinn meiner Abhärtung losließ.

In den Sommerferien des Jahres 1932 fuhr ich mit dem Rad zuerst in die Rhön nach Münnerstadt und dann in dreizehn Tagen die Strecke Regensburg — Kufstein — Innsbruck — Brenner — Verona — Mailand — Chiavenna — Splügenpaß — Chur — Konstanz — Neustadt im Schwarzwald — Freiburg — Speyer. Im Tagesschnitt kam ich auf 140 Kilometer. Als ich zurückkam, litt ich an Verdauungsstörungen und war ausgemergelt bis auf die Knochen. Zu verwundern war dies nicht, denn ich lebte auf der ganzen Fahrt nur von Milch und Brot. Die Natur sowohl, als auch mein eigener Leichtsinn forderten mich hart.

In der Poebene war die Hitze unerträglich. Nach drückender Schwüle öffnete dann der Himmel seine Schleusen. Wassermassen wie diese, die auf mich herabgossen, hatte ich bisher nicht erlebt. Auf dem Fahrrad war ich ihnen recht gnadenlos ausgeliefert. Kaum hatte mich die Sonne wieder trocken gekocht, da rollten auch die nächsten Gießbäche, vermischt mit Donner und Blitz, schon wieder auf mich zu.

Durch eigenen Leichtsinn kam ich zu Schaden. Ich erwischte einen langsam fahrenden Lastwagen – die meisten Lastwagen fuhren damals mit nicht viel höherer Geschwindigkeit als ein strammer Radfahrer – und ließ mich nachziehen, indem ich mich an der Bordkante festhielt. Da ich nach vorne nicht genügend Sicht hatte, bemerkte ich die Eisenbahnschienen nicht, die im spitzen Winkel die Fahrbahn kreuzten. Mein Vorderrad geriet in die Rille einer Schiene und stellte sich quer zur Fahrtrichtung. Ich flog vom Sattel, überschlug mich und fiel hart mitten auf die Straße. Alle Knochen schmerzten, doch ich konnte mich erheben. Vom Knöchel bis zum Oberschenkel kräuselte sich an vielen Stellen helles Blut durch die graue Schmutzschicht. Einige Hautfetzen hingen am Bein wie alte zerzauste Fahnen im Wind. Ich hatte große Mühe, aufrecht zu gehen. Nach einer kurzen Pause hatte ich mich so weit erholt, daß ich wieder in den

Sattel steigen konnte. Mit der frohen Italienlaune stimmte es hinter her nicht mehr so ganz. Trotz allem habe ich mich später bei der Auffahrt zum Splügenpaß wieder auf die gleiche Weise einem klapperigen Lastwagen anvertraut. Durch Erfahrung klug geworden paßte ich schärfer auf alle Straßenhindernisse auf. Der Abschleppdienst klappte dieses Mal besser. Ich überwand so 27 Kilometer Bergauffahrt vorteilhafter und schneller. Daß der Arm, mit dem ich mich festhielt, wie gerädert schmerzte, verwundert nicht, an ihm hing ja ein und eine halbe Stunde lang die ganze Aufzugslast. Auf der Paßhöhe kaufte ich mir einen Liter Milch von einem Hirten. Sie duftete so stark nach würzigen Alpenkräutern, daß ich mich zuerst gar nicht getraute, sie zu trinken. Leider verschlechterte sich das Wetter. Ein schneidend kalter Wind fuhr mir durch das dünne Hemd und die kurzen Hosen. Finstere Wolken umnebelten die Bergspitzen, Regenschauer durchnäßten mich. Das warme italienische Klima lag tief unter mir. In einem Straßentunnel traf ich einen jungen Italiener, der dort Schutz vor dem Wetter gesucht hatte. Er hütete ein halbes Dutzend Schafe. Seine gepflegte Kleidung fiel mir auf, und es stellte sich dann auch heraus, daß er von Mailand stammte und hier einige Wochen Ferien machte. Da mich der gute Mann in seine Hütte nahm, mußte ich nicht im Freien übernachten.

Von dem Fremdenverkehr, der heute die südlichen Gegenden überflutet, war damals noch nicht viel zu spüren. Entlang des Comer Sees begegnete ich nur einigen Autos. In den Dörfern geschah es öfter, daß Jugendliche mich mit Hallo begrüßten und mich, den Tedesco, wie eine Rarität betrachteten.

Am Ortsrand von Chur saß ich auf einem verblichenen Misthaufen und aß mein Brot. Ein Handwerksgeselle mit blondem Schopf radelte daher. Als er mich sah, stieg er vom Rad und setzte sich zu mir. Er war ein ausgekochter Kunde, der aller Herren Länder und Städte bereiste. Wir hatten die gleiche Strecke vor uns. Um 14 Uhr brachen wir miteinander auf und erreichten gegen 20 Uhr die Stadt Konstanz. Der Geselle übernahm die Spitze, aber in einem so höllischen Tempo, daß mir in der Jugendherberge von Konstanz schwarz vor Augen wurde. Noch nicht einmal meinen Teller mit Erbswurstsuppe konnte ich auslöffeln.

Mit einer Strapaze härtester Art, doch selbstauferlegt und ohne äußeren Zwang, endete die Fahrt.

Nach der letzten Übernachtung in der Jugendherberge in Neustadt im Schwarzwald setzte ich mir in den Kopf, bis Speyer durchzufahren. Karlsruhe erreichte ich nach zwölf Stunden Fahrt abends um 8 Uhr. Bis dahin ging's leidlich, doch dann wurde ich so müde, daß ich manchmal fürchtete, ich würde vom Rad fallen. Zwischen Jockgrim und Rheinzabern kroch ich in einen Tabakacker, weil mir einfach die Augen zufielen. Trotzdem war an Schlaf nicht zu denken. Myriaden von Rheinschnaken überfielen mich und jagten mich weiter. Die letzten dreißig Kilometer fuhr ich nicht, sondern torkelte auf der Straße dahin.

Im Lehrerseminar überkam mich eine große Ernüchterung, als die Fächer Pädagogik, Methodik und Didaktik an mich herantraten. Solange mir diese Fächer nur mit ihrem theoretischen Anspruch begegneten, interessierten sie mich. Als es aber daran ging, die Goldmünzen der Erkenntnis in Kupferstücke für den Gebrauch von

Schulkindern umzumünzen, merkte ich, daß ich im falschen Laden saß. Ich dachte, ich sei für die reine Wissenschaft geboren. Praktische Pädagogik lag mir nicht. Mit Kindern umzugehen, verstand ich nicht, und noch ferner schien mir die Technik, einen Lernstoff anschaubar und mundgerecht zu machen. Später habe ich mir dann doch die Finessen angeeignet, die dieser Beruf verlangt, doch damals glaubte ich, an den Gitterstäben meines "Gefängnisses" rütteln zu müssen. Ich rüttelte nur in Gedanken und im Geiste, zu einer berufsverändernden Tat kam es nicht. Sollte ich schon wieder Halbheiten produzieren, einfach fortlaufen und kurz vor Torschluß aufgeben, aus einer Laune des Augenblicks heraus und weil mir gerade die Vorspeise der Mahlzeit nicht mundete? Ich vertröstete mich damit, daß mir der Beruf so viel Zeit übriglassen würde, daß ich die Seiten meiner Restbegabung befriedigen könnte.

Aus weiter Ferne vernahm ich damals einige Male den Ruf der Kunst. Doch er kam aus solchen Weiten und mit solcher nebulösen Ungewißheit, daß er mein Inneres nicht erreichte. Es fehlten ja auch alle Voraussetzungen. Zeichnen konnte ich weder elegant noch naturgetreu, und für die Musik reichte meine Klavierfertigkeit nicht aus.

Die Uhren liefen anders, als der Nationalsozialismus 1933 an die Macht kam. Der wissende und auf Erkenntnis sinnende Mensch verlor an Wert. Gefordert wurden nun organisierende Aktivitäten, begleitet von großen maulfüllenden, heroisch klingenden Redensarten. Kleinkarierte Geister, die genügend haltlos waren, um sich leicht an den Zielen der Machthaber zu orientieren, formierten sich zur herrschenden Klasse. Ideologisch sich und andere zu vernebeln, gedieh zu schillernder Kunst.

Die Brutalität von oben zwang zu heucheln, sich zu ducken und zu kuschen. Der Bezirk der Freiheit verengte sich von Tag zu Tag.

Der Aufbruch des "Neuen Deutschland" hat mich nur ein Jahr begeistern können. Hierin wurde ich ein Opfer meiner Jugend. Dann schärfte sich mein Blick, so daß ich innerlich emigrierte und nur nach außen hin mich arrangierte. In einem einzigen Punkt jedoch blieb ich der Gedankenwelt des Hitlerschen Regimes verbunden, das war die geforderte und von mir gern geleistete Liebe zum Vaterland. Da ich ein heimatverbundener Mensch bin, hat sie alle Auf– und Abschwünge zurückliegender Ereignisse überdauert. Der Typ des Barrikadenrevolutionärs jedoch lag mir nicht im Blute, dazu war ich zu still geraten und zu konservativ bürgerlich erzogen.

Als sich abzeichnete, daß der Lehrerberuf nicht gerade für meine Geistes– und Seelenlage geschneidert schien, spielte ich einige Zeit lebhaft auch mit dem Gedanken, Offizier zu werden. Aber – und hier lag der Haken – eingestellt als Offizieranwärter wurde nur, wer das Reifezeugnis einer höheren Lehranstalt besaß. Die Lehrerbildungsanstalt zählte nicht zu den höheren Lehranstalten. So ergab ich mich also wieder in mein Schicksal und lernte weiter am didaktisch methodischen Wohlverhalten vor einer Schulklasse. Da ich mit dem pädagogischen und lehrmethodischen Rüstzeug auf Kriegsfuß stand, blieb der Zusammenstoß mit denen, die es uns präsentierten, nicht aus. Es waren zwei Lehrer, mit denen ich die Klingen kreuzte. Der eine, Sch., war ein sehr fleißiger Mann. Er stieg täglich um 6 Uhr in der Frühe aus dem Bett, um seinen Unterrichtsvorbereitungen den letzten Schliff zu geben. Leider war es ihm nicht vergönnt, über den Rand seiner Vorbereitungsbücher hinaus zu sehen. Der andere, P., ein guter Schulmann, aber von sehr jäher Art, verlor schnell die Geduld und steigerte sich dann in einen maßlosen Zorn hinein. Er hatte die besondere Eigentümlichkeit, daß er zwar jeden Satz begann, aber kaum einen vollständig zu Ende führte. Er dachte vielleicht, daß die Denkanstöße um so vollkommener seien, je unvollkommener das Satzgebilde ist. Wir haben sehr viel über ihn gelacht, und wir haben auch seine zischlautenreiche Aussprache, verbunden mit den Satzruinen, eifrig nachgeahmt. Die Auseinandersetzung mit diesen beiden Pädagogen begann mit Beginn der Abschlußklasse, also einige Wochen nach den Osterferien 1933. In der sogenannten Erziehungskunde stellte Sch. zur häuslichen Bearbeitung ein sehr zeitgemäßes Thema, wohl als Huldigung an den herrschenden Zeitgeist gedacht: "Das neue deutsche Erziehungsziel." Mir behagten die Neuheiten deutscher Erziehung nicht sehr, und ich lieferte die Arbeit zwar mit Titel, Datum und Namen, aber ohne die verlangte Ausführung zum Thema ab. Statt mir einen Text aus den Fingern zu saugen, schrieb ich einen einzigen Satz: "Obiges Thema wird in der Bayerischen Lehrerzeitung vom..., Heft Nr..., Seite... erschöpfend behandelt. Ich bitte, dort nachzulesen!" Sch. sammelte die Arbeiten an einem von ihm festgesetzten Termin ein und präsentierte sie uns nach einigen Tagen der Korrektur. Das Donnerwetter, wie es mir vom Katheder entgegenhallte, kam mir natürlich nicht unerwartet, aber ich hatte mir nicht vorgestellt, daß eine kleine rebellische Lausbüberei solche Wellen schlagen könnte. Sch. empfand meinen Streich wie eine ihm persönlich zugedachte Ohrfeige. Wie sagte oft unser Direktor: "Ihr Schüler, studiert vor allem die Psyche eurer Lehrer!“ Er hatte sehr recht. Ich hatte mich in die Seele des Sch. nicht genügend vertieft. Die gänzliche Humorlosigkeit dieses Mannes war mir entgangen. Oder ich hatte sie vielleicht absichtlich ignoriert? Jedenfalls trat seit den Tagen des ”neuen deutschen Erziehungszieles“ zwischen Sch. und mir eine Art Kriegszustand ein. Meine nächste Kriegshandlung bestand aus einem Akt der Vorwärtsverteidigung.

Unser Wissen wurde regelmäßig durch Klausurarbeiten überprüft. Der Stoff war wochenlang vorgekaut und vertieft durch das Studium des□jeweiligen Lehrbuches. Meist stellte ich aber meine Ohrmuscheln auf Nichtempfang, wenn Sch. sein ödes Buchwissen heruntertönte, oder aber ich träumte vor mich hin oder löste mathematische Aufgaben. Manchmal las ich auch in meinem Shakespeare oder in einem Buch über Michelangelo, das im Schulsaal zur Benutzung auslag. So kam die nächste Klassenarbeit, doch von dem, was Sch. doziert hatte, war ich völlig unbeleckt. Wie das Thema hieß, kann ich nicht mehr sagen. Ich wandelte es im Sinne meines eigenen Denkvermögens und Wissenstandes ab. Da ich zuvor etwas über die Philosophie des Thomas von Aquin gelesen hatte, bekam das Ganze einen ziemlich scholastischen Anstrich. Ich formulierte so vertrackt und pseudowissenschaftlich wie ich nur konnte.

Als ich meine Blätter zensiert zurückerhielt, stand groß und leuchtend auf der Vorderseite rechts oben arabisch geschrieben die Ziffer vier. Auf der letzten Seite las ich die Begründung der Note: ”Was Sie geschrieben haben , ist mir völlig unverständlich!“ Ich meldete mich zu Wort und fragte, ob ich denn nicht das Unverständliche in meiner Arbeit vor der Klasse verständlich machen dürfe. Zögernd und leicht verärgert stimmte Sch. zu. Am Katheder vor der ganzen Meute meiner Klassenkameraden stehend, genoß ich dann einen großen, solistischen Auftritt. Bei jedem Satz, den ich vorlas, brüllte der Haufen einmütig: sonnenklar, durchaus sonnenklar, so klar wie dicke Tinte, großartiger Gedanke und ähnliches. Zu Erläuterungen oder Erklärungen kam ich gar nicht. Sch. bekam ein hochrotes Gesicht und sah völlig verstört aus. In seiner Nervosität beging er eine weitere unglaubliche Dummheit. Er wich vor dem Druck der randalierenden Klasse zurück, nahm mein Blatt, brummte erbost vor sich hin und verbesserte die Zensur um eine Notenstufe. So ganz strahlend mit der Gloriole des Siegers fühlte ich mich nicht, ich hatte eher den Eindruck eines Pyrrhuserfolges. "Sie können bei der Prüfung schreiben, was Sie wollen, Sie bekommen von mir eine vier!" Das rief er hinter mir her, als ich auf meinen Platz zurückging. Diese Reaktion war so unklug wie die vorhergegangenen. Aber ich wußte, woran ich war. Ich hatte mit meiner Frechheit eine erbitterte Feindschaft besiegelt. Ein Glück, daß Sch. bei seinen Kollegen keine erste Violine spielte. So stand denn wider Erwarten in meinem Abschlußzeugnis als Bewertung der Kenntnisse in theoretischer Pädagogik die Note lobenswert.

Fünfundzwanzig Jahre später sahen wir alte Kontrahenten uns wieder. Die Welt und auch ich hatten sich unter den Hammerschlägen eines mörderischen Krieges gewandelt, nicht jedoch die ressentimentgeladenen Erinnerungen eines Sch.. Er konnte es sich nicht verkneifen, mein früheres Verhalten an den Pranger zu stellen.

Lehrer, die sich selbst nicht in Frage stellen können, müssen sich gefallen lassen, in Frage gestellt zu werden. Dieses berufseigene Schicksal hat auch mich nicht ganz verschont.

Auch mit P. hatte ich einen ganz massiven Zusammenstoß, aber er führte zu keiner lebenslangen Feindschaft.

Unsere Pädagogiklehrer mußten uns ab und zu vorführen, wie man eine Unterrichtsstunde gestaltet. P. zeigte uns eine Rechenstunde in einer Volksschuloberstufenklasse. Er quälte sich rechtschaffen ab, einen gültigen Unterricht vorzuführen, aber je simpler er die Kinder fragte, desto dümmere Antworten erhielt er. An irgendeiner Stelle platzte ihm der Kragen. Wie so oft regte sich auch sein Zorn am falschen Platz und am falschen Objekt. Ein harmloser Schüler brachte das Faß zum Überlaufen, weil er all zu treunaiv antwortete, wo doch so ernsthaft überlegt gefragt worden war. P. ballte die Fäuste, stieß einen seiner tiefgründig–zischenden Urlaute aus und stürzte sich auf den armen Kerl. Er packte ihn am Rockkragen, zog ihn nach vorne, gab ihm einige Ohrfeigen, so daß er zu Boden fiel, und weil der pädagogische Zorn noch nicht verraucht war, trat er ihn noch mit Füßen. Wer immer von den Seminaristen geschlafen hatte, der wurde jetzt wach. Einige brummten empört vor sich hin. Da ich sah, daß keiner gern der Katze die Schelle anhängen mochte, erhob ich mich vom Platz und sagte mit fester Stimme: "Herr Professor, mit einem, der zufällig nichts weiß, so zu verfahren, ist eines Pädagogen unwürdig!"

Im Saal herrschte plötzlich Totenstille. P. stand schweratmend am Katheder. Der Geprügelte erhob sich vom Boden und schlich zu seinem Platz zurück. Alle waren sehr gespannt, was nun geschehen würde. P. gab sich einen Ruck, stopfte beide Hände in die Hosentaschen, stieß einen gurgelnden Laut aus wie ein gequältes Tier und verschwand wortlos durch die hintere Tür. Daß er aufs Direktorat ging, war mir sofort klar. Nach einigen Minuten stand ich schon vor dem Schreibtisch des Direktors. Unser Anstaltschef war von Haus aus Altphilologe, humanistisch geprägt und was das Lehrerbildungsmilieu betraf, eigentlich ein Außenseiter. Ich schätzte ihn, weil er Format hatte. Nun stand ich vor ihm. Sein Gesicht schien noch bleicher als sonst, die Habichtsnase stand weit nach vorn, die schmalen Lippen schwangen müde nach unten, die langen Beine waren auf etwas komische Art unter die Tischplatte gepreßt, während der schmale Oberkörper, eingeschnürt in eine silbergraue Weste, erschöpft sich im Sessel zurücklehnte. Die übernächtigten Augen maßen mich lange und schweigend, dann starrte er vor sich hin und begann zu sprechen. Ruhig und ohne sichtliche Erregung eröffnete er mir die P.'sche Beschwerde. Er schilderte den Hergang, so wie er ihn erfahren hatte und unterbrach mich nicht, als ich aus meiner Sicht ergänzte und berichtigte. Nachdem der Direktor sich über alles ins Bild gesetzt hatte, rückte er seinen Sessel, damit er sich straff aufrichten konnte und betrachtete mich so, als ob er sagen wollte: "Na, da hast du mir eine schöne Suppe eingebrockt!" Ich wußte, auch wenn er mir innerlich recht gab, so mußte er sich doch vor seinen Kollegen stellen.

Da ich glaubte, mindestens in der Sache richtig gehandelt zu haben, wollte ich um keinen Preis nachgeben. Was ich getan habe, erklärte der Direktor, könne er auf keinen Fall hingehen lassen. Ich solle vor dem gleichen Gremium, vor dem sich das Theater abgespielt habe, Abbitte leisten. Wäre ich aber zu eigensinnig oder stolz, so müsse er den Lehrerrat zusammenrufen. In diesem Falle wäre mindestens mit der Androhung einer Entlassung aus der Anstalt zu rechnen. Plötzlich spürte ich die ernsthafte Gefahr, die meiner Zukunft drohte. In meinem Hirn überstürzten sich die Möglichkeiten der Gegenwehr. In der Magengegend kribbelte es unangenehm. In solchen unerwartet auftauchenden Situationen verschlägt es mir oft Stimme und Antwort, weil mein Denkapparat zu phlegmatisch arbeitet. Doch dieses Mal ging es um die Wurst, das beflügelte die Schlagkraft meiner Gedanken. Die Antwort kam schnell und präzise formuliert: "Herr Direktor", sagte ich, "Sie können handeln, wie Sie für Recht finden, bedenken Sie aber, daß ich im Falle einer Strafmaßnahme diesen Fall in allen Einzelheiten der Speyerer Presse mitteilen werde." Das hatte der Mann hinter dem Schreibtisch nicht erwartet. Damals waren ja Schüler im allgemeinen zu unterwürfig, um es zu wagen, einem Anstaltsleiter ins Angesicht zu widerstehen. Ich beobachtete, daß das Gesicht meines Gegenübers noch schmaler und fahler wurde. Die Augen begannen unsicher hin– und herzuwandern, die langen verwinkelten Beine schienen sich ineinander förmlich zu verschrauben. Es fiel nur noch ein kurzer Satz: "Ich werde mir die Sache überlegen. Sie können gehen!"

Von den weiteren Überlegungen des Direktors hörte ich kein Wort mehr. Es tagte weder der Lehrerrat, noch erfolgte auf anderen Wegen eine Bestrafung. Für die vornehme Haltung dieses Mannes an der Spitze des Lehrerseminars spricht, daß er seine obrigkeitlichen

Machtmittel nie einsetzte, um damit seine persönliche Überlegenheit zu demonstrieren.

In der Klasse genoß ich wegen meines Freimutes von nun an ein höheres Ansehen, doch eine engere Freundschaft verband mich damals noch mit keinem meiner Mitschüler.

Die Sommerferien 1933 kamen. Für ganze sieben Wochen sollte ich von den Zwängen der Schule befreit sein. Ich atmete froher. Eine weitgesteckte und abenteuerliche Reise schwebte mir vor. Ich wollte alleine, teils zu Fuß, teils per Anhalter, teils auch mit der Bahn nach Süden. Rom und Neapel zogen mich besonders an. Die Finanzierung der Fahrt war nicht sehr schwierig. Von unserer verstorbenen Mutter her besaßen wir einige Äcker in Göllheim, die wir verpachtet hatten. Mit dem Pachterlös und einem kleinen Zuschuß meines Vaters, die gesamte Summe belief sich auf 100 Mark, startete ich. Damals hatte mein Vater ein Dreivierteلauto, es hatte den großkotzigen Namen Goliath und lief auf drei Rädern. Mit dieser Limousine begann ich meine Reise, indem mich mein Vater die ersten 80 Kilometer nach Süden kutschierte. Kurz nach Baden–Baden setzte er mich auf der Landstraße ab und überließ mich mit guten Wünschen meinem Schicksal. Drei Jahre zuvor hatte ich an diesem "Goliath" auf eigene Faust meine Führerscheinfähigkeit erprobt. Eigentlich konnte man das Vehikel nicht als Auto bezeichnen. Es verfügte zwar über Sitzplätze für zwei Personen, doch hatte es nur einen Hubraum von 200 Kubikzentimetern. Und da es gewissermaßen nur auf drei Beinen stand, mußte man während der Fahrt, besonders in den Kurven, "Gleichgewichtsstörungen" befürchten. Außerdem beanspruchte der Karren immer fürsorgliche

Ansprache, damit er sich überhaupt dazu entschloß, seine Maschine in Bewegung zu setzen. Vor allen Startbemühungen bauten wir gewöhnlich den Vergaser aus, um seine Funktionsbereitschaft sicherzustellen. Mein Vater wachte mit Eifersucht über seinen Wagen. Er ließ niemanden an ihn heran, schon gar nicht ans Lenkrad. Es kam auch eigentlich außer meinem Vater kein Familienmitglied in Frage, da niemand außer ihm den Führerschein besaß. Doch das Auto in der Garage lockte mich täglich, und ich überlegte hin und her, wie ich es mir für einige Stunden "ausleihen“ könnte. Zuvor aber übte ich mich in der Bedienungsweise, indem ich in meinem Bette liegend kuppeln, schalten, Gas geben, bremsen simulierte. Der Zufall half mir. Mein Vater war eines Tages abwesend, weil er mit seiner Schulklasse eine Wanderung machte. Garagen– und Zündschlüssel fand ich in der Schublade des Nachttischchens, und es gelang mir mit einiger Mühe auch, die Limousine flott zu kriegen. An der Ecke unserer Straße spielte mein kleiner Bruder Ludwig. Als er mich sah, rief er: "Josef, Josef, nimm mich doch mit!“ Aber noch waren mir Halten und Weiterfahren zu kompliziert, ich mußte ihn, der mir lebhaft zuwinkte, auf dem Bürgersteig stehen lassen. Ich war schon fast am Stadtende, bis es mir gelang, den letzten Gang einzulegen. Ein Glück, daß an diesem Sommernachmittag kein Fahrzeugverkehr die Straße belebte, denn ich brauchte ihre ganze Breite von einem Bordstein bis zum anderen. Mein Ziel war Schwegenheim, ein Ort 10 Kilometer südwestlich von Speyer.

Dort wollte ich kehrt machen, zurückfahren und das Gefährt dann wieder in seinen Stall stellen. Bei der Kehrtwendung vor dem Ortseingang des Dorfes traf mich das erste Pech. Die Straße war auf beiden Seiten sehr abschüssig und für meine Fahrkünste natürlich viel zu schmal. Ich landete in einem Kartoffelacker. Die Räder sanken tief ins Erdreich. Meine eigene Kraft erwies sich als zu schwach, den Schlitten aus dem Dreck zu hieven. In der Nähe arbeitete ein Bauer mit seinen Ochsen. Es mag sein, daß er Mitleid mit mir fühlte und meinem Gesicht ablas, welche Angst ich hatte, er kam mir jedenfalls sofort zu Hilfe und spannte seine Tiere vor das Auto. Im Nu stand ich wieder auf der Straße, und komischerweise sprang auch der Motor sofort wieder an. Ich fuhr und drückte das Gaspedal bis zum Anschlag durch. Nun rollte der "Goliath" ganz schön dahin, doch mehr als 30 Stundenkilometer werden es wohl kaum gewesen sein, aber es war die Höchstgeschwindigkeit, und das gab mir zusammen mit dem überwundenen Schreck im Acker das Hochgefühl des Könners. "Doch mit des Geschickes Mächten ist kein ewiger Bund zu flechten." Auf einmal ließ die Geschwindigkeit merklich nach. Ich stellte mich mit aller Kraft aufs Gaspedal, doch ohne jeden Erfolg. Nach einigen hundert Metern stand ich mitten auf der Straße. Ich stieg aus und schob meinen störrischen "Esel" an die rechte Straßenseite. Nun war guter Rat teuer. Wollte ich alle Spuren meiner "Jungfernfahrt" verwischen, dann mußte ich vor Einbruch der Dunkelheit zu Hause sein. Der Gedanke, daß mein Vater hinter diesen Streich kommen könnte, machte mich sehr nervös. Die einzige Hilfe, die zu erwarten war, konnte nur von einem geschickten, findigen und gütigen Kraftfahrer kommen. Weil die Kniee ein bißchen schlotterich wackelten, lehnte ich mich gegen mein Gefährt, wartete und hoffte auf Hilfe. Jetzt verfluchte ich diese verkehrsarme Straße, die zuvor noch meinem Fahrkunststück so dienlich war. Kein Auto war zu sehen. Eine qualvolle halbe Stunde blickte ich die Straße auf und ab, bis das erste Fahrzeug am Horizont erschien. Endlich näherte sich ein Lastwagen. Er hielt auch an, weil ich irrsinnig winkte. Der Fahrer fragte, was denn los sei. Als er jedoch mein dummes, verstörtes Gesicht sah, wartete er gar keine Antwort ab, sondern stieg von seinem Sitz und machte sich gleich an meiner Kutsche zu schaffen. Der erfahrene Mann erfaßte schnell den Kern des Übels: "Auch der stärkste Rennwagen bleibt auf der Strecke liegen, wenn ihm der Sprit ausgeht!“ Er mischte mir aus seinem Kanister einige Liter Benzin und Öl für meinen Zweitakter zusammen und empfahl sich, da er in Eile war. Ich betätigte den Anlasser, doch der Motor blieb stumm. Als die Batterie erschöpft war, ließ ich alle Hoffnung fahren.

Noch sieben Kilometer bis Speyer zeigte der Kilometerstein an. Was blieb mir anderes übrig, als zu versuchen, meinen "Goliath“ heimwärts zu schieben. Ich schaffte immerhin zwei Kilometer, dann legte ich eine Verschnaufpause ein, da ich erschöpft war und von Schweiß triefte. Daß mein grandioses Abenteuer so jämmerlich enden sollte, hatte ich mir nicht vorgestellt. Nun quälte mich auch der Gedanke, daß ich keuchend wie ein Karrengaul den widerborstigen Goliath neben mir durch das Spalier der neugierigen Nachbarn in der Paulstraße ziehen mußte. Wie ich deshalb mit sehr trostloser Miene um mein Auto herumstand, bremste ein schweres Motorrad an meiner Seite. Zwei freundliche Leute, ein Mann mit seiner Frau, hörten sich meine Geschichte an. Der Mann schaute sich mein Wägelchen in– und auswendig an, probierte dieses und jenes, hatte aber auch nicht mehr

Erfolg als ich selber. Nach kurzer Überlegung setzte er sich auf sein Motorrad, fuhr nach Speyer hinein und besorgte sich ein Abschleppseil. Mit einem Motorrad ein Auto abzuschleppen, ist eine schwierige Sache, und in meinem Fall war es für den Motorradfahrer auch nicht ungefährlich, denn ich hatte ja noch nicht einmal genügend Erfahrung, wie überhaupt ein Auto zu lenken ist. Ein Glück, daß dieses Experiment gut ging. Einmal hing ich so schräg zur Fahrtrichtung, daß ich die zwei vor mir fast vom Sattel gerissen hätte.

Zu Hause hagelte es sehr harte Worte. Bruder Ludwig hatte bereits für die notwendige Aufklärung vorgesorgt.

Aus diesem Schicksalsauto also stieg ich im Sommer des Jahres 1933 einige Kilometer südlich von Baden–Baden aus, um auf den Pfaden der mittelalterlichen Kaiser nach Süden zu wandeln.

Es ist ein eigenartiges Gefühl, wenn du auf der Straße stehst und möchtest in ein Auto einsteigen, das du nicht kennst und dessen Fahrer dich noch nie gesehen hat. Du hoffst, daß einer kommt, der dich mit einer freundlichen Geste zum Mitfahren einlädt.

Beim ersten, zweiten, dritten, zehnten und fünfzehnten sagt dir noch deine geduldige Hoffnung: "Der nächste tut's bestimmt, einer wird schon anhalten."

Die Sonne stand schon hoch am Himmel, von Ferne trug der Wind das Mittagsläuten eines Kirchturmes herüber. Die Pappeln am Wegrand rauschten, und auch die Autos rauschten vorüber, und ich stand immer noch auf demselben Fleck der Straße, und bei jedem Fahrzeug, das heranbrauste, wurde meine Handbewegung unsicherer und müder, dabei wollte ich doch schnell in den Süden und tief in die weite Welt vordringen. Wer sollte auch schon Lust haben, eine Figur wie meine von der Straße aufzulesen, mit diesen groben Kleidern, den genagelten, derben Schuhen, der klappernden Feldflasche an der Seite und dem alten, abgewetzten Militärtornister auf dem Rücken. So schwierig hatte ich es mir nicht vorgestellt als Anhalter. Schließlich packten mich Stolz und Zorn. Ich winkte nicht mehr, schnitt auch kein höflich lächelndes Gesicht, wenn einer auf mich zukam, sondern fing trotzig an zu marschieren. Verbissen brachte ich ein Wegstück nach dem anderen hinter mich, und als der Abend kam, waren es immerhin dreißig redlich verdiente Kilometer geworden. In einer Scheune verschlief ich die Erfahrungen meines ersten Tages. Von nun an bettelte ich nicht mehr in unterwürfiger Gebärde die Luxuslimousinen an, sondern setzte frühmorgens meine Füße auf die Straße und tippelte mein Pensum nach dem Motto: Glück hat nur, wer eine eigene Leistung erbringt. Die Herzen der Autofahrer sind eben nicht zu lenken, wie ein Herr seinen Knecht lenkt. Dem fleißig Marschierenden haben dann Chauffeure unvermittelt und spontan öfter den Wagenschlag geöffnet. Manchmal ging ich wenig und fuhr viel, manchmal lachte nach einem trostlosen Tag erst am Abend mein Mitfahrerglück. Aber es gab auch Tage, an denen ich von einem Fahrzeug ins andere stieg. Sie waren allerdings sehr selten gesät.

Von der italienischen Grenze fuhr ich mit der Eisenbahn bis Rom. Anläßlich einer großen faschistischen Ausstellung und wohl auch wegen des heiligen Jahres hatten die italienischen Eisenbahnen ihre Tarife stark ermäßigt. Für 20 Reichsmark durfte ich kreuz und quer durch Italien fahren.

Roma æterna hielt mich für acht Tage fest. In einem obskuren Viertel bei einer runden Mamsell bezog ich Quartier. Der Schlafraum war niedrig und auch schmutzig. Sechs Bettstellen nahmen so viel Platz ein, daß kein Raum für einen Gang frei blieb. Bettwäsche gab es keine, aber Wanzen in jeder Menge. In der Nacht wurde ich immer wieder wach, weil es mich juckte, und morgens beim Waschen entdeckte ich viele rote Erhebungen rund um den Hals und an den Handgelenken. Ein Schlafsaalgenosse klärte mich auf, das seien Wanzenstiche. Was juckte mich damals, daß es juckte, schließlich kostete mich die Nacht nur 22 Pfennige, da durfte man nicht pingelig sein.

Rom will nicht nur erlebt und erfahren, es will auch erkauft werden. Auf dem Land lebte es sich billiger. Die Großstadt zehrte am Beutel. Ich sparte, wie ich konnte, doch der "Rubel" rollte unentwegt. Da lernte ich einige italienische Soldaten kennen. Sie sprachen deutsch, weil sie von Südtirol stammten. Einer von ihnen arbeitete als Küchenobermops in einer Bersaglierikaserne. Er steckte mir mittäglich einen kleinen runden Laib Brot und eine Feldflasche voll schwarzem, bitterem Kaffee zu. So sparte ich doch ein paar Kröten. Damit ich zu meiner Verpflegung kam, mußte ich um die Mittagszeit die Wache passieren und einen riesigen Kasernenhof überqueren, dann konnte ich in einem niedrigen Küchengebäude verschwinden, wo mich der Südtiroler empfing. Meist begleiteten mich auf dem Rückweg einige seiner Kameraden, damit die Wache von meinen Lebensmitteltransporten nichts bemerkte. Diese Art von Kostgängerei lief einige Tage ganz gut, bis anscheinend die Wache Lunte gerochen hatte. Als ich mich mal wieder an einem der Wachsoldaten vorbeidrücken wollte, kam der aus seinem

Schilderhaus heraus und schrie mich grob und laut an. Ich verstand kein Wort, auch nicht eine Silbe, aber seine Handbewegungen waren so unmißverständlich, daß ich schleunigst kehrt machte. Auf eine Warnung meiner Tiroler Freunde mied ich von da an das Kasernentor und verpflegte mich leider wieder selber.

Die Wallfahrtskirchen besuchte ich, wie es der Ritus des Heiligen Jahres einem gläubigen Katholiken ans Herze legte. Sogar zu seiner Heiligkeit, dem Papst, konnte ich vordringen. Doch dieses hatte gewisse Schwierigkeiten, denn schließlich war ich nur einer aus der Masse von 500 Millionen Katholiken und durch keinen kirchlichen Rang privilegiert. Wenn man aber das richtige Papierchen hat, öffnen sich alle Türen, auch die hohen Portale des Vatikans. Durch die hilfsbereiten Väter des heiligen Augustinus von Münnerstadt trug ich vorsorglich ein Empfehlungsschreiben, das ich beim General der Augustiner abgeben sollte, in der Tasche. Dann lief auch alles wie am Schnürchen.

Zur festgesetzten Stunde stand ich mit meinem sauberen, doch sehr zerknautschten Ersatzhemd und mit verhüllten Knieen – kurze Hosen, wie ich sie für gewöhnlich im Sommer trug, galten am heiligen Ort noch als anstößig – in einem der prächtigen Audienzgemächer. Nach angemessener Zeit öffnete sich eine hohe Flügeltür, und herein trat ein kleiner, etwas beleibter, mühsam daherschreitender Mann, der schwer und keuchend atmete. Ein Schwarm von geistlichen und weltlichen Hofwürdenträgern mit sehr farbenprächtigen Gewändern folgte ihm. Das Häuflein der Audienzteilnehmer – es mögen 20 Personen beiderlei Geschlechtes und aus aller Herren Länder gewesen sein – waren zuvor schon von einem der vatikanischen Prälaten in Reih und Glied aufgestellt worden. Der Papst ging von einem zum anderen, reichte jedem die beringte Hand zum Kuß und sagte ab und zu ein paar Worte in Latein, italienisch, französisch oder deutsch, je nach der Nationalität dessen, den er ansprach. Auch ich küßte den Ring und beugte ehrfürchtig das Knie, vergaß aber nicht, die Augen zu erheben.

Das vergeistigte Gesicht mit den festen Zügen und den durchdringenden Blick der blauen Augen habe ich nicht vergessen. Die Erscheinung dieser Persönlichkeit fesselte mich so, daß ich erst hinterher enttäuscht feststellte: er hat dich nicht angesprochen, er hat dich nichts gefragt. Ich schaute an meinen zerschlissenen Kleidern hinunter bis zu den derben, genagelten Schuhen, auf denen der Staub der Straße lag und bemerkte, daß an meiner Hoffähigkeit einiges auszusetzen war.

Da meine Lebensmittelgänge zur Bersaglierikaserne gescheitert waren, besuchte ich zu den Mittagessenszeiten das wohlfeile Kolpinghaus. Für einige Centesimi konnte man eine sattmachende Suppe haben. In der Hauptsache bevölkerten deutsche Wandergesellen das Heim. Ich sah wilde Gesichter und hörte abenteuerliche Stories.

Einer erzählte begeistert von Korsika. Seine Erzählungen weckten in mir Bilder und Sehnsüchte nach paradiesischen Gefilden. Mein Entschluß stand fest: Korsika mußte die Krönung meiner Reise werden. Doch vor dem Kleinod Korsika sollte zuerst noch die strahlende Schönheit Neapels kommen. Man sagt, wenn man Neapel gesehen habe, dann könne man getrost sterben, ich bin durch die schmutzigen und stinkenden Gassen der Stadt gewandert, aber erst als ich am Hafen stand und zusah, wie eine rotgoldene Abendsonne den Vesuv und die Bucht mit ihrem Licht überflutete, ahnte ich dann doch etwas von dem Wahrheitsgehalt jener Worte. Und als ich erst in einem kleinen Boot über das tiefblaue Meer Sorrent zusteuerte, fühlte ich die überwältigende Schönheit dieser Landschaft.

Eigentlich wollte ich ja zuerst und gleich nach Capri, aber auf einmal stand ich im Hafen von Sorrent. Ich hatte das Boot zu früh verlassen. Der Ort Sorrent thront hoch über Hafen und Meer. Sicherlich habe ich mir an diesem Abend nur deshalb noch den steilen Anstieg zur Stadt zugemutet, weil ich bei meinem Freund Ludwig F. zu oft die Platte: "O du mein schönes Sorrent" gehört hatte."

In den Notzeiten des Weltkrieges gab's bei uns öfter Gerstensuppe, die den poetischen Namen: "Blauer Heinrich" trug. Als Bub dachte ich, ich möchte bloß wissen, wieso man eine Suppe mit dem Namen Heinrich anredet, dazu forschte ich bei jedem Löffel, den ich zum Munde führte, nach der blauen Farbe, die einfach nicht zu finden war. Hier in Sorrent tischte man mir eine Paprikasuppe auf. Ob die Italiener sie mit Johann, Emil oder Vinzenz anredeten, weiß ich nicht, nach der Farbe jedoch brauchte ich nicht zu suchen. Brandrot stand sie im Teller und heißbrennend lief sie auch die Kehle hinunter. Es war, wie wenn man Feuer schluckt.

Ich verstand damals gar nicht, daß man bei dieser Hitze so pfefferige Suppen serviert. Später hörte ich, daß scharf gewürzte Speisen den Mineralhaushalt des Körpers, der durch ständigen Schweißausbruch gefährdet ist, stabilisieren.

An jenem Abend richtete ich mein Nachtquartier auf der Mole des Sorrenter Hafens ein. Wo die Mole seewärts endete, schob sich ein Quader ins Meer vor, der durch einen entschlossenen Sprung zu erreichen war. Dort, auf diesem Stein, schlüpfte ich in meinen leinenen Schlafsack und legte mich nieder. Das Meer rauschte um mich, schwarze Vögel über mir stießen durchdringende Schreie in die Nacht hinaus, jenseits der Bucht erhob sich still und klar die Silhouette des Vesuv, doch der Stein, auf dem ich lag, schmerzte mich mit ganz unromantischer Härte.

Irgendwann schlief ich dann ein. Gegen zwei Uhr in der Nacht erwachte ich. Auf der anderen Mole drüben tickte ein Leuchtturm sein regelmäßiges Licht über die Wasserfläche, und daneben – ich konnte es deutlich sehen – stand ein Mann, der mich angestrengt beobachtete. Ich erschrak. Was wollte der bloß? War es einer, der es auf mein Geld oder meine paar Habseligkeiten abgesehen hatte? Eine Leiche mehr oder weniger, was tat's? Und wer sollte sich schon um mein Schicksal kümmern? Kein Hahn würde nach mir krähen, wenn ich hier im tiefen Wasser verschwände.

Vor Angst schlief ich lange nicht, sondern schaute gebannt auf die dunkeldrohende Figur. Als mir dann doch vor lauter Müdigkeit die Augen zufielen, jagten mich in wirren Träumen schreckliche Gespenster. Die Kälte der Nacht, die schmerzende Härte des granitenen Steines und das Gefühl, daß da kaum zehn Schritte vor mir einer darauf lauerte, mir den Garaus zu machen, rüttelten an meinen Nerven.

Dabei war doch diese Nacht voller märchenhafter Reize. Ein silber glänzender Mond spiegelte sein Licht auf einer schwarz spiegelnden Meeresfläche, samten stieg die Steilküste aus dem Wasser, bizarre Zacken krönten ihre unruhigen Konturen. Über dem Vesuv schwebte eine Wolke, angestrahlt von der Feuersglut des Kraters. Diese Nacht lud wirklich zum Träumen ein, denn sie war voll geheimnisreichen Lebens, doch mir lähmte der Schrecken alle Sinne, und ich fieberte vor Angst.

Langsam verschwanden die Schatten im grauen Dämmerlicht des Morgens. Die Dinge um mich wurden erkennbar, nahmen Gestalt an. Jetzt sah ich es deutlich: eine Schirmmütze, eine Uniform, ein Gewehr über der Schulter, ein Soldat stand Wache neben dem Leuchtturm. Alle Angst war verflogen. Ich drehte mich auf die andere Seite und schlief sofort ruhig und tief. Die Sonne weckte mich. Das Meer strahlte in sattem Ultramarin. Ein warmer Windhauch kräuselte die Oberfläche. Das Wasser lockte zu einem Bad. In langen Stößen schwamm ich weit hinaus. Als ich zu meinem Stein zurückkehrte, fühlte ich mich frei und leicht.

Nahe beim Hafen stand eine Cafeteria. Ich war der einzige Gast. Der Kellner setzte mir eine Tasse Kaffee und ein Brötchen vor. Wir kamen ins Gespräch, denn er verstand deutsch. Als er hörte, daß ich ins Meer geschwommen sei, meinte er, das sei nicht ungefährlich, denn hier an der Steilküste würden sich immer wieder Haie tummeln. Kein Einheimischer wage, hier zu baden.

Dann kam ich doch noch nach Capri. Schade, daß ich die vollendete Schönheit dieser Insel nur schwach genießen konnte. Durch den Schrecken der Nacht und weil ich dazu noch beim Baden einen vollen Schwall Salzwasser getrunken hatte, war mir den ganzen Tag so übel, daß ich noch nicht einmal die blaue Grotte sehen wollte. Ein einziger Wunsch beseelte mich, ein Bett zu finden und eine ungestörte Nachtruhe zu genießen.

Capri war damals schon ein beliebtes Reiseziel, und die Insel wimmelte von Touristen aller Art. Es gab hübsche Hotels, die schwindelnde Preise verlangten. Diese Art von "Trauben" hingen mir zu hoch. Ein Kumpel erzählte mir von einer Art Mannschaftsschlafraum in einem Hotel am Hafen. Für 30 Pfennige könne man in einem richtigen Bett schlafen. Er habe dort die vergangene Nacht zugebracht und auch für die kommende schon bezahlt. Er wolle aber heute abend noch zurück nach Neapel, ich könne also sein Bett übernehmen, gratis natürlich, wie er großzügig hinzufügte. Wie froh war ich bei dem Gedanken, in einem richtigen Bett einmal wieder meine Glieder auszustrecken. Es dämmerte kaum, als ich in dem großen Saal stand und die Nummer meiner Schlafstelle suchte. In dem niedrigen Raum, der die Düfte aller Gassen Neapels zu versammeln schien, hatte man ungefähr vierzig Betten hineingepfercht, lauter wackelige Eisengestelle mit Strohsäcken. Die Bettlaken wurden sicherlich lediglich zu Beginn der Saison gewechselt, denn soweit sie nicht von "Naturfarben" strotzten, hatten sie die Helligkeit von Kellerfliesen. Wer Schlaf hat und ein Bett findet, kümmert sich wenig um dessen Hygiene und Komfort. In dieser Nacht schmerzte kein Stein, tat keine Rippe weh, wurde ich nicht von drohenden Schatten geängstigt. Trotz Hitze und vierzig ungelüfteten Menschenleibern schlief ich friedlich ein. Zwischen Wachen und Schlafen gedachte ich noch einmal des selbstlosen Kumpels, dem allein ich die Wohltat dieser Unterkunft verdankte. Nach zwei Stunden war für mich die Nacht vorbei. Jetzt wußte ich, warum mir der gütige Tippelbruder sein Bett so uneigennützig zur Verfügung gestellt hatte. Sicherlich nächtigte er lieber in Neapels Gassen auf einer Haustreppe, als noch einmal sich den Qualen dieses Flohschuppens auszusetzen. Die Viehcher peinigten mich gnadenlos und setzten Stich für Stich auf jeden erreichbaren Flecken meines müden Leibes. Da wäre mir doch der harte Stein von Sorrent lieber gewesen und lieber auch zwanzig eingebildete Räuber auf der Leuchtturmmole als diese kanibalischen Minibestien. Fluchtartig stürzte ich beim Morgengrauen zum Hafen. Die Sonne stand so blutrot über der Meeresfläche, als sei auch sie während der Nacht den Blutsaugern zum Opfer gefallen.

Im allgemeinen hatte ich über meine Kollegen, die globetrottenden Handwerksburschen nicht zu klagen. Ich traf prächtige Gestalten, von denen ich erfuhr, wo man in Rom, Neapel, Florenz oder Marseille auf Staatskosten schlafen könne, die mir die richtigen Tips gaben, damit ich wußte, an welcher Pforte man Speise und Trank erhoffen dürfe. In Rom hörte ich zum Beispiel, daß man in der Nähe von Neapel von deutschen Schwestern mit einer nahrhaften Suppe verköstigt wird. "Du mußt schon vor dem Mittagläuten am Kloster sein. Nicht die Klosterpforte suchen, sondern den Eingang zum Garten. Das schmiedeeiserne Tor läßt sich leicht öffnen. Fünfzig Schritt geradeaus steht rechts unter dem Maulbeerbaum ein runder, steinerner Tisch mit fünf Gartenstühlen. Um zwölf Uhr kommt die Schwester mit einer riesigen Schüssel Suppe. Der älteste anwesende Kumpel übenimmt die Verteilung. Wenn du eintriffst, werden alle, die vor dir da waren, finstere Gesichter schneiden, denn jeder, der hinzukommt, verringert die Portion der Anderen.Du brauchst keine Angst zu haben, deine Portion bekommst du, und keiner wird dich wegjagen. Schau zu,daß du rechtzeitig eintriffst, zu essen bekommt nur, wer auf einem Stuhl sitzt. Der Sechste geht leer aus!“ Oder ein anderer: ”Du willst nach Korsika? Da schiffst du dich am besten in Livorno ein. In Livorno auf dem französischen Konsulat wird man dir das Visum ausstellen. Es kostet 4,50 RM. Erscheine aber auf dem Konsulat so sauber und gut angezogen, als du kannst. Die haben nämlich etwas gegen heruntergekommene Tippelbrüder. Aber du bist ja Schüler, da sind sie großzügiger. Das Schiff nach Korsika verkehrt nur zwei Mal die Woche. Dein Weg nach Livorno führt dich über Florenz. Suche dort das Cafè Centrale auf. Es steckt Tag und Nacht voller Kumpels. Sie wissen alles über Stützpunkte und Möglichkeiten in Korsika!“

Bei den tedeschi sorelli erschien ich rechtzeitig. Ich besetzte den fünften Gartenstuhl. Ein ausgewachsener Generalstäbler hätte mir keine präziseren Informationen geben können.

Da ich mir in Florenz einige Sehenswürdigkeiten der Stadt betrachtete und Eile hatte, nach Livorno zu kommen, nahm ich mir nicht die Zeit, die Genossen im Cafè Centrale aufzusuchen.

In Livorno eilte ich mit dem Visum in der Hand sofort zum Hafen. Das Schiff war eine Stunde zuvor abgefahren. Drei Tage später ging das Nächste.

Ziellos schlenderte ich durch die Straßen der Stadt. Sie bot wenig anziehendes, eher trostloses und schmutziges. Scharen von Kindern spielten und schrieen. An den Hauseingängen hockten unappetitliche Gestalten. Doch immer wieder mitten in der Häßlichkeit und im

Trubel des südlichen Straßenlärms erhob irgendwer seine Stimme zum Lied. Melodien erklangen voller Schmelz und musikalischer Wärme. Man sang mit glühender Inbrunst, und man brauchte kein Wort zu verstehen, um zu wissen, daß hier Glück und Liebe, Elend und Not des menschlichen Herzens ihren Ausdruck suchten. Mir aber kroch das Heimweh durch die Glieder. Es saß würgend in der Kehle und wie ein Bleiklotz auf der Brust. Zum ersten Mal auf dieser Reise überfiel es mich mit dieser Macht. Ich betrat eine Kirche, die am Wege lag. Lange saß ich dort vor dem Altar auf einer Bank. Mutterseelenallein kam ich mir vor und todunglücklich. Ich konnte zum Bahnhof gehen und für mein restliches Geld mir eine Fahrkarte lösen. Dann würde ich bald im Zug sitzen und wissen, in einem Tag bin ich zu Hause, in meiner Umgebung, in meiner wohlvertrauten Heimat, bei Menschen, die mir nahestehen. Da brauche ich niemanden mehr um ein Stück Brot, um ein Nachtquartier, um eine Auskunft, um dieses und jenes anzuhalten. Der Tisch wird gedeckt sein, das Bett ist immer frisch überzogen, und alle Wege sind mir bekannt.

Heimweh ist eine schlimme Krankheit. Fast wäre ich ihr erlegen. Sollte ich mich geschlagen geben mit Livorno als Schlußstrich meiner Fahrt? Sollte ich wehmütig und weinerlich zurückkehren in den Schoß der Paulstraße? Mein Stolz regte sich. Ich wollte diese Krise durchstehen, ich mußte mich ermahnen, um Herr über meine Gefühle zu werden. Um meine Lage nüchtern zu überdenken, suchte ich mir ein ruhiges Plätzchen. Vor allem kümmerte ich mich um den Stand meiner Barmittel. Das Geld war dahingeschmolzen wie Schnee vor der Sonne. Ich rechnete angestrengt: Drei mal 24 Stunden Livorno bedeuteten drei Übernachtungen und für drei Tage Verpflegung. Wollte ich Korsika überqueren und über Südfrankreich heimkehren, dann mußte ich in Zukunft jeden Pfennig, den ich ausgab, drei Mal umdrehen. Zuerst vergrub ich das Geld für die Schiffskarte Livorno — Bastia und Ajaccio — Nizza als eiserne Reserve in einer sicheren Tasche, dann zählte ich den Rest des Bargeldhäufleins. Ich kam nicht über 15 RM.

Im Schaufenster eines Buchladens sah ich eine Stadtkarte von Livorno. Weil ich viel Zeit hatte, studierte ich sie eingehend. Es fielen mir verheißungsvolle Straßennamen auf: Via dei capuccini, delle sorelle, dei fratelli und ähnliche. Ich machte mir Notizen und zeichnete die für mich interessanten Straßenzüge ab. Dann schwärmte ich aus zur Ortsbesichtigung. Livorno wurde zu einem nahrhaften Pflaster. Meine Klosterstreifzüge brachten vollen Erfolg. Alle Mittag war mein Tisch reichlich gedeckt. Ein Dach für die Nacht fand ich im Asylo dei poveri. Diese Zufluchtsstätte der Armen, Heruntergekommenen, Halbkranken, Viertelsverbrechern und Gewohnheitsbettlern spiegelte ein menschliches Elend, wie ich es bisher noch nicht erfahren hatte.

Der Gestank von Männern, die tagaus tagein in den gleichen Lumpen daherwandelten, die nach Herzenslust schneuzten, kotzten und furzten, verstärkt durch die brütende Hitze des italienischen Sommers, war kaum zu ertragen. Bis Mitternacht trieb ich mich in der Stadt herum, um wenigstens so den abendlichen Streitereien, dem Fluchen, Schimpfen und den viehischen Lachsalven meiner Nachtgesellschaft zu entgehen. Morgens schlich ich mich früh hinaus, um meinen dumpfen Schädel auszulüften. Ich hatte Mühe, den Pfützen vor den Betten auszuweichen, denn jeder spukte ja, wo er stand und lag und manche schienen sogar wie Hunde an die Bettpfosten zu urinieren.

In diesen Tagen feierte ganz Livorno das Fest des Schiffs– und Fischerpatrons San Bartholomeo. Wer einen Kahn hatte, Schmückte ihn mit bunten durch Kerzen erleuchtete Lampions und fuhr hinaus auf die Reede. Ein einziges Gejohle und typisches italienisches Gejubel erfüllte die milde nächtliche Luft. Der Himmel flimmerte vom Zauber des Feuerwerks. Lange stand ich am Hafen und genoß das fremdartige Treiben. Während ich sehnsüchtig auf die Boote schaute, die gerade ablegten, traten zwei Männer auf mich zu. Sie trugen die schmucken, sauberen Uniformen der Hafenpolizei. Zunächst dachte ich, die wollen dich wohl kontrollieren und durchforschte schnell mein Gewissen nach etwaigen polizeilichen Verfehlungen. Ich konnte durchaus nicht ahnen, daß die beiden Beamten eine besondere Freude für mich in Petto hatten. "Sie können mit uns aufs Meer fahren, da sehen Sie das Feuerwerk viel besser!“ Mein Italienisch war noch gar zu dürftig, um gleich zu verstehen, doch die freundlichen Gesten der beiden Männer konnte man nicht mißdeuten. In dieser Nacht haben mich die Leute von der Hafenpolizei mit einem Schauspiel beschenkt, das für die Leiden des Heimwehs und das mißliche Nachtquartier reichlich entschädigte.

Endlich kam der Tag, da das Schiff nach Korsika abfuhr. Als ich an Bord ging, tauchte gerade die goldene Abendsonne ins Meer.

Das Schiff, ein kleiner, schäbiger Kasten, gerade gut genug, um Kraut und Rüben, um Hühner, Gänse und Enten, um Ballen von Heu, Kisten, Kasten, Esel und

Hunde zu befördern. Zu viel der Ehre, einen solchen Kahn Passagierdampfer zu nennen. Außer ein paar Dutzend Italiener und Korsen, Männer, Frauen und Kinder sah ich nur einen einzigen Touristen. Im eigentlichen Sinn gehörte er nicht zu jenen Touristen, wie man sie kannte, mit hellem Anzug, Sommerhut und so. Er trug Hemd und kurze Hose, hatte einen Brotbeutel um die Schulter gehängt und eine Mütze englischer Art auf dem Kopf, die so weit nach hinten gerutscht war, daß das Dach wie die Schaufel eines Schneepfluges nach oben stand. Gerade paffte er an einer Zigarette und gestikulierte mit beiden Händen vor den Polizisten, die die Pässe überprüften. Als ich näher hinzutrat, hörte ich, daß er ein Rückwärts–Vorwärts–Italienisch kauderwelschte. Bei dem schien etwas faul zu sein. Wie komisch, als er die Mütze abnahm, kam ein kahl geschorener Schädel zum Vorschein. Wir sprachen uns an. Jeder wußte schließlich, daß der andere ein Deutscher war.

Das war seine Geschichte: Gelernter Bürogehilfe in Barmen–Elberfeld. Mit zwanzig packte ihn das Fernweh. Jetzt ist er bereits zwei Jahre unterwegs, Spanien kreuz und quer, dann Italien. In Rom haben sie ihn beim Betteln erwischt. Dafür gab's sechs Tage Gefängnis und eine Schafsschur über die Kopfhaut. Als man ihm wieder die Freiheit gab, machte man zur Auflage, Italien innerhalb dreier Tage zu verlassen. Heute aber war schon der fünfte Tag. Kein Wunder, daß ihm das Zipperlein bibberte, wenn er Polizei sah.

Wir freundeten uns an. Er war ein alter Hase und ein kleiner Gauner dazu. Mit einem postkartengroßen, kartonierten, grünen Papierchen führte er die Leute an der Nase herum. Darauf stand nämlich zu lesen: Um meine biologischen Studien zu vervollkommnen und meine Doktorarbeit vorzubereiten, bereise ich zur Zeit südliche Länder und studiere selten vorkommende Pflanzen. Ich wäre sehr dankbar, wenn Sie mich durch den Ankauf dieser Karte unterstützen wollten.

Als poliglotter Mensch hatte er den Text dreisprachig verfaßt. Die Karte, die ich in der Hand hielt, wirkte ziemlich abgenutzt und schmutzig. Der Schlaumeier hielt seinen Kunden das Papier unter die Nase, und wenn sie ihren Obulus entrichtet hatten, forderte er sie kaltschnäuzig wieder zurück. "Ich muß ja schließlich sparsam umgehen mit den Dingern", meinte er verschmitzt lächelnd. Als ich sein Gesicht betrachtete, diese aparte Mischung aus Soldat und Grand Filou, kam mir auch das Unwahrscheinlichste wahrscheinlich vor. Er bot an: "Geh mit mir. Ich kenne mich aus in Korsika, wir werden weder hungern noch frieren, und wenn einer vom andern die Schnauze voll hat, können wir uns in aller Freundschaft wieder trennen."

Nach einer Überfahrt auf spiegelglatter See unter einem Himmel zwischen hibiscusrot und safrangelb betraten wir korsischen Boden. Mein Kumpel kannte sich in der Hafenstadt Bastia aus wie in seiner Hosentasche. Am Tor einer Kaserne wechselte er ein paar Worte mit dem farbigen Wachposten und verschwand hinter der Mauer.

Vollgepackt mit Wurst und Fischkonserven, mehrere Weißbrote unter dem Arm eingeklemmt, erschien er wieder fröhlich pfeifend. Auf einem Brunnensockel, fünf Schritte vom Schilderhäuschen, entfernt tafelten wir fürstlich zu Nacht.

"Natürlich werden wir in einem ordentlichen Bett schlafen, wie sich das gehört und, versteht sich, kostenlos.“ Mit diesem Satz warf er die Reste der Mahlzeit hinter den Brunnentrog, hängte den Brotbeutel über die Schulter und marschierte mir voraus.

Mein Genosse und der Abend hielten, was sie versprachen. Wohl ausgeruht öffnete ich am nächsten Morgen die Augen. Um mich herum Sauberkeit, Ordnung und freundliche Gesichter.

Eine kuriose Erinnerung ist mir geblieben. Morgens mußte ich dringend dorthin, wo selbst die Kaiser sich einem Fußmarsch unterzogen. Das stille Örtchen lag am Ende eines wunderschönen Laubenganges. Eine saubere, glatt geschliffene Marmorplatte lud zum Sitzen ein. Die Mitte der Platte zierte das übliche Loch. Es war schön kreisrund, doch, verglichen mit unseren Lokuslöchern, viel zu klein, vielleicht nur halb so groß. Ich kam mir vor wie ein Schütze, der mitten ins Schwarze treffen will, aber sich so verkrampft, daß er anfängt, zu zittern. Nach gehabter Übung stellte ich fest, daß das Loch noch kreisrund und schwarz und die Marmorplatte untadelig weiß geblieben waren.

Wir zogen entlang der großen asphaltierten Straße, die von Bastia über das Felsennest Cordes bis nach Ajaccio sich hinzieht. Sie brannte unter unseren Füßen, aber mein Begleiter meinte, sie sei für den Gelderwerb am fruchtbarsten. So ließen wir uns also in der schattenlosen Hitze braten.

An einem Abend lag Cortes vor uns, hoch und thronend eine steinerne Faust auf dem Berge. Hier in Cordes sollte ich mein Lehrstück probieren. Mein Genosse aus Barmen–Elberfeld zog eine seiner obskuren Karten aus der Tasche und versah mich mit notwendigen Anweisungen: ”In jedem Haus das oberste Stockwerk zuerst bearbeiten, in keine Wohnung eintreten, nur an der Tür verhandeln, ein zuckersüß freundliches Gesicht aufsetzen und das Sprüchlein deklamieren wie ein Schauspieler auf der Bühne. Auf jeden Fall die Karte in dem Augenblick zurückverlangen, da das Geld in deinem Beutel klingt!"Diese Art der Arbeit sagte mir wenig zu. Um Geld zu betteln kam mir wie parfümierter Diebstahl vor. Auf der anderen Seite hätte mir eine kleine finanzielle Auffrischung gut getan. Mit dem Rat, mich ja nicht von der Polizei erwischen zu lassen, denn drei Wochen Gefängnis wäre das mindeste, was ich einhandeln würde, zog ich los. Abends trafen wir uns wieder. Der Beutefuchs von Bürogehilfe zog glatt den Wert von 30 RM aus der Tasche und blätterte zum Beweis das Geld vor mich hin. Außerdem hatte er bei einer vornehmen Familie zu Nacht gespeist. Dagegen war mein Ergebnis belämmernd. Mit ungefähr 50 Pfennigen war ich dabei. Schon im ersten Haus, einer dreistöckigen Mietskaserne für Beamte, fiel mir die ganze Courage in die Hosen. Im Treppenhaus kam mir ein Polizist entgegen. Ich flüchtete in eine dunkle Nische.

Bis nachts ein Uhr flanierten wir durch das malerische Städtchen. Wir sahen korsische Frauen von großer natürlicher Schönheit. Mit Grandezza und unnahbarem Stolz sahen sie über unsere Köpfe hinweg. Ich wunderte mich, wie sehr mein Freund alle Schönheit ignorierte. "Ich lasse mich nicht gerne von einem Dolch kitzeln", meinte er erklärend. Jetzt erst fiel mir auf, daß jede Frau von mehreren Männern eskortiert wurde, deren Blicke uns wenig freundlich streiften. Mit solchen Tugendhütern mochte auch ich nichts zu tun haben.

Als nach ein Uhr der Boulevardbetrieb nachließ, suchte mein Kamerad eine stille, dunkle Nebenstraße auf. Dort stand ein Neubau im Rohzustand. Die Fenster waren noch nicht verglast, die Treppe existierte noch nicht. Unter Haufen von Baumaterial kramten wir eine Leiter hervor. Im oberen Stockwerk hatten die Schreiner Berge von Holzwolle aufgetürmt, dazwischen lagen frisch gehobelte Türen. Mein Reisebegleiter wählte sich eine Tür als Nachtlager, ich selbst flatschte mich auf die weiche Holzwolle. Wir schliefen angenehm. Als wir um 7 Uhr wach wurden, war es hohe Zeit, den Bau zu verlassen, denn jeden Augenblick konnten die Handwerker erscheinen. Und da, in diesen kurzen Minuten, befiel mich ein unangenehmes Rühren in der unteren Bauchgegend. Tags zuvor hatten wir halbreife Trauben und Mandeln auf einem Acker erbeutet. Ich stürmte von Raum zu Raum und suchte fieberhaft nach einer Toilette. Anstelle einer Toilette, die nicht zu finden war, bot sich in der Ecke eines Zimmers ein viereckiges Loch an. Dann platschte es bis hinunter zum Keller. Ich mußte den Kaminschacht erwischt haben.

Wir standen auf den letzten Sprossen der Leiter, als die Handwerker um die Ecke bogen. Da wir ihren harten Zugriff zu fürchten hatten, gaben wir schleunigst Fersengeld. Laut lachend verschnauften wir hinter der nächsten Straßenecke.

Unsere Wege trennten sich. Ich wollte unberührte Natur erleben, mein Fechtbruder aber brauchte erfolgversprechende Türen zivilisierter Gegenden. Er wollte ja Geld scheffeln, soviel wie nur möglich, um dann über Spanien, Nordafrika bis nach Griechenland zu trampen. Durch Zufall trafen wir uns noch einmal vor den Toren

Ajaccios. Er zog seine Ausbeute aus der Tasche. Man kann es kaum glauben, er hatte in acht Tagen mit seinem pfiffigen Gaunertrick den lieben Mitmenschen an die zweihundertfünfzig RM aus der Tasche gezogen. Ein Jahr später schickte er mir eine Ansichtskarte aus einem nordafrikanischen Fort. Das war das letzte Lebenszeichen dieses Landstraßengenies. Mit einem Reservehemd, einem Paar Socken zum Wechseln, einem Kamm, einer Zahnbürste und einem Brotbeutel kreuzte er wie ein Diogenes der Neuzeit jahrelang auf den Straßen des Südens.

Von Cortes aus wandte ich mich westwärts am Monte Cinto vorbei zur Küste und wollte dann am Strand entlang Ajaccio erreichen. Auf schmalen,steinigen Wegen durchwanderte ich eine Landschaft von besonderem Reiz. Von jeder Anhöhe genoß ich neue Aussichten. Der Kumpel in Rom hatte recht: Korsika mußte man gesehen haben, um zu wissen, wie schön die Welt ist. Kaum jemand störte den Frieden der Natur. Über den Weg lief ein halbwildes Borstenvieh, Schafe und Ziegen grasten auf den benachbarten Hängen, dann einmal in diesen Tagen Pferdegetrappel, drei Reiter mit breiten, schwarzen Hüten, einer roten Schärpe um den Bauch und die Flinte über dem Rücken. Sie würdigten mich keines Blickes. Und wieder Stille und Einsamkeit vom Morgen bis Abend.

Als die Dämmerung kam, lag dann doch ein Dorf vor mir. Eine alte Frau nahm mich mit in ihre ärmliche Hütte. Sie legte mir vors Kaminfeuer eine Schütte Stroh. Ich schlief dort wohlgeborgen. Zum Abschied am nächsten Morgen steckte sie mir eine Zwiebel, zwei Äpfel, ein Stück Gerstenbrot und einen Brocken Schafskäse in den Brotbeutel.

Ein Hoch auf die korsische Gastfreundschaft, aber einmal bestägtigte auch hier eine Ausnahme die Regel. An einem jener heißen Tage nach vielen Kilometern menschenleerer Landschaft schimmerte die weiße Front eines Hauses durch das Laub hoher Kastanienbäume. Daneben floß tief ins Tal eingeschnitten ein glasklarer Bach. Ich klopfte an die Tür und betrat einen engen, niedrigen, rußgeschwärzten Raum. Eine ältere Frau kam mir entgegen. Ihre milden Gesichtszüge weckten gewisse fruktura-le Hoffnungen. Mit der Beredsamkeit meiner Hände schilderte ich den Zustand meines leeren Magens. Die Frau begriff. Sie bat mich mit großer Höflichkeit zu Tisch. Im Nu hatte sie das Feuer im Herd angefacht und hantierte mit Töpfen und Pfannen. Bald standen Forelle, Pommes Frittes und Salat auf dem Tisch, und ich ließ mir nicht zweimal bedeuten, daß ich zugreifen sollte. Fröhlich verspeiste ich alles und schlug auch den Kaffee, der hinterher gereicht wurde, nicht aus. Während ich aß, saß an der rückwärtigen Wand der Stube der Sohn der Bäuerin. Er werkelte an seiner Peitsche, die mir wegen des kurzen Stieles und des sehr langen Lederriemens auffiel. Ich erinnerte mich, daß ich Hirten gesehen hatte, die damit ihr Vieh zusammentrieben. In dem dunklen Raum war das Gesicht des jungen Mannes kaum deutlich zu erkennen, doch spürte ich den finsteren Blick unter der Mütze. Er beobachtete jede meiner Bewegungen. Ich muß gestehen, dieser Umstand verhinderte, daß ich meinen Appetit in voller Freiheit entfalten konnte. Irgendwo braute Unangenehmes. Nach Tisch erhob ich mich, ergriff den Tornister zu meinen Füßen, schwang ihn auf den Rücken und stammelte meinen ”tausendfältigen Dank“. Im gleichen Augenblick bewegte sich der Bursche von seinem

Platz, versperrte den Ausgang, hob drohend die Peitsche und sagte hart und herrisch: "Niente grazie, primo pagare!" Das Wort pagare war mir geläufig. Ich verstand recht gut, was ich tun sollte. Wer in dieser einsamen Gegend hätte sich um einen Deutschen gekümmert, den man wegen Zechprellerei halbtot geschlagen hatte? Ein Korse, der zur Selbstjustitz griff, würde einen sehr gnädigen Richter finden. Während ich mit allen Mitteln einer arg beschnittenen Beredsamkeit meine gänzliche Zahlungsunfähigkeit explizierte, fühlte ich mich wie eine Maus, die in der Falle saß, weil sie vom Speck genascht hatte. Dem wilden Naturburschen war ich ohnehin körperlich unterlegen. Ich spürte, wie mich die Angst lähmte, so daß sich kein rettender Gedanke, noch eine hilfreiche Finte einstellen konnte. Gerade als die Hand sich fester um den Griff der Peitsche spannte, um dann zuzuschlagen, kam unerwartete Hilfe. Die Mutter trat wortlos zwischen ihren Sohn und mich, griff nach der erhobenen Hand, um sie festzuhalten, schob den jungen Mann zur Seite und öffnete mir die Tür.

Aus Angst, der rabiate Bursche könne mich verfolgen, stieg ich die Schlucht hinab und benutzte die Bachsohle zum Weitermarsch. Das dichte Buschwerk schützte mich vor der Sicht von oben.

Leider fand ich nicht immer abends eine vernünftige Bleibe. Einmal überraschte mich die Dunkelheit mitten im Wald. Die Urwüchsigkeit Korsikas prägt alles, die Menschen, die Berge, die Gewässer und auch den Wald. Unsere Wälder sehen vergleichsweise gezähmt aus, der da hatte noch nie die Hand eines Forstmannes gespürt. Neben dicken Bäumen, die von Gesundheit zu strotzen schienen, hatte das Unterholz undurchdringliche Mauern aufgerichtet. In einer Lichtung, die der Sturm geschlagen hatte, vermoderten aschgraue Stämme, daneben ein Moosteppich, sanft und weich wie Lammfell, unterbrochen von mannshohen Farnkräutern. So also präsentierte sich der Wald aus Gottes eigener Hand. Gefahren sah und spürte ich keine. Menschen mußten weit weg sein, keiner ihrer Laute drang an mein Ohr. Ob es wilde Tiere gab? Ich dachte nicht daran, so wenig wie an Skorpione und Schlangen. Ein milder, ruhiger Abend senkte sich auf Natur und Gemüt. Im Westen schimmerte letztes Tageslicht durch die Bäume und der Mond kroch mit seinem blanken Silber von irgendwoher an den Stämmen empor. Fremdes knackte und raschelte, ein Schatten huschte vorüber, eine Eule strich durch ihr Revier. Ich verharrte mitten im Pulsschlag des Waldes und er barg mich in seinem geheimnisvollen Schoß. Aus Farnen und Moosen richtete ich mir mein Waldbett. Gott befohlen schlummerte ich ein. Wer oder was mich mitten in der Nacht aus dem Schlaf riß, weiß ich nicht. Ich sperrte die Augen auf und schaute in einen gleißenden Lichtschein. Lange blieb ich unbeweglich liegen und rätselte über diese seltsame Erscheinung. Der Standort der Lichtquelle veränderte sich nicht, so konnte es also nicht der funkelnde Blick eines Nachttieres sein. Schließlich erhob ich mich. Ich schritt gegen das Licht und stieß gegen ein Stück Holz. Der Schein erlosch. Mir dämmerte etwas aus dem Biologieunterricht. Fäulnisbakterien, die sich auf faulendem Holz ansiedeln, können phosphoriszierendes Licht erzeugen. Wie gut, daß ich im Unterricht nicht immer Shakespeare gelesen hatte. Ich wäre sicher sonst noch schlimmer erschrocken. Wir Stadtkinder ahnen wenig von den Wundern, deren die Natur fähig ist.

Das Innere der Insel wird beherrscht von dem gewaltigen Massiv des Monte Cinto. Er reizte mich. Wer schon durch Korsika streift und vor der Wildheit der Landschaft nicht zurückschreckt, sollte doch die Besteigung seines höchsten Berges wie eine Trophäe der Erinnerung mit nach Hause nehmen. Kahl wie ein geschorener Hammelrücken flimmerte der Gipfel im brennenden Licht der Sonne. Auf kaum erkennbaren Pfaden begann ich zu steigen und zu klettern. Stunden vergingen. Der Schweiß tropfte mir von der Stirn und brannte in den Augen. Berge verlangen Kraft und Ausdauer. Sie hüten eifersüchtig ihre Einsamkeit und Zugänge.

Ich hatte längst Pfad und Orientierung verloren und kämpfte mich durch dorniges Gestrüpp einfach hangaufwärts, um zum Gipfel zu kommen. Schließlich lichtete sich das Gebüsch, und ich bekam freie Sicht. Vor mir grasten Ziegen und Schafe. Eine graue, niedrige Silhouette tauchte auf, das mußte ein Dorf sein. Dann sah ich ein paar Häuser, armselige Hütten mit mörtellos aufeinandergeschichteten Steinen. Die Dächer waren mit schieferartigen Platten abgedeckt, die man hin und wieder durch grobe Quader beschwert hatte. Wie wenn man steinerne Kasten ineinanderschachtelt, duckte sich das Dutzend Hütten um ein verwittertes, stumpfes Kirchlein. Am Dorfeingang setzte ich mich auf einen Stein, um auszuruhen. Der Berg lag unmittelbar vor mir. Schroffe, vegetationslose Hänge zogen sich zum Gipfel hin. Noch hatte ich ungefähr siebenhundert Meter Höhe zu überwinden. Da ich mir meines Wagemutes nicht mehr so sicher schien, suchte ich nach verläßlichen Informationen. Auf der Straße zeigten sich nur einige alte Weiber, die mir nicht ansprechbar schienen. Ob man's wagen kann, bis zum Gipfel vorzudringen, auf diese Frage konnte sicher der Pfarrer zuverlässig antworten. Der Eingang des Pfarrhauses war so niedrig, daß ich mich bücken mußte. Der Pfarrer, ein rotblonder, breitschultriger Riese, kam mir aus seinem Arbeitszimmer entgegen. Ich begriff gar nicht, daß man in einer Behausung leben kann, in der man immer und überall den Kopf einziehen muß, damit man nicht an die Decke stößt. Mein Anliegen trug ich in der Sprache der römisch–katholischen Kirche vor. Sie schien mir in diesem Augenblick am geeignetsten zu sein. Die Antwort erhielt ich in klassischer Kürze: " Periculosum est ascendere in montem!“ So wie ich dann verstand, waren es nicht die Unwegsamkeit und Gefährlichkeit des Steigens, sondern der Umstand, daß Hitze und Durst unter Wegesunkundigen ihre Opfer forderten. Nach kurzer Überlegung gab ich die Bergtour auf. Die Höhe des Monte Cinto: 2700 Meter.

Einige Tage später erreichte ich die Felsen der Westküste, genauer, die Flußmündung des Liamone. Lætitia, die Mutter Napoleons, wäre fast in diesem Fluß ertrunken, als sie mit ihrem Sohn ging. In den Wirren des korsischen Unabhängigkeitskrieges hatte sie auf der Flucht zu Pferd den Hochwasser führenden Liamone überschreiten wollen. Jetzt hatte der Fluß kein Hochwasser. Die Wellen des Meeres hatten vor die Mündung einen breiten Dünenriegel geschoben. Durch den Sand versickerte das aufgestaute Mündungswasser langsam ins Meer. Auf einer der Dünen verbrachte ich die Nacht. Zu meinen Füßen rauschten die Meereswogen, während der See des Stauwassers die Ruhe des friedlichen Abendhimmels widerspiegelte. Tiefe Gräben im Norden und Süden schützten mich vor unliebsamen Überraschungen.

Das Meer hatte viel Holz angespült, die Sonne es eifrig getrocknet. ich sammelte einen hohen Haufen und wollte ihn gerade anzünden, als zweihundert Meter jenseits der Gräben zwei bewaffnete Männer auftauchten. Sie fuchtelten mit ihren langen Flinten in der Luft herum und schrien kurze Sätze zu mir herüber, die nicht freundlich klangen. Ich begriff nichts, deshalb wiederholte ich immer wieder den Inbegriff meiner damaligen französischen Sprachkennnisse: " Ich verstehe nicht!“ Es kann sein, daß sie mich für einen Strandräuber oder Schafdieb hielten. Auf einmal knallte es. Einer der beiden hatte geschossen. Ich warf mich fix wie eine Katze in den Sand, so daß mir eine Dünenwelle Schutz bot. Erst als die Dämmerung kam und alle Umrisse sich im Abenddunst verloren, wagte ich mich zu erheben. Lange und angestrengt lauschte ich noch in die Nacht hinein; als ich nichts Verdächtiges mehr hörte, begann ich, meine Sachen auszukramen und das Nachtlager herzurichten.

Nachdem die Sonne untergegangen war, fühlte sich der Sand kalt und unbehaglich an. Von der See her erhob sich ein frischer Wind. Gern hätte ich meinen Holzstoß in Brand gesetzt, doch ich fürchtete, daß der Feuerschein erneut die Korsen anlocken würde. Als es mir, dann doch zu dumm wurde, in der nächtlichen Kälte zu sitzen und zu schnattern, überwand ich alle Vorsicht und entzündete ein hübsch loderndes Feuerchen. Die Glut der Flamme wärmte wohlig. Ich hörte auf das Rauschen der Brandung und knabberte an meiner letzten Brotkruste. In der Nähe entdeckte ich einige Stauden Pfefferminze. Aus dem Liamone schöpfte ich Wasser und braute einen heißen Tee. Mit dem Blick in die wabernde Glut und angeregt von dem züngelnden Spiel der

Flammen, vergaß ich alle Angst und sinnierte gelöst vor mich hin. Nach Mitternacht erlöschte das Feuer. Ich legte mich unter die Decke, die ich zum Schutz gegen den nächtlichen Tau wie ein Zeltdach spannte, dann hüllte ich mich in alle verfügbaren Kleidungsstücke und versuchte, zu schlafen. Die Kälte des Sandes, die durch alle Hüllen nicht aufzuhalten war, sowie das in der Nacht anschwellende Donnern der Brandung ließ mich nicht zur Ruhe kommen. Die ersten Strahlen der Sonne begrüßte ich mit Erleichterung. Zwischen angenehmer Wärme und sengender Hitze stahl ich mir noch ein Stündchen Schlaf.

An einem späten Abend schiffte ich mich von Ajaccio nach Nizza ein.

Korsika, die Zauberkraft der Urtümlichkeit lag hinter mir. In Nizza grüßte mich schon am Hafen der steinerne Protz eines öden Reichtums. Im Paradies des vielen Geldes begegnete ich weder menschlichem Erbarmen noch trotziger Abneigung. Jeder schien sich so der Nächste zu sein, als existiere nur er selber. Damen in einem New Look, wie ich ihn noch nicht gesehen hatte und dandyhafte Männer vertrieben ihre Langeweile auf den Promenaden und in den Straßen der Luxusgeschäfte. Kein Pflaster für mich.

Hastig wandte ich Nizza den Rücken und schlug die breite Autostraße Richtung Marseille ein. Wieder versuchte ich freundlich winkend einen der schimmernden Straßenkreuzer zum Anhalten zu bewegen. Luxus hat eine harte Gangart. Einige hundert Limousinen, Cabriolets, Sportwagen surrten, schwirrten und donnerten achtlos an mir vorbei. Was ich im Badener Land nicht bekam, durfte ich von der Cote d' azure nicht erwarten. Da habe ich halt mal wieder meinen Tagesmarsch per pedes apostolorum absolviert. Am nächster Tag saß ich dann doch auf einem alten, klappernden Lastwagen. Wir fuhren holperige Feldwege und sammelten auf den Feldern reife Melonen zusammen. Für fleißige Mithilfe setzten mich dann die Burschen abends in der Nähe von Marseilles auf die Landstraße.

Meine Unerfahrenheit und Gutgläubigkeit bildeten kaum die richtigen Voraussetzungen für dieses Hafenbabylon. Sein schmutziges Häusermeer läßt kein Herze höher schlagen.

Am Hafen landete ich in einer üblen Matrosenkneipe. Aber ich konnte mir dort für ein paar Pfennige eine rostrote Paprikasuppe genehmigen. Um mich herum lümmelten an den Tischen Menschen aus aller Herren Länder, Weiße, Gelbe, Schwarze, solche mit hängenden Schnauzbärten und noch fiesere mit kahlgeschorenem Schädel. Man brauchte keine höhere Menschenkenntnis zu besitzen, um aus diesen zerschlissenen Gesichtern eine ganze Skala verbrecherischer Neigungen herauszulesen. Güte, Wohlwollen, Freundlichkeit hatten anscheinend keinen Zutritt zu diesem Lokal. Ich atmete auf, als ich wieder frische Luft schöpfte.

Ein Tippelbruder hatte mir das Asyl De Nuit in der Rue de Forbenne empfohlen. Es sei sauber und ohne Ungeziefer. Um 21.30 Uhr stand ich vor dem verschlossenen Tor. Ein Zettel hing an der Tür: Wer nach 21 Uhr kommt, muß draußen bleiben. Ich brauchte lange, bis ich das Gekritzel entziffern konnte, und da ich weder Klingel noch Türdrücker fand und alles Klopfen fruchtlos blieb, beschlich mich deprimierende Ratlosigkeit. Jetzt starrten mich die schmuddeligen Häuserblöcke noch abweisender an als zuvor. Wohin in dieser Riesenstadt? Ohne Absicht und Ziel Schritt ich durch Gassen und Straßen, vorbei an Hinterhöfen und dunklen Ecken. Es zog mich ins Zentrum, da gab es hell erleuchtete Straßen. Vor den Auslagen der großen Geschäfte verlor ich etwas von meiner quälenden Unschlüssigkeit. Ich stand gerade an einem Schaufenster, als ein baumlanger Neger mich ansprach. Als ich auf sein Französisch nur immer mit den Schultern zuckte, versuchte er, sich mit englischen Brocken verständlich zu machen. Wenn auch unsere gegenseitige Verständigung auf Krücken ging, der Schwarze spürte doch schnell, wo mich der Schuh drückte. Er verschwand in einer Bäckerei am Wege und kam mit zwei Weißbroten für mich wieder. In einer Metzgerei versuchte er, ein Stück Wurst zu ergattern. Durchs Schaufenster sah ich, wie man ihn grob hinauswies. Einer der Metzgergesellen versetzte ihm noch einen Tritt in den Hintern, weil er das Ladenlokal nicht schnell genug räumte. Als er mich wieder sah, grinste er so breit, heiter und gelassen, daß man meinen konnte, sie hätten ihm statt der Fußtritte ein halbes Kalb angeboten. Radebrechend marschierten wir Seite an Seite durch das nächtliche Marseilles. Wenn ich ihn recht verstand, wollte er mir zeigen, wo ich schlafen konnte. Nach einer langen Kreuz– und Quwerwanderung standen wir auf einem Platz, der sehr schlecht erleuchtet war. In der Mitte erhob sich so etwas wie eine langgestreckte Halle. Es war ein Brunnen mit mehreren hintereinander aufgestellten Trögen. Darüber hatte man aus dicken Balken ein Giebeldach errichtet. Der Ort weckte wenig Vertrauen und er erschien mir noch viel unfreundlicher, als ich aus den Sprachfetzen und Gesten meines Begleiters erriet, daß dies sein "Hotel“ sei, das er mit mir für diese Nacht teilen wolle. Um seine Absicht zu demonstrieren, zog der Neger eine zusammengerollte Schilfmatte aus dem Gebälk, entrollte sie und legte sie neben einen der Brunnentröge auf den durchnäßten und schmierigen Lehmboden. Dann stimmte er in den höchsten Tönen eine Arie an über die Vorzüglichkeit seines first class Schlafgemaches. Die ”Arie“ fiel auf einen unfruchtbaren Boden. Meine Gemütsverfassung ließ sich nicht freundlicher stimmen. Mein Gepäck sollte ich im Gebälk verstauen, es sei ein absolut sicherer Platz, wir wollten ja noch seinen Freund, einen Türken, besuchen, und der Tornister sei doch so drückend in der schwülen Hitze. Was blieb mir übrig? Ich schickte mich ins Unvermeidliche. Spät in der Nacht erreichten wir die Wohnung des türkischen Freundes. Er logierte in einem kleinen, trüben Raum im dritten oder vierten Stock eines obskuren Hauses. Ich fühlte mich so bleiern müde, daß ich Mühe hatte, die Treppen hinaufzusteigen. Neger und Türke unterhielten sich angeregt, während ich teilnahmslos dabeihockte. Als endlich ihr Palaver versandete, dachte ich, wir würden nun zum Brunnen aufbrechen. Meine Zuversicht trog. Ich sollte doch lieber beim Türken bleiben. Er sei ein guter Mensch und besäße außerdem ein richtiges Bett, das wäre besser für mich als die Brunnenanlage. Plötzlich beschwor der Neger das Unerquickliche der Schlafstelle, die er ehemals so gepriesen hatte und konnte sich nicht genug tun, mir den Schmutz, die Nässe, die Härte des Bodens, die Neugier der Leute und den Krach der Straße daneben anschaulich zu schildern. Seine Lobeshymne von früher schlug in eine wahre Trauerkantate um. Mein Blick wanderte vom Neger zum Türken und wieder zurück, dann streifte er die Bettstelle. Sie wirkte so unappetitlich, daß es mich ekelte. Die Schwüle in diesem Zimmer, die ungewisse Lage und das Gefühl, daß da eine Gefahr lauere, deren Umrisse ich noch nicht erkannte, preßte mir den Schweiß aus allen Poren. Als ich nachdachte, wie ich meine Freiheit wiedergewinnen konnte und überlegte, wie ich aus diesem Loch hinauskommen könne, schlüpfte der Neger lautlos zur Tür hinaus und ließ sie ins Schloß fallen. Der Türke drehte den Schlüssel, der innen stak, blitzschnell um und zog ihn ab. Ich war gefangen. Sollte ich nun schreien, randalieren, den Türken anfallen? Was hätte es mir genützt? In diesem Viertel schrie immer wieder einer in der Nacht. Mal hörte man Weiber keifen, mal tobten Männer. Wen kümmerte es? Wußte ich, wieviele Helfershelfer dieser schmierige Türke zusammentrommeln konnte, um mich windelweich zu schlagen? Sie hätten mich geknebelt, mir vielleicht die Kehle zugedrückt. Auch von der Polizei war keine Hilfe zu erwarten. Ich konnte mich ihr ja gar nicht bemerkbar machen. Und dann? Ich sprach die Sprache des Landes nicht und hatte außerdem keinen Zeugen, der meine Aussage bekräftigen konnte. Diese Ganoven hätten sicher die ganze Geschichte auf den Kopf gestellt, dann wäre ich der Missetäter gewesen. Zu allem Überfluß, ich war ja schließlich ein Deutscher, ein verhaßter Boche. Ich dachte an Lauterburg und wollte die Lektion nicht wiederholen. Noch war ja auch nichts geschehen. Schließlich hatte der Türke ja das Recht, seine Bude abzuschließen. Die Nacht brachte schließlich Klarheit in das Spiel der beiden Halunken. Meine Befürchtungen nahmen Gestalt an. Der Kerl war homosexuell, und der Schwarze hatte die Aufgabe, die Hasen in die Küche zu jagen. Der Türke erreichte zwar in dieser Nacht sein Ziel nicht, aber ich konnte auch nicht daran denken, auch nur ein halbes Auge zu schließen. Zum Glück war ich nicht in die Hände eines jener Typen gefallen, die vor nichts zurückschrecken, um ihren perversen Trieb zu befriedigen. Um der Zudringlichkeit meines Bettgenossen zu parieren, habe ich ihm ein paar Mal mit dem Ellenbogen über die Zähne "gestrichen". Er brauste weder auf, noch wurde er gewalttätig, sondern versuchte immer wieder auf die gemütvolle Tour, sich an mich heranzupirschen. Ich muß dem Bruder doch Respekt eingeflößt haben, denn am Morgen ließ er sich nicht zweimal bitten, mir die Tür aufzuschließen.

Der Höhle des Lasters war ich nun entronnen, Grund genug, tief aufzuatmen, doch wie kam ich wieder zu meinem Gepäck? In Hemd und Hose stand ich auf der Straße; Tornister, Brotbeutel, Feldflasche, Paß und Geld lagen im Gebälk des Brunnens. Wir hatten in der Nacht einen langen Weg zurückgelegt. In welche Himmelsrichtung mußte ich mich wenden? Welche Straße sollte ich einschlagen? Ich konnte auch niemanden fragen, denn ich wußte keinen einzigen Straßennamen von gestern abend, noch viel weniger, wie der Brunnenplatz hieß. Es war zum Heulen in diesem Ozean von Häusern. Ich kam mir vor wie ein dem Zuchthaus entsprungener Häftling, der mit seiner Freiheit nichts anzufangen weiß.

Ich zwang mich zu Geduld und Gelassenheit. Marseilles schlief noch. Mir blieb ein ganzer Tag, um meine sieben Sachen aufzuspüren. Ich mußte mich setzen, um in aller Ruhe mein Gedächtnis abzufragen. Alle Einzelheiten, jeden einzelnen Beobachtungsfetzen kramte ich zusammen, soweit ich ihrer in meiner Erinnerung habhaft werden konnte. Da war eine Straße mit ungewöhnlich holperigem Kopfsteinpflaster, so eng kam sie mir vor, daß man mit ausgebreiteten Armen die beiden Häuserzeilen hätte berühren können. Wir sind auch an einigen großen Schaufenstern mit mondänen Auslagen vorbeigestrichen. Und dann kam doch die Ecke, hinter der sich Abfallberge türmten! Der Neger hatte doch dort noch einiges hinzuexkrementiert! Vorbei ging es an einem wunderlich niedlichen Häuschen. Über dem Türsturz hing ein eiserner Schuh. Und dann noch der unbefestigte Weg, der nach einer Seite durch einen Maschendrahtzaun begrenzt war, und nicht zu vergessen die verfallene Treppe zu einem abbruchreifen Haus! Mein Unterbewußtsein hatte doch manches registriert, was ich nun in einem entspannten Dämmerzustand zur Wirklichkeit von Vorstellungen emporheben konnte. Als ich loszog, war ich mir meiner Sache zwar noch nicht ganz sicher, aber einen Grund zum Verzweifeln gab es nicht mehr.

Meine Erinnerungsfragmente erwiesen sich als gute Wegweiser. Nachdem ich einmal ein Stück Weg identifiziert hatte, fand ich einen Faden, an dem ich mich entlangtasten konnte. Gegen elf Uhr erreichte ich den Brunnen und meine Freude wäre so groß, wie die des seligen Columbus, als er Land entdeckte, gewesen, hätte mich nicht der Gedanke gequält, daß das Volk, das seine Eimer füllte, auch Lust daran verspürt haben könnte, seine Taschen mit meinen Sachen vollzustopfen. Die Häuser am Platz spiegelten ja die Armut ihrer Bewohner wider. Not bricht jedes Gebot, und überall ist es erlaubt, aufzunehmen, was augenscheinlich keinen Besitzer hat. Ein Wunder war geschehen, es übertraf sogar die unwahrscheinliche Größe meines Leichtsinns. Alles, was ich vermißte, lag unberührt auf seinem Platz, nur die

Windjacke schwamm vergnügt in einem der Tröge. Da sie schon naß war, habe ich sie auch gleich mit Seife gewaschen und auf einer Stange zum Trocknen aufgehängt. Mehr erleichtert als damals bin ich selten gewesen. Ich wußte, die Leute in dem Viertel sind wahre Christen vor dem Herrn, und so konnte ich mir auch in einem nahen Friseurgeschäft die Haare schneiden lassen, ohne zu fürchten, daß die Jacke den Besitzer wechselt.

An diesem Abend erreichte ich das Asyl De Nuit rechtzeitig. Ein Herbergsvater mit dem Gehabe eines altgedienten Polizisten nahm mich in Empfang. Das Haus mit seinen langen Korridoren, vergitterten Fenstern und kahlen Zellen glich einem Zuchthaus, weil es sicherlich einmal eines war. Für die Nacht wurde ich gleich in eine dieser Zellen eingesperrt. In dem zwei auf drei Meter großen Raum stand als einziges Möbelstück ein Feldbett. Der Fußboden war blanker Zement, die Wände gekalkt. Durch ein winziges, vergittertes Fenster in unerreichbarer Höhe stahl sich noch eine Handvoll Tageslicht herein. Ob noch andere Kumpels hier übernachteten? Ich sah niemanden und hörte auch keine Geräusche, die darauf hindeuteten. Es herrschte überhaupt in diesem Haus vollkommene Stille. Noch nicht einmal Flöhe oder Wanzen störten die himmlische Ruhe meiner Zelle, so daß sich mein Schlafbedürfnis ohne Störung entfalten konnte. Mein Verwahrer schloß Punkt sechs Uhr laut mit allen Schlüsseln rasselnd die Tür auf. Er sprach kein Wort, aber ich verstand ihn gut: aufstehen, waschen, anziehen, verschwinden. Mit Polizeiblick überwachte er mein Leveè.

Gut ausgeruht verabschiedete ich mich von einem im Glanz der Morgensonne erstrahlenden Marseilles.

Mein Weg führte mich Richtung Lyon. Vergeblich versuchte ich, tagsüber per Anhalter weiterzukommen. Erst am Abend hatte ich Glück. Ein Autofahrer bremste auf meiner Höhe, stieg aus, öffnete mir die Wagentür und lud mich freundlich zur Mitfahrt ein. Als der Mann den Schlag öffnete, trat ich einen Schritt zurück, strauchelte über ein Brett, verlor den Halt unter den Füßen, fiel und sank o Schreck bis zu den Hüften in eine Jauchegrube. Der höfliche Herr stieg wieder in seinen Wagen, zuckte mit den Achseln, als wollte er sagen: "Pech gehabt, mein Lieber!“ und startete davon. Ich kroch wie ein Stinktier aus der dicken Soße und hatte viel Arbeit, um das üble Parfüm aus meinen Kleidern zu vertreiben. Dann hob ich die von der Witterung gebleichte Tür des Schweinestalles neben der Jauchegrube aus den Angeln, schob sie in den leeren Stall und verbrachte auf ihr allem zum Trotz doch eine angenehme Nacht.

Mein Hunger nach Abenteuer schien ziemlich gesättigt, denn jetzt erwachte mit Macht das Bedürfnis, möglichst schnell wieder in die kleinbürgerliche Ordnung des heimischen Herdes zurückzukehren. Da eine Fahrt mit dem Zug wegen des niedrigen Pegelstandes meiner Barmittel nicht in Betracht kam, stand und lag ich nur noch am Rand der großen Fernstraßen und lauerte den Autos auf wie ein Wegelagerer.

Ich hatte noch 250 km bis Lyon, als ein Lastwagen wegen der Steigung der Straße so langsam an mir vorbeifuhr, daß es mir gelang aufzuspringen. Er hatte Kisten geladen, die bis zum Wagenrand sauber über– und nebeneinander geschichtet waren, während sich in der Mitte der Ladefläche von der Bordkante an eine hohe Mauer aus zwei oder drei Reihen Säcken auftürmte. Die

Säcke verbreiteten einen widerlichen Gestank, kein Wunder, denn ihr Inhalt bestand aus oberflächlich entbeinten Knochen, Hörnern und Viehklauen und noch einigen anderen Dingen, deren Substanz ich nicht entziffern konnte. Das ganze hatte man mit einer Plane überdacht, die an den Bordseiten festgezurrt war. Neben den Säcken blieb soviel Platz, daß ich mich gerade halb sitzend, halb liegend hinkauern konnte. Als blinder Passagier zahlt man nicht nur mit der Angst vor Entdeckung, sondern noch dazu wie hier mit den Unbequemlichkeiten, die man in Kauf nehmen muß. In einem hart gefederten Lastwagen über eine Straße voller Schlaglöcher zu fahren ist sowieso kein Vergnügen. Die Kisten, auf denen ich mich aufhielt, veränderten bei jeder Unebenheit des Bodens ihre Lage zueinander. Manchmal klafften sie auseinander, dann wieder schoben sie sich schnell zusammen. Die Momente, da die " Beißzange" sich unter mir schloß, konnte ich natürlich nie absehen, so daß ich immer wieder am Hinterteil und Rücken gepickt und gezwickt wurde.

Hätte ein Menschenhirn diese Tortur fein ausgeklügelt, so wäre ihm ein Stück vollendeter Grausamkeit gelungen.

Mich aber quälten schuldlose Kisten, die ja nur auf die Stöße der Achsen reagierten. Ich wollte nach Hause, und deshalb ertrug ich alle Qual mit Geduld.

Viele Stunden strichen vorüber, aber jede einzelne Minute wollte durchlitten sein. Trotz aller Geschicklichkeit kam ich gegen die Tücke des Objektes nicht an.

Um Mitternacht zog ein Gewitter auf. Es wurde drückend schwül unter der Plane. Regenschauer prasselten dagegen. Nun stank das Zeug in den Säcken noch viel schlimmer. Mir war, als ob die Luft zu einem dicken, widerwärtigen Brei geronnen wäre, den aufzunehmen sich meine Lunge weigerte. Meine Brust war wie zugeschnürt. Bei der totalen Finsternis, die herrschte, konnte ich nirgends ein Loch in der Plane finden, um wenigstens ein bißchen frische Luft zu schnappen. Ich fürchtete allen Ernstes zu ersticken und mußte deshalb versuchen, den "Käfig" zu durchbrechen, koste es, was es wolle. Mir blieb nur eine Möglichkeit, nämlich die, mich auf dem schmalen Gang zwischen den Knochensäcken links von mir, dem Rand des Fahrzeugs rechts und der schräg sich darüberspannenden Plane über mir bis zum Führerhaus vorzuarbeiten und denen da vorne, die so ahnungslos in ihren Polstern saßen, zu entdecken, was sie da zusätzlich geladen hatten. Vielleicht würden sie mich gleich auf die Straße werfen oder sie würden mir die letzten Moneten abknöpfen, unter Umständen würde ich aber auch auf Menschen mit Sinn und Vernunft treffen.

Mit großer Mühe kroch ich nach vorne, denn der Wagen wurde auf der unebenen Straße hin– und hergerüttelt. Ich verhedderte mich in den Schnüren der Plane und hatte meine Not mit den Kisten, die sich unter mir hin– und herschoben. Da ich aber zunehmend unter Atemnot litt und mein Bewußtsein sich mehr und mehr eintrübte, verlor ich alle Furcht. Nur heraus aus dieser qualvollen, stickigen Enge! Dieser Gedanke füllte mich so aus, daß für keine andere Regung Platz blieb. Wie ich es im einzelnen schaffte zuerst durch den Anhänger zu turnen, dann über die stoßweise rüttelnde Kupplung zu klettern, um bis zu Fahrer und Beifahrer vorzudringen, habe ich vergessen. Ich weiß noch, daß ich auf der Kupplungsstange fürchtete, das Gleichgewicht zu verlieren und abzurutschen. Um mich bemerkbar zu machen, hämmerte ich mit den Fäusten gegen das Führerhaus. Als die beiden Männer drinnen nicht schnell genug reagierten, trat ich mit den Füßen dagegen. Der Fahrer bremste scharf und brachte sein Fahrzeug am Straßenrand zum stehen. Dann zogen mich die beiden Männer unter der Plane hervor. Es war dieses Mal wohl gut, daß ich kein Französisch verstand. Nachdem nämlich die beiden zuerst einmal vor fassungslosem Staunen anscheinend die Sprache verloren hatten und mich nur ungläubig anstarrten, brach ein solcher Redeschwalldonner los, daß ich Schlimmes befürchten mußte. Nach einiger Zeit legte sich die Erregung der Zwei. Da sie ihr Pulver verschossen hatten, schrieen sie nicht mehr mit mir, sondern verhandelten in ruhigem Ton miteinander, um sich klar zu werden, was sie mit mir anfangen sollten. Jetzt erst schaute ich mir ihre Gesichter an und stellte fest, daß ihre biederen Züge mich beruhigten. Sie nahmen mich dann auch zu sich in die Kabine, und ich durfte zwischen ihnen Platz nehmen. Ihr Schreck hatte sich gelegt, und nun entpuppten sie sich als das, was sie waren: nette, hilfsbereite Lastwagenkapitäne. Eine Stunde später legten sie eine Rast ein, stellten ihren Lastzug vor einer Gastwirtschaft ab und luden mich zum Essen ein.

Meine Atembeschwerden waren durch den Aufenthalt in der frischen Luft schnell verschwunden, und ich konnte gar nicht mehr begreifen, daß ein bißchen Verwesungsgestank mir so zusetzen konnte.

In einer Vorstadtstraße Lyons trennte ich mich von meinen Befreiern aus Atemnot und bewahrte ihnen ein dankbares Angedenken.

Bei meinem Einzug in Speyer begrüßten mich weder der Oberbürgermeister, noch die Stadtkapelle, was ich natürlich auch gar nicht erwarten konnte, aber in der Lokalpresse erschien ein kleiner Artikel über mein ungewöhnliches Ferienunternehmen, der meinen Ehrgeiz völlig befriedigte. Leider ist mir der Zeitungsausschnitt verlorengegangen.

12

Der Schulalltag forderte wieder seine Rechte. Ich vergrub mich in meine Arbeit. An Ostern 1934 erhielt ich das Reifezeugnis der Lehrerbildungsanstalt. Von nun an führte ich für vier Jahre den Titel Schulamtsbewerber, das heißt, ich mußte mich noch bis zum Staatsexamen durch von der Regierung ausgewählte und beauftragte Lehrer weiterbilden lassen, hatte aber schon die Chance, eine Klasse zu führen, wenn ein älterer Kollege erkrankt war.

Im Zeugnis hatte der von mir sehr verehrte Direktor eine abschließende Charakterisierung meiner Person verfaßt, die so prägnante psychologische Treffsicherheit bewies, daß ich sie nicht vorenthalten möchte. Sie lautete: "Seiner im Grunde freundlichen Art widerstritt mitunter Eigenwilligkeit, die ihn nicht durchweg zum vollen Erfolg der aufgewendeten Arbeit kommen ließ."

Den vorstehenden Satz kann ich ohne Abstrich und Zutat über all das setzen, was ich bisher in Sachen Malerei, Musik und Volksbildung getan habe. Eigenwilligkeit übersetzt in Kompromißlosigkeit, Eingleisigkeit, Eigensinn, Sturheit, auch Rechthaberei haben oft meine Person so stachelig, querköpfig, hart und unbequem erscheinen lassen, daß meine tiefere Menschenfreundlichkeit meiner Umwelt verschlossen bleiben mußte.

Noch einige Notenkuriosa aus dem Zeugnis: Religionslehre, Englische Sprache, Mathematik, Physik und Chemie hervorragend; Zeichnen und Orgel entsprechend;

Harmonielehre mit Musikkunde noch genügend. Wozu ich vielleicht zu größeren Hoffnungen befähigt gewesen wäre, das habe ich in meinem späteren Leben brach liegen lassen, während ich mich der Malerei und der Musik unaufhörlich schon über dreißig Jahre lang mit großem Fleiß gewidmet habe.

Als Lehrer sollte man sich halt doch hüten, seinen Schülern Prognosen mit auf den Lebensweg zu geben.

Unser Schulabschluß wurde, wie es damals üblich war, gebührend gefeiert. Wir trugen dunkle Anzüge, Couleurband quer über der Brust, weiße Mützen mit violett–weiß–violettem Rand und veranstalteten Bierabende sine fine.

Der Bierdunst verrauschte, die Feierlichkeiten erloschen. Um mein Hirn auszulüften, fuhr ich in den darauffolgenden Osterferien mit dem Fahrrad nach Münnerstadt zu den Patres Sancti Augustini. Sie nahmen mich freundlich auf und boten gastlich Unterkunft und Verpflegung. Ich durfte sogar mit ihnen an der gemeinsamen Tafel im Refektorium speisen.

Denkwürdig blieb mir die Fahrt, weil mit ihr eine Liebesromanze anhob, die mein Inneres in flammenden Brand setzte.

Nach Aschaffenburg in einem kleinen Dörfchen quälte mich der Durst. Es war Ende März und "Märzenstaub bringt Gras und Laub". Mir trocknete er, wie gesagt, die Kehle aus. An einem Häuschen mit einem schmalen Gärtchen hielt ich an, öffnete die Lattentür des Vorgartens, ging um eine Ecke an einem dichten Busch vorüber und stand auf einmal vor einer Dame meines Alters. Sie war hübsch, blond, ordentlich gescheitelt und einige Zentimeter höher gewachsen als ich. Mein Sprüchlein vom Märzendurst und einem Glas Wasser dagegen quittierte sie mit der Bemerkung: "Aber ja, wir sind doch Kollegen.“ Diese wenigen Worte schon setzten in mir das bekannte prickelnde Gefühl frei, womit sich die Narrheit der Liebe anzeigt. Daß ich Lehrer war wie sie Lehrerin, erkannte sie an den Farben meines sogenannten Bierzipfels, der an meiner Taschenuhr befestigt war und über meiner Westentasche baumelte. Für den Rückweg vereinbarten wir ein Stelldichein bei Kaffee und Kuchen. Vier Wochen später sah mich das Spessartdorf schon wieder.

Wir Schulamtsbewerber hatten einen sechs Monate dauernden Arbeitsdienst zu absolvieren, bevor uns der Staat als Lehramtskandidaten übernahm. Ich hätte leicht in ein Lager in Heimatnähe einrücken können, aber es zog mich in die Weite wie bisher. Für die Fahrt nach Pommern brauchte ich zehn Tage. Ich hatte die Einberufung zu einer Arbeitsdiensteinheit in Stolpmünde an der Ostsee in der Tasche.

In Aschaffenburg traf ich für einige Stunden die geliebte Lehrerin. Angereichert mit Liebesglück zog ich weiter, und da ich meiner Sache sicher schien, strampelte ich frohen Mutes der Ostsee entgegen. Von dort aus schrieb ich dann traurig–sehnsüchtige Briefe, erhielt jedoch Antworten, die viel gedämpfter und kühler klangen. Wenn ein Hahn vor Liebeslust kräht, schließt er bekanntlich die Augen. Wie sich nach einiger Zeit herausstellte, war die Urteilsfähigkeit meiner Wahrnehmungen getrübt gewesen.

Den Arbeitsdienst für die deutsche Jugend hatten die Nationalsozialisten erfunden. Noch trug er den Namen einer freiwilligen Verpflichtung, aber er war einer jener freiwilligen Leistungen der Untertanen des NS-

Staates, deren Verweigerung nicht ohne persönlichen Nachteil blieb.

Stolpmünde präsentierte sich als ein reizendes kleines Städtchen, halb Fischerdorf, halb Badeort. In der Badesaison tummelten sich hier besonders viele Berliner.

Meine Arbeitsdiensteinheit bestand aus ungefähr zwanzig Männern meines Alters und der verschiedensten Berufe. Ich war der einzige mit einer sogenannten höheren Schulbildung, was mir das Leben in diesem Haufen nicht erleichterte, sondern erschwerte.

Wir hausten in einem engen Kellerraum einer Schule. Zehn doppelstöckige Holzpritschen reihten die Wände. In der Mitte war ein kleiner quadratischer Platz für einen Tisch und mehrere Stühle. Es ging sehr militärisch und preußisch–pünktlich zu. Oft wurden unsere Spinde auf die richtige Ordnung überprüft, ebenso schaute man streng darauf, daß wir unsere Kleider und uns selber immer peinlich genau reinigten. Besonderen Wert legten unsere Ausbilder auf einen exakten Bettenbau in der Frühe. Wir hatten blauweiß karierte Überzüge, und derjenige, der es nicht fertigbrachte, eine Breite von genau 29 Karos hinzulegen oder das Bett nicht so glatt wie ein Brett gestrichen hatte, der mußte dann abends nach Dienstschluß sich so lange im Bettenbau üben, bis der Truppführer zufrieden war. Es gab natürlich noch viel mehr Spielregeln, denen man sich auch ziemlich ängstlich unterwarf, denn wer nicht spurte, für den erfand man zusätzliche Aufgaben oder ließ ihn während der Freizeit einfach nicht zum Bau hinaus.

Im abgeschabten Drillichanzug und unserem Symbol der Arbeit, dem geschulterten Spaten, marschierten wir täglich zum Strand. Die Saison stand vor der Tür, denn es war Anfang Mai. Auf den Wegen und vor den Badehäuschen hatten die Winterstürme den Flugsand zu hohen Haufen zusammengeweht. Wir schaufelten und schippten, harkten und kehrten die letzten Sandkörner zusammen, so daß die Strandanlagen bald in überirdischer Sauberkeit prangten. Die Arbeit fiel mir nicht leicht, denn ich war sie nicht gewohnt. Schließlich hatte ich ja erst die runde Strecke von tausend Fahrradkilometern hinter mir. Schlimmer als alle Anstrengung der Arbeit quälte mich ein unaufhörliches Sodbrennen. Es wurde um so unerträglicher, je länger ich arbeitete. Wahrscheinlich vertrug ich das sauere, schwarze Kommißbrot nicht, das an der Arbeitsstelle mit feinem Sand eingestäubt war. Wenn ich besonders starke Schmerzen hatte, besorgte ich mir nach Dienstschluß Milch in einem Bauernhof. Das half ein wenig. Und natürlich regte sich das Heimweh immer. Das Leben im Kreise der rüden Arbeitsdienstgenossen beschwerte zusätzlich meine Gemütslage. Eine kraftvolle Ausdrucksweise entsprach meiner derb bäuerlichen Art, und ich bin auch nie mit meiner Sprache zimperlich umgesprungen, aber was ich in Stolpmünde und auch später noch an groben, unflätig rohen, abscheulichen und viehischen Redensarten und Äußerungen tagtäglich erlebte, ging mir einfach über die Hutschnur. Man mußte nicht gerade aus einer auf Sittenstrenge bedachten Erziehung stammen, um unter diesem niedrigen Niveau zu leiden. Da ich keinen Gleichgesinnten entdeckte, sonderte ich mich immer mehr ab und ging meine eigenen Wege.

Die Sonne lachte wochenlang vom ungetrübten Himmel, der Badebetrieb kam in Schwung, auf der Promenade spazierten vornehm gekleidete Menschen, das

Kurorchester spielte alltäglich, und Tanzveranstaltungen beschwingten die Abende, doch ich blieb allein und fühlte mich verlassen.

Nach einigen Wochen schloß man aus Mangel an Arbeit das Lager in Stolpmünde. Wir wurden nach Krolowstrand verlegt, an den Rand der Wanderdünen und nur zwölf Kilometer von Stolpmünde entfernt. Eine ziemlich große Holzbaracke beherbergte sechzig Mann. Sie lag mitten in einer reizvollen Landschaft. Seewärts türmte sich die Hügelkette der Wanderdünen, landwärts breiteten sich riesige Getreideäcker, Kartoffel– und Rübenfelder aus. Üppige Waldstücke, Heideflächen und düstere Moortümpel belebten immer wieder den Blick und spannten den wogenden Rhythmus bis zum Horizont. Den würzigen Duft der Wälder um Krolowstrand habe ich nie wieder erlebt. Ich würde die Gegend mit geschlossenen Augen an ihrem balsamischen Hauch wiedererkennen.

Andere Menschen wie die des Lagers traf man selten. Mich störte es wenig, daß es keine Siedlung, kein Dorf, kein Wirtshaus in weiter Runde gab. Weit weg von uns stießen die schmalen Pfade und sandigen Wege auf eine Fahrstraße, aber man konnte sie nicht mit einer unserer Landstraßen vergleichen. Sie glich einem besseren Feldweg, gerade gut genug für Bauernwagen und Droschken.

Jeden Sonntag besuchte ich in Stolp den Gottesdienst. Nach der Plackerei der Werktage sehnte ich ihn geradezu herbei. Und doch wurde es nie ein Vergnügen im üblichen Sinn. Meine Vorgesetzten taten alles, um mir den Gang zur Kirche zu verleiden. Die Arbeitslager waren Parteieinrichtungen, und die Partei sah in den christli-

1995

J. Iden

1995

J. Iven

chen Kirchen gefährliche Gegner des Regimes. Doch fühlte sich das System nicht stark genug, um den offenen Kampf zu wagen. Aber man schikanierte und schüchterte ein, wo immer dazu sich Gelegenheit bot. Obwohl die Sonntage keine Arbeitstage waren, mußte ich doch regelmäßig vorher ein schriftliches Gesuch vorlegen, damit ich sonntags früh um sieben Uhr wegfahren konnte. Wenn ich auf der Schreibstube erschien, wurde ich mit Hohn und Spott übergossen und noch einmal, wenn ich dann zwei Tage später meinen Urlaubsschein abholte. Montags auf der Arbeitsstelle ging's im selben Ton auf breiter Front weiter. Ich gewöhnte mich an vieles, doch die Sticheleien über den "fromm verzuckerten, katholischen Jüngling" haben mich immer empfindlich verletzt. Als einziger Katholik im Lager wurde ich ohnehin wie ein seltenes Tier behandelt, von dem keiner recht wußte, ob es zahm oder wild war. Von den evangelischen Kameraden fühlte niemand je ein Bedürfnis nach sonntäglich geistlicher Muße. Sie schliefen bis weit in den Tag hinein, dann schwärmten sie aus, um sich zu verlustieren.

Oft liegt das Nützliche neben dem Guten. Nach dem Gottesdienst in Stolp traf ich unerwartet eine Landsmännin aus Pirmasens. Ich freute mich, als ob ich auf dem Mond auf einen Menschen gestoßen wäre. Wir freundeten uns an und seufzten die Sonntage gemeinsam wegen der fernen Heimat und weil uns dort doch einiges lieber war.

In ihrem Arbeitsdienstlager unweit von Stolp fand ich noch einige andere nette Mädchen, die immer dafür sorgten, daß ich nicht mit leerem Magen nach Hause fahren mußte. Wenn ich sonntags in aller Herrgottsfrühe mein Fahrrad aus dem Holzschuppen holte, war aller

Mißmut, den die Werktage zusammengehäuft hatten, wie weggeblasen.

Unsere Arbeit in Krolowstrand lebte vom Sand. Das klingt ein bißchen merkwürdig, weil es in unserer Gegend kaum vorstellbar ist, daß ganze Berge vom Wind versetzt werden. Doch hier war es so, daß der Wind riesige Sandmassen vor sich her trieb und eine kleine Sahara zusammenwehte, die unaufhörlich ihre Form und Marschrichtung änderte. Wälder wurden zugeschüttet und nach Jahren wieder freigesetzt. Gespenstisch ragten dann die entlaubten und verdorrten Wipfel in den glasklaren Himmel. Eine solch bizarre Landschaft entseelter Baumriesen war gleich neben unserem Lager entstanden. Wir tauften den Geisterhain Argonnerwald. Jeden Tag schälte die Hälfte unserer Mannschaft Moos und Farne vom Waldboden, während die andere Hälfte versuchte, diese Hobelspäne des Waldes in eng beieinander liegende Reihen in die Sandhügel einzupflanzen. Die im Wald Arbeitenden betrieben nebenher eine muntere Jagd auf Kreuzottern. Wer eine Kreuzotter ablieferte, bekam eine Reichsmark als Belohnung. Soweit ich mich entsinne, wurde nie einer unserer Männer von diesen giftigen Schlangen gebissen. Die meisten waren so geschickt, daß sie die Tiere mit den bloßen Händen fingen, indem sie die Ottern mit Daumen und Zeigefinger unmittelbar hinter dem Kopf faßten. Es gab allerdings ein strenges Gebot, außerhalb des Lagers nichts anderes als Schaftstiefel zu tragen.

Mitte Juli sagte ich Pommern ade. Mich zog es an den äußersten Zipfel im Osten des Reiches, nach Ostpreußen. Dort, einige Kilometer von der litauischen und polnischen Grenze entfernt, brauchte man Arbeitsmänner. Da ich mich an Krolowstrand sattgesehen und sattgelebt hatte, dürstete ich nach Veränderung und meldete mich freiwillig.

Meine paar Kleinigkeiten packte ich in den Tornister, schnallte ihn auf den Gepäckträger meines Fahrrades und steuerte Ostpreußen zu. Frei, ungebunden und herrlich erleichtert habe ich mich auf dieser Fahrt gefühlt. Goldene Ährenfelder, sattgrüne Weiden, dunkle Wälder, spiegelnde Seen, langgestreckte Hügel mit leuchtenden Dächern einsamer Höfe und leeren Straßen, deren Birken am Rande sich vor dem Wind neigten. Sommerpracht und Sommerlust, soweit das Auge reichte.

In Stettin beherbergte mich ein liebes, junges, kinderloses Paar, das mich von der Straße weg einlud. Die anderen Nächte verbrachte ich in Ställen, Scheunen, auf Stroh , im Heu und auf dem nackten Erdboden. Ich reiste durch das weite Land, als ob alle Natur meiner gelösten Fröhlichkeit zuwinkte. Bienen summten, Grillen zirpten, an den Waldrändern rief der Kuckuck, Singvögel zwitscherten, Gänse und Enten schnatterten auf den Teichen, und überall klapperten die Störche auf den unzähligen Nestern. Bei diesen Vögeln mußte damals Wohnungsnot geherrscht haben. Sie hatten ihre Nester nicht nur auf den Kaminen der Dächer, sondern ebenso auf Telefonstangen, Mauerruinen und Torpfeilern gebaut. Manche nisteten so niedrig, daß man ihre Behausung hätte mit den Händen greifen können. Schwalben umkreisten mich in hellen Scharen, und abends strich die Eule mit lautlosen Flügelschlägen durch die Dämmerung.

Mein Ziel war das Arbeitsdienstlager bei dem kleinen Dorf Melkehmen. Weil es mehr Arbeitsdienstmänner als Dorfeinwohner gab, beherrschte unser Lager die dörfliche Szene vollständig. Wir hatten fünf große Holzbaracken, die im Geviert angelegt waren, so daß in der Mitte ein großer rechteckiger Platz blieb, wo unsere Appelle und Exerzierübungen stattfanden. Die Leute von Melkehmen lebten zumeist in ärmlichen Lehmhütten, die sich um einen stattlichen Herrensitz scharten. Der Gutsherr, ein Graf, war der ungekrönte Herrscher des Dorfes. Er gab Arbeit und Brot und regelte die Lebensverhältnisse seiner Untertanen. Von welcher Art er war, kann ich nicht sagen, ich habe ihn nur aus sehr großer Entfernung gesehen. Seine Macht reichte bis in die Baracken des Lagers. Eines Morgens – es ging schon in den August hinein und die Ernte begann – ließ der Arbeitsdienstführer beim Morgenappell alle diejenigen Leute zwei Schritte vor die Front treten, die mit Hacke, Gabel, Sense, Dreschmaschine oder Pferden umzugehen verstünden. Nach einer kurzen Selbstprüfung stand ich ebenfalls bei dem angesprochenen Haufen. Es mögen 25 Mann gewesen sein. Ich hoffte, an eine interessante Arbeit zu kommen, denn der Wegebau, an dem ich bisher gearbeitet hatte, erschien mir schon nach kurzer Zeit eintönig und langweilig. So hoffte ich auf Wechsel und Abwechselung.

In den Baracken erzählte man sich überdies, daß die Zusatzverpflegung auf dem Gutshof nicht zu verachten sei. Trotz meiner frühen kindlichen Liebe für bäuerliche Beschäftigung, hatte ich doch von diesem Handwerk keine blasse Ahnung. Ich entging jedoch den kritischen Beanstandungen des Gutsinspektors, weil ich rasch begriff und mit Eifer bei der Sache war. Schließlich braucht man nicht hexen zu können, um mit den langen Gabeln die Garben auf den Erntewagen zu stemmen oder hinter der Dreschmaschine das Stroh wegzuräumen. Auch dann hat keiner nach meiner landwirtschaftlichen Vorbildung gefragt, als ich hoch zu Roß mit vier Pferden vorm Wagen auf den Acker trabte. Wenn das Gutsglöcklein den Feierabend verkündete, begann der erquickendste Teil des Dienstes. Wir wuschen am langgestreckten Brunnentrog auf dem Hof unsere staubigen Gesichter und schmutzigen Hände und eilten ins Herrenhaus. Die Haus– und Küchenmädchen hatten schon den Tisch gerichtet, während die junge Gräfin uns beim Essen bediente. Es gab Brot, Wurst, Butter, Milch und alles so reichlich, daß jeder satt wurde. Unsere Herzen schlugen höher. Trotz der verschlissenen Drillichanzüge und derben, rindsledernen Knobelbecher fühlten wir uns wie Gäste an höfischer Tafel. Das waren die köstlichsten Minuten des Tages. Ihr Glanz erlosch, wenn sich das eiserne Lagertor hinter uns schloß.

Die Werktage ließen wenig Raum zur Besinnung. Dafür radelte ich, sobald der Sonntag am Himmel stand, nach Stallupönen oder Insterburg, um bei der Messe Ruhe und ein Stück Heimat wiederzugewinnen. Auch hier in Melkehmen stand ich mit meinen sonntäglichen Bedürfnissen allein. Allein zog es mich auch an den Sonntagnachmittagen hinaus zu See und Hügel und den dunklen Tannen des Waldes. Von irgendwoher drangen dann schwermütige, langgezogene und fremde Weisen an mein Ohr, was die Sehnsucht in mir weckte. Meine Kameraden saßen derweil im einzigen Gasthaus des Ortes, spielten Karten, wetteiferten im Genuß von Bärenfang und liebkosten Marieelchen nach Strich und Faden.

Der Oktober kam düster und schwer. Mit klammen Fingern zogen wir auf den unendlichen Feldern Rüben aus dem lehmigen Boden, um mit einem schweren Hackmesser das Blattwerk abzutrennen. Feiner Nieselregen durchnäßte uns bis auf die Haut.

Als ich in den letzten Oktobertagen meine Vaterstadt Speyer wiedersah, brauchte ich einige Wochen, um mich zwischen Steinen und Asphalt wieder zurechtzufinden.

Das Jahr endete, indem ich sechs Wochen lang meinen Einstand als Lehrer in Dörrenbach durchprobieren durfte. In meiner Klasse waren alle Jahrgänge versammelt, von den ABC–Schützen bis zu den Volksschulabschlußkläßlern. Ich fühlte mich nicht sehr glücklich, wenn ich pünktlich um acht Uhr diesem Haufen unterschiedlicher Temperamente, Erziehung und Begabung gegenübertrat, aber die überschaubaren Verhältnisse in diesem kleinen Dorf, die direkte Berührung mit den einfach geprägten Menschen der ländlichen Arbeitswelt schufen doch einen Teil jener vertrauten Atmosphäre, der ich während unserer Ferienaufenthalte in Göllheim begegnet war.

In mehreren Orten der Pfalz habe ich in den folgenden beiden Jahren meine praktischen Lehrerversuche fortgesetzt. Ich sammelte meine Anfangserfahrungen.

Als ich in Dudenhofen war, ging ich zum Vor– und Nachmittasgsunterricht zu Fuß, so konnte ich meine Gedanken für den Unterricht sammeln und danach die Nervenspannung langsam abreagieren. Einmal in der Woche, gewöhnlich am Mittwochnachmittag, kamen die Fortbildungsschüler. Das waren immer harte Stunden.

Obwohl ich zu meinem Beruf mit eher sanftem Zwang als freier Willensentscheidung gekommen war und ich auch stets Schwierigkeiten hatte, ihn von Herzen zu lieben, so hatte ich doch auch wieder den pflichtmäßigen Drang, ordentliche Arbeit zu leisten. Ich setzte all meine Kräfte ein, um denen, die vor mir saßen, Unterrichtung, Bildung und Erziehung zu vermitteln. In meiner ungestümen und direkten Art vergriff ich mich oft in der Wahl der richtigen Mittel und überspannte die Ziele. Vielleicht hatte ich zu wenig Geduld und maß nur mit eigenen Maßstäben, statt mich in die Seelenverhältnisse jener zu versetzen, die so unwillig zur Schule kamen wie ich selber.

Eines Abends nach dem Fortbildungsunterricht in Dudenhofen flogen am Ortsausgang Steine hinter mir her. Die Steine, die mich nicht trafen, haben mich auch nicht beirrt.

Die Zeppelinschule in Speyer ließ schon eher albdruckartige Empfindungen zurück. Welcher Methoden sich der erkrankte Lehrer, den ich vertrat, bediente, habe ich nicht erfahren, aber ich merkte, daß alles, was ich sagte und tat, wenig fruchtete. Die resistente Dickhäutigkeit dieser Bubenklasse brachte mich fast zur Verzweiflung. Die Zeppelinschule hinterließ so viel Abscheu in mir, daß ich siebenundzwanzig Jahre später, als mich meine pädagogischen Füße wieder nach Speyer trugen, alles tat, um jener Schule zu entgehen.

Eine wertvolle Einsicht jedoch gewann ich während meiner Lehrzeit. Ein Hausmeister, das ging mir auf, ist nicht der Fußabstreifer seiner Schule, sondern ihr Fürst und Herr. Meist unterschätzt man die allgegenwärtige Macht dieser Leute. In jener Zeit hatten wir da einen ziemlich häßlichen Nazi, der es erfolgreich verstand, einem frischgebackenen Schulamtsbewerber zu zeigen, wer der Herr im Hause ist. Weil ich dachte, daß ich als Lehrer in der hierarchischen Ordnung der Schule über dem Hausmeister stünde, legte ich mich mit ihm an. Er hat's mir dreifach zurückgezahlt. Ich lernte zwar diese Kategorie von Menschen nicht fürchten, aber ich sorgte von nun an dafür, daß ihr Rollenverständnis an mir vorbeilief. Je öfter ich Schulhäuser wechselte, je mehr versuchte ich den gütlichen Ausgleich mit den Hausmeistern. Ich hielt meine Weste sauber, achtete auf Abstand und war doch stets zuvorkommend freundlich, soweit es irgendwie ging.

Aus meiner Zweibrücker Sechswochenzeit sind mir noch drei Dinge deutlich: Ich fing an, französisch zu lernen, ich wanderte oft zu meinem Schulfreund nach Blieskastel und als drittes erlebte ich ein spannungsreiches Verhältnis zur Familie meines Zimmerwirtes, weil ich die Tochter, ein pausbackiges, naives Schoßhündchen, partout ignorierte. Eindrücke meiner dortigen Schultätigkeit blieben nicht haften. Zweibrücken wurde damals von einem Stern überglänzt, der kurz zuvor an meinem Himmel der Liebe erschienen war.

Noch aber muß ich schildern, wie der andere Stern, der über dem Spessart leuchtete, sein Licht verlor und erlosch.

Die Zuneigung zu dieser Lehrerin, deren weibliches Ränkespiel mich oft verwirrte, glich einem lecken Kahn auf hoher See. Er war den Elementen der Natur nicht gewachsen und mußte sinken.

Das Jahr 1935 war gerade acht Stunden alt, da schwang ich mich auf mein Fahrrad, um meinen Freund Hermann Bößer zu besuchen, der in Amberg Soldat war. Auf der Rückfahrt wollte ich mich mit H.H. an einem Samstag auf der Mainbrücke zu Aschaffenburg treffen.

Mit dem Fahrrad mitten im Winter von Speyer in die Oberpfalz zu fahren, erscheint als eine rechte Narrheit, und im Grunde war es auch eine, aber was kümmerte mich schon damals das spießbürgerliche Urteil der Mittelmäßigen. Meine junge Kraft strotzte und verlangte nach Strapazen. Zudem war ich ja nicht nur jung, sondern auch sehr verliebt, ein Grund mehr, alle Grenzen zu sprengen.

Mir lag viel an der Freundschaft mit Bößer, aber es ist doch sehr fraglich, ob ich seinetwegen diese Fahrt mitten im Winter bei Temperaturen von drei oder vier Grad unter Null unternommen hätte. Bis Amberg hielt wenigstens der Himmel dicht, und ich hatte nur gegen die Kälte anzukämpfen. Auch bei kleineren Steigungen, die ich leicht hätte nehmen können ohne abzusteigen, ging ich zu Fuß und schob mein Rad, weil ich fürchtete, die Zehen zu erfrieren. Gasthäuser mußte ich meiden, mein Geld reichte gerade für billige Übernachtungen in Jugendherbergen. Vielmehr als trockenes Brot konnte ich mir nicht leisten.

Bößer war sehr überrascht, als er mich sah, denn ich hatte ihn nicht benachrichtigt. Wir hatten beide große Freude, uns wiederzusehen, und an diesem Abend am Tisch seiner Mannschaftsstube, wo ich mich mit heißem, schwarzem Kaffee aufwärmte, ahnte keiner von uns, daß es das letzte Mal sein sollte. Ein Jahr später versuchte Bößer noch einmal, mich in Jockgrim zu treffen, doch da ich ebensowenig mit ihm rechnete wie er damals in Amberg mit mir, war ich leider nicht zu Hause. Er ist während des Krieges als Soldat bei einem Bombenangriff in Frankreich ums Leben gekommen.

Kaum hatte ich am nächsten Morgen Amberg verlassen, um mich in Richtung Spessart zu bewegen – die Erinnerung an die fröhlichen Stunden mit Bößer beseelte mich noch und die Vorfreude, Liebchen entgegenzueilen, beflügelten meine Pedale – da fing es an zu schneien. Zuerst tupften mir nur hin und wieder Schneeflocken ins Gesicht, und ich hoffte, daß das Wetter sich besserte, doch dann geriet ich in dichtes Schneetreiben, das den ganzen Tag über nicht nachließ. In den Tallagen hatte ich Matsch, auf den Höhen dagegen eine dicke Schneedecke, so daß die Reifen nicht mehr bis zum Straßenbelag durchgriffen. Ich lag mehr im Schnee als ich im Sattel saß. Nach und nach drang das Schneewasser durch Windjacke, Pullover und Hemd bis auf die Haut. Ich fror entsetzlich und wagte nicht, einen Augenblick stehen zu bleiben aus Angst vor Erfrierungen. Zwölf Stunden lang kämpfte ich verbissen gegen Kälte und Nässe. Ohne Rast, ohne mir auch nur eine Minute zu gönnen, zog ich weiter. Am schlimmsten erging es meinen Füßen. Der von den Rädern hochgewirbelte, tauende Schnee hatte die Schuhe mit eisigem Wasser gefüllt. Um 17 Uhr wurde es Nacht und bald stockdunkel. Niemand war mehr auf der Straße zu sehen. Endlich erreichte ich Kitzingen. An der Hauptstraße lag die Herberge der Handwerksgesellen. Die rauhen Brüder nahmen sich liebevoll meiner an. So wie ich aussah, mußte ich wohl Mitleid erregt haben. Da ich noch nicht einmal mehr die Kraft hatte, mich meiner nassen Klamotten zu entledigen, war ich für jede Hilfe sehr dankbar. Ich zog die trockenen Lumpen an, die man mir von allen Seiten bereitwillig zur Verfügung stellte. Wo Not ist, da wächst auch von irgendwoher die Kraft zu ihrer Überwindung.

Am nächsten Tag stand ich zur vereinbarten Zeit auf der Mainbrücke in Aschaffenburg. Ich wartete Stunde um Stunde. Viele gingen vorüber, ich musterte alle schon von weiter Ferne und hoffte immer wieder, daß doch endlich eine Gestalt auftauchen würde, der ich freudig entgegenlaufen konnte, um zu sagen: "Wie gut, daß du da bist!“ Aber sie erschien nicht. Als es dämmerte, verlor ich die Geduld. Meine feuchten Kleider klebten mir kalt auf der Haut. Noch 120 Kilometer bis Speyer. Sie wurden mir sauerer denn je. Die Enttäuschung allein ermüdete schon!

Nach einigen Tagen erreichte mich ein Brief: "Entschuldige mich mein Lieber, daß ich dich habe vergeblich warten lassen, aber da war ein Fest, und die Gans, die man dafür auf dem Herd briet, hatte ich zu beaufsichtigen. Ich konnte mich dieser Pflicht nicht entziehen...“ Da stieg dann doch die bittere Galle in mir hoch, aber meine blinde Leidenschaft überwältigte bald wieder alles Mißtrauen. Ich schrieb wieder Brief auf Brief und versicherte die von mir Angehimmelte meiner ungeteilten Zuneigung. Die Antworten blieben nichtsdestoweniger verhalten kühl.

Im Sommer 1935 sieht mich der kleine Flecken Hof im Ostertal als Katechet. Ein trostloses Pflaster. Die Straße, die mich hineinführte, endete in einer Sackgasse. Auf Waldwegen konnte man das sechs Kilometer entfernte St. Wendel erreichen. Auf der Straße war es zu Fuß eine Tagesreise dahin. Die Männer arbeiteten in den Bergwerken des nahen Saargebietes. Sie sahen nur an Sonn– und Feiertagen ihre Familie. Die Frauen weideten ihre Bergmannskühe und besorgten die mageren Äcker. Das Dorf Hof hatte keinen Bürgermeister. Der saß in

Niederkirchen, denn er regierte alle sieben Gemeinden des Tales und führte den inoffiziellen Titel eines Königs des Ostertales. Wir hatten nicht viel miteinander zu tun, ich mußte mich bei ihm nur, wie es üblich war, vorstellen. Er hinterließ den Eindruck eines Stammesfürsten, der seine Machtfülle zu genießen weiß. Mein Religionsunterricht verteilte sich auf drei Gemeinden, die einige Kilometer auseinanderlagen. Ich konnte sie alle leicht zu Fuß erreichen. Da ich sozusagen nur mit einem halben Deputat beschäftigt war, erhielt ich ein Monatsentgelt von auch nur 90 RM. An Logis und Verpflegung hatte ich 60 RM aufzubringen. Ich war sparsam und benutzte auch an den Wochenenden zur Heimfahrt mein Fahrrad, so drückten mich keine Geldsorgen. Als Katechet galt ich bei den Kollegen, die eifrig die Geschäfte der Nationalsozialisten betrieben, als reaktionärer Katholik, den man tunlich mied; so führte ich ein ziemlich einsames Leben. An den Nachmittagen saß ich auf meinem Zimmer und studierte, doch mit Fachliteratur meines Berufes wollte ich nichts zu tun haben. Weite Märsche in die sanft hügelige und waldreiche Umgebung brachten etwas Abwechslung in den eintönigen Alltag. Zwischen Hof und dem Spessart, dem Ankerplatz meiner damaligen Sehnsüchte, lag die runde Wegstrecke von 250 Kilometern. Da die Samstage für mich dienstfrei waren, konnte ich es mir nicht versagen, einmal an einem Freitagnachmittag meinen Drahtesel zu besteigen, um H.H. wieder zu sehen. Kurz vor Worms, es dämmerte schon der Sommerabend, traf ich ganz zufällig an der Straße einen meiner Klassenkameraden aus dem Lehrerseminar. Wir unterhielten uns einige Minuten, dann fuhr ich weiter. Auch ihn verschlang dann der Krieg, und ich habe ihn nicht mehr wiedergesehen. In Worms auf der Rheinbrücke standen mehrere steinerne Bänke. Auf einer dieser Bänke schlief ich einige Zeit, weil ich sehr müde war. Aber da Sandsteinbänke keine sanften Ruhekissen sind, haben mich die Härte der Unterlage und wahrscheinlich auch die Kälte der Nacht aufgescheucht und weitergejagt. Um elf Uhr in der Frühe erreichte ich endlich die Wasserscheide des Spessart. Ich war am Ziel. Die Lehrerin H.H. kannte jeder in dem armseligen Spessartdorf, und es dauerte nicht lange, da stand ich auch schon vor ihrer Tür und malte mir in Gedanken die freudige Überraschung aus, die mir bevorstand.

Die Tür öffnete sich, und H.H. erschien auf der Schwelle, aber statt Empfangsjubel fiel nur der lakonische Satz: "Ach servus, du bist da?" Mir war's, als wäre ich mit eiskaltem Wasser geduscht worden. Um meiner Verärgerung Luft zu machen, dazu fühlte ich mich vermutlich zu sehr erschöpft. Ich beschränkte mich darauf, zu erklären, daß mir die 250 Kilometer auf dem Fahrrad einen Mordshunger erzeugt hätten. Nach vielem wenn und aber und nach quälend langer Zeit bekam ich dann wirklich etwas zu essen: Kartoffeln von vorgestern, Grießbrei vom letzten Nachtisch, Rosinen aus der Dose, Pudding von Nachbars Fritz und das Ganze garniert mit einem rohen Ei aus dem Gelege eines Dorfhuhnes. Bis dahin hatte ich mir wenig Gedanken gemacht über die emanzipatorischen Bestrebungen des Frauengeschlechts, noch über repressive Wirkungen der männlichen Gewalt, aber die Mahlzeit im Spessart, in einem Dorf, wo vor jedem Haus Misthaufen und Holzstoß um ihre Bedeutung miteinander wetteifern, dämmerte mir, daß das patriarchalische Zeitalter sich dem Ende zuneigte und am Horizont die Sonne der Geschlechtergleichheit einen neuen Tag erhellte. Wer Hunger hatte, der hatte auch kochen zu können und wer keinen hatte, der konnte auch ruhig die Kochkunst vernachlässigen. Der Mann am Werk, die Frau am Herd? Nichts mehr davon. Die Götter stürzen. Ganz so in eine reformatorische Zukunft hinein gingen meine Überlegungen noch nicht, zunächst hatte ich nur den gewissen Eindruck, daß der Fraß miserabel und meinem auf dem Tablett der Liebe dargebrachten Radfahropfer unangemessen war.

Ich kann nicht sagen, daß mir die Augen sehr schnell aufgingen. Sie waren so mit honigsüßen Vorurteilen verklebt, daß es noch einiger Anstöße bedurfte, um zum Kern der Wirklichkeit vorzustoßen.

Da war auch noch die Geschichte mit dem komischen Freundschaftsring, den sie am Finger trug. Sie beteuerte immer wieder, daß weder der Ring noch der Geber ihr etwas bedeuteten, aber sie trug ihn und streifte ihn nicht ab. War es Eifersucht, wenn ich mich darüber ärgerte? Sie sagte, daß es Eifersucht sei, und ich mußte mir auch immer wieder unter die Nase reiben lassen, daß dies alles von meinem grundlosen Mißtrauen herrühre, und das wäre eben der Mangel meiner Liebe. Heute weiß ich, daß ich von Natur aus nicht zur Eifersucht neige, aber damals aus gutem Grunde eifersüchtig gewesen bin. Trafen wir uns, so stritten wir über die nebensächlichsten Dinge die Zungen wund. Hatten wir dann alle Streitpunkte ausgeräumt und uns gegenseitig ausgeredet, dann versöhnten wir uns für so lange, als jeder brauchte, um in der Suppe des anderen wiederum ein Haar zu finden. Ich war nicht glücklich. Die Sache belastete mich. Sie mußte ein Ende finden.

Ich besprach mich mit meinen Freunden E. und H. Die beste Gelegenheit, H.H. kennenzulernen, bot eine Radtour. Zu zweit zu fahren war noch nicht schicklich, es hätte mir in diesem Falle auch wenig genützt, denn ich wollte ja, daß Unbeteiligte H.H. unter die Lupe nehmen sollten, um ein unparteiisches Urteil zu gewinnen. Um keinen Verdacht der "Überwachung" zu wecken, sollte noch H.H.s Freundin mit von der Partie sein. Die Fahrt selbst – 14 Tage bayerische Landschaft – lag mir nicht am Herzen, lediglich das Ergebnis der Diagnose. Des Pudels Kern läßt sich kaum verhüllen, wenn man längere Zeit Hunger, Durst, Müdigkeit und Strapazen teilen muß. Charakterzüge und Eigenschaften treten dann nackt ans Tageslicht. Das Fazit dieser Tage: H.H. machte eine wenig gute Figur, und meine Freunde kamen zur Erkenntnis, mir zu empfehlen, ohne H.H. zu versuchen, glücklich zu werden.

Daraufhin schrieb ich folgenden Brief: "Liebe H.! Meine Liebe zu dir war heftig und ernsthaft. Sie fiel leider auf einen unfruchtbaren Grund. Es ist besser, daß sich von nun an unsere Wege trennen." Sie antwortete: "Mir war schon immer klar, daß du kein Mann bist!" Der Tadel kränkte mich kaum, es wäre ja nicht schwierig gewesen, Mannbarkeit zu zeigen, schwieriger war, sie zu beherrschen. Sie hätte damit zufrieden sein können, daß sie die erste Frau war, die ich küßte. Ob ich mit 21 Jahren zu diesem Vergnügen zu früh oder zu spät kam, darüber habe ich mir nie den Kopf zerbrochen. Doch habe ich bedauert, daß es ausgerechnet eine von denen war, deren Liebe auf tönernen Füßen stand. Wie gut, daß mein Verstand während dieses Liebesabenteuers nicht ganz unter die Räder geriet und ich die Entschlußkraft fand, der Sache ein Ende zu setzen. Von nun an ging ich Lehrerinnen aus dem Wege. Mir schwebte die Frau mit unverbrauchtem Verstand vor und einem Herzen, das unverfälscht schlug.

Bei einer Fastnachtsveranstaltung in Speyer lernte ich 1936 ein frisches, natürliches Mädchen kennen. Ihr Gesicht schimmerte wie Milch und Blut. Ich verliebte mich in die rosigen Wangen. Daß ihr Vater früh an Tuberkulose starb und der Bruder durch Epilepsie und eine Herzkrankheit hinweggerafft wurde, erfuhr ich zwar nach und nach, schlug aber alle Warnungen in den Wind. Die Familie war gezeichnet, aber ich wollte nichts davon wissen. Als ich L.H. nach einiger Zeit besuchen wollte, traf ich sie nicht zu Hause an. Sie lag mit Tuberkulose im Krankenhaus. Die Schwindsucht verzehrte ihren blühenden Körper. Es hat nicht sollen sein. Daß ich mich von ihr löste, war notwendig und um so bitterer für sie.

Nachdem ich durch Unverstand und all zu redliche Absichten in Liebesdingen glücklos geblieben war, beschloß die Regierung ahnungslos und unabsichtlich, die richtigen Weichen zu stellen.

An meinem Geburtstag 1936 brachte der Briefträger einen jener bekannten blauen Briefe von der Abteilung Inneres und Kultus. Die Farbe des Briefumschlages allein schon verkündete amtlichen Inhalt. So las ich, daß in Jockgrim ein Kollege plötzlich verstorben sei und höhere Regierungsweisheit dem Schulamtsbewerber Doerr bis zur Neubesetzung die Verwesung der Schulstelle anvertraute. Der Dienst sei unverzüglich anzutreten.

Der Brief kam samstags, und ich traf unverzüglich montags kurz vor acht Uhr in Jockgrim ein. Als erste Amtsperson lief mir der Herr Pfarrer über den Weg. Er gab sich sehr jovial, behandelte mich überaus freundlich und erzählte auf dem Weg zur Kirche die neuesten Witze. Daß er Offizier im ersten Weltkrieg war, flocht er so mit ins Gespräch ein, und da wir im nationalen Heldenzeitalter lebten, schaute ich ihn bewundernd von der Seite an und konnte feststellen, daß sich sein Gesichtsausdruck auf einmal straffte und der Brustkorb sich hob.

Vom Schulhaus zur Kirche sind es kaum hundert Schritte, zu beiden Seiten säumen Fachwerkhäuser den Weg. Sie erschienen mir an diesem Morgen besonders weiß und frisch. Ein Bauerndorf, noch ursprünglich wie vor alter Zeit, dachte ich. Unwillkürlich begann ich mich zu freuen, daß mich das Schicksal gerade hierher verschlagen hatte. Ich hatte wenig Zeit, das Bild des Dorfes auf mich wirken zu lassen. Wenn der Pfarrer nicht gerade auf mich einredete, sprach er die an, die ihm begegneten.Alle grüßten ihn freundlich, und er hatte für jeden ein passendes Wort. Offenbar wollte er mir seine Volksverbundenheit demonstrieren.

Gegenüber der Kirche liegt der Gasthof Zum Löwen. An seiner Hofeinfahrt stand ein Mädchen, das ich nicht bemerkte, weil ich zu sehr beschäftigt war. Auch sein freundlicher Gruß, den es uns beiden entbot, entging mir. Tatsache war, daß sie ins Haus zurücklief und ihrer älteren Schwester gestand: "Wenn ich diesen Mann, den ich soeben gesehen habe, nicht heiraten kann, will ich nie eines Mannes Frau werden." Sie hatte mich noch nie gesehen, sie wußte weder, wer ich war, noch was ich war. Ich ging zur Kirche, von der Kirche zurück in die Schule und dachte mit keinem Gedanken daran, daß für mich und meine Zukunft der Würfel gefallen war. Nach dem Unterricht machte ich mich auf die Suche nach Zimmer und Kost. Kollegen hatten mir einige Adressen gegeben. Wenn ich nichts finden würde, könnte ich vielleicht auch einmal im Gasthaus Zum Löwen vorsprechen. Ich fand nichts Passendes, einigen Wirtsleuten werde ich auch nicht gepaßt haben, so ergriff ich also die letzte Möglichkeit und wandte mich dem "Löwen" zu. Die Gaststube war leer, nur an der Tür zur Küche gewahrte ich ein weibliches Wesen, das anscheinend dabei war, den Boden aufzuwischen. Es fiel mir auf, daß das Mädchen seine schwarzen Haare im Nacken zu einem Knoten zusammengebunden hatte. Sie sah so jung aus, daß ich sie auf höchstens 15 Jahre schätzte. Ich grüßte freundlich. Sie nickte kaum mit dem Kopf, starrte mich wie gebannt an, ließ den Putzlappen, den sie in den Händen hielt in den Eimer fallen, wurde kreideweiß im Gesicht und verschwand so schnell, daß sie mein Sprüchlein um Unterkunft gar nicht mehr mitbekam. Ich ahnte ja nicht, daß ich die Gleiche vor mir hatte, die einige Stunden zuvor mit einem kurzen hellseherischen Blick ihr Lebensschicksal erahnt hatte. Nach einer guten Weile ließ sich eine junge Frau blicken. Sie wirkte gar nicht freundlich, sondern sah mich prüfend und mißtrauisch an. Auf mein Anliegen bekam ich keine eindeutige Antwort. Sie müsse erst mal fragen. So stand ich wieder einige Minuten allein, bis dann schließlich ein junger Mann im Türrahmen erschien, der einige Jahre älter als ich wirkte. Er war weder verwundert, noch abweisend, sondern erklärte gleich ohne weitere Frage, daß noch ein Zimmer frei wäre, und wenn es mir zusagen würde, dann wäre auch ihm recht, wenn ich bliebe. Ich ging mit ihm die schmale Holztreppe zum oberen Stockwerk hinauf. Da ich froh war, endlich eine Bleibe gefunden zu haben, bemühte ich mich nicht sonderlich darum, die Wohnlichkeit meiner neuen Behausung zu prüfen. Das Zimmer schien nicht groß, und vom Mobiliar sah man nicht viel, denn anscheinend stand der Raum unter einer Reinigungs– und Lüftungsaktion. Die Bettwäsche war abgezogen von den großen, roten Federbetten, die Matratzen hatte man auf Stühlen und Tisch hochgekantet. Das Ganze erschien wie eine Truppe, die gerade aufbricht und ihre Marschordnung noch nicht gefunden hat. Obwohl ich mich nur flüchtig umsah, entging mir nicht, daß an den Wänden einige Bilder hingen. Die Sonne schien breit durchs geöffnete Fenster, und davor wiegte sich ein blühender Zweig einer Roßkastanie. Wenn mich auch vielleicht die herrschende Unordnung nicht gerade entzückte, so hatte ich doch den Eindruck von idyllischer Dörflichkeit, und ich war zufrieden. Über den Preis gab's keine Differenzen, er entsprach sehr meinen mäßigen Einkünften und als ich feststellte, daß mit dem Anwesen eine Bäckerei verbunden war, befürchtete ich auch nicht, zu verhungern.

Ich würde gern das Zimmer am nächsten Morgen beziehen, sagte ich dem jungen Mann und verabschiedete mich. Die Frauen blieben unsichtbar. Als ich wegging, warf ich noch einen Blick auf das Wirtshausschild. Georg Brauner hieß der Besitzer. Ich erinnerte mich an einen Domkapitular Brauner, einen rührigen und tatkräftigen Mann, der 1930 das Speyerer Domfest meisterhaft organisiert hatte. Ob der Mann, mit dem ich verhandelt hatte, der Besitzer und ob die junge Frau, die mich so streng gemustert hatte, dessen Frau war? Dann konnte ich das junge frische Mädchen nicht so recht in das Familiengefüge einordnen.

Warum sie offensichtlich erschrak, als sie mich sah? Mochte es sein wie es wollte, das Dach überm Kopf war mir sicher, und alles andere würde ich zur rechten Zeit erfahren.

Am nächsten Morgen, ein strahlender Maitag zog herauf, erreichte ich frühzeitig den "Löwen". Am Toreingang erwartete mich die, die mich Tags zuvor so schreckhaft angestarrt hatte. Sie strahlte mich so herzerfrischend an, daß es mir ganz warm ums Herz wurde. Ihr Gesicht wirkte gelöst und heiter, es zeigte keine Spur mehr von der Ängstlichkeit des Vortages. Freundlich plaudernd zeigte sie mir mein Zimmer, das ich vor einladender Sauberkeit kaum wiedererkannte. Auf dem Tisch stand in einem silbernen Väschen ein frisches Blumensträußchen. Das Bett strahlte Frische aus, der Fußboden glänzte wie geleckt. Alles atmete Herzlichkeit.

Noch war ich völlig ahnungslos. Und doch sollte hier mein Glück, das mich überraschte wie ein Dieb in der Nacht, wachsen und blühen für ein Leben lang. Ich lernte auch die Familie kennen. Alle drei, die ich begrüßt hatte, waren Geschwister und unverheiratet.

Hedwig, die mich gemustert hatte, zählte achtundzwanzig Jahre, Otto, der freundliche, sechsundzwanzig und diejenige, die ich wegen ihrer zierlichen Gestalt für fünfzehn hielt, war fast zwanzig Jahre alt.

Als ich an jenem Tag überraschend zur Tür hereinkam, fuhr ihr wirklich der Schrecken durch alle Glieder, weil nun der kam, bei dessen Anblick ihr einige Stunden zuvor blitzartig klar wurde:

Das ist der Mann meines Lebens, den ich mit aller Kraft lieben werde.

Ich bin nun vierzig Jahre mit meiner lieben Helene verheiratet und ihre Zuneigung hat heute noch die Frische und Kraft des Anfangs. Die Jahre haben ihre Liebe nicht verbraucht. Es ist, als ob diese Quelle nie versiegen könnte. Wer vierzig Jahre lang so reich beschenkt wurde, dessen Dankbarkeit darf nicht enden, er wäre denn eine armselige Kreatur.

Der Strahl, der in ihre Seele fiel, als sie mich zum ersten Mal und nur für Sekunden sah, hätte sich als Irrlicht entpuppen können, wäre es nicht die schicksalhafte Erfüllung einer tiefen Sehnsucht gewesen. Keine Seifenblase, schillernd und zum Zerplatzen bestimmt, stieg auf, sondern ein Stern, dessen Licht nicht erlosch.

Dieser Mai hatte nicht Seinesgleichen. Jubelnd ging die Sonne auf und nur zögernd versank sie hinter dem Horizont.

Nie haben das Laub frischer geleuchtet, die Blumen süßer geduftet, die Saat saftiger gegrünt, der Wind sanfter gesäuselt, die Vögel melodiöser gesungen, die Frösche hoffnungsvoller gequakt, die Schwalben freundlicher gezwitschert und die Lieder der Menschen inniger geklungen als in diesem Frühling. Er hätte ewig dauern mögen. Wäre nur die Zeit stille gestanden, dann hätten die Wonnen des Paradieses kein Ende genommen. Tausend Jahre wären uns wie ein einziger goldener Tag erschienen.

Wir haben miteinander gesät, gemäht, geharkt, gedroschen, gehäckselt, gepflückt, gesammelt, gegraben. Wir waren auf der Wiese, auf dem Acker, im Wald, im Stall, in der Scheune, im Garten. Was Arbeit war, wurde zum Vergnügen, und Vergnügen war alles, was wir anrührten. Die Welt erstrahlte rein und schön wie am ersten

Tag. Die Familie Brauner bestellte Äcker, hatte das Vieh im Stall zu pflegen, eine Bäckerei wurde betrieben, und das Gasthaus mußte besorgt werden. Im Winter destillierte man in einer kleinen Brennerei Schnaps aus dem Obstertrag. Hier zählte nur die Arbeit, ihr ordnete man alles unter: Familie, Gesundheit, Freizeit, Vergnügen. Sie wurde um ihres Eigenwertes wegen geleistet und nicht so sehr des Gewinnstrebens halber. Geld war notwendig, und man brauchte es wie überall, aber es bestimmte nicht den Kräfteeinsatz, man nahm es als Dreingabe zur Leistung. Ich wurde an den Satz von Richard Wagner erinnert: "Deutscher sein heißt, eine Sache um ihrer Selbst willen zu tun.“ Die Seele des Unternehmens war mein nachmaliger Schwiegervater, damals 55 Jahre alt. Ihn erfüllte eine unbändige Arbeitslust. Er backte um drei Uhr sein Brot und die Brötchen, begann um sechs Uhr die Stallarbeit, spannte um acht Uhr den Wagen an, um die Feldarbeit zu verrichten, schlief nach dem Mittagessen eine halbe Stunde, harkte nachmittags einen Kartoffel– oder Rübenacker, widmete sich abends den Gästen in der Wirtschaft, rührte um einundzwanzig Uhr in der Bäckerei den Teig an und legte sich kaum vor Mitternacht zu Bett. Der Mann war von der Arbeit geradezu besessen. Aber man muß wissen, daß diese Besessenheit auch ihre Wurzel in bitteren Lebenserfahrungen hatte.
1907 war er mit seiner jungen Frau von seinem Heimatort Göcklingen nach Weiler bei Weißenburg ins Elsaß gezogen. 1918, nach dem verlorenen Krieg, stand er vor der Wahl, Franzose zu werden oder seinen Besitz aufzugeben und nach Deutschland zurückzukehren. Die Liebe zur Heimat siegte. Er verzichtete fast auf alle Früchte einer mehr als zehnjährigen Arbeit und Mühe. Es kamen

harte Jahre, Inflation, das Wagnis des Neubeginns, der Neid der Alteingesessenen. Als einzige Waffe blieb der unerschütterliche Arbeitswille dieses Mannes. Die Furcht, wieder alles zu verlieren, begleitete ihn durch alle Lebensjahre bis zum Ende.
In Jockgrim erst erhielt ich den richtigen Anschauungsunterricht, wie harte Arbeit aussieht. Niemand konnte sich diesem unerbittlichen Geist des Hauses entziehen. Und doch wäre es falsch, zu denken, daß unter dem Joch fortwährender Arbeitsleistung im Anwesen des "Löwen" finstere Verbissenheit geherrscht hätte. Wir lebten in Speyer ein vergleichsweise abgesichertes und risikoloses Dasein, das durch die Beamtenstellung meines Vaters staatlich abgesichert war, und doch ging es im turbulenten Hause Brauner freier, frischer und fröhlicher zu. Statt Trübsal zu blasen, sang man Lieder, statt zu wehklagen und zu seufzen, freute man sich an den spärlichen Genüssen, die dieses Leben bot.

Als ich zur Familie stieß, hatte man die dürren Jahre bereits hinter sich. Ein ausgedehnter Besitz an Äckern, ein Stall voll Vieh, eine gutgehende Bäckerei und eine florierende Gastwirtschaft brachten mehr ein als das zum Leben Notwendige. Ohne zu prahlen, geizte man nicht mit dem Pfennig, man half den in Not Geratenen. Für sich selbst lebten alle einfach und bescheiden.

Meiner Schwiegermutter möchte ich ein besonderes Lob singen. Eine schwere Krankheit zeichnete damals schon ihr Leben, aber sie klagte nicht und tat ihre tägliche gewohnte Arbeit. Sie war keine Frau großer Worte oder salbungsvoller Reden, aber sie meisterte das Leben. Sie lachte mit den Fröhlichen und litt mit den Trauernden. Was sie für wahr oder richtig hielt, sprach sie aus, ob gelegen oder ungelegen. Sie kannte keine Furcht, das Ansehen der Person galt ihr nicht viel, wenn sie das Rechte beim Namen nannte und das Unrechte brandmarkte. Sie begrüßte jeden Lichtstrahl, der ihr Leben erhellte und hatte die beneidenswerte Art, Kummer und Sorgen einfach vom Tisch zu wischen. Was ihr ganz grob gegen den Strich ging, versuchte sie zu bagatellisieren. Dem hitzigen Naturell ihres Mannes widerstand sie freimütig, gelassen und nachsichtig. Sie brach nie einen Streit vom Zaun.

Die Mutter von Helene gab auch keinen Anlaß zu glauben, sie würde unsere Verbindung begünstigen. Andere hätten in der gleichen Situation vieles getan, um für die Tochter einen Lehrer an Land zu ziehen. Ähnliches hatte ich früher schon erlebt. Der Sozialstatus eines Lehrers auf dem Dorf hatte ja noch einen unangefochtenen Stellenwert.

Als ich einmal mit Helene nach Speyer fuhr, kamen wir lange nach Einbruch der Dunkelheit zurück. Um sich gegen den Regen zu schützen, hatte sich Helene auf meinen Rat hin Trainingshosen angezogen. Für die Fahrt mit dem Rad tat dieses Kleidungsstück sicher gute Dienste, aber bei Helenes Mutter kamen wir schlecht damit an. "In diesem Aufzug kommt man nicht daher", empfing sie uns, "und Ihnen muß ich sagen", fuhr sie an meine Adresse fort, "es ist keine Art und Weise, bei der Dunkelheit mit meiner Tochter in der Welt herumzufahren!" Ich erwiderte kein Wort. Zunächst war ich schon etwas betroffen, denn ich sah weder in dem Trainingsanzug noch darin, daß es schon 21 Uhr war, etwas Unschickliches. Bald erkannte ich, daß mir diese Frau mit einer Geradheit und Courage gegenübergetreten war, die ich noch kaum erlebt hatte. Für eine solche Haltung konnte man nur Hochachtung empfinden. Aber so war meine Schwiegermutter. Sie ließ sich weder durch schönen Schein bestechen, noch von Anmaßung oder Überheblichkeit düpieren. Wenn sie auch an dem, was sie als wahr erkannte, nicht herumdeuteln lassen konnte, so hatte ich doch nie den Eindruck, daß sie intolerant war. Sie hat mich später gegen jedermann in Schutz genommen, mir aber weder geschmeichelt noch nach dem Munde geredet.

Wir waren noch kein Jahr verheiratet, da starb sie. Bis kurz vor ihremTod und unter schrecklichen Schmerzen hat sie ihre Arbeit verrichtet wie immer. Als sie den Tod herannahen fühlte, sang sie mit klarer Stimme das Salve Regina, eine Anrufung Mariens um Hilfe und Beistand beim Übertritt ins jenseitige Leben. Sie hatte in der Furcht Gottes gelebt und war sich der Realität himmlischer Herrlichkeit bewußt.

Mein Schwiegervater war von ganz anderer Art. Er packte fast hektisch zu, hastete von Arbeit zu Arbeit und wurde von Existenzängsten geschüttelt. Sein Blick vernebelte sich oft durch emotionale Überschwänge. In ihm lebte eine Künstlernatur. Er wäre gerne Bildhauer geworden, sagte er mir oft, aber der Vater hätte es nicht zugelassen.

Als er merkte, daß der Tod bei ihm anklopfte, da hat er sich mit der ganzen unbändigen Wucht seiner Natur dagegen gestemmt, um sich nach einiger Zeit geduldig und still ins Unvermeidliche zu fügen. Der Tod hat sein Gesicht in unvergleichlicher Weise verklärt. Wir Umstehenden hatten den Eindruck, daß der Himmel sich ihm öffnete.

Das Geschick hat mich in eine Familie geführt, die von der Scholle geprägt war und deren Kraft aus der Erde stammte. Aus der Verbindung von Geist und Natur entwickelten sich immer wieder hervorragende Persönlichkeiten. Den Domkapitular Brauner, der einige Zeit als episkopabile galt und der auf der Kanzel eine hinreißende Beredsamkeit entfaltete, habe ich schon erwähnt. Der Speyerer Bischof Reither zählte ebenso zur Sippe wie ein Dukart aus Offenbach, der als Offizier Napoleons zum Ritter der Ehrenlegion geschlagen wurde. Noch nach dem ersten Weltkrieg, so wurde erzählt, habe eine Abordnung der französischen Besatzung an seinem Grab eine Gedenkfeier veranstaltet.

Die Ahnen von Helene mütterlicherseits kamen aus Schlesien.

Die Familie Fuhr, die, wer weiß wie lange schon, Schlesiens Erde beackerte, waren treue österreichische Untertanen und stellten für Kaiser und Reich Offiziere. Ihr behagte es anscheinend nicht, als der Preußenkönig Friedrich die Hand auf dieses alte Reichsland legte. Vielleicht regte sich der aufrührerische Geist polnischen Adelsblutes in ihren Adern, vielleicht reizte sie die andere Religion der neuen Machthaber, vielleicht störte sie auch etwas am Kulturgefälle der Siegerclique. Jedenfalls neigte man nicht sehr willfährig das Haupt vor den preußischen Vögten. Es gab Unstimmigkeiten, Zwistigkeiten, dann Streit und Aufruhr. Genaue Fakten hat die Familienchronik nicht überliefert. Bei Nacht und Nebel scheinen drei Söhne Haus und Hof verlassen zu haben. Sie reisten gemeinsam bis Würzburg. Dort trennten sie sich, und jeder versuchte sein Glück auf eigene Faust. Den einen lockte die Weite Rußlands, der andere wandte sich nach Südwesten und ließ sich in der Pfalz nieder, der dritte kehrte in die Heimat zurück, um mit dem Chef der preußischen Besatzer abzurechnen. Die Fama erzählt, daß er im Verlauf eines heftigen Wortwechsels den Landvogt erstochen habe. Von ihm fehlt fernerhin jede Spur. Der in Kandel in der Pfalz sich niederließ, wurde Helenens Ururgroßvater.

Noch bevor die Oktoberrevolution das Zarenreich vernichtete, erhielten die Fuhrs in Jockgrim von den russischen Behörden die Nachricht, daß ihnen ein Bischof Fuhr, ein Nachkomme jenes Rußlandfahrers, eine Erbschaft in Landbesitz hinterlassen habe. Um das Erbe anzutreten, müßten die Erbberechtigten nach der Krim reisen. Inzwischen war die Revolution ausgebrochen. Wegen der innerrussischen Wirrnisse unterblieb die Fahrt. Der bisher letzte Akt des Familienschauspiels ging unvermutet kurz nach dem zweiten Weltkrieg über die Bühne.

Helenes Cousin saß zu dieser Zeit in einem sibirischen Kriegsgefangenenlager. Seine Jugend, er war wohl erst sechzehn, die harte Arbeit im Bergwerk und die mangelhafte Verpflegung hatten seine Kräfte verbraucht. Die Russen zeigten sich mal gerade fürsorglich und schickten den ausgemergelten jungen Mann in eine landwirtschaftliche Kolchose. Er sollte in der frischen Luft und durch bessere Verpflegung wieder zu Kräften kommen.

Menschenwege und ihre Schicksale verschlingen sich oft seltsam ins Ungewisse. Sie geraten ins Dunkel der Vergessenheit, bis eine Hand sie ans Licht zerrt.

Helmut Fuhr tritt mit seinen Leidensgenossen im Hof der Kolchose zum Appell an. Der Kolchosenführer mustert seine Leute. Er geht von einem zum anderen und läßt sich Name und Vorname sagen.Als er "Helmut Fuhr“ hört, stutzt er, betrachtet den Namensträger erstaunt und eingehend, bricht den Appell ab und bittet Helmut Fuhr zu sich in seine Baracke. Berge und Hügel kommen nicht zusammen, wohl aber Menschen. Der sowjetische Kolchosenführer hieß ebenfalls Helmut Fuhr und war ein Nachfahre jener der drei Brüder, der von Würzburg aus nach Rußland wanderte.

1936 zog ich in den ersten Novembertagen den Rock des Soldaten an. Für meine liebe Helene und auch für mich war die Trennung hart, aber nicht zu verhindern. Nach dem Militärdienst wollten wir heiraten, aber während der zwei Jahre verdüsterte sich der politische Himmel immer wieder so, daß man den Ausbruch eines Krieges fürchten mußte. Um so□froher waren wir, daß wir dann doch noch in halbwegs friedlichen Tagen zum Jahresende 1938 vor dem Traualtar standen. Es gab glückliche und notvolle Zeiten, aber unsere Liebe überdauerte sie. Wir haben miteinander Freud und Leid geteilt und Gott für seine Gnade gedankt.

Bolanden in der Nordpfalz wurde unsere gemeinsame Heimat. An einem nebeligen Novembertag sahen wir den kleinen Ort am Donnersberg zum ersten Mal. Er hat uns gar nicht imponiert. Auf den Pflasterstraßen glitt man aus, da sie durch die Fuhrwerke der Bauern mit gelbem Ackerlehm verschmiert waren, grüßten wir die Leute freundlich, dann gaben sie den Gruß entweder mürrisch oder gar nicht zurück. Die Regierung hatte mir drei Orte zur Wahl angeboten, von denen einer weniger anziehend war als der andere. Schließlich war ich kein Freund des Regimes. In Hagenbach, mitten zwischen den Bunkern des Westwalles, fürchtete ich die Nähe der französischen Grenze im Kriegsfall, und Immesheim im Pfrimmtal bot eine gar zu unzulängliche Dienstwohnung an. Da fiel die Wahl auf Bolanden, dem kleinsten Übel. Wir dachten gleich von Anfang daran, in Bolanden nur ein kurzes Gastspiel zu geben. Für zwei Jahre hatte uns die Regierung verpflichtet, danach würden wir uns nach etwas Besserem umschauen. Nach neun Monaten kam der Krieg. Nach dem Krieg konnte man froh sein, eine Wohnung zu besitzen, dann wurden uns die Kinder geboren, und schließlich sind es fünfzehn Jahre geworden.

Das Haus, das wir bewohnten, war gerade 110 Jahre alt und mit jenen schweren Sandsteinbrocken gebaut, die einmal die Bolander zurechtgehauen hatten, um dem Grafen von der Burg seine Wohnungswünsche zu erfüllen. Nachdem die Franzosen im pfälzischen Erbfolgekrieg die Burg zerstört hatten, wurden die Steine nach und nach wieder ins Tal geschafft, und halb Bolanden genoß das billige Baumaterial.

Keine Frage, unsere Hausmauer war stabil und so dick, daß sie mit dem Herrenhaus auf der Burg wetteifern konnte, die Fenster dagegen schlossen so erbärmlich, daß die Vorhänge sich bewegten, wenn draußen Wind aufkam. Wohl hatten wir schwere, eichene Haustüren, die sogar noch mit Bandeisen beschlagen waren und sicher dem Ansturm mehrerer Männer standhielten, aber die Sandsteinstufe darunter war kalottenförmig abgetreten, so daß die Zugluft ungehindert über den langen Plattengang streichen konnte. An heißen Sommertagen war dies ein kühlendes Element, das wir begrüßten, im Winter aber sank hier die Temperatur unter den Gefrierpunkt. Ein Bad gab es nicht, dagegen lief uns bei krassen Witterungsumschlägen das Wasser die Wände hinunter. Wollten wir uns gründlich waschen, pflanzten wir den Waschbottich mitten in die Küche und benutzten große Kannen auf dem Herd als Warmwasserboiler. Wir durften froh sein, daß Bolanden über eine Wasserleitung verfügte. Viele Dörfer hatten ja noch die Brunnen auf der Straße. Zur Toilette ging es über den Hof. Durch das eingeschnittene Herz der Tür konnten wir die Schulkinder und die Schulkinder uns beobachten, wenn gerade Pause war. Schnell begriffen wir, daß es besser war, zu diesen Zeiten das "stille Örtchen" zu meiden. In kalter Winterszeit stieg die Exkrementenpyramide stalaktitisch bis zur Höhe des Sitzbrettes. Um Schlimmeres zu verhüten, mußten wir den aufstrebenden Mast mit dem Beil kappen.

Im Erdgeschoß lag die Küche, ein 2,5 mal 3 Meter großer Raum. In der Ecke des Abflusses schimmelte alles, was nicht aus Stahl und Eisen war. Während der Notzeiten nach dem Krieg, als wir weder Kohlen noch kaum Briketts hatten, sondern jedes Stück Brennholz aus einem leergefegten Wald nach Hause schaffen mußten, hielten wir uns in der kalten Jahreszeit meist in der Küche auf. Das Zimmer nebenan glich eher einer Gefängniszelle. Seine Enge bedrückte uns immer wieder. Da der kleine Raum zwei Türen und zwei Fenster hatte, ließ er sich trotz allem schlecht heizen. Der eiserne winzige Kanonenofen sträubte sich häufig, uns zu Gefallen zu sein. Unser geräumiger "Salon" grenzte an die Straße. Er war unsere "Sommerresidenz". Dort feierten wir unsere Familienfeste. Das Obergeschoß beherbergte unser Schlafzimmer und ein Fremdenzimmer. Da wir jung waren und kein Mangel an frischer Luft uns beeinträchtigte, hatten wir dort einen gesunden Schlaf wie sonst nirgends.

Manchmal, wenn es besonders kalt war, zauberte unser Atem kleine glitzernde Eiskristalle auf die Bettdecke. Es störte uns wenig. Wir genossen den würzigen Hauch der Donnersbergnatur und die Kraft unserer blühenden Jahre. In milden Sommernächten läutete uns der helle Ruf der Unken in Schlaf und Traum. Sicher merkten auch die Schwalben, daß wir unentwegte Freunde der Natur waren, denn im Frühling begannen sie, in der Schlafzimmerlampe ein Nest zu bauen. Leider mußten wir ihre Freundschaft enttäuschen.

Dann riß uns der Krieg jäh in eine andere Wirklichkeit. Er schwebte sechs Jahre lang wie ein Damoklesschwert über unseren Häuptern. Helene hat besonders darunter gelitten. Sie verzehrte sich förmlich in täglicher Angst und Sorge. Dagegen war mir so sicher, wieder heimzukehren, daß ich die Möglichkeit, einen Heldenfriedhof zu zieren, nie in Betracht zog.Mein Glaube, den Krieg heil zu überstehen, war sozusagen ein dummer Glaube, vom Verstand her nicht zu fassen und zu begreifen. Aber ich hatte während des ganzen Krieges eine Stütze an ihm, und vielleicht hat er doch manches Geschoß und manche Gefahr "versetzt“, da er sich ja nach Bibelwort auch nicht geniert, Berge zu versetzen.

Wer sah und dachte, wußte lange vorher, daß der Krieg kommen mußte. Von Jahr zu Jahr wurde der expansive Drang des von Hitler absolut regierten Staates deutlicher und mächtiger. Die militärische Erziehung des ganzen Volkes, die rasche Steigerung der Rüstung, das Heil- und Hurrageschrei psychologischer Kriegsvorbereitungen ließen kaum Raum, um zu zweifeln, was auf uns zukam.

Der Krieg ist eine schreckliche Sache. Unsere Erfahrungen mit ihm haben die Schreckensgewalt noch gesteigert. Die Masse des deutschen Volkes stand hinter Hitler, weil es sich politische Freiheit und wirtschaftlichen Wohlstand wünschte. Der Mann auf der Straße träumte nicht vom Krieg. Als die ersten Schüsse fielen, und der Vorhang die Bühne der blutigen Auseinandersetzung freigab, war Hitler enttäuscht über das begeisterungsmüde deutsche Volk. Von Sieg zu Sieg schwoll dann der großdeutsche Brustkorb zu nationaler Selbstüberheblichkeit an. Welches Volk der Welt hätte die moralische Kraft gehabt, davor die Augen zu schließen. Ich hatte zu dem Geschehen eine ambivalente Haltung. Auf der einen Seite verabscheute ich es, wenn Menschen einander töteten und namenloses Leid über die brachten, die mit dem Kampfgeschehen nichts zu tun hatten, auf der anderen Seite lockte mich das Abenteuer der Gefahr und die Gewißheit, daß im Feuerofen der Schlacht Schein und Tücke, Lüge und Verstellung auf der Strecke bleiben würden, so daß das mannhafte Herz allein noch zählte. Da der Krieg mir schon Jahre vorher als kommendes Ereignis erkennbar war, hatte ich Zeit, mich innerlich und äußerlich auf ihn vorzubereiten. Ich stählte meinen Körper durch Kraft– und Ausdauerleistungen aller Art. Den Geist trainierte ich durch Gedächtnisübungen, durch philosophische und andere anspruchsvolle Lektüre.

Das Handwerk des Soldaten erlernte ich in zweijähriger Ausbildung beim Flakregiment 49 in Mannheim. Es herrschte harte Reichswehrdisziplin und unerbittlicher Drill. Am ersten Tag schon fiel jegliches Haupthaar dem Millimeterschnitt zum Opfer. Wir wurden in Drillichzeug gesteckt und nach dem Motto über die Kasernenpiste gejagt: "Der Schritt des Soldaten ist der Laufschritt!" Laufschritt aber war, wenn der Brotbeutel waagrecht hing. In den ersten beiden Monaten sahen wir die Kasernenmauern nur von innen.

Auf welchem Kasernenhof gibt es keine unwürdigen Schikanen? Unteroffiziere, die mit ihrem Leben und mit ihrem Beruf nicht zurechtgekommen waren, versuchten, dies durch rücksichtslose Ausnutzung ihrer Machtmittel zu kompensieren. Wer durch Unachtsamkeit oder Nachlässigkeit auffiel, dem blühte Strafexerzieren oder Ausgangssperre. Beim Strafexerzieren mußte man schon über eine gute körperliche Konstitution verfügen, um nicht erschöpft oder gar ohnmächtig am Platz zu bleiben. Gerechterweise muß ich anerkennen, daß es auch einige prachtvolle Wachtmeister und Offiziere gab, die als Beispiel veredelten Soldatentums unsere Sympathie genossen. An ihnen habe ich mich immer wieder aufgerichtet. Eifrig lernte ich die Kenntnis und die Bedienung der Waffen, und ebenso lernbegierig widmete ich mich den Kniffen und Finten des Soldatendaseins, um in diesem Apparat meine Kräfte nicht allzusehr zu verschleißen.

Was an mir lag, wollte ich tun, damit der Krieg mich nicht einfach wegwischte wie ein Staubkorn. Ich wollte mit meinem Leibe keines der Schlachtfelder düngen, sondern gegen Tod und Verderben die Härte meines Charakters, die Unbeugsamkeit des Willens, die physische Kraft des Körpers und die Geschmeidigkeit des Geistes setzen. In keiner Situation den Mut sinken lassen, vor keiner Widerwärtigkeit kapitulieren.

13

Mit diesen Vorsätzen ging ich im September 1939 in den Krieg. Es fing für mich harmlos an: ein bißchen Geplänkel am Westwall, einige lahme Feindeinflüge ins Reich. Die großen Gegner tasteten sich ab, nachdem der Polenfeldzug in zehn Tagen mit dem Sieg unserer Truppen und der vernichtenden Niederlage der Gegenseite endete. Sie fürchteten die Pranke des Löwen und gingen auf Lauerposition.

Als in den ersten Kriegstagen mein Mobilmachungsbefehl ausblieb, setzte ich mich aufs Fahrrad, um bei dem für mich zuständigen Kreiswehrersatzamt Kaiserslautern vorzusprechen. Einige Tage später wurde ich Soldat. Es hört sich jetzt seltsam an, aber ich befürchtete ernsthaft, daß der Krieg vorüberziehen könnte, ohne daß er mir die Chance der männlichen Bewährung bot.

In Rüsselsheim bei Mainz sammelte ich die ersten Kriegserfahrungen. Einmal wurde der Einflug mehrerer Maschinen aus dem Westen gemeldet. Wirkung hinterließen die Bomber keine, sie drehten schnell ab. Unsere Flakabwehrgeschütze haben in den ganzen Monaten meines Aufenthaltes in Rüsselsheim noch nicht einen Schuß Pulver abgefeuert. Auf diese Weise schützten wir die Einrichtungen der Opel AG vorzüglich.Dafür hatten wir immer wieder Gelegenheit, das Werk zu besichtigen, die Werkskantine zu benutzen, zu baden in den Wannenkabinen und billig von der Telefonvermittlung aus die Familie anzurufen. Krieg fand nur in der Imagination statt.

Im sogenannten Boelketurm hatte ich meinen Befehlsstand. Eines der drei 2 cm Flakgeschütze krönte die Plattform des Turmes, die beiden anderen flankierten in unmittelbarer Nähe von der Erde aus. Der Betonbunker war ungefähr fünfzehn Meter hoch. Mit Außenwänden, die einem mittleren Artilleriegeschoß standhielten, wirkte er wie ein urtümlicher Fels in der Landschaft, zumal kein einziges Fenster den Betonmantel durchbrach. Ein stufenloser spiralförmiger Wendelgang führte stetig steigend bis zur Ausstiegsluke der Plattform. Eigene Wasser– und Stromversorgung bedeuteten wohl, daß wir uns eher im Beton einsargen lassen sollten, als ihn zu verlassen, wenn der Feind ihn rundum berannte. Welches Schicksal dem Boelketurm am Ende des Krieges widerfuhr, habe ich□leider nicht erfahren. Ein weiterblickender Kommandant, der sich vor der füsilierenden SS- Garde sicher wußte, wird ihn mit einem Achselzucken kampflos geräumt haben, so hoffe ich. Wir machten uns damals natürlich noch keine Gedanken über Nahverteidigung und die weiße Fahne, wenn es sinnlos würde, sondern lebten bei Würfelspiel und Wein wie Landsknechte des Mittelalters.

Unter dem Geschütz hauste seine Bedienung, ein weiteres Geschoß tiefer beherbergte mich selber. Man mußte sich an die Besonderheiten der Architektur erst gewöhnen. In einem kreisrunden Zimmer mit fortwährender künstlicher Beleuchtung lebt es sich anders als in unserer viereckigen Häuslichkeit. Was mich am meisten irritierte, der graue, melancholische Beton, die Fensterlosigkeit, die alle Blicke unerbittlich auf der Wand abbremste oder dieses Gleichmaß der Rundung, die das Auge zu immerwährender Wanderung aufforderte und es nie ruhen ließ, ich wußte es nicht. Ich wurde in diesem Loch noch reizbarer als ich mich kannte. Ich ließ jeden Abend eine Flasche Wein kommen, obwohl mir der regelmäßige Weingenuß bis dahin fremd war. Die leere Flasche schoß ich dann mit meiner Dienstpistole in Scherben, weil es in dieser Gruft so schön schepperte.

Einige Wochen vor seinem Heldentod besuchte mich E. Ziegler, dessen Freundschaft mir in dieser Zeit sehr viel bedeutete. Wir wurden fröhlich und ausgelassen wie nie zuvor. Beim Abschied wußten wir beide, und wir sprachen es auch klar aus, daß dies die letzte Begegnung unseres Lebens gewesen sei. Er sagte: "Beim ersten Sturmangriff geht's noch gut, beim zweiten bleibe ich dabei." Ich widersprach nicht. Da ich erwartete, was er sagte, und an der prophetischen Richtigkeit seiner Worte nicht zweifelte, wäre es mir um der Wahrheit und unserer Freundesideale willen schäbig vorgekommen, mit hohlen Redensarten die Härte des Schicksals zu vernebeln. Noch keine vier Wochen nach dieser Unterhaltung erhielt ich einen Brief an Emil zurück. Links unten auf dem Umschlag stand es: Adressat gefallen. Gleich in den ersten Kampftagen des Westfeldzuges traf ihn an der Spitze seiner Infanteriekompanie die tödliche Kugel. Sein prophetisches Ahnen hatte sich erfüllt. Einen Mann wie ihn, was Begabung, Geist und Charakterstärke betrifft, habe ich nie wieder als Freund gewinnen können. Als ich die Nachricht vom Tod Emils in Händen hielt, saßen wir in Luxemburg und hüteten die Brücken der Stadt.

Ein Hauptmann, der schon den Pulverdampf des ersten Weltkrieges gerochen hatte, führte die Batterie. Er meinte es bieder und ehrlich mit uns, und wir waren es zufrieden. Als starkem Zigarettenraucher hatten sich nicht nur Zeigefinger und Daumen gelb verfärbt, sondern auch die Mundwinkel trugen die Merkmale seiner Leidenschaft. Aber, wie gesagt, wir Batterieleutnante hatten nichts zu klagen. Melchinger lebte, und er ließ leben. Unter anderem bewunderten wir sein Eisernes Kreuz erster Klasse, das ihm als jungem Soldaten verliehen wurde, weil er seine 7,5er Kanone auf auftauchende englische Panzer gerichtet hatte, während seine Kameraden das Weite suchten. So erzählte er es uns, und wir hielten ihn für tapfer. Mit ihm und einigen anderen Offizieren der Batterie erkundeten wir vor Luxemburg einen Geländeabschnitt, der zum Vorfeld der Maginotlinie gehörte. Von einem Dorf aus, dessen Einwohner alle evakuiert waren, erkannte man gut die langen Rohre der Kasemattengeschütze, die drohend auf uns gerichtet schienen. das Dorf atmete Totenstille, noch nicht einmal ein Hund schlug an. Ein abendlicher Friede verklärte die gefährlichen Höhen keine vierhundert Meter von uns. Und doch war man nicht sicher, ob nicht in Sekundenschnelle die Kriegsfurie losdonnerte. Wir redeten kein Wort und vermieden jedes Geräusch. Da wir am nächsten Morgen mit unseren 8,8 cm Flakgeschützen das gegnerische Fort angreifen sollten, beobachteten wir Gelände und Stellungen mit großer Aufmerksamkeit. Ein scheppernder Krach zerriß den Frieden.

Melzinger tat einen Satz zur Seite, duckte sich hinter einem Mauervorsprung und war kreideweiß. Nur ein Stück Dachrinne hatte sich gelöst und war auf die Straße gepoltert.

Wir jungen Leutnante sahen durchaus keinen Grund zur Aufregung, aber Grund genug, uns über das kindliche Gebahren des Hauptmannes zu mockieren. Uns kam dies damals wie schlichte Feigheit vor. In unserer jugendlichen Unerfahrenheit taten wir diesem Manne sicher unrecht. Viel später erst begriff ich die wahre Tapferkeit der unerschütterlichen Haltung. Die Hände mögen zittern, die Mundwinkel zucken, die Zähne klappern und das Gesicht erbleichen, das Herz aber bleibt unangreifbar.

Der Krieg in Frankreich fand für uns nicht statt. Ein Einsatzbefehl gegen die Befestigung, die wir erkundet hatten, war nicht mehr notwendig. Frankreich hatte die Waffen gestreckt.

Unsere Einheit wurde als Flakschutz von Feldflughafen zu Feldflughafen geschoben. Da nie ein Schuß fiel, empfanden wir nur tödliche Langeweile.

Im Herbst landeten wir auf den Flugzeughallendächern von Villacoublay bei Paris. Auf dem Rollfeld unter uns starteten allabendlich die schweren He 111–Bomber zum Einsatz gegen England. In den Werkstätten hatten die Techniker alle Hände voll zu tun, um beschädigte Maschinen wieder flugtüchtig zu machen. Nach dem Werkstattaufenthalt prüften Testpiloten die Zuverlässigkeit der Flugzeuge. Wir selbst hatten mit der Fliegerei nichts zu tun. Wir sollten von dem Flachdach der Flugzeughalle aus angreifende Tiefflieger, die nie kamen, abwehren. Da sich durchaus nichts aufregendes ereignen wollte, freundete ich mich mit einem der Flugzeugführer an, der die "Vögel“ zu erproben hatte. So kam ich öfter zum Mitfliegen. Einmal saßen wir in einer JU 88, einer Sturzkampfmaschine. In 4000 Meter Höhe drückte der Pilot auf den Steuerknüppel, daß die Maschine wie ein Stein nach unten stürzte. Er hielt direkt auf Sacre Coeur zu. Das helle Gebäude wuchs in Sekundenschnelle von einem unscheinbaren Fleck im Häusermeer von Paris zu solch ansehnlicher Größe heran, daß man alle Einzelheiten der Architektur erkennen konnte. Ich wüßte nicht, daß ich Angst gehabt hätte. Eigentlich war ich nur neugierig. Durch die gläserne Kanzel konnte ich alle Einzelheiten beobachten, so, als ob ich im Freien säße. In 1000 Meter Höhe fing der Mann hinter mir die Maschine ab. Ich wurde wie ein Bleiklotz in den Sitz gepreßt und hatte noch nicht einmal die Kraft, auch nur einen Finger zu rühren. Als wir landeten, war ich um ein Erlebnis reicher geworden. Unangenehm fand ich nur die stechenden Ohrenschmerzen, die der plötzliche Höhenunterschied verursachte. Wie ich aus dem Flugzeug stieg, war ich doch glücklich, daß wir nicht gezwungen worden waren, in der Luft auszusteigen. Ich wäre mit Sicherheit ohne Fallschirm auf der Erde gelandet. Dummerweise hatte ich mir für den Fall des Absprungs den falschen Betätigungsknopf eingeprägt, so daß sich nicht der Fallschirm, sondern die Haltegurte geöffnet hätten.

In meinem Abenteuerdrang war ich sogar bereit, einen nächtlichen Einsatz nach London mitzufliegen. Der Plan scheiterte jedoch an unserer Verlegung nach Jugoslawien.

Das Hallendach von Villacoublay – in kleinen Holzbaracken wohnten wir dicht neben den Geschützen – hinterließ in meinem Gedächtnis eine sehr schlechte Erinnerung.

Wir feierten Sylvester und zechten kräftig. Gegen 1 Uhr 20 legten wir uns schlafen. Morgens um 6 Uhr weckte mich ein Soldat der Fliegerhorstkompanie, um mir die schreckliche Mitteilung zu machen, daß unten auf dem Beton vor der Halle einer meiner Männer läge. Ich ging mit hinunter und sah auf den ersten Blick, daß hier jede Hilfe vergebens war. Wahrscheinlich wollte der Obergefreite die Blase entleeren und war zu diesem Zweck über die Seilbrüstung gestiegen. Dabei hatte er den Halt verloren und war in die Tiefe gestürzt. Der Tod des armen Reidel hat mich tief erschüttert, zumal, da er so sinnlos schien und so tragisch eintrat. Den Toten konnte man wegen seiner Unvorsichtigkeit und seines Leichtsinns nicht mehr zur Rechenschaft ziehen. So suchte man den, der mittelbar schuldig schien, um ihm die Verantwortung für den Unglücksfall anzulasten. Was lag näher, als sich an mich, den Zugführer, zu halten. Sylvesterfeiern sollten nicht über 0 Uhr 30 ausgedehnt werden, so hatte es Tags zuvor der Batteriechef den Zugführern mitgeteilt. Der Unglücksfall hatte sich nach Ansicht des Arztes um 1 Uhr 30 ereignet. Somit versagte also der Zugführer, der seine Leute nicht um 0 Uhr 30 ins Bett geschickt hatte.

Ich habe bei den Vernehmungen ohne weiteres zugegeben, daß die Gläser nicht um 0 Uhr 30 vom Tisch kamen, denn von niemandem war die Anordnung des Batteriechefs wörtlich genommen worden. In allen Zügen hatte man über diesen Zeitpunkt hinaus gefeiert. Nach dem Unfall jedoch gab jeder meiner Kameraden zu Protokoll, daß er sich genau an die Verfügung gehalten habe, und überdies sei ihnen die Anordnung als strikter Befehl erschienen. So stand ich allein und als Lügner da. Man nahm mir die Führung des Zuges und schob mich auf den Posten eines Verpflegungsoffiziers. Dazu bekam ich noch drei Tage Stubenarrest. Daß ich aus der Fronttruppe entfernt wurde, hat mich wie eine Degradierung gekränkt.

Noch lebte ein ähnliches Vorkommnis ziemlich frisch in meinem Gedächtnis.

Das war drei und ein halbes Jahr zuvor. Ich war während eines Manövers auf dem Truppenübungsplatz Heuberg als Kraftfahrer eines schweren Halbgleiskettenfahrzeuges vom Typ Kraus–Maffei eingeteilt. Die Zugmaschine wog ebenso wie das anhängende 8,8 cm Flakgeschütz 8 Tonnen.

Der Apriltag des Jahres 1937, als wir Manövereinsatz fuhren, zeigte ein sehr unfreundliches Gesicht. Nebel verhing die Landschaft, ein kalter Nieselregen durchnäßte uns. Hinter meinem Fahrersitz saßen 12 Mann Besatzung. Damit der Verband nicht auseinanderriß, mußte ich mich an der Geschwindigkeit des Fahrzeugs vor mir orientieren. Die Straße führte auf der Krone eines mehrere Meter hohen Dammes entlang. Verkehrsbehinderungen gab es keine. Kein fremdes Fahrzeug störte unsere Fahrt. Wie schnell ich fuhr, kann ich nicht sagen. Ich hatte, wie man so sagte, einigen Zahn drauf, weil ich in der Kolonne etwas zurückgeblieben war.

Während ich also schnurgerade dahinzog, merkte ich, daß meine Zugmaschine urplötzlich und ohne erkennbare Ursache nach rechts zog. Als ich entgegenlenkte, sprang die Kraus–Maffei wie ein wildes Tier auf die linke Straßenseite. Ich sah, daß jede Lenkbewegung wirkungslos blieb. Trotzdem kurbelte ich das Lenkrad nach rechts bis zum Anschlag. Es war völlig zwecklos. Das Fahrzeug näherte sich wie magisch angezogen dem linken Straßenrand. Das rechte Vorderrad stieg an einem knorrigen Obstbaum in die Höhe und knickte ihn wie ein Streichholz. Unser Gefährt hatte die abschüssige Böschung des Dammes erreicht, es wurde durch die Wucht des Anpralls rechts hochgehoben und stürzte mit berstendem Krach den Steilhang hinunter, drehte sich um die Längsachse und setzte dann mit dem Verdeck nach unten auf einer Ackerfläche auf.

An mein Ohr drangen zwei gurgelnde Schreie, die rasch erstarben. Nach einigen Sekunden Stille Hilferufe und Gewimmer von Verletzten. Um mich war es zunächst stockfinster, denn das Fahrzeug saß bis zur Brüstung der Sitze im Erdreich. Einer rief mich an, ob ich noch am Leben sei. Ich konnte mich nicht rühren. Zwischen Menschenleibern und Metallteilen lag ich fest eingeklemmt. Während des Sturzes rutschte ich instinktiv von meinem Sitz herunter, so daß ich in dem Hohlraum unterhalb des Armaturenbrettes hingekauert das Unglück überlebte. Ein stures Festhalten des Lenkrades hätte ich wahrscheinlich mit dem Leben bezahlt.

Durch die Wucht des Aufpralls hatte es sich bis zum Sitzpolster durchgebogen. Eine Öl– oder Benzinleitung mußte beim Sturz geborsten sein, denn ich spürte, daß mir eine Flüssigkeit ins Gesicht lief.Während ich hilflos dalag und mich nicht rühren konnte, wartete ich darauf, daß der ganze Laden nun zu brennen anfing. Ich wußte, daß bei jeder größeren Fahrt die Auspuffrohre glühten.

Wie lange ich eingeklemmt war, kann ich nicht sagen. Es können nur wenige Sekunden gewesen sein. Mir erschienen sie wie eine Ewigkeit. Eine Fülle von Vorstellungen und Gedanken stürmte auf mich ein. Auf einmal wurde es Tag vor mir. Ich konnte ins Freie kriechen.Von den 12 Mann Besatzung fanden zwei den Tod, sechs waren mit leichteren Verletzungen davongekommen. Die beiden Nervösesten und Empfindsamsten hatte es erwischt. Die Gefahr ahnend, hatten sie sich von ihren Plätzen erhoben, entweder wollten sie sehen, was los war, oder aber hatten sie versucht, aus dem stürzenden Fahrzeug auszusteigen. Den einen spießte das vor ihm in der Halterung stehende Gewehr auf, der andere geriet mit dem Hals unter die Brüstung. Von ihnen stammten die Schreie, die mich noch wochenlang bei Tag und Nacht verfolgten.

Die Ursache des Unfalls stand von Anfang an nicht fest. Zuerst war man geneigt, die Schuld bei mir als dem Fahrer der Zugmaschine zu suchen. Zwar bin ich zum Zeitpunkt des Unglücks eine nicht unerhebliche Geschwindigkeit gefahren, aber schließlich war das Straßenstück schnurgerade und ohne jeden Gegenverkehr. Weder war mir ein Wild in die Räder gelaufen, noch hatte mich der Beifahrer beim Lenken gestört, ich war weder müde gewesen, noch hatte ich unter Alkoholeinfluß gestanden. Mir selbst erschien der Verlauf des Unglücksgeschehens völlig rätselhaft. Wie kam es, daß das Fahrzeug zuerst nach rechts zog, um dann stracks die linke Straßenseite anzupeilen? Ich erlebte diese Unfallsekunden, als ob mir eine Geisterhand die Lenkung aus der Hand genommen hätte, um Amok zu fahren.

Der Kommandeur verfügte sofort meine Ablösung als Kraftfahrer und ordnete eine genaue technische Untersuchung an. Eine Brandspur im rechten vorderen Reifen des Anhängers sah man deutlich. Weil ein Bolzen nicht durch eine entsprechende Versplintung gesichert war, hatte er sich durch die Erschütterungen der Fahrt gelöst. Die durch ihn gehaltene Spurstange machte sich frei, glitt an der Innenseite des Reifens entlang, verursachte die Brandspur und brachte den Anhänger so aus der Spur, daß er hin– und herschleuderte. Die Zugmaschine, deren Bodendruck durch die gummigepolsterten Kettenglieder gering war, geriet durch den defekten Anhänger in eine schleudernde Bewegung.

Nach einigen Wochen präsentierte man mir die Anklageschrift. In ihr wurde gegen mich der Vorwurf erhoben, daß ich durch nicht sachgerechte Wartung des Fahrzeuges den Tod zweier Soldaten verursacht habe, ebenso sei ich für die Verletzungen der sechs übrigen Besatzungsmitglieder verantwortlich. Es kam zur Hauptverhandlung vor einem Militärgericht. Mein damaliger Batteriechef Major Thöne hielt, gestützt auf seinen Degen, im großen Dienstanzug und als Weltkriegsoffizier hoch dekoriert eine hinreißende Verteidigungsrede. Er pries mein Pflichtbewußtsein, lobte meine umsichtige Kraftfahrkunst, hob mein Verantwortungsgefühl und meine soldatische Haltung hervor und sprach mit solch rednerischem und persönlichem Einsatz, daß mir vor dem Ankläger nicht mehr Angst war. Dieser wies zwar darauf hin, daß ein Kraftfahrer für die Fahrtüchtigkeit seines Fahrzeuges voll verantwortlich sei, räumte aber dann doch ein, daß eine so eingehende Untersuchung vor jeder Fahrt, wie sie in diesem Fall zur Vermeidung des Unfalles notwendig gewesen wäre, aus den verschiedensten Gründen nicht zumutbar sei. Er forderte die Richter zum Freispruch wegen Mangels an Beweisen auf. Frei und erleichtert ging ich aus dem Gerichtssaal.

Noch lange aber trug ich schwer daran, daß ich zwei junge hoffnungsfrohe Menschen in den Tod gefahren hatte. Auch wenn man sich von Schuld frei fühlt, leidet die Seele unter der Last der Verantwortung.

Sowohl auf dem Heuberg wie auch auf dem Flugplatz Villacoublay ereigneten sich tödliche Unfälle durch die unglückselige Verkettung von Umständen, die dem Überblick entglitten waren und zu Folgen führten, deren Tragik nicht aufzuhalten war. In beiden Fällen wurde die Schuldfrage geprüft. Im Gegensatz zu der Affäre auf dem Heuberg suchte man in Villacoublay einen Schuldigen, an den man sich halten konnte, der die eigene Weste entlastete.

War es taktisch notwendig, daß man uns auf die Hallendächer setzte? Warum waren sie so mangelhaft gegen Absturzgefahr gesichert? Damals erkannte ich noch nicht so klar wie später, daß meine Vorgesetzten mit großer Freude mir ein Bein zu stellen versuchten, wo immer sie konnten. Der Grund dafür: Ich war kein Radfahrer. Ich buckelte nicht vor der Obrigkeit, und ich trat nicht auf Anordnung nach unten. Im Gegenteil, ich schützte immer meine Leute, wenn sie unter blödsinnigen Befehlen der Militärroboter zu leiden hatten. Denen ich selber zu befehlen hatte, trat ich als Mensch gegenüber und achtete sie als Menschen. Natürlich mußte ich manchmal hart auftreten und nachdrücklich fordern, aber ich verlangte nichts, was ich nicht selber bereit war zu leisten oder wofür ich nicht den eigenen Beweis der Leistung erbracht hatte. Das sicherte mir die Zuneigung meiner Untergebenen und schweißte den Haufen, dem ich vorstand, zu einer Einheit zusammen, die nicht aufzubrechen war. Auf der anderen Seite erweckte das Ein–Kopf–und–Arsch–Bewußtsein meines Zuges das fortwährende Mißtrauen von Batteriechef und Kommandeur, die Keime des Aufruhrs und der Widersetzlichkeit fürchteten. Ich hatte weder Macht noch die Absicht, den Aufstand zu proben, ich wollte nur Gerechtigkeit von den einen und Fürsorge für die anderen. In ein schiefes Licht in jener Zeit geriet ich bei meinen Vorgesetzten auch dadurch, daß ich mich bei keiner Gelegenheit und vor niemandem scheute, sonntags den Gottesdienst zu besuchen. Praktizierende Katholiken galten unter dem Regime als national unzuverlässig.

Leider habe ich nur zu oft die Schwächen und Armseligkeiten meiner Befehlsgewaltigen erkannt und noch besser das Täuschungsgehabe zu ihrer Vertuschung durchschaut. Nicht immer war ich allerdings so klug , wie ich zu meinem Vorteil hätte sein sollen und habe oft ein offenes Wort am falschen Platze riskiert.

Nach dem Sturz des Obergefreiten Reidel vom Flugzeughallendach war ich also Verpflegungsoffizier. Ein anderer als ich wäre glücklich gewesen, das schlaue und fette Leben einer Stabswanze gegen den Frontdienst eingetauscht zu haben. Mit den Augen eines schlichten Zeitgenossen betrachtet hatte ich ja nur Vorteile.

Mir stand ein ordentliches Bett und ein gemütliches Zimmer in einer Pariser Vorortvilla zur Verfügung. Ich brauchte keine Posten mehr zu kontrollieren, keine Verantwortung mehr für Menschen zu tragen. Es gab keinen Geschützdienst, keine Gefechtsbereitschaft, keine Residenzpflicht in der Befehlsstelle des Zuges, keine gestörte Nachtruhe bei Fliegeralarm, kein Essen aus dem Kochgeschirr, keine enge Holzpritsche als Schlafplatz. Als Verpflegungsoffizier konnte ich meinen Tag einteilen, wie ich wollte, allabendlich nach Paris fahren, Vergnügungen genießen, heimkehren, wann ich wollte und aufstehen am Morgen ganz nach Belieben. Von Arbeit war nicht viel zu spüren und wenn schon, dann hatte ich

Listen auszufüllen, Bedarf und Verbrauch nachzurechnen und mit den Küchenmöpsen der einzelnen Batterien um Zusammensetzung und Qualität des Essens zu feilschen. Da mir diese Tätigkeit nicht zusagte, drückte ich mich, wo immer ich konnte nach Strich und Faden. Ich wollte nicht, und ich fühlte mich auch nicht wohl bei den Stabsparasiten, die meist von der Gier besessen waren, sich in diesem Lande, das von uns besetzt war und in dem man in den ersten Wochen und Monaten nach dem Waffenstillstand tatsächlich wie ein Gott leben konnte, vor allem, wenn man den Bauch zum Gott machte, mit allen Mitteln und Raffinessen zu bereichern. Im Offizierkasino war dies das Thema Nummer eins. Ich wollte den Krieg nicht genießen wie eine Drohne, sondern ihn erleben und durchstehen, mich an ihm messen und von ihm gemessen werden. Nicht darum bin ich in diesen Krieg gezogen, um andere totzuschlagen und sie dann hinterher auszusaugen, sondern um ritterlich zu kämpfen und meinen Leuten ein Beispiel an Tapferkeit, Mut, Entsagung, Selbstüberwindung, Entschlußkraft, Einsatzwille, Todesverachtung und Opferbereitschaft zu geben.

Mich als Mensch zu bewähren, das war mein Wille und Vorsatz, als ich zu Beginn des Krieges meine junge Frau, unser gemütliches Heim, Freunde und Angehörige verließ und nicht ganz sicher wissen konnte, ob ich je wieder zurückkehren würde.

Neun Monate lang habe ich Pariser Luft geatmet. Diese Mischung von schlechtem Parfüm und dem Bremsgeruch der U–Bahn, die geschminkten Fassaden der Großstadtgesichter, der billige und oberflächliche Rummel des Vergnügens, diese ganze Supergroßstadttünche stand mir schon bald bis zum Hals. Der Geruch eines

Misthaufens dagegen, der Rhythmus eines wogenden Saatfeldes, die von Pflug aufgebrochene Ackererde, ein Sonnenuntergang hinter Hügeln und Baumgruppen, überhaupt breite, ursprüngliche Natur, das konnte mich in Schwingung versetzen, das war Balsam fürs Gemüt, Tau und Labsal für eine dürstende Seele. Der wimmelnde Ameisenhaufen von Menschenansammlungen, die unübersehbar angehäuften Massen von steinernen Großhütten haben mich dagegen immer schon angeödet. Nirgends überkam mich ein stärkeres Gefühl von Verlassenheit, von Heimatlosigkeit, von Schwermut, Einsamkeit und Langeweile als in diesen lauten, hastigen Großstädten.

Innerlich erlöst atmete ich auf, als Paris hinter uns lag. Unser neuer Schauplatz hieß Jugoslawien. So wie ich dieses Land im Frühjahr 1941 erlebte, atmete es noch die ungebrochene Kraft der Natur. Da standen in manchen Gegenden die Uhren seit Generationen still. Wenn der bosnische Bauer im weißen Leinenkittel hinter seinem Gespann Ochsen hertrottete, den Holzpflug in die Erde stieß, wenn Frauen die müßigenMinuten ausnutzten, um den Spinnrocken zu zupfen und den Faden zwischen den Fingern zu drehen, wenn man sie flußauf knien sah, mit schweren Steinen die Wäsche klopfend, dann ahnte man etwas von dem weiten und dunklen Weg menschlicher Geschichte.

Als wir nach Jugoslawien kamen, waren die Kriegshandlungen schon fast zu Ende. Ich genoß in vollen Zügen den berauschenden Atem einer jungfräulichen Natur.

Ein Wachtmeister und ich fuhren auf einer Seitenwagenmaschine von Mitrowiza nach Sarajewo. Auf der

Karte eingetragene Wege gab es oft nicht. Dafür fanden wir andere, die auf unseren Karten nicht zu finden waren. Manchmal halfen nur der Kompaß und unser Geländeinstinkt. Regelrechte Straßen, wie wir sie kennen, endeten ohnehin mit dem Weichbild der Städte. Was dazwischen lag, waren Feldwege, Waldwege, Wiesenwege, Saumpfade und Gelände ohne Weg und Steg. Motorisierung schlummerte in diesem Lande noch in prophetischen Gehirnen. Was kümmerte es uns, daß wir oft durch Geröll und Steinschutt unsere brave BMW hindurchlavieren mußten, angesichts der überwältigenden Schönheit der rauhen Natur, die uns umgab? Wenn die Hindernisse unüberwindlich schienen, stiegen wir ab, schoben und hoben unser Gefährt so lange, bis die Räder wieder rollen konnten. Es kam vor, daß wir zur Linken von steilen Felsen bedrängt wurden und zur Rechten knapp neben dem Rand des Seitenwagens mehrere hundert Meter Abgrund gähnten. Brücken, die wir vorfanden, erschienen uns so baufällig, daß wir nicht wußten, sollen wir sie im Schrittempo oder Caracho überqueren. Manchmal hatte auch ein Hochwasser den Steg hinweggespült, und wir verbrachten dann halbe Tage, um eine geeignete Furt zu finden. Die Fahrt brachte stündlich neue Schwierigkeiten und Gefahren. Außerdem waren die Kriegshandlungen noch kaum beendet, und der Feindeshaß glimmte noch unter der Asche. Wir kamen ja nicht als Befreier, sondern als Unterdrücker eines freien Volkes.

Sarajewo blieb unvergeßlich. West und Ost reichen sich hier die Hände. Mehr als die vom Christentum geprägte Kultur bestimmt mohammedanische Gläubigkeit das Bild der Stadt. Hier schiebt sich der Orient mit Bazar, Minarett, Muezzedin und verschleierten Frauen ins Gesicht abendländischer Vertrautheit. Wir wohnten beim Stadtsekretär von Sarajewo, einem Mohammedaner. Eine ungewöhnlich herzliche Gastfreundschaft umfing uns. Im Wohnzimmer kein Tisch, kein Stuhl, aber wertvolle Teppiche auf dem Fußboden und an den Wänden. Dem Beispiel des Hausherrn folgend ließen wir uns mit gekreuzten Unterschenkeln nieder, die Frauen, die uns bewirteten, hatten den Schleier abgelegt. Solche Schönheit hinter nichtssagenden Tüchern zu verbergen, hätte ja auch schließlich unserem Imbiß jede Würze genommen. Am nächsten Morgen, als wir uns verabschiedeten, kredenzte uns die sechzehnjährige Tochter des Hauses die Abschiedsgeschenke: kostbar gestickte Tücher. Wie Götterboten gab man uns Segen und Geleit.

Auf dem Rückweg saß ich allein auf der Seitenwagenmaschine. Mein Wachtmeister steuerte einen erbeuteten Omnibus Marke Opel, den wir ohne Reifen und mit Motorschaden in einem Steinbruch vor den Toren von Sarajewo gefunden hatten. Einen vollen Tag schufteten wir an dem Karren, um ihn flott zu machen.

Ich saß zum ersten Mal auf einer Seitenwagenmaschine und hatte einige Schwierigkeiten, geradeaus zu fahren. So kam es auch, daß ich einmal kurz ins Gelände abirrte, und als ich den Weg nach einiger Mühe wieder erreicht hatte, war mein Opel vor mir außer Sichtweite. Da der Wachtmeister die Kartentasche samt aller Karten an sich genommen hatte, mußte ich nun ausschließlich auf meinen Instinkt und eine gute Portion Glück hoffen, wenn ich je wieder Mitrowiza sehen wollte.

So zockelte ich allein über Berg und Tal. Selten traf ich jemanden. Wenn ich einen ansprach, ob er ein großes Auto gesehen habe, tat er so, als sei ich der Paradiesengel mit Feuer und Schwert, er riß groß die Augen auf und verschwand wortlos im Gebüsch. Ich gab es dann bald auf, weiter nach meinem Kameraden zu suchen. Für des Leibes Atzung und gegen Obdachlosigkeit bei Nacht halfen glücklicherweise international verständliche Gebärden. Man gab mir in den ärmlichen Hütten gern und großzügig. Dabei war ich doch ein Feind des Landes und zudem Freiwild, das man leicht erlegen konnte. Was nützten mir schon meine Dienstpistole und die acht Schuß Munition, die ich bei mir trug, gegen die Vaterlandsliebe von Hunderten.

Ein Graf oder Fürst oder Baron muß es gewesen sein, in dessen weiträumiges Schloß ich eines Abends geraten war. Glühende Blicke aus einem unerforschbaren Gesicht begleiteten jeden Zentimeter meiner Bewegungen. Ein üppiges Nachtmahl in einer geisterhaften Adelshalle sättigte einen Halbverhungerten, rubinroter Wein leuchtete in einem kristallenen Pokal. Wir pafften wortlos schwere, schwarze Zigarren. Ein Diener mit Kerze leuchtete durch ein Labyrinth von Gängen in mein Zimmer. Lange nach Mitternacht noch drangen Geräusche, leise Schritte, gedämpfte Stimmen an mein Ohr. Ich legte die Pistole unters Kopfkissen und schlief traumlos und tief. Der helle Tag weckte mich. Alle Gefahr war wie weggeblasen. Als ich auf mein Kraftrad stieg, hatte sich das halbe Dorf um mich versammelt. Wohl kaum einer von den Vielen hatte eine solche Teufelsmaschine mit so einem Teufelskerl gesehen. Der Nimbus des Unwahrscheinlichen mag mich besser geschützt haben als Waffen und Macht des Siegers.

Nach einer Woche abenteuerlicher Spannung traf ich wieder in Mitrowiza ein. Man hatte kaum noch damit gerechnet, mich heil wiederzufinden.

Die Save vor Belgrad wäre meinem ach so lieben Burschen Neubert fast zum kühlen Grab geworden. Neubert war Oberschlesier, ein bißchen fackelig; keiner von denen, deren Zuverlässigkeit allen Zufällen zu trotzen scheint, sondern ein Leichtfuß mit einem Stich ins Liederliche. Aber er stammte aus Oberschlesien, und in seiner Brust schlug ein goldenes Herz.

Wir sollten mit dem Wagen nach Belgrad. Die Save, die wir überschreiten mußten, führte Hochwasser. Eine armselige Fähre, für bäuerliches Viehzeug und Wagen geschaffen, sollte uns ans andere Ufer bringen. Neubert saß am Steuer des Wagens Marke Adler, einem Zivilmodell, das kriegerischen Ansprüchen nicht gewachsen war. Ich habe mich in dieser Kutsche nie richtig wohl gefühlt, denn dieses Fahrzeug hatte immer seine Mucken und wollte nie so richtig.

Bevor Neubert auf die Fähre lenkte, stieg ich aus. Sicher hatte mein siebter Geruchssinn etwas ungereimtes in der Nase. Mein guter Kamerad Neubert fuhr und fuhr rückwärts, aber statt die Fähre anzupeilen, steuerte er den Wagen geradewegs in den Fluß. Alle meine Zurufe waren vergeblich, das Wasser zog ihn magisch an. Der "Adler" tauchte zuerst mit den Hinterrädern, dann mit dem Heck und am Schluß in voller Größe ins gurgelnde, gelbbraune Wasser des angeschwollenen Flusses. Ich sehe noch, wie der Karren, kurz bevor er absackte, für einige Sekunden im Wasser schaukelte, und ich sehe auch das völlig ratlose Gesicht des zu Tode erschrockenen Neubert. Mit äußerster Kraft schrie ich: "Neubert, Fenster auf, aussteigen!“ Neubert kurbelte auch tatsächlich das Fenster herunter und schlüpfte wie ein Fisch in den Strom. Der Wagen sank, mein Neubert ruderte ans Ufer. Ein Glück, daß er schwimmen konnte. Von der ganzen, großen Adlerlimousine sah man dann nur noch ein Stück Verdeck, so groß, wie eine Hand breit ist. Was an Gepäck leicht genug und nicht niet– und nagelfest war, schwamm lustig davon. Dümmere Gesichter als unsere kann man sich kaum vorstellen. Neubert triefte wie ein Pudel. Zunächst lähmte der Schrecken unsere ganze Initiative. Schließlich konnten wir nicht bis zum Ende unserer Tage am Ufer sitzen bleiben und Klagelieder anstimmen wie weiland die Juden an den Flüssen Babylons.

Pioniere kamen uns zu Hilfe. Einer tauchte bis zum Grund des Flusses und befestigte einen Haken am Fahrgestell. Dann ratterte uns das Seilspill eines schweren Fahrzeugs unsere Kiste ans trockene Ufer. Nun stand er da, der arme ”Adler“, das Wasser lief aus allen Ritzen, und als wir die Türen öffneten, quoll uns der Schlamm entgegen. Der Kerl sah aus wie ein Wildschwein, das aus der Suhle kommt. Wir reinigten und putzten, wischten und schrubbten Wasser und Dreck aus allen Eingeweiden des Fahrzeuges. Um neun Uhr in der Frühe war der Kasten abgetaucht, um sieben Uhr am Abend des gleichen Tages hatten wir ihn soweit, daß wir wieder fahren konnten.

Ein Zufall bescherte uns an diesem Abend ein Nachtquartier in einem Dorf mit deutschen Siedlern. Ich sank tief in das weiche, blütenweiße Federbett und schlief den Schlaf des Gerechten. Morgens um sechs Uhr öffnete sich die Tür meines Schlafzimmers. Der Hausherr erschien mit einem Tablett und bot mir zum Morgengruß einen alten, zarten Sliwowitz an. Er rann wohlig durch die Kehle. Minuten später schnarchte ich weiter in den Tag hinein. Als wir dann weiterfuhren, schien die Sonne heller als sonst. Neubert sorgte weiterhin dafür, daß das Leben abwechslungsreich blieb. Nach dem jugoslawischen Feldzug durchquerten wir Ungarn. Damals galt in Ungarn noch Linksverkehr. Wir wußten es alle. Es war uns eingeschärft worden, und selbstverständlich hatte auch ein Kraftfahrer wie Neubert Wind davon bekommen. So fuhr er denn auch ganz brav auf der linken Straßenseite. Verkehr fand kaum statt. Nach allen Seiten dehnte sich die Pußta. Dann und wann in derFerne dunkelten uns Viehherden entgegen. Dazwischen belebten die hohen Stangen der Ziehbrunnen das eintönige Bild. Und Neubert fuhr wohlanständig und befehlsgetreu auf der linken Straßenseite. Irgendwo in der Verlängerung der schnurgeraden Straße tauchte ein stauberzeugendes Pünktchen auf. Aus dem Staubwölkchen kroch auf einmal ein Auto uns entgegen, nein, es kroch nicht, es raste auf uns zu. Kraftfahrer Neubert erkannte den "Feind" und schaltete auf großdeutsche Verkehrsregeln um, indem er seinen Wagen auf die rechte Straßenseite lenkte. Als ich aus meinem Dahindämmern erwachte, wurde mir klar, daß wir frontal aufeinander zurasten. Ich schreie in höchster Not: "Links, du Depp!" Doch Neubert ist einfach nicht zu bekehren, er scheint nun einmal auf die rechte Straßenseite eingeschworen zu sein. Ich verkralle die Fingernägel in die Polster und schließe krampfhaft die Augen. Gleich wird ein fürchterlicher Krach unser Ende besiegeln. Der Zusammenprall bleibt aus, statt dessen topse ich auf dem Sitz herum wie ein Gummiball auf

Beton. Neubert war nach rechts in den Acker ausgewichen.

Keiner meiner Fahrer hat mich so viel Nerven gekostet wie dieser Neubert. In Wien murkste er im dichtesten Verkehrsgewühl den Motor ab, dann trat er beim Wiederanlassen so unentwegt aufs Pedal, daß aus dem Auspuff das Benzin tropfte. Wir standen eine gute halbe Stunde auf dem Stefansplatz. Zum Glück begriffen die Autofahrer unsere Notlage. Sie sparten uns aus wie eine Verkehrsinsel. Als wir endlich wieder flott waren, setzte ich mich selbst ans Steuer. Nur so fühlte ich mich vor der nächsten Überraschung sicher.

Auch in Rußland war Neubert noch eine Zeitlang mein Fahrer. Den alten ”Adler“ hatte er rechtzeitig in Schrott verwandelt und nun saßen wir wenigstens in einem handfesten Mercedes. Der Fahrkunst eines Neubert war allerdings auch die beste Automarke nicht gewachsen. Im Gelände jagte er den Motor so auf Touren, daß einem schlecht werden konnte. Nach drei oder vier Wochen hatte er dann tatsächlich auch den Mercedes zur Strecke gebracht. Bei dem Versuch, das Fahrzeug aus einem Sandloch zu manövrieren, zerriß es den Motorblock. Das Malheur passierte, weil Neubert sich einbildete, daß ein Mercedes auch ohne Kühlwasser zurecht kommen müsse. Bald darauf wurde Neubert in eine Geschützstaffel versetzt, so daß sich unsere Wege trennten. Wochen später besuchte ich ihn. Er hauste mit seiner Geschützbedienung in einem Erdbunker. Als er mich sah, rührte es ihn so, daß ihm die Tränen kamen.

Einige Zeit, bevor das Schicksal uns auseinander dividierte, hatten Neubert und ich auf einer der holperigen Straßen Rußlands ein sehr denkwürdiges Gespräch.

Die Front war nahe. Hinter flachen Hügeln saß der Russe und bediente uns mit Artilleriefeuer. Neubert hinter dem Steuer des Mercedes machte bei jedem Granateinschlag mit dem Wagen einen Satz auf die dem Einschlag abgewandte Seite der Straße. Wir fuhren dahin wie ein hakenschlagender Hase, hinter dem die Hunde her sind. Doch die "Hunde" saßen wohlgedeckt im Hügelgelände vor uns. Einige Zeit ließ ich die Slalomfahrt über mich ergehen und sagte kein Wort. Als jedoch nach wiederholten Malen wieder eine Granate rechts von uns detonierte und Neubert wie eine Heuschrecke nach links hüpfte, fragte ich ihn mit etwas verkrampfter Gelassenheit, warum er denn eigentlich nicht in Kuckucks Namen geradeaus führe, sondern wie ein Besoffener auf der Straße herumtorkele. Er schaute mich an, als ob ich direkt vom Mond käme und erwiderte heftig: "Ja sehen Sie denn nicht, daß immer wieder rechts und links der Straße die Fetzen fliegen?" "Ich denke doch, es wäre am sichersten, geradeaus zu fahren, denn die Russen setzen ja ihre eisernen Töpfe immer links und rechts der Straße!" In diesem Sinne antwortete ich. Daraufhin fuhr Neubert eine Zeit lang mit verbissenem Gesicht geradeaus. Nach einigen Einschlägen nahm er jedoch wieder seinen gewohnten Zickzackkurs auf. Ich redete ihn wieder an. "Sag mal, Neubert, an was glaubst du eigentlich?" "Ich glaube an fünf Pfund Rindfleisch", kam als prompte Antwort. "Steig aus, ich fahre selbst!" entgegnete ich. Ich setzte mich ans Lenkrad und fuhr geradeaus. Die Russen schossen weiter wie zuvor, Neubert blickte starr und wortlos nach vorne. Nach einiger Zeit beruhigte sich das Artilleriefeuer. Wir erreichten ohne Schaden unser Ziel. Als ich den Wagen verließ, drängte es mich doch, Neubert meinen etwas transzendenteren Standpunkt klarzumachen. "Mein lieber Neubert, fünf Pfund Rindfleisch als Glaubensqualität ist mir einfach zu billig. Meine Lebensuhr habe ich nicht in Gang gebracht. Wie lange meine Zeit läuft, das weiß ich nicht. Einer aber hat mich in seiner Hand, und dem habe ich mich anvertraut. Ich fühle mich so geborgen, daß mich die Granaten der Russen nicht schrecken können."

Um zurückzublenden und den Faden wieder aufzunehmen: Der russische Feldzug hatte noch nicht begonnen. Als wir Ungarn durchquerten, lag das russische Ungeheuer noch im Schoß des Ungewußten.

Czardas und Zigeunerweisen und der Blick hin über die unendliche Ebene erregten all unsere Sinne.

Der Name der Stadt, die uns eines Abends gastlich aufnahm, ist mir entfallen. Geblieben ist die Erinnerung an ein Fest, das seinesgleichen sucht. Wir saßen im Casino eines ungarischen Regimentes. Die Offiziere traktierten uns mit schweren Tokaier Weinen.

Eine Zigeunerkapelle umrahmte den Abend und schuf eine unvergleichliche Stimmung. Mehr als der Wein es vermochte, berauschte das Fest. Die Zigeuner improvisierten auf zwei Geigen, Viola, Cello und Kontrabaß über Liebe und Leben. Es war keine Musik, die auf dem Podium stattfand. Die Fünfe zogen von Tisch zu Tisch. Mit ihren malerisch bestickten Westen und weißen Hemden repräsentierten sie eine andere Welt. Vor jedem Tisch verharrte die Kapelle in kurzem Schweigen, dann stimmte der Primas das Leitmotiv an, und der Chor der Instrumente gab die melodische Antwort. Von tiefer, lastender Schwermut bis hinauf zu perlender Heiterkeit stöhnten und jubelten sie. Wie Balsam und heilendes Öl zogen die Töne durchs Herz, und wie Wassermassen, die von Felsen stürzen, drangen sie ins Gemüt. Noch selten hatte ich Musik wie diese empfunden, die mein Inneres so treffend widerspiegelte. Nun aber schwang alles in mir und brachte meine ganze Seele zum Schwingen. Da dem Glücklichen keine Stunde schlägt, verstrich die Nacht wie im Fluge. Und doch wog diese Nacht schwerer als lange Jahre. Obwohl nur Wein floß und Töne klangen, fühlte ich eine Turbulenz der Ereignisse, die mich fortriß. Nicht viel geschah tatsächlich, und doch bewegte sich eine Welt. Nur noch im wildesten Wirbel des Kriegsgeschehens habe ich das Leben so nahe gespürt wie damals.

Als dann der Morgen graute, forderte die graue Welt ihr Recht. Zwar beschlich mich keine Katerstimmung, doch ich wußte, ein Traum war vorübergezogen, und sein Glanz wird nicht wiederkehren. Das Tageslicht löschte die tönenden Zeichen, und ein harter Befehl zwang die Übernächtigten in den Staub der Straße. Wir zogen einer dunklen Zukunft entgegen.

Kamnitz nad Lipau, Kamnitz unter der Linde, eine Idylle im Süden Böhmens. Meine liebe Helene kam, und wir verbrachten einige Wochen in heiterem Glück, bevor der Sturm im Osten losbrach. Der Mai war inzwischen gekommen. Die böhmische Natur atmete ihn noch in unverkürzten Zügen. Hier in Böhmen gab's noch die unverbrauchte Frische und Kraft, nach der man sich sehnt. Welche Wälder, welche saftstrotzenden Wiesen und Äcker! Das alte Österreich stand noch in allem nahe, die Wurzeln seiner üppigen Kultur waren noch voller Leben. Unsere Regierungs– und Regimedummköpfe hatten noch nicht die Muße gehabt, alles zu verderben. Auch die Leute, mit denen wir zusammentrafen, reagierten noch frei und wohlwollend. Tabor und Prag blieben als unvergeßliche Eindrücke.

Während wir Ruhe und Frieden genossen, wurde der saure Apfel Rußland langsam reif. Alte Geschütze und Fahrzeuge ersetzte man durch neue, alles Gerät ging durch eine sorgfältige Prüfung. Der Sommer näherte sich. Der nahende Donnerschlag war deutlich zu spüren. Eines Tages zerstob unser ländlich friedliches Glück wie Spreu im Sturmwind.

Es war der 22. Juni 1941. Der Tag zog sich endlos in die Nacht hinein, wolkenlos und hell an der Grenze Ostpreußens gegen Litauen zu. Die Bereitschaftsräume, in denen wir auf den Angriff warteten, lagen nicht weit von dem Flecken, auf dem ich sieben Jahre zuvor mit Hacke und Spaten Wegbau betrieben und mit fröhlichem Peitschenknall geholfen hatte, die Ernte in die Scheuern zu fahren. Nun aber breitete sich dort ein riesiges Heerlager aus, und ganz früh am Morgen des 22. Juni setzte sich eine feuerspeiende Walze in Bewegung, die Tod und Verderben säte. Man sagte uns, dieser Feldzug sei in längstens sieben Wochen zu Ende. Ich schrieb in jenen Tagen: "Weder in sieben Wochen noch in sieben Monaten wird dieser Krieg zu Ende sein, denn hier prallen nicht allein zwei bewaffnete Mächte aufeinander, sondern zwei Ideologien, die eher die Erde entvölkern, als daß sie ihren Herrschafts– und Wahrheitsanspruch aufgeben werden.“

Doch uns blieb keine Zeit, um geschichtsphilosophische Betrachtungen anzustellen, denn wir marschierten unaufhaltsam. Kaum, daß man in diesen Tagen zum Schlafen kam. Verdreckt, zugestaubt und erschöpft kauerte man für kurze Zeit am Straßenrand, während die Augen sich schlossen, als wären sie zu Blei geworden.

Neubert und den unbequemen PKW ließ ich weit hinten zurück. Die sengende Luft des Abenteuers zog mich nach vorne. Auf einer BMW, Hubraum 400 ccm, fuhr ich mit den Kradschützen der 8. Panzerdivision Angriffsspitze. Ich erlebte, mit welcher Begeisterung die Bevölkerung uns Deutsche begrüßte. Zum Zeichen der Gastfreundschaft überreichte man uns Brot und Salz. Wir waren in diesen Tagen nicht die fremden Eindringlinge sondern die ersehnten Befreier.

Unsere Angriffsspitzen bohrten sich strahlenförmig in den weiten russischen Raum hinein.

Manchmal fuhr ich auf eigene Faust Erkundung. Alleine preschte ich sandige Feldwege entlang, bewegte mich vorsichtig durch wild verwachsene Gehölze, passierte armselige Dörfer, von denen man nicht wußte, ob es Feindgebiet war oder nicht. Einmal stieß ich auf eilig zusammengezimmerte Barrikaden, bekam Gewehrfeuer, so daß die Querschläger mir wie wilde Hummeln um die Ohren sausten. Da zog ich mich dann doch lieber zurück und ergatterte als Verstärkung zwei Panzerspähwagen, die ich kurzerhand meinem Befehl unterstellte. Dann erstürmten wir gemeinsam das Nest. Einige russische Soldaten kamen uns waffenlos und mit erhobenen Händen entgegen. Es waren die ersten Gefangenen unserer Division.

Wenn ich auf jene Tage zurückblicke, muß ich sagen, mein Leichtsinn und meine Bedenkenlosigkeit überschritten alle Normalmaße. Meine ganze Bewaffnung bestand aus einer Armeepistole, die fest verpackt im Futteral stak. Ich wäre leichter abzuschießen gewesen als ein Hase, der in der Furche sitzt.

Wenn ich Hunger oder Durst hatte, kehrte ich auf einem der verstreut liegenden Höfe ein. Die Leute haben mich immer bereitwillig verpflegt. Einmal saß ich so recht vergnügt in der guten Stube eines Bauernhauses. Ich verschlang einen gehäuften Teller Eier mit Speck und genoß meine Mahlzeit und die mittägliche Stille, als ich einige unliebsame Geräusche, die von draußen kamen, wahrnahm. Ich schaute durch die Fensterscheiben, und was ich da sah, erschreckte mich doch so, daß mir der Bissen im Hals stecken blieb. Da fuhren doch zwei russische Panzerspähwagen ganz langsam auf das Haus zu, in dem ich saß, so als ob sie beschlossen hätten, mir genüßlich den Garaus zu machen. Ich überlegte meine Situation. Sie schien mir aussichtslos, denn sicher hatten mich die Rotarmisten beobachtet, als ich das Haus betrat. Ich stürzte auf den Hof zu meinem Motorrad. Bogen die beiden Fahrzeuge von der zwanzig Meter entfernten Straße ab und dem Haus zu, saß ich wie eine Maus in der Falle. Ein unerwartetes Glück, sie fuhren vorüber. 150 Meter weiter hielten sie an. Zwar hatte ich fürs erste Glück gehabt und war unentdeckt geblieben, aber nun versperreten mir die Russen die Rückzugsstraße. Ich mußte also querfeldein fliehen. Der Ackerboden war weich, so daß die Räder des Motorrades so tief einsanken, daß mir nichts anderes übrigblieb, als abzusteigen und dic Maschine zu schieben. Doch was mir den Schweiß in Strömen durch die Poren trieb, rettete mir auch möglicherweise Leben und Freiheit. In diesem Gelände wären die Radfahrzeuge des Feindes nicht weiter gekommen. Der Untergrund war zu weich für sie. Ich mußte alle Kraft aufbringen, um mich schnell dem Feuerbereich der Spähwagen zu entziehen. Kein Busch, kein Hügel boten rettende Deckung. Eine gut gezielte Garbe mit dem MG hätte genügt, mein russisches Abenteuer noch an diesem Tag zu beenden. Meinen Weg schnitt ein tiefer Graben. Völlig erschöpft fiel ich mit meinem Motorrad die Böschung hinunter ins seichte morastische Wasser. Zwar wurde ich naß und mit Dreck von der Stiefelsohle bis zum Stahlhelm verschmiert, aber ich konnte mich doch auch wieder für einige Minuten sicher fühlen. Nach einiger Zeit rappelte ich mich zusammen und hob vorsichtig den Kopf über die Böschung. Fast traute ich meinen Augen nicht, zwei Staubwolken, die zusehends kleiner wurden, markierten die schnelle Rückzugsbewegung des Feindes. Freude und Erleichterung sind schwer zu beschreiben.

In diesen Tagen des eiligen Vormarsches verwischten sich die Frontlinien so, daß seltsame Überraschungen möglich wurden.

Zur Mittagszeit Rast im Schatten einiger Hütten. Wir stillen unseren Hunger aus Konservendosen. Kein Schuß fällt. Der Krieg scheint weit weg zu sein. Frei und leicht und ohne Bewaffnung marschiere ich in ein angrenzendes Wäldchen, um irgendwo zwischen den Hecken den Boden zu düngen. Ich pfeife vor mich hin und freue mich des Daseins. An irgendeine Gefahr denke ich nicht. Außer einigen Vögeln, die zwitschern, herrscht Totenstille. Der Pfad war schmal, rechts und links davon wuchs dichtes Unterholz. Der sandige Streifen des Fußweges schlängelte sich so zwischen Bäumen und Gestrüpp, daß immer nur ganz kurze Entfernungen zu überblicken waren. Als ich an eine Biegung des Weges komme und nach vorne schaue, droht mir das Blut in den Adern zu erstarren. Keine zehn Schritte vor mir fünf Rotgardisten, einer hinter dem anderen und alle in voller Bewaffnung. Sie marschieren schnurstracks auf mich zu. Während ich die breiten, asiatischen Gesichter mustere, arbeitet mein Hirn fieberhaft. Ich sehe nur zwei Möglichkeiten. Entweder muß ich Reißaus nehmen oder den Kerlen die Stirn bieten. Ein kurzer Blick über das Gelände überzeugt mich von der Aussichtslosigkeit einer Flucht. Die Büsche am Weg hatten hohem Farnkraut Platz gemacht. Kein Fall für eine schnelle Flucht. Für einen Augenblick spielte ich auch mit dem Gedanken, mich als Gefangener zu ergeben. Doch ich verwarf den Einfall sofort wieder. Lieber jetzt einen ehrenvollen Soldatentod sterben, als in Sibirien langsam verrecken. Eines wurde mir klar, wollte ich meine Haut retten, mußte ich überlegene Frechheit demonstrieren. Ich beschleunigte meine Schritte, versperrte den Fünfen den schmalen Pfad, postierte mich vor dem ersten so auf, daß sein Atem mein Gesicht streifte und stimmte mit einem Schlag ein derart wildes und ungeheures Geschrei an, daß dem Mann vor mir anscheinend alle Initiative in die Hose sackte. Dann schritt ich die Front der Fünfe ab und hauchte jeden einzelnen noch einmal mit so viel urweltlichem Zorn an, als ob ich eine wildgewordene Kompanie auf dem Kasernenhof zu zähmen hätte. Was ich sagte, war völlig sinnloses Zeug, es kam ja schließlich nur auf die Wirkung an, und die schien ich nicht verfehlt zu haben, denn die fünf Soldaten der Roten Armee standen völlig eingeschüchtert vor mir. Keiner nahm die Flinte von der Schulter, sie machten einen Eindruck, als seien sie zu Stein erstarrt. Mit heftigen Gesten und unnatürlich lautem Gehabe setz-

1995

J. Iden

1995 Jil Zoen

te ich die Fünfe wieder in Bewegung. Ich marschierte hinter ihnen her und lauerte angestrengt auf den Moment, da denen da vorne ein Licht aufginge, denn irgendwann legte sich die Schockwirkung, dann aber drohte mir höchste Gefahr. Nach 40 oder 50 Metern Marsch kam es mir vor, als ob sich bei den Russen eine Sinnesänderung anbahnen würde, ihr Marschtritt wurde langsamer, ihr Wortwechsel intensiver. Inzwischen hatten wir eine Stelle erreicht, wo mich dichtes Buschwerk seitlich des Weges aufnehmen konnte. Mit einem Satz sprang ich zur Seite. Während ich mich hastig durch das Unterholz schlug, pfiffen auch schon die ersten Gewehrkugeln. Im Nu war ich bei meinen Leuten und organisierte einen kleinen Stoßtrupp, mit dem ich den Feinden entgegenrückte. Drei der Fünf hatte anscheinend der Erdboden verschluckt, wir entdeckten sie nirgends. Mit zweien lieferten wir ein kurzes Feuergefecht auf größere Entfernung, dann verschwanden auch sie im Dickicht des Waldes. Von dem Tag an strich ich nie wieder unbewaffnet durch Rußlands Fluren und Wälder.

Vor Dünaburg stockte der Vormarsch. Zum ersten Mal leisteten die russischen Soldaten erbitterten Widerstand. Wie bisher trieb ich mich bei den Angriffsspitzen der 8. Panzerdivision herum. Wenige Kilometer vor Dünaburg lagen wir im Straßengraben.

Einige Artillerieeinschläge vermischt mit wütendem MG–Feuer. Die Männer vom Kradschützenbatallion kauen Grashalme und ducken sich. Proben ihres Angriffsgeistes habe ich Tag für Tag erlebt, aber jetzt wäre vorwärtsstürmen sinnlos. Das wußten die Offiziere, und die Mannschaften spürten es. Die Zeiten, da man als Kavallerist, die Lanze angelegt, zur Attacke ritt, waren vorüber. Der Krieg hatte sein Gesicht verändert. Trotzdem merkte man, daß die Reitertradition noch lebendig geblieben war. Die chevalereske Haltung der Offiziere fiel ebenso auf wie der Angriffsmut der Truppe. Klingende ostpreußische Offiziersnamen und altes baltisches Adelsblut traf man häufig. Diese Leute hatten ein angeborenes und ererbtes Führungstalent. Sie kämpften ebenso furchtlos an der Spitze ihrer Truppe, wie sie auch trotz Hunger und Entbehrungen jeglicher Art nie ihre Selbstsicherheit und Haltung verloren. Sie kannten ihre Pflichten und wußten auch, ihre Rechte zu wahren. Einige herausragende Figuren dieser Art lernte ich hier im Straßengraben vor Dünaburg kennen. Man unterhielt sich in größter Gelassenheit über Fragen philosophischer Erkenntnisfindung, während ein Hagel von Geschossen den Boden nebenan durchpflügte. Es war, als ob man sich in der Empfangshalle des heimatlichen Herrenhauses zu einem gemütlichen Plausch getroffen hätte.

Auf der Brücke über die Düna lagen die Leichen des russischen Brückenschutzes. Unsere Panzer hatten sie flachgewalzt wie Briefmarken. Zum ersten und einzigen Male wurde ich Zeuge des Einsatzes des ZbV–Batalliones 999, einer Truppe, deren Angehörige außer dem Leben nichts zu verlieren hatten, aber Ehre und Dienstgrad wieder zu gewinnen hofften. In russische Übermäntel gehüllt, auf einen erbeuteten Lastwagen verfrachtet, fuhren sie auf die Dünabrücke. Die sowjetrussische Wache empfing ihre vermeintlichen Kameraden mit Freude und Erleichterung, denn der Feind war nahe und Verstärkung tat not. Wie grausam fuhr den roten Landsern der Schrecken in die Knochen, als die Übermäntel fielen und sie in die Mündungen feindlicher Maschinenpistolen starrten. Im

Wehrmachtsbericht hieß es an diesem Tage lakonisch: "Unsere tapferen Soldaten haben die strategisch wichtige Brücke von Dünaburg im Handstreich genommen."

Zusammen mit der Vorausabteilung unserer Division bin ich in die Stadt eingerückt. Wir kämpften uns von Haus zu Haus und von Straße zu Straße. Gefechte zwischen den Häuserblöcken und Straßenzügen haben etwas Gespenstisches an sich. Die Straßen sind leer, alle Fenster und Türen verschlossen und verrammelt, alles Leben scheint erstorben. Gestalten huschen von Eingang zu Eingang, von Mauerhöhle zu Bretterverschlag. Dumpfe Stille wird von gellenden MG–Garben zerrissen. Blitze berstender Granaten auf Pflastersteinen, ein Hagel von Querschlägern und Eisensplittern klatschen gegen die Wände. Aufschrei der Getroffenen, Wimmern der Verletzten, ein Tanz wie in der Hölle. Nach einigen Sekunden trügerischen Friedens und vager Hoffnungen beginnt der unheimliche Geisterspuk aus Kellerlöchern und Dachluken von Neuem. Ich war Soldat ohne Auftrag, ein Globetrotter der Schlacht, ein Abenteuerer, der auf der Grenze des Möglichen balancierte. Ohne im Kameradschaftsverbund der Truppe zu stehen, hätten mich Tod oder Verwundung wie einen Verlorenen getroffen.

Als Verpflegungsoffizier der Abteilung war ich zwar so frei und ungebunden, daß ich mir meinen eigenen Feldzug gestalten konnte, aber glücklich machte mich diese Tätigkeit nicht gerade. Ich stand auf einem Posten, den ich nicht gewollt hatte, und für den ich keinerlei Befähigung mitbrachte. Ein Glück nur, daß der Verpflegungsnachschub in den ersten Wochen des Einmarsches auch ohne mein Zutun klappte. Wäre die Truppe darauf angewiesen gewesen, daß ich Verpflegung organisierte und womöglich konfiszierte, um den Hunger der Landser zu stillen, wäre der Krieg in meinem Bereich durch die Entkräftung der Soldaten zum Stillstand gekommen. Die Gulaschkanonen dampften täglich, jeder wurde satt, aber ich hätte um alles in der Welt nicht sagen können, woher die Fressalien kamen. Was ich wollte, war eine Frontverwendung, ich mußte Leute um mich herum haben, mit denen ich durch dick und dünn gehen konnte. Mich zog's zu einem Haufen, dem ich Führer sein durfte, ob die Sonne lachte oder die Scheiße dampfte. Und der Tag kam, wo ich erreichte, was ich wollte.

Der Kommandeur der Abteilung, ein Major, hatte sich nicht nur in harter Reichswehrzucht nach oben gedient. Als letztes Aufgebot im letzten Weltkrieg hatte er gerade noch Offiziersrang erreicht und ein bißchen Pulverdampf gerochen. In der darauffolgenden Friedenszeit mimte er als peitschenschwingender Gutsinspektor auf einem pommerschen Herrengut. Ich habe kaum einen genußsüchtiger fressen sehen als diesen Ersatzmajor, der rechts und links der Nase Backen hängen hatte, als wären sie mit rohem Schweinefleisch gemästet. Im preußischen Generalstab galt der Satz: "Viel leisten, wenig hervortreten, mehr sein als scheinen!" Major Sch. leistete wenig, trat hervor, wo er konnte und glänzte mit fremdem Gold. Die Kameraden gegenseitig ausspielen, dort auf den Schlips zu treten, wo er keine Gegenwehr zu befürchten hatte, servil zu kriechen, wo's dienlich schien, sich in die Heldenbrust zu werfen, wenn mit Taschentüchern geschossen wurde, das waren die starken Seiten seiner Persönlichkeit. Da ich ihn durchschaut hatte und wenig Hehl daraus machte, manövrierte ich mich bei ihm aus, wo immer sich eine Gelegenheit bot. Ich hatte nichts bei ihm zu bestellen.

Was sich eines Tages zwischen dem Major und mir abspielte, erinnerte mich etwa an die Fabel von dem Löwen und der Maus.

Ein Mäuslein geriet in die Fänge eines Löwen. Die Maus bat um ihr Leben. "Laß mich los, so kann ich dir vielleicht eines Tages von großem Nutzen sein!“ "Du winzige, nichtsnutzige Maus. Welche Dienste kannst du mir, dem gewaltigen Löwen, vor dem alle Tiere erzittern, schon leisten! Daß ich nicht lache über deine Mäusephantasie. Weil ich jedoch gut gelaunt bin, auch weil mein Bauch schon voll ist, schenke ich dir die Freiheit.“ Einige Zeit später hatte es den Löwen erwischt. Er saß im Netz des Jägers gefangen. Sein schauriges Gebrüll erfüllte den ganzen Umkreis. Auch die Maus hörte das Gebrüll und sprang flink zu der Stelle, wo der Löwe lag. Hurtig nagte sie am Netz, bis der Löwe frei war.

Es kam der Tag, wo der Major mit seinem ganzen Stab in die Netze der Russen geraten war. Sei es durch die eigene Dummheit oder wegen der Unübersichtlichkeit der Lage, vielleicht auch infolge der taktischen Geschicklichkeit des Feindes, jedenfalls saßen er und andere Truppenteile in einer bösen Falle. Durch irgendeinen Zufall befand ich mich außerhalb des Einschließungsringes. Aus reiner Freude am soldatischen Abenteuer, nicht aus Dankbarkeit, wozu ich keinen Grund hatte, machte ich mich daran, die Eingeschlossenen zu befreien. Die selbstgestellte Aufgabe war nicht leicht zu bewältigen. Unsere Heeresführung hatte eine SS–Division nach vorne geworfen, um die Lage zu bereinigen. Einige Tage tat ich nichts anderes, als mir Übersicht und Einblick zu verschaffen. Ich ging mit den SS–Leuten nach vorne und lag stundenlang im Graben, um zu beobachten. Was ich erkennen konnte, prägte ich mir ein oder machte Eintragungen in meine Karte: Gegnerische Stellungen, Artillerieüberfälle auf Wege und Straßen, Granatwerferbeschuß, Streuung der Einschläge, das zeitliche An– und Abschwellen der Feuertätigkeit. Erst als mir alles klar war, handelte ich. In einer der fliegenden Feldwerkstätten im rückwärtigen Gebiet entdeckte ich einen 7,5 Panzer und ein 3,7 cm Flakgeschütz auf Selbstfahrlafette. Die Fahrzeuge waren nach ihrer Reparatur wieder feldklar geworden. Ich unterstellte sie mit ihren Besatzungen kurzerhand meinem Befehl, erklärte die Lage, wies sie ins Gelände ein und erörterte mit den Leuten den Auftrag. Dann setzte ich mich mit der Selbstfahrlafette an die Spitze meines "Kampfverbandes" und fuhr los. Zuerst störte der Artilleriebeschuß der Russen wenig. Sie schossen so unkonzentriert, daß sie großes Glück haben mußten, um uns zu treffen. Erst als eine Pak kurz und hart knallte, wurde es mulmig. Pakgeschütze hatten hohe Anfangsgeschwindigkeiten, so daß Abschuß und Einschlag nur um Sekundenbruchteile auseinander lagen. Das machte sie auch so tückisch und unberechenbar. Die Leute in der gegnerischen Stellung hatten uns erkannt und vermutlich gut im Visier. Ihre Geschosse saßen brandnahe. In solcher Situation gab's kein Halten, je schneller wir nach vorne dem Schußbereich entrinnen konnten, desto besser für uns alle. Von der Selbstfahrlafette aus hatte ich freie Sicht nach allen Seiten. Um diese Sicht noch zu verbessern, legte der Fahrer die Windschutzscheibe um. Die Nerven waren gespannt bis zur Unerträglichkeit. Deutlich sah ich das Aufblitzen der Kanone vor mir. Mit hellwachen Sinnen kannte mein Wille nur ein Ziel: durch um jeden Preis. In diesem Augenblick hielt der Panzer hinter mir an, öffnete die Luke und der Kommandant, ein Feldwebel, grün im Gesicht vor Angst, schrie mir zu: "Die Pak schießt, ich fahre nicht weiter!“ Für eine kurze Sekunde blieb mir die Spuke weg. Ich wußte, jetzt war eine Kehrtwendung unseres Trupps so viel wie sicherer Heldentod. Kurz entschlossen riß ich die Pistole aus der Tasche und brüllte zurück: " Fahr weiter, du Idiot, oder ich schieße dich über den Haufen!“ Der Lukendeckel klappte zu, der Panzer rollte an. Noch einige Minuten atemloser Spannung, dann hatten wir es geschafft. Eigene Sicherungstrupps im Gelände winkten uns zu. Wir hatten den feindlichen Ring durchbrochen. Die nachfolgende SS rollte die Flanken auf.

Major Sch. empfing uns mit einer Träne im Knopfloch. Als ich Meldung von unserem geglückten Unternehmen machte, schien mir zum ersten und einzigen Male, daß dieser spröde und schnöde Pommeraner ein fühlsames menschliches Herz im Leibe hatte. Dieses Herz peinigten immer nur bebende Ängste.

Das Unternehmen trug mir das eiserne Kreuz zweiter Klasse und die Wiederverwendung als Führer eines 2 cm Flakzuges ein. Was ich nicht erntete, war das bleibende Wohlwollen des Kommandeurs. Als er wieder selbstsicher genug war, stieg auch wieder die Abneigung gegen mich, dessen draufgängerische Art er zu fürchten schien. Ein weiterer Zusammenstoß mit ihm ließ nicht lange auf sich warten.

Im September des Jahres lagen wir in einem versumpften Waldgelände südlich des Ladogasees. Es waren sehr schöne, silbrighelle Spätsommertage. Reife Preiselbeeren leuchteten feurig rot zwischen den flaschengrünen Mooskissen heraus. Da es weit und breit kein Obst gab, aß ich täglich Hände voll von diesen süßbitteren Beeren. Ob Einbildung oder nicht, ich fühlte mich durch den Genuß der Preiselbeeren erfrischt, Hunger und Schlaf funktionierten vortrefflich. Ich kam mir stark und unternehmungslustig vor wie selten zuvor. In diesen Tagen liefen die Russen nicht mehr davon wie die Hasen, wenn der Jäger erscheint. Sie setzten einen neuen Panzertyp, den T 34, ein und brachten Stalinorgeln an die Front. Diese Stalinorgeln wirkten auf unsere Soldaten demoralisierend. Auf die Fläche von der Größe eines Kleingartens prasselten Dutzende von Granaten herab. Ihre Zündeinrichtungen waren so empfindlich, daß schon die Berührung von Zweigen ihre Detonation auslöste. Wenn die Granaten Brandsätze trugen, dann näherten sich ihre geballten Einschläge wie eine Feuerwalze.

Wir operierten wie bisher im Verband der 8. Panzerdivision. Die Schützenkompanien waren immer sehr froh, wenn sie 2-cm-Flakkanonen auf Selbstfahrlafetten zur Unterstützung ihrer Feuerkraft bekamen. Die Front verlief entlang des Sinjawinotales. Der Sinjawinobach mündete einige Kilometer weiter in den Ladogasee. In Friedenszeiten wäre man von dem idyllischen Reiz dieses Tales überwältigt gewesen. Man trat aus dem Schatten des wildwuchernden Urwaldes – hier beginnt die Taiga – heraus und blickte auf ein freies, smaragdgrün schimmerndes Tälchen. Im Grund murmelte das Bächlein. Wie ein breiter Teppich zogen sich die Wiesenflächen quer durch den finsteren Wald. Damals aber war Krieg. Jenseits des Tales lagen die Russen, diesseits wir. Beiderseits herrschte lebhafte Erkundungs- und Stoßtrupptätigkeit. Der russische Druck verstärkte sich zusehends.

Als ersten schickte Sch. Leutnant Dostal mit seinem 2-cm-Zug an die Hauptkampflinie. Dostal war Österreicher, wahrscheinlich Wiener. Fesch und kampfeslustig zog er ab. Nur 24 Stunden hielt er die Stellung, dann erschien er wieder mit seinen Leuten, panischen Schrecken verbreitend wie ein der Hölle Entronnener. Er erzählte, die Russen hätten ihn mit ihren Stalinorgeln eingedeckt und um seine Leute zu retten, habe er den Rückzug angetreten. Ich kann mich nicht mehr erinnern, ob es Verluste gegeben hat, meine aber, daß auf dem Konto der Verluste vor allem die Nerven des Herrn Leutnants standen. Später bei Monte Cassino habe ich erlebt, daß die Amerikaner regelmäßig dort Durchbruchserlebnisse hatten, wo das Wiener Hoch- und Deutschmeisterregiment stand. Mit Schnürstiefeln kann man schneller laufen als mit Knobelbechern. Keineswegs bin ich der Meinung, daß uns die Österreicher an Mut und Tapferkeit unterlegen waren. Was hier und bei den Deutschmeistern passierte, das gab´s natürlich auch bei einigen unserer Verbände.

Sch. verhielt sich in dieser Sache Dostal gegenüber merkwürdig verständnisvoll und wohlwollend. Von dem Tatbestand der Feigheit vor dem Feind war nichts zu hören. Vor den versammelten Batterie- und Zugführern der Abteilung stellte der Kommandeur es so dar, als sei der liebe Dostal in den Brunnen gefallen und wir müßten nun froh sein, daß er sich ohne fremde Hilfe befreien konnte. Dostal hatte wohl für einen Augenblick vergessen, daß dies ein männermordender Krieg war und man mit dem Spielchen " Wer fürchtet sich vor dem bösen

Mann?“ nicht auskommt. Er war jetzt wieder in Sicherheit, doch die Stellung mußte besetzt werden. Also hatten andere Kopf und Kragen zu riskieren. Der Major suchte Freiwillige.Wer mit seinem Zug länger als drei Tage in der Stellung, die Dostal zerrüttet hatte, bliebe, bekäme als Anerkennung für eine lebendige Rückkehr das Eiserne Kreuz 1. Klasse an die Brust geheftet. Ehrgeiz und der Reiz des Außergewöhnlichen stachen mich. Ich hielt die Hand hoch und erklärte mit trockener Kehle, daß ich mich zur Verfügung stellen wolle.

Acht Tage habe ich mit meinen Leuten in der Stellung ausgehalten, aus der Dostal schon nach 24 Stunden retirierte.

Die Russen orgelten auf uns herab, was das Zeug hielt. Viele Granaten detonierten im Geäst der Bäume und streuten ihren Eisenregen auf uns, andere zerbarsten auf dem Waldboden, daß Splitter und Moospolster wie Wasserfontänen in die Höhe schossen. Glück hatten wir, daß der Feind seine Feuerüberfälle mit der Uhr in der Hand zu regulieren schien, so daß wir uns immer rechtzeitig in unsere Löcher verkriechen konnten.

Erde ist Sand und Ton und Kalk und Stein und Humus. Aus der Erde sprießen Gras und Korn und Blumen und Bäume. In der Erde ruhen Gold und Silber und Edelsteine. Auf der Erde geht und steht man, wohnt und leidet man. Und mit einer Handbreit Erde über unseren Häuptern haben wir versucht, unser Leben zu erhalten, das gleiche Leben, das wieder zu Erde wird, wenn wir die Erde verlassen haben. Wir kratzten wie die Maulwürfe und buddelten, um in den Boden hineinzukommen. Vier Fuß tief kam uns das Wasser entgegen, denn der Ladogasee war nahe. Die Löcher wurden mit Baumstämmen, Zweigen und Moos abgedeckt. Die Granaten zerplatzten auf unseren Erdbunkern, daß wir manchmal wie in einer Schiffschaukel schwankten. Aber wir blieben heil, weil uns die gute Erde wie eine Mutter umfing und schützte. Mit Konservendosen bauten wir Kamine, mit Lehmbrei mauerten wir Feuerstellen.

Wenn der Abend kam, holte der Unteroffizier Hoff seine Gitarre hervor. Liegend, kauernd, kniend umlagerten wir die wärmende Glut des Feuers und sangen Lieder von Tatjana, vom Kasbek, vom unendlichen Finnland und träumten uns mit rauher Kehle in ein imaginäres Himmelreich hinein, während über uns der Krieg tobte, die Splitter surrten und die Fetzen flogen. Der Schatten eines unwirklichen Abenteuers zog durch unsere Seelen

Nur in der Gefahr des Krieges kann man das Leben ausschöpfen und in Liebe heiß umfangen. Die Schrecken des Krieges haben dort am Sinjawino mehr Heiterkeit und Frohsinn ans Tageslicht gebracht als Jahre langen, satten Friedens. Nie empfand man sich vollblütiger und lebendiger als in den Situationen, wo man mit dem Tod Tür an Tür hauste. Die Erde, die uns das Leben schenkt, hat es uns damals auch erhalten. Wir räumten nach einer Woche befehlsgemäß die Stellung und kehrten ohne Verluste zurück.

Eine wichtige Erkenntnis hatte ich gewonnen: Man darf sich selbst nie aufgeben, sonst ist man verloren. Wenn man gezwungen ist, wie ein Maulwurf in die Erde zu kriechen, muß man trotzdem sein Fell sauber halten. Den Sinn der Ordnung und ihren Wert habe ich in diesen Tagen erkannt und gewogen wie nie mehr in meinem Leben. Es gab Leute, die die Todesangst so marterte, daß sie weder aßen, noch schliefen. Sie wuschen sich nicht, sie rasierten sich nicht, sie kämmten sich nicht, sondern hockten stumpfsinnig in den Unterständen, ein unabwendbares Schicksal erwartend. Manche waren wie von einer Schlange hypnotisiert und starrten auf ihren Untergang. In den Drecklöchern des Taigatales erfaßte ich den ganzen Sinngehalt des " serva ordinem et ordo te servabit", ein Spruch, der über der Schuhkammer im Studienseminar von Münnerstadt stand, an dem ich täglich, aber meist achtlos vorüberging, den ich seither völlig vergessen hatte und der jetzt klar, wahr und fordernd sich neu in meinem Kopf formulierte.

Ich wusch, rasierte und säuberte mich mit penibler Sturheit, ich schlief und aß, wie es sich gehörte. Einiger Willenskraft bedurfte es schon, unter den gegebenen Umständen ein Programm der Ordnung durchzusetzen. Meist fehlte es an allem, was die Ordnung erleichtert. Da gab es oft doch weder Toilette, noch Waschraum, weder Wasserleitung noch Rasierwasser, weder Spiegel noch elektrisches Licht, weder Tisch noch Teller. Während des ganzen Krieges, bei Kälte und Schnee, im Unterstand und im Zelt, im Chausseegraben und auf der Selbstfahrlafette habe ich mir täglich mit meinem Rasiermesser den Bart geschabt. Selbst im Kellerverließ bei den italienischen Partisanen am Ende des Krieges, als mir die Erschießung ziemlich sicher schien, und ich sie stündlich erwartete, habe ich mich treu und brav unter der Aufsicht meiner Kerkermeister barbiert.

Meine Rasiergewohnheiten endeten mit meinem 55. Lebensjahre. Von nun an ließ ich die Haare in meinem Gesicht sprießen und brachte den Bart nur einmal wöchentlich zur Facon.

"Es lebe, wer sich tapfer hält!" Mit dieser Devise überstand ich den Krieg. Solche Szenen siedeln sich tief im Bewußtsein an und prägen das ganze Verhalten.

Am Sinjawino fuhr uns ein T 34 mit einem halben Meter Abstand an der Stellung vorbei. Er schoß wild aus allen Rohren. Die Kameraden hatten Reißaus genommen, nur der brave Obergefreite Petz aus Remagen, von Beruf Bäcker und schon etwas ältlich, harrte mit mir an der Kanone aus und erwartete den Feuerbefehl. Ich sehe heute noch sein leichenblasses Gesicht vor mir, mit den weit aufgerissenen Augen schrecklicher Angst. Und ich höre noch das eine Wort, das er hervorstieß: "Panzergranaten?" Dann schob er auch schon das Magazin in die Halterung. Ich ballerte los. Die Geschosse glitten an dem Ungetüm ab, als wären es eine Hand voll Erbsen. Für den Russen wäre es eine Leichtigkeit gewesen, uns zu rammen oder zu Kleinholz zu schießen. Wahrscheinlich hatten die Kerle größere Angst vor uns als wir vor ihnen, denn sie knallten mit allen Rohren in die falsche Richtung. Einhundert Meter weiter schob sich der Panzer in eine Waldlichtung hinein und stellte den Motor ab.

Ich formierte sofort einen Stoßtrupp aus drei Mann, die ich für besonders kaltblütig hielt, und befahl, eine geballte Ladung vorzubereiten. Kaum hatten wir uns zwanzig Meter von der Stellung entfernt, um den Feind im Nahkampf anzugehen, da hörten wir den Motor aufheulen. Schleunigst zogen wir uns zu unseren Geschützen zurück. Den Bedienungen schrie ich noch etwas von verfluchter Feigheit und notwendiger Tapferkeit vor dem Feind zu, und da schob sich auch schon wieder das gepanzerte Nilpferd die Straße zurück. Wieder gingen seine Granaten ins Leere und wieder kam er uns so nahe, daß wir glaubten, er wolle uns rammen. Wir hielten den Atem an und verharrten regungslos. Diesen Panzer von vorne oder von der Seite zu beschießen, war völlig zwecklos, unser Kaliber war zu schwach. Erst als das Heck mit seinem verwundbaren Motor in unseren Visieren lag, gab ich den Feuerbefehl.

Zwei Geschütze takten los, die Bedienung des dritten Geschützes hatte wieder die Nerven verloren und war in Deckung gegangen. Dafür hagelten die Granaten der beiden anderen Kanonen genau in die Heckfront des T 34. Rauch stieg auf, Flammen züngelten aus den Kühlerjalousien, dann verschwand das Untier hinter einer Biegung der Straße.

Wir schrieen vor Freude, doch wir hatten die Rechnung ohne den Wirt gemacht. Pioniere berichteten uns später, daß die Russen ihr Fahrzeug mit dem Feuerlöscher behandelt hatten, um dann in aller Seelenruhe zu ihren Genossen zurückzukehren.

Der T 34 sollte wohl die Stärke unserer Abwehr erkunden.

Zwei Tage später wurden wir zur Unterstützung der Infanterie nach vorne gezogen. Mit einem Unteroffizier stolperte ich im Gelände herum, um für unsere Waffen einen vorteilhaften Platz zu finden. Dabei wären wir dem Feind fast ins Messer gelaufen. Dreißig Schritt vor uns ratterte auf einmal ein MG los. Da hatten wir aber doch Glück, daß die Roten hinter ihrem MG offensichtlich Anfänger waren. Die ganze Garbe pfiff haarscharf über unseren Köpfen hinweg.

Zur Unterstützung der Kämpfe griff auch unsere Luftwaffe ein. In einer Höhe von ca. 3000 Metern kam eine Staffel schwerer Bomber, drehte über uns eine elegante Kurve und klinkte die Bomben aus. Ich dachte, als ich sah, wie die Bomben aus den Schächten torkelten, nun müsse es dreizehn schlagen, denn die Dinger sausten auf uns zu und trafen auch tatsächlich unsere eigene Verteidigungsstellung. Wir preßten uns platt an die Erde. Ein sinnenbetäubendes Bersten hob an. Dreckfontänen schossen aus dem Boden, Verwundete schrieen. Von meinen Leuten wurde wie durch ein Wunder keiner getroffen. Auf die Bomben der eigenen Luftwaffe folgte der Angriff der Russen. Sie rannten in dichten Pulks auf unsere Stellung zu. Es sah aus, als stürmten Schulkinder beim Pausenzeichen in den Schulhof. Das wilde Urräh erstarb, als wir mit allen Waffen losratterten. Diese Leute wurden völlig sinnlos ohne jeden Feuerschutz, ohne taktische Überlegung über einen freien, sanft abfallenden Hügel gegen unsere Stellungen getrieben.

Einen Tag später wurde mein Zug abgelöst. Ich erstattete dem Kommandeur den Gefechtsbericht. Seine Entgegnung auf meine Schilderung der Geschehnisse: "Ja, ja, es ist schon gut. Sie brauchen mir nicht so viel zu erzählen, ich war ja jeden Tag vorne, um die Lage zu studieren." "Aber Herr Major," gab ich zur Antwort, "ich habe Sie leider nie gesehen." Ein giftiger Blick aus zusammengekniffenem Auge beendete das Gespräch. Ich schlug die Hacken zusammen und empfahl mich gehorsamst. Fast alle Leute meines Zuges wurden mit dem Eisernen Kreuz ausgezeichnet. Von einer Auszeichnung für mich sprach keiner mehr.

Einige Zeit später lagen wir am Ufer eines kleinen Flüßchens mit dem Auftrag, zu verhindern, daß Feindverbände den Fluß überquerten. Kein Schuß fiel, kein Kriegsgeräusch störte die Stille, nur die Strömung des

Flusses murmelte zu unseren Füßen. Ein leichter Wind bewegte die Tannenwipfel des gegenüberliegenden Waldes. Der Soldat im Felde ist in guten und schlechten Tagen ein Wunder an Anpassung. Wir schlenderten und lungerten umher, genossen die unverdient geschenkten Stunden eines ruhevollen Tages und freuten uns an dem milden behaglichen Wetter. Ab und zu prüfte ich das gegenüberliegende Ufer, denn man war im Feindesland und wer wußte auch schon, ob nicht auch ein lindes Lüftchen und eine milde Sonne in dem gegenüberliegenden schwarzgrünen Walddickicht unangenehme Überraschungen ausbrüten konnten.

Während mein Blick vom dichten Unterholz im Vordergrund zu den dahinter liegenden Spitzen hoher Fichten streifte, sah ich in einer Entfernung von einigen hundert Metern ein hellgraues Rauchwölkchen, das sich zwischen den Bäumen hindurchquälte und in Wipfelhöhe lustig mit dem Wind spielte. Ich beobachtete lange und aufmerksam und dachte, wo Rauch ist, da sind auch Menschen, und die Menschen da drüben jenseits unserer Linie, das können doch nur Russen sein. Da mir das absolute Nichtstun in der Stellung nicht sehr zusagte, beschloß ich, zu erkunden, wer sich da wohl mitten im Wald ein Feuerchen angezündet hatte.

Ich klemmte die Maschinenpistole unter den Arm, instruierte meine Geschützführer über mein Vorhaben, gesellte mir meinen Burschen, den Obergefreiten Kern, einen Steiermärker, den ich wegen seines unverwüstlichen Seelenkostüms sehr schätzte, zu und setzte mit einem rasch aus Baumstämmen und Zweigen konstruierten Floß über den Grenzbach.

Jenseits nahm uns der Wald auf, graublau, dunkel, düster. Die einzigen Geräusche, die an unser Ohr drangen, verursachten wir selber. Trockene Zweige unter unseren Füßen knackten, Äste von Sträuchern schlugen gegen Uniform und Waffen. Wir hasteten gespannt und nervös vorwärts. Oft standen wir still, lauschten in den Wald hinein und schnupperten in die Luft wie Tiere, die Witterung suchen. Um die eingeschlagene Richtung zu halten, benutzten wir den Marschkompaß. Nach einiger Zeit hörten wir vor uns die Geräusche gedämpfter Stimmen. Noch leiser, noch vorsichtiger pirschten wir weiter. Während ich geradeaus marschierte, ging Kern nach links. Wir wollten die da vor uns in die Zange nehmen.

Auf einmal lichtete sich der Wald. Unseren Blicken bot sich eine Wildwestszenerie. Im weiten Umkreis um ein Feuer standen und lagen ungefähr 30 bis 35 Rotarmisten in voller Kriegsbemalung. Ihre Gewehre hielten sie zum Teil in der Hand, zum Teil lagen sie neben ihnen. Niemand hatte uns bemerkt. Die Gefahr, die ihnen drohte, spürten sie nicht. Wir hätten mit unseren Maschinenpistolen ein schreckliches Blutbad anrichten können, denn wir befanden uns in guter Deckung und unmittelbar vor dem ganzen Haufen. Auf ein Zeichen schossen wir gleichzeitig eine Salve über die Köpfe der Biwakierenden hinweg. Wie von einem Schlag getroffen sprangen alle hoch und griffen zu den Gewehren. Nun brüllten wir ihnen "ruki wrech" entgegen und feuerten noch einmal in der gleichen Weise. Die Gewehre wegwerfend, mit hocherhobenen Händen und ohne das mindeste Zeichen einer Gegenwehr bewegte sich der Haufen geschlossen uns entgegen. Nun kam für uns der kritischste Punkt des ganzen Unternehmens, denn das Kräfteverhältnis ließ sich nicht mehr verschleiern: zwei gegen drei Dutzend. Zwar waren wir bewaffnet und unsere Gegner nicht mehr, aber in einem plötzlichen Angriff hätte uns die Masse die Pistolen aus den Händen schlagen können, denn niemand von uns verstand ein Wort von dem, was da einer dem anderen zutuschelte. Um uns vor unliebsamen Überraschungen zu schützen, ließen wir keinen nahe an uns herankommen, gaben durch Zeichen die allgemeine Marschrichtung an und gingen sehr sorgfältig beobachtend hinterher. Wir erreichten das Flußufer gegenüber unserer Stellung ohne Zwischenfall und setzten die Gefangenen mit unserem Floß über.

Verstört und stumpf standen sie herum. Sie machten einen abgerissenen und entkräfteten Eindruck. In ihren Kochgeschirren fanden wir halbverfaultes, rohes Pferdefleisch, aber keiner hatte auch nur ein Krümchen Brot bei sich. Unter den Gefangenen befanden sich auch einige Frauen, ihren Uniformen nach bekleideten sie Offiziersrang. Sie würdigten uns keines Blickes und wiesen jede Art von Hilfsbereitschaft zurück. Während ihre männlichen Kollegen das Brot, das wir ihnen gaben, heißhungrig hinunterschlangen, langsam auftauten und sich offensichtlich freuten, daß der Krieg für sie vorüber war, blieben die Frauen unbewegt und feindselig.

Ein zweiter ähnlicher Versuch, in das Feindgebiet jenseits des Flusses vorzudringen, mißlang. Kern und ich stießen dabei auf einen Verband, der sofort das Feuer auf uns eröffnete. Unsere Magazine waren schnell leergeschossen, und bevor uns der Rückzug abgeschnitten wurde, zogen wir uns eilig zu unserem Ausgangspunkt zurück. Anschließend kämmten wir das Waldstück mit unseren Kanonen ab. Noch am gleichen Tag hatten wir die Stellung zu wechseln.

Der Winter stand vor der Tür. Mitte Oktober gab es leichten Frost mit einigen Zentimetern Schnee. Ende Oktober taute es wieder stark. Wir beteiligten uns an einem Infanterieunternehmen im Wolchowabschnitt und wateten durch Schlamm und Dreck. Zufällig hatten wir russische Überziehstiefel aus wachstuchartigem, wasserdichtem Zeug erbeutet. Wir zogen sie über unsere Knobelbecher. Kälte kann schlimm sein, das haben wir später in aller Deutlichkeit erfahren. Fortdauernde Nässe ist schlimmer, sie dringt durch die Haut und weicht alles auf, auch den Selbstbehauptungswillen.

Mitten in der Wolchowniederung zwischen Sumpf und flachen, morastigen Tümpeln ein verlassenes Dorf. Es waren acht oder neun Holzhütten. Jede hatte einen einzigen großen Raum mit einem riesigen, gemauerten Ofen. Für zwei Tage hatten wir wieder ein Dach über dem Kopf. Holz fanden wir reichlich, so heizten wir, bis es mollig warm wurde und trockneten unsere Klamotten. In der ersten Nacht brannten zwei Häuser ab. Nur Öfen und Schornsteine ragten aus dem verkohlten Schutt. Unsere Leute waren gerade noch rechtzeitig wach geworden, um sich mit knapper Not aus den Flammen zu retten. Als in der nächsten Nacht gleich drei Häuser in Flammen standen, vermuteten wir Brandstiftung. Da aber keinerlei Anzeichen dafür sprachen und in der ganzen Gegend kein menschliches Wesen zu entdecken war, blieb uns der Vorgang zunächst rätselhaft.

Einige Zeit später beobachtete ich die Einheimischen, wie sie ihre Öfen heizten. Sie schoben am Morgen ein oder zwei Reisigbündel in die Feuerung und schürten den ganzen Tag nicht nach. Die Steine des großen Ofens sättigten sich mit Hitze und gaben langsam während des Tages die Wärme an den Raum ab. Wenn die Nacht kam, hatte die Ofenoberdecke noch so viel Temperatur, daß man sich zum Schlafen nur leicht zuzudecken brauchte, auch wenn draußen der Schneesturm wütete oder eisige Kälte klirrte. Nie habe ich tiefer, ruhiger und behaglicher geschlafen als auf diesen russischen Öfen, die Platz für eine ganze Familie boten.

Am Wolchow waren wir unsere eigenen Brandstifter geworden. Dadurch, daß wir unsinnig heizten, brachten wir die Ziegelsteine des Ofens zum Glühen und das sich dicht daran anschließende Holzdach zur Entzündung.

Daß wir unsere eigenen Unterkünfte einäscherten, war eine Folge mangelnder Beobachtung und ungenügenden Nachdenkens. Mit dem eigentlichen Kriegsgeschehen hatte dies nichts zu tun, solche Gefahren konnte man erkennen und vermeiden.

Anderen Gefahren ging man nicht so leicht aus dem Wege. Zu ihnen kann man ohne Zweifel die Gefährdung durch Minen rechnen, eine grausame und heimtückische Bedrohung.

Die Russen, Meister der Tarnung, versteckten sie so geschickt unterm Rasen oder im Dreck der Straße, daß man ihnen nur mit sehr geschärftem Blick entgehen konnte. Schon in den ersten Wochen machte ich mit diesen Explosivkästen eine sehr unliebsame Bekanntschaft. Die Erfahrung, die ich dabei sammelte, erwies sich während des ganzen Krieges als sehr hilfreich.

Um eine Spähtruppaufgabe zu erledigen, durchstreifte ich mit einigen Leuten ein Waldgelände, das wieder einmal vermöge seiner romantischen Schönheit dazu einlud, den Blick an der Natur zu sättigen. Wir verließen einen Eichenhochwald und traten in eine Lichtung. Die Sonne schien hell, viele seltene Blumen leuchteten aus dem satten Grün. Kein kriegerisches Geräusch störte einen fast andachtsvollen Frieden. Mit einem Male krachte es rechts von mir. Eine Wolke schwarzen Wiesengrundes fuhr steil in die Höhe, mitten darin ein menschlicher Körper, der dann dumpf auf die Erde aufschlug. Während ich mich instinktiv hinwarf, krachte es zum zweiten Male. Durch den Dreck zwei Schritte vor mir sehe ich einen meiner Kameraden: er wankt, wird urplötzlich feuerrot im Gesicht und stürzt zur Erde. Mir fährt es wie ein Blitz durchs Hirn: Minen. Ich rufe meinen Leuten zu: "Stehen bleiben, Minenfeld!“ Dann kümmere ich mich um die Opfer. Der eine, den es durch die Luft geschleudert hatte, lag blutig, zerrissen und verdreckt neben dem Minentrichter. Der andere lebte zwar, aber ein Splitter hatte ihm die Halsschlagader aufgerissen, so daß das Blut stoßweise und fingerdick im Takt des Pulsschlages Hals, Schultern und Gesicht überschwemmte. Auf die Wunde legte ich ein Verbandpäckchen und band es so fest, daß der arme Kerl gerade noch schnaufen konnte. Anschließend schleifte ich ihn aus dem Minenfeld oder jedenfalls aus der Gegend, die ich dafür hielt. Bei jedem Schritt mußte ich gewärtig sein, daß eines dieser Eier unter meinen Füßen krepierte. Da ich jedoch nicht reif war für den Heldentod, ging dieser Kelch an mir vorüber. Als wir den Verwundeten in ein Sanitätsfahrzeug luden, war er schon sehr schwach. Ich weiß nicht, ob er mit dem Leben davongekommen ist.

Der Winter 1941 setzte wie ein Blitz ein und machte uns erstarren wie ein Donnerschlag. In einer Nacht fiel das Thermometer von einigen Grad über Null bis zu minus 30 Grad Celsius. Niemand hatte mit einem solch grassen Wettersturz gerechnet. Er traf Führung und Truppe unvorbereitet. Die armen Hunde von Infanteristen litten am meisten. Ohne Mäntel und Decken erfroren sie zu Tausenden. Wir selbst hatten das Glück, motorisiert zu sein, und außerdem gehörte ein dicht wattierter Übermantel zu unserer Ausrüstung.

In der Nacht des Kälteeinbruchs stießen wir in Richtung Tichwin vor. Der Vormarsch stockte häufig. Wir nutzten jede Minute, um zu schlafen. Es gelang uns schlecht. Auf unseren Fahrzeugen schnatterten wir vor Kälte wie eine Schar nackter Gänse. Durch die plötzliche Kälte brachen die Achsen, die Motoren sprangen nicht mehr an, die Waffen vereisten und wurden unbrauchbar. Wer im Dreck stak, gefror im Handumdrehen in der Erde fest. Der Russe hätte uns in dieser Nacht und am darauffolgenden Tag kassieren können wie einen Haufen Kehricht auf der Schippe. Da aber die Kälte Freund und Feind ohne Ansehen der Fahne traf, blieben wir ungeschoren.

Drei Wochen lang noch hatte ich mit dem russischen Winter zu leben. Eines Morgens erreichte mich der Befehl, den Kommandeur aufzusuchen. Der Gefechtsstand war in dreiviertel Stunden Fußmarsch zu erreichen. Mit der Seitenwagenmaschine brauchte ich länger als eine Stunde. Immer wieder saß ich ab, klopfte die Hände und trat mir die Füße warm, sonst hätte ich mir alle Knochen erfroren. Als mich der Kommandeur sah, strahlte er übers ganze Gesicht. Auf die heitere Laune des Majors bei dieser Affenkälte konnte ich mir keinen Vers machen. Wenn Sch. je mit mir freundlich war, dann habe ich immer einen Pferdefuß entdeckt. Auch dieses Mal täuschte ich mich nicht. Der Pferdefuß hieß: Versetzung zur Flakartillerieschule Bonn.

Obwohl ich mich nun eigentlich freuen konnte, russischem Dreck zu entfliehen, dieser Saukälte und den Schneemassen adé zu sagen, die Heimat wieder zu sehen und meine geliebte Helene in die Arme zu schließen, fühlte ich mich, wie vor den Kopf gestoßen. Ich mußte meine Leute vom Zug, meinen treuen Haufen, den Not und Gefahr zusammengeschweißt hatten, verlassen. Befehl war Befehl, ich fügte mich wortlos. Daß ich diesem hinterhältigen Kommandeur nicht mehr ins falsche Angesicht blicken mußte, versöhnte mich mit dem Schmerz des Abschieds.

14

Mit dem Kübelwagen fuhr ich die Vormarschstraße zurück, vorbei an Gefallenen und Erfrorenen, deren Leichen der Schnee zugeweht und wieder freigefegt hatte, vorbei an zerschossenen Panzern, umgestürzten Fahrzeugen, liegengebliebenen, zerborstenen Kanonen, weggeworfenen Ausrüstungsstücken, vorbei an Bombentrichtern und Granatlöchern, durch verbrannte Dörfer und immer mühsam mich vorwärtskämpfend auf einer Straße, die so holperig war, wie ein Schollenacker, die Pistole im Anschlag gegen die Gefahr eines Partisanenanschlags, geschüttelt von bissiger Kälte und getrieben von dem Wunsch, jetzt schnell das Grauen der Schlachtfelder hinter mich zu bringen, erreichte ich den nächsten Feldflughafen.

Mit einer JU 52, dieser unverwüstlichen Klapperkiste, flog ich nach Königsberg. Die Schönheit der tief verschneiten Erde unter uns weckte noch einmal die Sehnsucht nach diesem Lande, mit den weiten Horizonten, den verträumten Seen, den unheimlichen Wäldern, den behaglichen Lehmziegelöfen und den rätselhaften Menschen, die mir immer im Zwielicht zwischen rührender Gastlichkeit und hinterhältigster Feindseligkeit erschienen.

Die Maschine flog in einigen hundert Metern Höhe. Manchmal segelten Wolkenballen wie Wattebäuche unter uns, dann glänzte eine strahlende Sonne vom königsblauen Firmament auf uns herunter, manchmal auch zog der Pilot die Maschine in Nebelschleier hinein, dann wogten die grauen Massen gegen die Scheiben der Kabine. Das dauerte nur Sekunden, dann öffneten sich wieder Himmel und Erde im freien Licht des Tages. Wir rasten der nächsten Wolkenbank entgegen, und ich fühlte mich wie ein Vogel, der von Wolke zu Wolke gleitet, seine Freiheit genießt und sich seiner munteren Flugspiele erfreut. Mein träumerisches Entzücken fand ein schnelles Ende. Der Ruf: "Feindliche Jäger!“ scheuchte die zwei Dutzend Soldaten, die mit mir im Flugzeug saßen und bisher teilnahmslos vor sich hingebrütet hatten, auf wie einen Schwarm Tauben. Die Kameraden, meist Fallschirmjäger und leicht verletzt, wurden durch den Fliegeralarm im Nu zu einer funktionierenden Kampfgemeinschaft. Da ohnehin auftauchende Feindmaschinen zum gewohnten Metier der Fallschirmjäger gehörten, blieben alle gelassen und ruhig. Der ranghöchste Unteroffizier übernahm von sich aus das Kommando. Die Luken wurden geöffnet, Maschinengewehre durchgeladen, Bedienungen eingeteilt und Plätze zugewiesen. Die Mannschaft und ihre JU waren klar zum Gefecht. Der Pilot kippte über einen Flügel das Flugzeug in Erdnähe, damit er im Tiefflug die Tarnung durch das Gelände benutzen konnte.

Trotz aller Abwehrmaßnahmen und der gut organisierten Kampfbereitschaft atmete ich doch erleichtert auf, als ich merkte, daß die Feindmaschinen dieses für sie so lohnende Ziel anscheinend nicht erkannten und stur ihren ursprünglichen Kurs beibehielten. Meiner Meinung nach hätten wir mit unserer lahmen und dicken Ente gegen die schnellen und wendigen Mig keine Chance gehabt. Der Flug dauerte mehrere Stunden. Als ich in Königsberg aus der braven, aber klapperigen Kiste ausstieg und wußte, daß nun von nirgendwoher eine plötzliche Gefahr hereinbrechen konnte, war mir wohl und leicht zumute. Gut gekleidete Menschen, sauber gewaschene Gesichter, die Straßen voller Leben und unzerstörte Häuser, das war die Heimat, die den Krieg noch nicht erlebt hatte, und für die die Soldaten an den Fronten namenloses Leid erduldeten.

Einen Tag später traf ich in Bolanden ein und umarmte meine Helene fröhlich und jubelnd. Kurze Zeit danach wurde unser erstes Kind geboren, eine Tochter.

In Bonn bei der Flakartillerieschule begann für mich nun wieder der Gamaschendienst, als ob der Krieg nicht existierte. So oft ich konnte und durfte, fuhr ich nach Hause und so oft es möglich war, besuchte mich Helene mit der kleinen Heidemarie. Für ein Wiedersehen nahmen wir alle Unannehmlichkeiten auf uns.

Wie immer verstand ich mich auch in Bonn mit meinen Vorgesetzten nicht sonderlich gut. Zu meinen Offizierskameraden und zur Mannschaft fehlte es nicht an lebendigen Kontakten und menschlichen Begegnungen. Es war nicht so, daß ich gegen die oberen Ränge immer auf Kollisionskurs ging, ich bemühte mich schon, Vertrauen zu gewinnen, aber ich fühlte mich auch immer als Schild der Mannschaften, um augenscheinliche Ungerechtigkeiten abzuwehren und Nöte, die durch die Führung verursacht wurden, zu mildern. Das schuf mir überall die Kommandeure zu Feinden.

Ein bezeichnender Vorgang: Von Bonn aus wurde ich für einige Zeit als Führer einer Flakbatterie eingesetzt, die den Vorortflakschutz der Stadt übernehmen sollte. Flieger kamen keine, so hatte ich einen ruhigen

Job, und ich tat nichts, um meinen Leuten und mir das Leben sauerer zu machen, als es war.

An einem schönen Sonnentag zur Pfingstzeit schneite früh am Morgen der Kommandeur der Flakartillerieschule, ein Oberst A., in meine Batterie. Wo immer A. auftauchte, verbreitete er Angst und Schrecken. Er war besonders deshalb gefürchtet, weil er so lange in Nebensächlichkeiten seine Nase steckte, bis er ein Haar in der Suppe gefunden hatte. Dann fiel er in wahrer Wollust über die Menschen her, deren Schicksal in seiner gefühllosen Hand lag und machte sie nach Strich und Faden zur Sau, wie es so schön im Kasernenjargon heißt.

In Bonn befahl er einmal uns fünf Offiziere von der Lehrbatterie in sein Dienstzimmer, ließ uns in Linie zu einem Glied antreten, musterte von einem zum anderen gehend Zustand und Sitz der Uniform, kritisierte den Mützensitz, kümmerte sich um die richtige Sockenfarbe, bemängelte das Schuhwerk – es fehlte ihm die richtige Schwärze –, bemängelte den Sitz der Krawatte und die Sauberkeit des Hemdes, schrie jeden einzelnen mörderisch an, tobte dann noch vor der ganzen Korona wie ein gereizter Wüstenlöwe und entließ uns mit Drohungen und Beschimpfungen. Solche Auftritte sollten der Disziplinierung der Truppe dienen. Die Anschisse waren an die Unteroffiziere und Mannschaften in geeigneter Form weiterzugeben, damit mehr Gewissenhaftigkcit und stärkerer Diensteifer einzogen. Ich hielt diese Methode für fragwürdig und schädlich.

An dem erwähnten klaren und pfingstlichen Tag kam A. in meine Batterie, um mir vor Augen zu führen, wie unfähig ich sei, eine Batterie zu führen. Er ging von Geschütz zu Geschütz, streifte durch alle Unterstände, knöpfte sich Wachtmeister, Unteroffiziere und Mannschaften vor, brüllte jeden an, der ihm über den Weg lief, kritisierte alles und jeden und ließ weder Nachsicht noch Gnade walten. Die Stellungen waren unsachgemäß angelegt, die Geschütze so schlecht gepflegt, daß sie zu verrotten drohten, der Ausbildungsstand der Bedienungen katastrophal. In den Unterkünften fand er Staub, an Bettdecken hatte er Faltenbildung auszusetzen. Er nörgelte und nörgelte, dumm, einfallslos, haarspalterisch.

Als A. merkte, daß all seine Anwürfe an mir abprallten wie an einer Gummiwand, weil ich mit deutlicher Ironie jeden seiner Sätze hackenklappernd und jawohlsagend quittierte, um ansonsten völlig ungerührt zu bleiben, als ihm also klar wurde, daß er mich nicht klein und häßlich machen konnte, startete er seinen letzten und stärksten Coup. Er ging an meinen Wagen – als Chef der Batterie stand mir ein eigener Wagen zu –, nahm einen Bleistift aus seiner Tasche, fuhr mit seinem ungespitzten Ende unter einen Kotflügel des Autos, schabte ein halbes Gramm Dreck ab, hielt mir den Bleistift mit dem winzigen Dreckhäufchen unter die Nase und schrie mir höhnisch triumphierend ins Gesicht: "Was ist das, Herr Oberleutnant?“ "Das ist Schmutz, Herr Oberst!“ Während nun A. seine lautstarke Epistel über so viel gehabte Unordentlichkeit eines Batteriechefs losließ, zückte auch ich einen Bleistift, schritt zum Kommandeurswagen, fuhr ebenfalls unter den Kotflügel, schaufelte in gleicher Weise ein Häufchen Schmutz auf den Stift, pflanzte mich dann in militärischer Haltung vor meinem Vorgesetzten auf und fragte mit sehr fester Stimme: "Und was ist das, Herr Oberst?“ Es folgte mit nichten eine Antwort. Die Frechheit war zu ungeheuerlich. Sie verschlug dem Obersten einfach die Stimme. Solch einen rasanten Überfall auf seine Autorität hatte er sicher noch nie erlebt. Jedenfalls, das schreiende Großmaul stand da, als ob ihn der Schlag rühre. Die Kinnbacken klappten wortlos zusammen, und noch ehe ich mich recht versah, entschwand der Kommandeursspuk in einer Staubwolke.

Nach einer guten halben Stunde Telefonanruf von der Flakartillerieschule Bonn: Der Oberleutnant Doerr ist mit sofortiger Wirkung seines Dienstes als Batterieführer enthoben. Anwesenheitsmeldung in Bonn umgehend. Der Bart war ab. Bei A. hatte ich ausgespielt.

Neben den entsetzlichen Dingen, die der Krieg bringt, geschieht auch manchmal Merkwürdiges und Seltsames. Im Februar des Jahres 1942 wurde unsere Batterie zur Verstärkung der dortigen Flakabwehr nach Lübeck verlegt. Wir glaubten, es sei einer jener Routineeinsätze, mit denen Soldaten immer wieder in Trab gehalten werden. Niemand ahnte, daß wir den Auftakt der Zerstörung unserer Städte erleben sollten. Bis zu diesem Zeitpunkt hatte ja der Bürger des großdeutschen Reiches den Krieg noch nicht am eigenen Leibe erfahren. Unsere Armeen standen an allen Fronten tief im Feindesland. Hin und wieder gab es zwar Fliegeralarm, und die Leute suchten die Luftschutzkeller auf, aber Bomben fielen selten und richteten keine nennenswerten Zerstörungen an. Wenn die Rationierung der Lebensmittel und Textilien nicht jeden täglich an den Krieg erinnert hätten, wenn man nicht um seine Lieben draußen hätte bangen müssen, die Zeitungen sich nicht immer mehr mit Todesanzeigen der Gefallenen gefüllt hätten, Soldaten mit fehlenden Gliedmaßen anklägerisch durch die Straßen gehumpelt wären, vielleicht wäre es uns Deutschen gelungen, den

Krieg ins Abseits unseres Bewußtseins zu manövrieren. Einige Bedrängnisse waren nicht wegzurationalisieren, aber das Inferno im Hagel der Bombennächte, das lag noch vor uns. Ganz anders die Mentalität der Soldaten. Sie lebten, stritten und fielen in diesem Krieg. Die Sonne eines heiteren Tages begrüßte man lustvoll, die Nacht der Entbehrung, der Heimatferne, der Erschöpfung, des Hungers, des Schlafentzuges, des Dreckes, des Ungeziefers jeder Art und der Todesdrohung wurde mit unerschöpflichem Humor gemeistert. Nie habe ich mehr gelacht, gewitzelt, gealbert, das Ungute hinweggespottet, die Gefahren verhöhnt, den Kreis Gleichgesinnter geliebt und im Rahmen des Möglichen die Freiheit genossen wie in diesen sechs Jahren. Der Soldatenrock verband die unterschiedlichsten Individuen, Temperamente und Charaktere. Er verpflichtete zu gegenseitiger Hilfe und schuf eine neue Heimat des menschlich Vertrauten.

Wir hatten also damals unsere Stellung am Rande der Hansestadt Lübeck. Gute Tage waren es. Der Dienst ließ viel freie Zeit. Wir Offiziere trafen uns oft zu gemütlicher Runde. Frühling lag in der Luft, und die Nächte verliefen meist ohne feindliche Einflüge. Im Theater der Stadt spielte man in diesen Wochen das Drama des König Lear. Ich ließ mir keine Aufführung entgehen. Welch großartiger Moment, da Lear in den Saal schreit: "Welt, o Welt, lehrt uns dein seltsam Wechseln dich nicht zu hassen!" Wie nahe der Wechsel bevorstand und in welch hassenswerter Form wir ihn erlebten, konnte zu jenem Zeitpunkt noch keiner wissen. Keine drei Stunden nach dem dramatischen Learwort prasselten die Bomben mehrerer hundert Feindmaschinen auf die Wohnviertel Lübecks. Das Shakespearestück weitete sich in die Dimension des Untergangs einer Stadt.

Ohrenbetäubendes Krachen, Bersten und Splittern übertönte das Jammern und die Schreie hilfloser Menschen. Fontänen von Glut und Feuer schossen vom Himmel. Mauern stürzten, Häuser brachen auseinander. Das tiefe Brummen der Bomber schwang wie ein sonorer Orgelpunkt über dem rasenden Staccato der Vernichtung. Ich war auf dem Weg vom Theater zur Stellung. Als ich sie keuchend erreichte, war der Tanz schon in vollem Gange. Wir schossen unsere Leuchtspurgarben gen Himmel, wir erfüllten aber nur eine reine Pflichtübung, denn die Brummer flogen so hoch, daß unsere Feuerwirkung sie nie erreichen konnte. Wir bezweckten, daß uns der Gegner einige Splittertöpfe in die Nähe der Stellung setzte.

Als der Morgen heraufzog, beschien eine matte Sonne die schwelenden Trümmer einer Stadt, die ehemals zu den schönsten des Reiches zählte. Was jahrhundertelang durch Fleiß, Geschmack und Kaufmannstolz blühte, sank in einer einzigen Nacht in Schutt und Asche. Schätze von unnennbarem Wert zerschmolzen, zerbrachen und verbrannten in einigen Stunden zu nichts. Zweihundertneunundachtzig Menschen ließen ihr Leben. Die meisten hatten mit dem Krieg nur so viel zu tun, als sie Angehörige des Volkes waren, das ihn führte.

In jener Nacht, da zum ersten Mal die Schrecken des Wahnwitzigen über einer deutschen Stadt tobten, träumte Helene in Bolanden einen merkwürdigen Traum. Sie erlebte in diesem Traum den Angriff der feindlichen Bomber auf Lübeck, so wie er sich zutrug. Sie hörte das hundertfältige, wilde Röhren der an– und abfliegenden

Flugzeuge, das Zischen der Bomben, die Detonationen, das ohrenbetäubende Knallen und Krachen. Sie sah die dichten Rauchwolken über der Stadt, das Züngeln der Flammen, den gleißenden Schein der Phosphorbrandsätze und das ununterbrochene Aufblitzen des Mündungsfeuers der Flakkanonen. Ihr Traum spiegelte die Ereignisse der Wirklichkeit im Augenblick des Geschehens. Dann stand sie vor den 289 Särgen, die in einer Kirche aufgebahrt waren. Sie ging angstvoll von Sarg zu Sarg und suchte mich unter den Toten. Sie las die fremden Namen am Fußende der Särge. Nachdem sie meinen Namen nicht gefunden hatte, wachte sie erleichtert auf. Die Parapsychologen werden für solche Träume die passende Erklärung finden. Ich weiß, daß die Seele des Menschen voller Rätsel steckt, die der Mensch nie alle befriedigend lösen wird.

Im Spätherbst des Jahres 1942 rief uns wieder Rußland. Der Transportzug stand auf einem Abstellgleis des Bonner Güterbahnhofes. Wir wurden mit Mann und Maus, mit Kanonen und Munition, mit Fahrzeugen und Gerät verladen. Auch mit viel Hoffnungen, Befürchtungen und Ahnungen waren die Waggons vollgestopft. Unsere Soldaten hatten noch keine Fronterfahrung. Diese 19 und 20 jährigen kannten den Krieg nur vom Hörensagen. Nun sollten sie nach abgeschlossener Waffenausbildung Deutschland in Rußland verteidigen. Sie kamen von Rhein und Ruhr und aus dem Land der roten Erde, aus Westfalen. Kernige, robuste, unkomplizierte Naturen waren es, meist Bauernsöhne, die das Erdige und Naturhafte liebten.

Der Zug rollte durch Deutschland und Polen nach Weißrußland hinein. Wir holperten durch die Bahnhöfe und hielten oft auf freier Strecke. Keiner kannte den Fahrplan; ob unser Halt nur wenige Minuten oder Stunden dauern würde, ob darüber der Vormittag oder ein ganzer Tag verstreichen würde, niemand konnte es uns sagen. Ein Geisterhirn schien Fahrzeiten und Stationen auszubrüten. Selbst die Lokomotivführer ahnten wenig von der Kunst ihrer Bahnstrategen. Nach vierzehn Tagen war es so weit. Ein kümmerlicher Bahnhof, nur ein paar Bretterschuppen markierten ihn. Endstation!

"Alles aussteigen!" Der russische Winter empfing uns. Dichtes Schneetreiben blies ins Gesicht. Massen von wirbelnden, weißen Flocken, bittere Kälte. Frierend und unlustig luden wir aus. Den Himmel über Isotscha, einem Feldflugplatz wenige Kilometer hinter der Front, sollten wir verteidigen. Wir erreichten ihn, als es dunkelte. Kein schützendes Dach gegen Schnee und Kälte. An diesem Abend träumte keiner von Heldentaten und Ordensbrust.

Wer nicht verderben wollte, mußte in dieser Situation denken, um zu handeln. Eis und Kälte können einem härter zusetzen als der Feind. Die Grausamkeit der Naturgewalten kennt kein menschliches Mitfühlen. Sie erhebt oder vernichtet. Ich habe meine Leute mit Pickeln, Spaten und Stemmeisen bewaffnet. Wir haben uns eine Nacht lang in den gefrorenen Boden gewühlt. Das fahle Schimmern des Schnees ersetzte die fehlende Beleuchtung. In eine Seitenwand der Grube höhlten wir eine Feuerstelle hinein. Schließlich deckten wir das Loch mit Birkenstämmen und Reisig ab. Die Soldaten waren zu Tode erschöpft. Nur mit Mühe konnte ich es verhindern, daß jeder, wo er ging und stand, sich hinlegte, um zu schlafen. Einige schickte ich nach Stroh, andere mußten Feuer in den Kamin zaubern. Ich redete, ermunterte, half und schimpfte auch schlimmer als ein Fuhrmann, um alle in Trab zu halten. Sogar ganz unnötige Arbeiten erfand ich, so daß sich keiner von der Kälte überwältigen lassen konnte.

Die Feldküche schickte heißen Tee. Als wir ihn aus unseren Kochgeschirren schlürften, war er immerhin noch lauwarm. Ich wachte scharf darüber, daß kein Alkohol getrunken wurde. Bei der Entkräftung und dieser Kälte wären die Folgen schlimm gewesen. Endlich hatten wir Stroh, endlich fing das Holz im Feuerloch an zu brennen, endlich konnten wir uns niederlegen, da qualmte das nasse Holz so fürchterlich, daß wir zu ersticken drohten und fluchtartig das "Lokal" räumten. Nach einiger Zeit zog dann doch der Rauch ab, eher deshalb, weil die Scheite heruntergebrannt waren, als wegen der Geschicklichkeit unserer Kaminbauer. Wir wagten es dann auch nicht, das Feuer weiter zu schüren. Der verbliebene Qualm lag noch unerträglich genug auf der Lunge.

Einige hatten am nächsten Morgen leichte Erfrierungen. Sie hatten trotz meiner Warnungen die Stiefel nicht ausgezogen, als sie sich schlafen legten. Die paar Stunden Schlaf im Erdbunker waren nicht nur teuer erkauft, wir mußten sie auch viel zu teuer bezahlen. In der Nähe der Feuerstelle taute die Wärme das Erdreich auf, den Schläfern lief lehmiger Brei über Gesicht und Kleidung. Aller Schnee, den wir, ohne es zu wollen, in die Abdeckung des Bunkers hineingearbeitet hatten, wurde zu Wasser. Er tropfte unaufhörlich von der Decke. Mäntel und Schlafdecken sogen sich voll wie Schwämme. Am nächsten Morgen schauten wir einander in die entmutigten und dreckverschmierten Gesichter und erkannten eine neue Seite des Krieges, weit ab von der Süße des ehrenvollen Todes für das Vaterland. Unsere Lage verbesserte sich dank der unerschöpflichen Erfindungsgabe unserer Landser sowie durch Gewöhnung und Anpassung.

Der Dreck in unserem gemeinsamen Bunker widerte mich so an, daß ich es vorzog, das Feldzelt als Nachtquartier zu benutzen. Dadurch entging ich den Lehmgletschern des Unterstandes, aber bei nächtlichen 25 Grad Minustemperaturen und einem eisigen Wind hatte ich des Morgens alle Hände voll zu tun, meine weißgefrorenen, gefühllosen Füße so lange zu massieren, bis das Leben in sie zurückkehrte. In einem Holzhaus der Russen in der Nachbarschaft hatte ich wenigstens Gelegenheit, mich zu waschen und aufzuwärmen.

Ein neuer Feind drohte uns: der Hunger. An einem Frontabschnitt in unserer Nähe gelang es dem Gegner, durchzubrechen und uns den Nachschub abzuschneiden. Unsere Rationen beschränkte man auf zwei Schnitten Brot täglich und eine Wassersuppe ohne Substanzen. Hunger im Winter tut besonders weh. Schon leichte Anstrengungen zehrten an den letzten Kräften. Wir gingen nicht mehr, sondern torkelten dahin.

Noch fiel kein Schuß, keine Granate krachte, nur in den Nächten bei silberhellem Mondschein über schimmernder Schneelandschaft tackten lahme russische "Enten" über unsere Stellungen und ließen hin und wiedcr eine Bombe fallen. Solche Nervensägen hatten mehr Wirkung als sie unmittelbaren Schaden anrichteten. Das Geräusch dieser müden Nähmaschinen ließ keinen ruhig schlafen. Man peilte unwillkürlich mit überwachen Ohren Flugrichtung und Entfernung an und wartete auf das kurze Zischen und den Knall des Einschlags. Mit der

Zeit beurteilten wir so geschickt die Positionen des "eisernen Gustav", daß wir genau wußten, wann der Pilot sein Ei ausklinken mußte, um uns zu treffen. Da beim Gegner die gleiche nachtwandlerische Sicherheit fehlte, blieben wir heil.

Unsere Fastenkur dauerte bis zum Weihnachtsfest, genau bis zum Bescherabend. Einer unserer Munitionsfahrer mit dem siebten Sinn für das Nahrhafte mußte Leichen gefallener Soldaten vom Hauptverbandplatz abtransportieren. Der findige Fahrer sammelte nicht nur die Leichen, sondern auch die Reste der zurückgelassenen Verpflegung. Jeder erhielt so am Weihnachtsabend ein ganzes Kommißbrot. An keinem Fest habe ich je strahlendere Gesichter gesehen. Nie wieder entzückte mich ein Geschenk wie dieses. Als es unseren Truppen in diesen Tagen gelang, den feindlichen Einbruch auszubügeln, funktionierte auch wieder der Verpflegungsnachschub, und unser Hunger ging auf die erträglichen Grenzen zurück.

Bei meinen Erkundungsgängen begleitete mich mein treuer Bursche Josef Große-Puppendahl. Um mein leibliches Wohl kümmerte er sich geradezu rührend. Da die Gefahr bestand, daß feindliche Stoßtrupps durch die Linien sickerten, um den Flugplatz, der eine Staffel ME 109, die pausenlos Einsätze flog, beherbergte, anzugreifen, kam der Erkundung der Umgebung besondere Bedeutung zu. Natürlich hätte ich auch meinen Wachtmeister oder einen Unteroffizier mit einigen Leuten losschicken können, aber ich fühlte mich sicherer, wenn ich mich selber im Gelände umsah. Da wir erst kurz vor Weihnachten mit Skiern ausgerüstet wurden, bedeutete der Marsch durch den hohen Schnee kein reines Vergnügen. Unsere Knobelbecher erwiesen sich als sehr ungeeignet für solche Unternehmungen. Der Schnee lief uns in die Stiefelschäfte hinein, das Schneewasser drang leicht durch das großporige, schlecht gepflegte Rindsleder. Nach zwei Stunden Marsch erlahmten die Kräfte, und die Füße drohten zu erfrieren. Der chronisch nagende Hunger in jenen Wochen verschärfte die Mühsal der Märsche.

Wäre Frieden gewesen, nichts hätte schöner sein können, als solche Wanderungen durch verschneite Fichtenwälder, über Anhöhen, die in leuchtender Schneepracht glänzten, durch Dörfer, deren Handvoll Hütten der Schnee so zugestaubt hatte, daß sie rund und mollig wie Maulwurfshaufen dahockten. Aber es war Krieg. Jeden Augenblick konnte ein Schuß die Stille zerreißen, und jeder Pulsschlag konnte der letzte gewesen sein. Leider mußten wir unsere Sinne für unliebsame Überraschungen offen halten; wir durften nicht die Schönheit der Winterlandschaft voll genießen.

Bei einem dieser Märsche tauchte in der einsamen Landschaft ein Bauernhaus auf. Es war eines jener Häuser, wie sie für die nördliche Landschaft typisch sind. Wer sich dort ein Haus bauen will, zieht mit Kind und Kegel, mit Eltern, Brüdern und Vettern in den Wald. Gut gewachsene, glatte Fichtenstämme werden umgelegt, die Zweige abgehackt und die Rinde geschält. Am Bauplatz sägt man die Balken auf Hauslänge und schichtet sie aufeinander. Dadurch, daß sie an den vier Hausecken halbkugelförmig ausgehackt werden, greifen sie fest und sicher und ohne Zwischenräume ineinander, so wie die Finger der beiden Hände. Von Stamm zu Stamm dichtet eine Lage Moos und Werg die Ritzen ab. Einige kleinformatige Fenster setzt man ein, wenn der Winter kommt. Sie sind so einfach konstruiert, daß man sie weder öffnen noch schließen kann. In der warmen Jahreszeit werden sie herausgenommen und auf dem Dachboden für den nächsten Winter verwahrt. Die Häuser besitzen eine kleine Diele als Windfang und nur eine einzige, aber große Stube, in der sich alles Leben der Bewohner abspielt. Sie ist Wohn–, Schlafzimmer und Küche zugleich. Das Herzstück des Raumes bildet der russische Ofen, in seiner Größe unseren alten Backöfen vergleichbar. Er dient auf seiner Oberseite der gesamten Familie als Schlafplatz. Nur Säuglinge besitzen ein eigenes Bettchen, eine oval gezimmerte oder geflochtene Wiege, die an einem kurzen Seil an der Decke befestigt ist. Schreit das Baby, so schwingt man die Wiege wie eine Schaukel hin und her. So wird auch der Säugling gegen die Wanzen, die in den Wänden und gegen die Flöhe, die in den Ritzen der Fußbodenbretter ein munteres Leben führen, geschützt.

Da die Russen in dieser Gegend wöchentlich einmal die Sauna besuchen, treten Kleiderläuse selten auf. Das Mobiliar einer solchen Wohnung ist denkbar einfach. Es besteht aus Tisch und Bänken. Kleiderschränke wären ein überflüssiger Luxus, denn was man hat, trägt man auf dem Leibe. Der Schaffellmantel für den Winter hängt an einem Nagel im Vorplatz.

Um den Wärmeeffekt der Wände zu verbessern, werden sie mit Zeitungspapier tapeziert. Dies bietet dem Familienmitglied, das rauchen möchte – im allgemeinen rauchen nur die Männer –, einen sehr praktikablen Vorteil. Hat sich derjenige nämlich eine Hand voll Machorka zusammengefuggert, dann reißt er sich ein Stück Zeitungspapier von der Wand , dreht es trichterförmig zusammen und schüttet den Tabak wie in einen Pfeifenkopf hinein. Auch wir haben uns für diese rußgeschwärzten Zeitungen an den Wänden interessiert. Mußten wir uns für eine oder mehrere Nächte in einem dieser Panjehäuser, wie unsere Landser sagten, einnisten, so gingen wir, bevor wir uns niederlegten, zuerst einmal auf Wanzenjagd. Wir leuchteten mit einer Taschenlampe hinter die Zeitungstapete, um die Wanzen in ihren Verstecken aufzuspüren. Wanzen sind Nachttiere, ein Lichtschimmer macht sie sofort bewegungsunfähig. Man braucht einige Phantasie, um diesen unangenehmen Blutsaugern das Handwerk zu legen. Wir haben die Feldbetten von den Wänden weggerückt und die Stahlbeine in Konservendosen gesteckt, die mit Petroleum gefüllt waren. Unsere Rechnung ging nicht auf. Man sollte doch meinen, daß der Instinkt dieser niederen Tierart starr vorprogrammiert ist. Es scheint nicht so zu sein. Welche rationalen Überlegungen diese gewitzten Tierchen angestellt haben, weiß ich nicht. Jedenfalls ging ihr Instinktmechanismus nicht in die von uns ausgeklügelte Falle. Sie krochen einfach an der Zimmerdecke entlang und ließen sich wie Fallschirmjäger auf die Schlafenden fallen.

In den Bauernstuben merkte man noch wenig vom Atheismus der Kommunisten. Jede Hütte schmückte eine Ikone. Sie stand oder hing in der Herrgottsecke. Davor brannte ein Öllichtchen. Wer den Raum betrat, nahm die Mütze vom Kopfe, verneigte sich vor der Ikone, schlug das Kreuz und begrüßte erst dann die Anwesenden.

Das Haus also, auf das wir stießen, betraten wir nicht sofort, sondern beobachteten es erst aus einiger Entfernung. Im Krieg schärft sich der Instinkt für etwaige Gefahren außerordentlich. Wir umrundeten das Anwesen einige Male, und dann traten wir ein, weil wir dachten, die Luft sei sauber. Die Männer und Frauen in der Stube schienen nicht überrascht zu sein. Sie zeigten auch keine Angst vor unseren Waffen. Die Frau des Hauses stellte unaufgefordert einen halben Brotlaib auf den Tisch und legte ein Messer dazu. Wir brauchten nicht ermuntert zu werden, um zuzugreifen. Es war ja noch die Zeit, da zwei Schnitten unser tägliches Brot bedeutete. So schlangen wir eine Kante nach der anderen in unsere leeren Mägen. Daß wir brüderlich teilten, galt als Ehrensache. Nach kurzer Zeit starrten zwei Augenpaare auf das letzte Stückchen Brot. Keiner sprach ein Wort, aber auch keiner konnte seine Gier verbergen. Beide waren wir noch hungriger als zuvor. Ich gab mir einen Ruck und Schob Puppendahl den letzten Brotkanten zu. Es fiel mir weiß Gott sehr sauer. Als wir das Haus verließen, meinte Jupp: "Das werde ich Ihnen nie vergessen, Herr Oberleutnant!" Und was der wortkarge Bauernsohn aus dem Münsterland sagte, das dachte er auch so. Noch heute, 36 Jahre danach, trifft alljährlich zum Weihnachtsfest ein Paket aus Westfalen ein: Eine große Hartwurst ist immer dabei.

Kurze Zeit vor Weihnachten dachte endlich ein höherer Quartiermeister daran, uns mit Schneeschuhen auszustatten. Obwohl ich bis dahin nie Bretter unter den Füßen gehabt hatte, fühlte ich mich bald so sicher auf den Skiern, als ob ich mit ihnen aufgewachsen wäre.

Die hügelige Endmoränenlandschaft rund um Isotscha konnte für uns Anfänger gar nicht idealer sein. Von nun an war ich mit den Brettern unterwegs, bis im April der Schnee dahinschmolz. Auf den Schneeschuhen durch die unberührte Landschaft zu ziehen, war so schön, daß ich den Krieg fast vergaß.

Der Beginn des Jahres 1943 ließ sich bei uns nicht ungnädig an. Bis auf den nervensägenden "eisernen Gustav" blieb uns der Himmel wohlgesonnen. Die Front selbst hatte sich beruhigt. Die Kraftanstrengung der Russen bei Stalingrad schwächte den militärischen Druck in unserer Region ab. Der Winter stellte Sturm und Schneefälle ein und prangte mit einem glasklaren sibirischen Hochdruckwetter. Wir standen wieder im Hafer üblicher Verpflegungsnormen, und auch unsere Unterstände hatten inzwischen das Augenmaß von Frontbunkern erreicht. Die Anspruchslosigkeit des Soldaten machte das Leben in ihnen behaglich. Wir verkleideten die Wände mit Stämmen, das Dach wurde gegen Wasser abgedichtet, und unsere Feldöfen strahlten die notwendige Wärme aus.

Eine meiner kleinen frechen Unbotmäßigkeiten führte dazu, daß ich wieder einmal oben unangenehm auffiel.

Während wir unsere kleinen Erdbunker bauten, erschien der Batteriechef Hauptmann Kl. und händigte mir ein Papierchen aus, auf dem er Grundriß und Ausführung unserer Unterkünfte aufgezeichnet hatte. Da ich aus dem Jahr 41 genügend Erfahrung gesammelt hatte, hielt ich die Belehrung für überflüssig und warf den Zettel kurzerhand ins Feuer. Nach einigen Tagen meldete ich dem Chef lakonisch: "Arbeit an den Unterkünften beendet." Daraufhin kam er, um zu besichtigen. Seine erste Frage: "Wo ist das Papier mit meinen Anweisungen?" "Hier im Ofen, denn ich bin fronterfahren genug, um zu wissen, wie man sich hier in Rußland unter der Erde einzurichten hat." Mit hochrotem Kopf und tief atmend verschwand er.

Wer den Witz ausgekocht und auf die Beine gestellt hat, weiß ich nicht. Jedenfalls empfing die Truppe an Weihnachten "Pariser" in solcher Menge, daß ein Großstadtbordell damit ausreichend hätte versorgt werden können. Allgemeines Gelächter bei den Soldaten. "Pariser, wozu?" Man konnte genauso gut eine verlorene Stecknadel in einem Heuhaufen suchen, als in Isotscha liebeshungrige Mädchen finden. Was hier an vermummten Figuren herumlief, mußte man erst einmal aus einem Dutzend Lumpen herausschälen, um überhaupt zu wissen, ob man Männlein oder Weiblein vor sich hatte. Auch dann noch hätten wahrscheinlich Schmutz, Gestank und Ungeziefer selbst dem rüdesten Lustmolch den Appetit verschlagen.

An Sylvester füllten wir unsere "Pariser" mit Wasser, hängten sie im Freien nebeneinander an eine Leine und veranstalteten ein Pistolenwettschießen. Bei jedem Treffer, wenn so ein birnenförmiges Ding zerplatzte, erscholl ein donnerndes Jubelgeschrei. Nach diesem Vergnügen suchten wir ein neues.

Wir stürmten unsere Bretterlatrine mit Handgranaten, daß die Kacke nur so dampfte und spritzte. Um Mitternacht feuerten wir dann noch wild mit Leuchtpistolen durch die Gegend.

Der ganze Unfug ging natürlich auf meine Kosten. Ich hatte ihn nicht nur geduldet, sondern mich auch aktiv daran beteiligt.

Hatte der Hauptmann schon rot gesehen, als ich seine Bunkerskizze für einen Dreck achtete, so schlugen diese Sylvesterscherze dem Faß den Boden aus. Einem, der sich mitten im Krieg in Dummen–Jungen–Streichen austobt, dem mußte man die Suppe versalzen, indem man ihn von der Truppe trennte. Die letzten Dinge könnten sonst leicht ärger werden als die ersten. Ein kurzer Befehl genügte, und ich saß als Offizier zur besonderen Verwendung im Batteriegefechtsstand. Chef, Spieß und ich hausten in einem Raum von 2 mal 3 Metern Fläche. Mit dem Hauptmann wechselte ich kein persönliches Wort mehr. Gab er mir einen Befehl, so sagte ich "jawohl!“, hatte ich eine dienstliche Meldung zu machen, so tat ich es in knappster Form und militärischster Haltung wie auf dem Kasernenhof. Ansonsten herrschte Funkstille zwischen uns beiden.

Klock war aktiver Offizier. Er stammte aus Braunschweig und überragte mich um Haupteslänge. Sein Gesicht wirkte ferkelhaft spitz. Die kleinen verkniffenen, wasserhellen Augen, die niedrige Stirn unter dem strohblonden Haarschopf und das zarte Rosa der Haut unterstrichen diesen Eindruck. Nomen est omen. Klock ist auch ein englisches Wort und bedeutet so viel wie Uhr. Trotz eines durchtrainierten, schlanken Körpers zeigten seine Bewegungen wenig Eleganz. Seinen mageren Gedankenfluß verdeutlichte er mit hölzernen abgezirkelten Gesten. Kleinkarierter Karriereehrgeiz saß in seiner hochgewölbten, breiten Brust. Wer ihm unterstand, hatte die Aufgabe, die Ziele seines Ehrgeizes vorwärts zu bringen, so wie das Uhrwerk die Zeiger bewegt. Seine kriegerische Aktivität vollzog sich in den gemessenen Pendelschlägen bürokratischer Routinearbeit. Wenn Klock lachte, spürte man hinter den zusammengekniffenen Augen nichts, was auf Heiterkeit schließen ließ. War er erbost, so polterte er ohne Leidenschaft. Man hatte den Eindruck, ein hölzernes Uhrwek schnarren zu hören, wenn er vor der Batterie seine Befehle erteilte. Als kleiner, unscheinbarer Befehlsempfänger im Dunstkreis seiner Vorgesetzten mauserte er sich vor den Soldaten zu einer Feuerqualle von Machtbesessenheit. Offenheit stand diesem Mann nicht zu Gebote, undurchsichtiges Taktieren, Finissieren, Intrigieren, das lag ihm.

Unsere gegenseitige Abneigung hatte eine schon weiter zurückliegende Ursache. Klock glaubte als großgewachsener Adonis und im Bewußtsein seiner Unwiderstehlichkeit als Mann, die Fähigkeit zu besitzen, jeder Frau den Verstand zu verwirren und sie so kirre zu kriegen, daß sie ihm wie ein zahmer Vogel aus der Hand fraß.

Meine treue Helene mußte während eines Offizierballes in Bonn aus gegebenem Anlaß die erotischen Landjunkerallüren des schwülen Gardestechers hinter die Grenzen des Anständigen zurechtbiegen. Sie tat es in ihrer stets höflichen, aber bestimmten Art. Doch der Hieb saß. Die Wunde vernarbte nicht, sie schwärte anscheinend schon bei meinem bloßen Anblick. Hart im Raum stoßen sich die Sachen, härter als Sachen stoßen sich Menschen, wenn sie auf engem Raum nicht die Fähigkeit besitzen, ihre Gegensätze abzubauen. Jedenfalls wurden wir uns immer unerträglicher. Klock sann auf Abhilfe. Er schickte mich auf Erkundung in die vordere Linie. So hatte er wenigstens den Genuß, für mindestens einen Tag dieses verstockte Gegenüber vom Tisch zu haben. Vielleicht aber dachte er auch abgründiger und folgenreicher.

Das Wetter hatte umgeschlagen. Der Wind stäubte die Schneekristalle wie Grießkörner am Boden dahin. Trübe, dreckige Wolken versprachen weiße Pracht ohne Ende. Bei diesem Wetter zögerte man, einen Hund hinauszujagen. Der treibende Schnee würde die Wege und

Spuren im Nu verwehen. Die immer wiederkehrenden Hügel gleichen Aussehens würden jede Orientierung sehr erschweren. Wenn dann erst um 14 Uhr die Nacht hereinbrach, dann wehe dem Umherirrenden, denn die Front war nahe und die Stellung völlig unklar. Gelände, das gestern noch von eigenen Truppen gehalten wurde, konnte heute schon in feindlicher Hand sein. Man wußte auch, daß die Russen nachts in kleinen Trupps sich durch die Front stahlen, um zu erkunden und zu verunsichern. Der Gefahren gab es wie Sand am Meer. Instinkt ist in diesen Situationen alles. Aber wer ist dessen so sicher, daß er sich bedenkenlos auf ihn verlassen kann. Die Gedanken meines Vorgesetzten kannte ich nicht, aber nach allem, was ich überlegte, erfuhr und beobachtete, dieser Tripp zur Front war so unnötig wie der Perserteppich im Kuhstall.

Befehl war Befehl, außerdem lockte mich seine Ausführung als Abenteuer. Gefreiter Hauschopp, der einen ausgemachten Pferdeverstand besaß, besorgte einen russischen Bauernschlitten samt Russengaul. Diese Schlitten sind nicht mit dem feudalen Dreipferdeschlitten der Troika zu verwechseln. Auf zwei Kufen, im Abstand von etwa 1,20 Meter, ruht ein etwas breiteres Lattengestell, das höchstens 50 Zentimeter über der Erde liegt. Eine Strohschütte sorgt für Stoßdämpfung; eine Bank zum Sitzen gibt es nicht, man liegt auf dem Gefährt wie weiland die Römer bei Tische. Zwei Mann haben bequem Platz hinter dem struppigen Pferd, dessen Genügsamkeit mit einem Arm voll Heu am Tage zufrieden ist. Sein zottiges Winterfell schützt gegen Kälte und Schnee vollkommen. Auch wir hatten gegen die Kälte vorgesorgt. In Filzstiefeln und langen Schaffellmänteln fühlten wir uns verpackt wie ein Topf in der Kochkiste.

Der Schlitten glitt über verschneite Wege, über unzählbare Hügel, Anhöhen, Mulden und Senken. Die Gegend war ausgestorben, erst in der Nähe der Front belebte sich die Landschaft mit Munitionskolonnen, Gulaschkanonen, Verbandplätzen, Nachschublagern. Soldaten begegneten uns, müde, verwildert. Der schneidige Zuschnitt des Kasernenhofes lag hinter ihnen. Ihnen flatterte keine Fahne voran. Auf Fragen reagierten sie kaum. Wortlos trotteten sie irgendwohin, ihrem Schicksal entgegen. Maul halten brauchte ihnen niemand mehr zu befehlen. Sie dachten kaum. Gesprochen wurde in Ausrufeszeichen: Achtung! Anhalten! Zigarettenpause! Fertigmachen! Weitermarschieren! Feindeinsicht! Hinlegen! Gewehre entsichern! Handgranaten bereithalten! Im Durchhalten und Aushalten sahen sie ihre einzige Chance, die Heimat wiederzusehen. Vielleicht hatten sie Glück. Vielleicht auch meinte es der sibirische Scharfschütze dort am Waldrand gnädig und verpaßte ihnen nur einen Lazarettschuß. Vielleicht auch...! Nur nicht nachdenken. Gedanken lähmen den Lebenswillen. Frische Erdhaufen, die der Schnee nur notdürftig verhüllte, kurze Birkenkreuze, Stahlhelme darauf, die im Winde schaukelten. Weitermarschieren, weiterkämpfen, weitervegetieren, weiterleben, keine Wahrscheinlichkeitsrechnungen anstellen, wer gestern fiel, wer heute noch lebt, wer von einer Granate getroffen wurde, wem ein Splitter die Hüfte aufriß, wem eine Handgranate den Leib durchlöcherte, wer lautlos umfiel mit einem kleinen kreisrunden Loch im Stahlhelm, wieviele Leben der nächtliche Feuerüberfall, das letzte Stoßtruppunternehmen gekostet hatte, wer alles dalag und nicht mehr aufstand, wie viele sich zum Abmarsch noch sammeln konnten, als die Kompanie abgelöst wurde. Fort mit den trüben Gedanken. Sie machen dich schwach, sie ermuntern die Gefahr, sie stärken den Feind. Halte dich tapfer! Den Feigen mäht die Sichel. Mit denen, die schwach werden, kennt der Tod kein Erbarmen.

Der Auftrag, den ich zu erledigen hatte, war so unbedeutend, daß er meinem Gedächtnis völlig entschwunden ist. Der Kompanieführer jedoch, bei dem ich mich meldete, hat soviel Eindruck hinterlassen, daß ich mich noch gut erinnere. Dieses Frontschwein hatte schon mehrfach die Pferde kotzen gesehen. Einen halben Satz über Freund– und Feindlage, dann wischte er das Dienstgespräch mit einer kurzen Handbewegung vom Tisch: "Basta, wir haben diesen verfluchten Krieg nicht gewollt. Nun, da wir ihn bestehen müssen, lassen wir uns nicht unterkriegen. Wer überlebt, wer die Schnauze für immer in den Dreck steckt, das steht in den Sternen geschrieben. Wir ändern nichts, doch Leben ist alles.“ Dann erklärte er mir, wie ein abgetriebener Klepper von Pferd kunstgerecht zu schlachten ist und schilderte fachmännisch genau die Zubereitung eines vorzüglichen Lendensteaks. Während wir uns im Graben unterhielten, bepflasterten uns die Russen mit Granatwerfern. Wir duckten uns tief hinter den Erdwall. Der alte Haudegen spann gleichmütig an seinen Küchenrezepten weiter, als ob die berstenden Granaten faule Eier seien, deren Spritzer man sich mit dem Ärmel abwischen kann. Befehle und Anweisungen gab er wie ein Grandseigneur, lässig und meist mit der Linken. Meldungen nahm er entgegen, verlor aber nie den Faden seiner Kochkünste. Dieser Mann erschien mir wie ein Granitfelsen in der Brandung. Sein Herz schlug unverwundbar hinter dem Panzer seines Fatalismusses.

Es ging gegen 14 Uhr, als wir die Stellung verließen.Die Abenddämmerung setzte ein. Über die kahlen Hügel zogen milchig trübe Nebel. Es schneite wieder. Feine, harte Körner rollten in die Schlittenspur hinter uns. Mit fünf Stunden Fahrt hatten wir zu rechnen; aber da mußte alles gut gehen. Das Pferd durfte nicht schlapp machen und wir den Weg nicht verfehlen. Nur ja nicht bei den Russen landen. Lieber im Geheck einer dichten Tanne für die Nacht unterkriechen und den Tag abwarten. Wir würden jämmerlich frieren, aber lieber eine Nacht mit Schrecken, als sibirische Nächte ohne Ende. Am Anfang ging alles gut. Kleine Merkmale erleichterten die Orientierung. Auf der Herfahrt hatte jeder von uns alle möglichen Wegweiser ins Gedächtnis gespeichert, die uns nun helfen sollten. Aber die schwarzgraue Nacht schlug unsere Augen mit Blindheit. Es ging uns wie den Kindern im Märchen, die den Weg zurück nicht mehr fanden, weil die Tauben die Erbsen gefressen hatten. Unsere "Erbsen" waren zwar nicht den Vögeln zum Opfer gefallen, aber der Dunkelheit. Keiner von uns redete mehr ein unnötiges Wort. Mit groß aufgerissenen Augen starrten wir in die Nacht. Unsere Gedanken verweilten nicht mehr bei dem, was hinter uns lag. Alle Anstrengung galt dem richtigen Weg. Nur an den Wegegabelungen oder Verzweigungen tauschten wir kurz unsere Ansichten aus, um den wahrscheinlicheren Weg einzuschlagen. In unsere Pelze zurückgesunken hörten wir das Schnauben des unverwüstlichen Tieres und den schlürfenden Ton, den die Schlittenkufen auf dem gefrorenen Schnee hervorriefen. Keine Stimme in uns wurde wach, um uns des rechten Weges zu versichern. Nicht nur die Kälte der Nacht ließ uns zittern, zu allem Unglück begann es, stärker zu schneien. Wir erkannten kaum mehr die Umrisse des Schlittenpferdes, das wie eine Lokomotive vor uns herstampfte. Aufmerksam reagierte es auf jede Zügelbewegung. Wie schade, daß dieser Gaul nicht mehr Hirn hatte als wir. Wir hielten an. Aus einer Ecke des Schlittens holten wir den letzten Heuvorrat. Das Pferd zermahlte die Halme gleichmütig. Wäre es uns auch so pferdegleichmütig ums Herz gewesen! Von Ferne grollte der Donner der Front, um uns herrschte gespenstische Totenstille. Als ein Ast knarrte, erstarrten wir wie Ölgötzen. Saßen wir schon in der Falle? Hatte uns ein russischer Spähtrupp eingekreist? Lange lauschten wir angespannt. Kein Laut mehr. Einige Birken säumten den Weg. Ihre Spinnenäste boten keine Zuflucht. Breit ausladende Fichten hätten wir lieber gesehen. Und dann einen ganzen Wald von ihnen, da hätten wir uns verkriechen können wie die Mäuse. Warum waren wir nicht bei einer Versorgungstruppe in Frontnähe untergekrochen? Vielleicht hätte uns auch ein armseliger Russenbauer in seine Hütte aufgenommen? Besser dort eine Nacht gegen die Wanzen kämpfen, als geradewegs den russischen Bajonetten entgegenfahren. Alles Grübeln half nichts. Es lief nur immer auf dasselbe hinaus: dieser Weg würde sicherlich nicht nach Isotscha führen. Wir hatten uns verfranzt, aber keiner wußte, wo und in welche Richtung. Ein Entschluß tat not, aber welcher? Stehen bleiben und warten, bis die treibenden Schneeschleier uns einhüllten? Oder kehrtmachen? Konnten wir sicher sein, daß wir bei unserer Orientierungslosigkeit überhaupt zurückfinden würden?

Wir würden uns nur noch tiefer in das Loch der Nacht und in ihre Ungewißheit hineinbohren.

Das letzte Stück Kommißbrot, das wir auskramten, gab uns ein bißchen vage Zuversicht zurück. Es lenkte auch die Gedanken in eine andere Richtung. Sagte man diesen kleinen, struppigen Pferden, die so gar nicht auf stolze Haltung und edle Zucht bedacht schienen, nicht nach, daß sie einen untrüglichen Instinkt besäßen, den Stall zu wittern? Hauschopp, der in Westfalen zwischen Pferden groß geworden war, meinte, es sei schon richtig, das mit dem Instinkt und der Witterung, aber ein Tier in einer ihm fremden Gegend sei nicht klüger als wir. Es sei doch unwahrscheinlich, daß unser Klepper 20 Kilometer vom Stall entfernt, in einem Gelände Weg und Steg unterscheiden könne, in das er heute zum ersten Mal gerate.

Ich dachte daran, wie ich einmal eine meiner Tauben in ein Körbchen gepackt hatte und sie fünf Kilometer vor den Toren Speyers fliegen ließ. Sie fand den Weg in die Paulstraße schneller als ich. Als ich das Experiment wiederholte und mich etwas weiter von der Stadt absetzte, um dem Vogel dann den Korb zu öffnen, wartete ich hinterher vergeblich auf seine Rückkehr. Der Weg betrug nicht mehr als zehn Flugminuten. Wir dagegen hatten noch mindestens vier Stunden bis zu unserem Ziel. Die Erinnerung an den Versuch mit meiner Taube stimmte mich nicht gerade zuversichtlicher. Wenn uns nun das Pferd schnurstracks zu den russischen Linien zog, und wir gerieten in Gefangenschaft? War es eigentlich so furchtbar schlimm, Gefangener der Russen zu sein? Schließlich sind Russen doch auch Menschen. Einmal wird der Krieg ein Ende nehmen, dann werden wir ja heimkehren können. In der Gefangenschaft trifft uns keine Kugel, zerreißt uns keine Granate. Hatte der "eiserne Gustav" nicht über Isotscha Flugblätter abgeworfen? "Kameraden, kommt zu uns! Bringt euer junges Leben in Sicherheit! Ihr werdet als Gefangene ausreichend verpflegt und gut untergebracht. Die Heimat wird euch nach dem Krieg sicher sein!" Solche und ähnliche Verlockungen des Gegners schossen mir jetzt durch den Kopf. Aber ich mußte auch daran denken, was uns die Russen in den Dörfern immer wieder erzählten: "Die Tscheka hat in einer Nacht alle unsere Männer verhaftet. Wir haben nie wieder etwas von ihnen gehört." Würde man mit uns, den verhaßten Eindringlingen, menschlicher verfahren als mit den eigenen Landsleuten, die als Verbrecher galten, nur weil sie zur besitzenden Klasse gehörten? Ich trat zu unserem Pferd, lehnte mich an seinen warmen Körper und tätschelte ihm Hals und Nüstern. "Du arme, struppige, geschundene Kreatur, wie wird es dir ergehen, wenn dich die russischen Soldaten in ihre Gewalt bekommen? Sie werden kein Erbarmen mit dir haben, wenn ihnen der Magen knurrt. Pferdefleisch ist bei denen noch gefragter als bei uns. Bring uns lieber nach Isotscha. Dort wartet auf dich der warme Stall. Der Hauschopp wird dir dann den Bauch mit Hafer füllen, mit echtem, trockenem, körnigem Hafer. Du wirst über Hunger und Kälte nur noch lachen!" So sprach ich innerlich und schwieg dabei. Dann kauerte ich mich neben Hauschopp auf den Schlitten. Kaum lag ich auf der Strohschütte, da stapfte unser braver Gaul los. Die Leine banden wir fest, daß sie nicht am Boden schleifte, lockerten sie aber so, daß das Pferd seine Freiheit fühlte. Es zog nun den Schlitten dorthin, wo es wollte, es bestimmte unser Schicksal. Wie ein Ertrinkender an den Strohhalm, so klammerte sich unsere

Hoffnung an den Stallinstinkt eines Tieres. Dazu verurteilt, geschehen zu lassen, was wir nicht ändern konnten, lagen wir apathisch auf unserem Schlitten und brüteten dumpf vor uns hin. Unsere Phantasie führte uns in den warmen Unterstand von Isotscha, an den wackeligen Tisch aus Birkenstämmen, in die gemütliche Atmosphäre des Kameradenkreises und heraus aus den hin– und hertreibenden Schneeschwaden, heraus aus der Wiederkehr des immer Gleichen. Welchen Weg wir dahinzogen und ob es überhaupt ein Weg war, wir wußten es nicht. Alles verlor sich in den gespenstigen Schatten einer feindlichen Nacht. Lag das Pferd fest im Geschirr, so ging es bergauf, lief der Schlitten leicht und locker dahin, dann bewegten wir uns sicherlich einem der tausend Täler, Mulden und Senken zu. Unser struppiger Kleiner kannte kein Zagen und Zögern, er hielt nie an, schnupperte nicht nach Witterung, sondern schritt in gleichförmigem Takt durch den Schnee.

Ich schaute immer wieder auf das Leuchtzifferblatt meiner Uhr. Qualvoll langsam bewegten sich die Zeiger von Stunde zu Stunde. Eigentlich müßte Isotscha nicht mehr weit sein. Aber wir hatten ja gar kein Gefühl für Geschwindigkeit. Wie sollten wir wissen, ob wir drei oder fünf Kilometer in der Stunde zurücklegten. Vielleicht hatten wir längst einen Weg eingeschlagen, der uns nie nach Isotscha zurückbrachte. Ungewißheit zerrt immer an den Nerven. Doch was konnte uns retten, wenn nicht Geduld und Zuversicht. Gedanken kamen und gingen. Übergroße Anspannung aller Sinne wechselte mit dämmerndem Halbschlaf.

Auf einmal hielt der Schlitten. Hellwach mit den Waffen in der Hand stürzten wir in den Schnee. Vor uns ein Lichtschein, darin eine Gestalt im vagen Umriß. Der Bauer, dem das Pferd gehörte, erwartete uns am Eingang seiner Hütte. Wir hatten Isotscha erreicht.

So wie der Winter kam, ohne Voranmeldung , ohne Übergang, gewissermaßen ohne Vermittlung zupackend hart, so wurde es auch Frühling. Von jetzt auf nachher säuselten milde Winde und fegten in vierundzwanzig Stunden die kalte, starre Macht aus dem Land. Die Leiden des Winters waren zu Ende, ein zauberhafter, plötzlich ausbrechender Frühling nahm uns fast den Atem. Gras und Blumen schienen unter der Schneedecke ihre Stunde zu kennen. Sie beeilten sich, auf ein Stichwort ihr ganzes Dasein mit einem Male zu entfalten. Solch einen Umschwung und solch einen grandiosen und abrupten Wechsel der Jahreszeiten hatte ich noch nie erlebt. Der Winter zog dahin, und der Frühling kam daher. Man war Augenzeuge des Vorgangs. Man nahm es wahr wie die Abfahrt eines Zuges und die Ankunft des Nächsten.

Winter und Frühling folgen einem unabänderlichen Zyklus der Natur. Krieg und Frieden aber sind Menschenmache, unberechenbar und schicksalhaft.

15

Der Krieg ging also weiter. Jeden Tag starben zehntausende unter den erbarmungslosen Schlägen der gezielten Vernichtung, doch das Wehklagen der Menschen verhallte ungehört. Wie versöhnlich schritt der Zauberer Frühling übers Land. Leben weckend und Schönheit zeugend, während zu gleicher Zeit sinnlose Zerstörung wütete.

In diesen Frühlingstagen durfte ich heim. Es ging alles so schnell, daß ich kaum noch Zeit hatte, Zahnbürste und Rasiermesser einzupacken. Sogar ein paar Ostereier, die Jupp zusammengefochten hatte, ließ ich in der Eile zurück. Die Maschine, die mich nach Deutschland zurückbringen sollte, stand schon mit laufenden Motoren auf dem Flugplatz. Im Laufschritt erreichte ich die JU gerade noch rechtzeitig, dann brauste der Vogel über die Startbahn und hob ab. Wenn ich Helene während des Krieges wiedersah, dann wurde immer ein ungewöhnliches Fest daraus. Uns war, als ob wir einander neu geschenkt seien. Meist kam ich auch völlig überraschend oder aber, ich telefonierte, wenn ich die Reichsgrenze überschritten hatte. Diesmal passierte das Mißgeschick, daß ich kurz vor Marnheim, meinem Zielbahnhof, einschlief. Ein Glück, daß Marnheim Endstation war. Da mich niemand weckte, pennte ich auch noch, als man den Zug auf ein Nebengleis rangierte. Helene stand an der Sperre und musterte jeden einzelnen, der ankam. Mehrere Soldaten und einige Zivilisten passierten die Sperre, doch keiner sah mir ähnlich, keiner flog ihr in die Arme. Welch herbe Enttäuschung nach soviel Vorfreude. Ein frontgewohnter Soldat schläft so zart und empfindlich wie eine Frühlingsknospe. So kam es, daß ich wach wurde, als der Zug entgültig hielt und alle Geräusche um mich erstorben waren. Schnell begriff ich, daß ich nun zu Hause war, und ich stieg in voller Fröhlichkeit aus dem Zug. Nach so vielen Monaten miesen Herumvegetierens erwartete mich endlich wieder ein weißgedeckter Tisch, eine Mahlzeit in Ruhe, ein ordentliches Bett, eine Nachtruhe ohne Störung, eine geliebte Frau, die die Häuslichkeit vergoldete. Ich war beschwingt und über alle Maße lustig. Es trieb mich an, laut in die Dunkelheit hineinzugröhlen und weil mir nichts besseres einfiel, sang ich: "Auch ich war einmal jung und schön, mich küßte jede unbesehen...!" Melodie und Text stammen aus einem Film, den wir uns vor Kriegsbeginn□einmal angesehen hatten. Die bekannte Melodie blies alle Traurigkeit und Niedergeschlagenheit aus Helenens Seele, denn jetzt war ihr klar: wir hatten uns wieder.

Obwohl ich während des ganzen Krieges, vielleicht mit Ausnahme der letzten Tage, fest und innig an einen unwandelbaren Glücksstern glaubte und ich in unerschütterlicher Hoffnung auf eine Rückkehr aus dem Männermorden vertraute, haben wir doch alle Möglichkeiten, die uns zusammenführen konnten, ausgeschöpft. Für ein Wiedersehen opferte Helene alle sonstigen Annehmlichkeiten und scheute keine Strapaze. Sie besuchte mich in Kamnitz in Böhmen kurz vor dem Einmarsch nach Rußland, sie fuhr nach Höchst, als ich mich dort drei Tage einer Fallschirmjägertauglichkeitsprüfung unterziehen mußte. Sie war natürlich auch in der Stellung in

Rüsselsheim, und wir trafen uns in Bonn und in Troisdorf. Wir wohnten 14 Tage miteinander in Berlin und ebenso lange Zeit im mährischen Pardubitz. Sie mietete sich ein Zimmer im mecklenburgischen Wustrow, weil ich dorthin von Rußland aus zum Batteriecheflehrgang kommandiert worden war.

Der Lehrgangsleiter hatte humanes Verständnis und stellte mir, weil ich gar so inständig darum bat, einen Dienstreiseausweis nach Saarbrücken zur Verfügung und fügte hinzu, daß ich berechtigt sei, die Fahrt in Bolanden für drei Tage zu unterbrechen. Dieser ansonsten strenge Preußenmajor hatte also ein Einsehen in meine Familiennöte, die ich triftig und dringend vortrug, und ich fuhr in sehr guter Laune ins heimatliche Bolanden.

Nachdem zu Hause drei heitere Tage verstrichen waren, betrachtete ich mein Dienstreisepapierchen von allen Seiten und räsonierte höchst sophistisch ungefähr so: "Die Dienstreise geht nach Saarbrücken. Ich durfte die Fahrt in Bolanden für drei Tage unterbrechen. Da mich aber die Rückreise von Saarbrücken wieder an der Haustür vorbeiführt, könnte ich mir doch eine erneute Unterbrechung von drei Tagen zubilligen, ohne gegen den Wortlaut des Schreibens zu verstoßen.“ Nach Saarbrücken bewegte ich mich nur theoretisch, dafür blieb ich sechs volle Tage in Bolanden und empfand dies als eine sehr praktische Lösung.

Als dann jedoch der sechste Tag heraufzog, fing ich erheblich an zu zweifeln, ob meine drei Tage Hin– und drei Tage Zurück–Unterbrechung auch die Billigung des Rußlandkommandeurs finden würde. Moralische Bedenken kamen mir nicht, wohl aber die Vorstellung, daß Klock und der von ihm informierte Kommandeur sich genüßlich die Hände reiben würden bei dem Gedanken, dem Doerr den Tatbestand einer unerlaubten Entfernung von der Truppe anzuhängen. Vielleicht konnte man ihm auf diese Weise den Offizierrock ausziehen und ihn sang– und klanglos in einem ZbV–Batallion verschwinden lassen. Solcherart Vorstellungen jedenfalls quälten mich. Helene merkte, daß ich auf einmal sehr einsilbig wurde und erriet auch schnell des Pudels Kern.

So reiste ich also am siebenten Tag in aller Herrgottsfrühe ab. Die Fahne unseres Glücks sank wieder auf Halbmast. Die trübe Stunde des Abschieds versuchte ich mit galgenhaftem Humor zu überspielen. nur so konnte ich Herr werden über meine Gefühle. Helene litt immer schwer unter dem Schmerz der Trennung. Da sie mich jedoch nicht unnötig belasten wollte, verbarg sie ihn in ihrem Herzen. Sie jammerte nicht und klagte nicht. Ihre Seelenstärke bewunderte ich. Da sie meiner zuversichtlichen Hoffnung, wiederzukehren, nicht ganz gläubig vertraute, denn sie dachte, dies sei nur ein liebevoller Versuch, sie zu trösten, und die Zukunft sei schließlich für uns alle mit sieben Siegeln verschlossen, quälte sie sich bei jedem Abschied doppelt.

Um schnell an die Front zu kommen, hatte ich mir etwas ungewöhnliches einfallen lassen. Ich fuhr geradewegs nach Rastenburg ins Führerhauptquartier. Von dort aus starteten ja täglich Kuriermaschinen ins Frontgebiet. Man muß frech sein, um Glück zu haben. Frühmorgens stand ich auf dem Feldflughafen der "Wolfsschanze". Eine JU 52 rollte zur Startbahn. Ich sprach sofort den diensthabenden Offizier an, der für die Maschine zuständig war und redete wie ein Buch, wie dringlich, wie geradezu kriegsentscheidend es sei, daß ich schleunigst zu meiner Einheit nach Rußland zurückkehrte. "Ja, mein Lieber, alles schön und gut und glaubhaft, aber die Kiste nach Smolensk ist bis zum letzten Platz ausgebucht." Als ich Smolensk hörte, verdoppelte ich meine Anstrengungen, denn in der Nähe von Smolensk lag mittlerweile meine Batterie. Da würde ich ja direkt vor der Haustür landen. Die Antwort des Oberleutnants auf mein drängendes Bitten: "Vielleicht gibt es doch noch eine Möglichkeit für Sie, denn wie ich gerade höre, will ein Oberst im Generalstab seinen Flug auf Morgen verschieben. Ganz sicher ist es jedoch noch nicht." Da war mir's nun, als stünde ich auf glühenden Kohlen. Ängstlich musterte ich jede Uniform, die sich näherte, ob nicht zwei goldene Sterne auf silbergeflochtenem Achselstück mir entgegenblinkten. Inzwischen bestiegen alle Arten höherer Militärtiere das Flugzeug. Meist waren es solche mit roten Biesen an den Hosen und noch röterem Mantelkragenaufschlag. Der besagte Oberst jedoch erschien nicht. Der Offizier vom Dienst winkte mir zu, ich stieg ein. Die Maschine war vollgepfropft wie ein Heringsfaß. Hinten im Schwanz zwischen Säcken und Kisten fand ich noch einen Stehplatz. Nach einigen Stunden erreichten wir Smolensk.

Einer der ersten, die festen Boden betraten, war ich. Mit gutem Grund. Jede kleine Schwankung, jedes Luftloch, jede Böe hatte ich hinten in der Nähe von Höhen– und Seitenruder drei mal so stark mitbekommen wie die Herrschaften da vorne. Ich kotzte deshalb nicht nur wie ein Reiher, sondern wie mehrere. Da mein Taschentuch nur wenig faßte von dem, was ich hergab, wühlte ich zwischen den Gepäckstücken herum, bis ich soviel Platz geschaffen hatte, daß ich mit meinem Mageninhalt bis zum Bodenblech der JU vordrang. So blieb die Soße wenigstens nicht an den Kisten, Koffern und Rucksäcken hängen. In der frischen Luft wurde mir langsam besser.

Vorsichtshalber erkundigte ich mich zuerst einmal bei der Ortskommandantur nach dem Standort meiner Truppe. Ich tat gut daran, denn mein Haufen hatte inzwischen nach Roslawel übergewechselt. Also schnell an die Rollbahn. Unter einer Rollbahn darf man sich nicht eine Art Autobahn vorstellen. Es waren Straßen, die sich zwar breit in die unendliche Landschaft hinzogen, aber sie trugen weder einen Asphaltbelag, noch hatten sie einen festen Unterbau. Auf ihnen quälte, stockte, schob sich der Nachschub zur Front. Bei anbrechendem Frühling oder nach den Regenfällen im Herbst verwandelten sich die Rollbahnen in Schlammstraßen. Dann kamen Pioniere und warfen Faschinen in die ausgefahrenen Fahrzeugspuren. Manchmal hängten auch Witzbolde Schilder an den Straßenrand mit Slogans wie diesem: "Der Pfarrer sagt, du sollst nicht huren, ich sage dir, du sollst nicht spuren!" Da keine Straßengräben die Fahrbahnbreite begrenzten, scherten die findigen Landser oft mit ihren Kolonnenfahrzeugen bis zu mehreren hundert Metern nach rechts oder links aus, um ihre Chancen, vorwärtszukommen, zu verbessern. Von Smolensk bis nach Roslawl sind es nicht viel mehr als 120 Kilometer. Auf einer unserer Straßen, auch wenn sie ausgefahren und vernachlässigt ist, würde man für eine solche Strecke zwei, allerhöchstens drei Stunden benötigen.

Unter den vielen Autos, die Richtung Roslawl krauchten, suchte ich mir einen stabilen, zweiachs-angetriebenen Munitionslastwagen aus, von dem ich den Eindruck hatte, daß er stämmig genug sei, um die Fahrt bis zum Ziel zu bewältigen. Fahrer und Gefährt zeigten sich tatsächlich allen Strapazen des Weges gewachsen. Trotzdem wurde meine Geduld auf eine harte Probe gestellt. Wegen der Straßen- und Verkehrsverhältnisse erreichten wir eine Tagesleistung von nur 40 Kilometern. Erst am Ende des dritten Tages tauchte Roslawl auf.

Nach einigem Hin und Her entdeckte ich den Standort meiner Batterie. Klock empfing mich mit finsterer Miene. Sein Empfangsgruß bestand darin, daß er mir ein Meldeblatt seines Fernmelders unter die Nase hielt. Ich las, was ich geahnt hatte: "Oberleutnant Doerr sofort nach Eintreffen im Rapportanzug zum Kommandeur."

Da stand ich dann mit Knobelbechern, Hosen in den selben, mit Stahlhelm und umgeschnallter Pistole vor dem Major. Da er in meinem militärischen Dasein keine herausragende Rolle spielte und sich nicht durch besondere Bosheit auszeichnete, habe ich seinen Namen vergessen. Aber er war von meinem Intimfeind Klock angeheizt und deshalb drohte Gefahr. Nachdem ich vorschriftsmäßig mein Dasein vermeldet hatte, begann die hochnotpeinliche Befragung, wieso und warum ich nach Beendigung des Lehrgangs nicht sofort zur Truppe zurückgekehrt sei. Natürlich war nicht zu verheimlichen, daß meine Dienstreise nach Saarbrücken eine von mir in Szene gesetzte Fiktion war, um mir Urlaub zu erschleichen. Doch hier lag auch meine Chance, denn der Marschbefehl trug immerhin die Unterschrift des Lehrgangsleiters. Zufällig wußte ich auch, daß beide Majore befreundet waren. Zu meinem Vorteil konnte ich den Abwesenden gegen den Anwesenden ausspielen, und ich tat es weidlich. Ich gab zu bedenken, daß im Falle einer Verhandlung vor einem Kriegsgericht auch der Lehrgangschef nicht ganz ungeschoren davon käme, da er ja nicht befugt gewesen sei, eine Dienstreisegenehmigung auszustellen, wenn keine Dienstreise stattfand. Mein Spiel war nicht fair, ich wußte es, aber es war die einzige Möglichkeit, den Kopf aus der Schlinge zu ziehen, und wenn ich nicht zu baumeln hatte, sagte ich mir, dann können sie ja schließlich auch nicht den Lehrgangsmajor ankratzen. Mag es gewesen sein wie es wolle, die Karte stach. Welche Krähe kratzt schon einer anderen die Augen aus? Der Blick des Majors senkte sich, er wanderte unsicher über die Papiere, die vor ihm lagen, hin und her. Ich hatte gewonnen. Um sein Gesicht zu waren, schiß er mich kräftig an, drohte mit unnachsichtiger Ahndung im Wiederholungsfalle, las mir eine ellenlange Epistel über soldatische Pflichtauffassung in der Stunde der Gefährdung des Vaterlandes und entließ mich höchst ungnädig.

Daß ich die Fahrtunterbrechung von drei Tagen gleich zwei Mal praktiziert hatte, dahinter kam er gottlob nicht. Wie konnte er auch ahnen, daß ich, statt wie üblich den Zug zu benutzen, mit einem Kurierflugzeug der allerhöchsten Führung die Rückkehr im Zeitraffertempo beschleunigt hatte. Obwohl ich von meiner Kugelfestigkeit in diesem Krieg fest überzeugt war, traf es mich eines Tages doch, nicht erheblich, aber immerhin so, daß mein Glaube hätte ins Wanken kommen können.

Im Verlaufe der Orelschlacht im Sommer 43 griffen einige Feindflugzeuge in den Abenddämmerungen unsere Stellungen an. Wir schossen im Gleichklang aller Rohre und wie immer stand ich mitten zwischen den Geschützen, um besser beobachten zu können. Da sehe ich, wie eine Maschine offenbar führerlos heruntertrudelt und nicht weiter als zwanzig Meter von mir entfernt auf den Boden aufschlägt. Während ich an die Absturzstelle laufe, krachen in meiner Nähe einige Splitterbomben. Ich fühle einen Schlag am linken Oberschenkel und stürze zu Boden. Im Nu stand mir das Blut im Stiefel. Jupp Puppendahl rufe ich zu: "Jupp, mich hat's erwischt!" Der sagt nur: "Aber das gibt's doch nicht!" Mein linkes Hosenbein wurde so schnell mit Blut eingefärbt, daß alle Zweifel schwanden. Jupp schleppte mich zum Unterstand. Dort sah ich, wie das Blut stoßweise die Wunde verließ, und ich dachte, es könnte eine Schlagaderverletzung sein. Wie mir die Ärzte später sagten, hatte der Splitter die Oberschenkelmuskulatur von schräg unten durchschlagen und war in der Nähe des Oberschenkelhalsknochens stecken geblieben. Klock weilte derzeit in Urlaub. Die Batterieführung fiel mir als dienstältestem Offizier zu. Nachdem der Luftangriff der Russen abgeschlagen war, ließ ich mich zum Hauptverbandsplatz bringen. Die Ärzte schnitten die Wundränder glatt, ohne jede Betäubung natürlich. Um den Splitter kümmerten sie sich nicht. Sie hatten Wichtigeres zu tun. Wir waren in einem russischen Schulhaus untergebracht. Mein Bettnachbar hieß Schweinegruber. Er war Leutnant und hatte eine Gehirnerschütterung nach einem Flugzeugabsturz auszukurieren. Dieser fidele Geselle machte seinem Namen einige Ehre. Wenn eine der beiden deutschen Schwestern den Raum betrat, wirkte dies wie eine Initialzündung auf seine gottlose Schnauze. "Laß mich deiner Alabasterbrüste Rosenknospen küssen!", so begann er seine Begrüßung mit dem Erfolg, daß die Schwester mit hochrotem Kopf schnell wieder verschwand und einen derben Sanitätsfeldwebel schickte. Die eine der beiden

Schwestern war eine hübsche, die mit den Stabsärzten flirtete, die andere mehr unscheinbar und Brillenträgerin, was einer eventuellen Schönheit in der damaligen Zeit ohnehin Minuspunkte eintrug. Während die Hübsche nicht viel tat, aber sehr ihr Image pflegte, arbeitete die Häßliche ohne Unterlaß. Einmal sah ich, wie sie einen Russen betreute, dessen ganzer Körper eine einzige stinkende Eiterbeule war. Sie wusch und verband ihn mit solcher Sorgfalt, als gelte es ihrem leiblichen Bruder. Das war sehr viel, denn in der Sprachregelung des Regimes galten die einheimischen Russen als Untermenschen.

Auf diesem Hauptverbandsplatz zeigte sich die Kehrseite der Medaille Krieg. Da lagen sie herum, die armen Kerle , in ihrem Blut, mit fehlenden Gliedern, mit Bauchschüssen und gräßlichen Gesichtsverletzungen. Wer starb, dessen Leiche legte man in den Gang. Unter den Toten sah ich auch einen Mann von der Organisation Todt. Er war mit der Starkstromleitung in Berührung gekommen. Der Strom war in die Brust gedrungen und hinterließ dort ein fingerdickes, brandiges Loch, seine Hirnschale sah aus wie der Krater eines Vulkans. Dort war der Stromstoß ins Freie entwichen.

Dieser zivile Unfall wirkte auf dem Hintergrund des Kriegstodes in tausenderlei Formen wie eine Farce des Schicksals.

Nach meiner Genesung standen mir drei Wochen Heimaturlaub zu. Anschließend kehrte ich nicht mehr nach Rußland zurück, sondern wurde Batteriehäuptling bei Troisdorf. Dort sollte ich die Dynamit-AG flakartilleristisch schützen. Wegen häufiger Feindeinflüge standen wir jede Nacht auf Posten. Einmal hatten unsere Scheinwerfer die Gegner voll in ihrem Lichtkegel. Für uns war

Dezember 1995 J. Ikwen

das ein ungewöhnlicher Glücksvorteil. Gerade wollte ich Feuererlaubnis geben, als mir der Fernmelder den Befehl des Abteilungsgefechtsstandes übermittelte: " Nicht schießen, eigene Flugzeuge in der Luft!" Einige Sekunden später rumsten Bomben in das Dynamitwerk. Fernmündliche, erboste Anfrage des Kommandeurs persönlich: " Warum, in Teufels Namen, habt Ihr nicht geschossen?" Meine Antwort: " Weil vom Abteilungsgefechtsstand Feuerverbot wegen Gefährdung eigener Flugzeuge erlassen wurde." Dafür, daß die Bomben ohne eigene Gegenwehr fielen, brauchte man natürlich einen Schuldigen, weswegen dann auch der schwarze Peter prompt zu mir wanderte. Weder heftige Proteste, noch einwandfreie Beweisstücke halfen mir. Zwar wagte man nicht, mich deshalb disziplinarisch zur Verantwortung zu ziehen, doch wurde ich von jetzt auf nachher meiner dienstlichen Position enthoben. Das bedeutete, daß meine militärischen Funktionen erloschen. Der Wehrsold lief weiter, Unterkunft und Verpflegung entzog man mir nicht, aber auf irgendwelche Dienstleistungen legte niemand mehr Wert.

Für drei oder vier Monate hing ich völlig in der Luft. Ich konnte tun und lassen, was ich wollte. Zwar habe ich von Natur aus einen Hang zur Trägheit, aber gänzlich untätig sein lag mir auch nicht. Um meine Zeit sinnvoll zu nutzen, besuchte ich Seminarübungen für russische Sprache an der Universität Bonn, lernte beim alten Fechtmeister Nissen, wie man mit alten Säbeln umgeht und übte regelmäßig im Hallenschwimmbad Turmspringen. Dabei habe ich mir leider eine Verstauchung des Rückgrades zugezogen, die mir noch lange Jahre danach zu schaffen machte. Es gelang mir sogar, ein Pferd zu

finden, um meine Reitkünste zu vervollständigen. An den Abenden traf ich oft mit Dr. Böhner zusammen, der ein Freund meines Freundes Emil Ziegler war und damals am Rheinischen Landesmuseum arbeitete. Aus diesen abendlichen Unterhaltungen zog ich großen geistigen Nutzen. Obwohl sich mein Dasein auf diese Art nicht ohne Reiz entfalten ließ, befriedigte es mich auf die Dauer nicht. Ich war Offizier und dieses Bewußtsein war nicht einfach totzuschlagen. Diesen verspießten Heimatflakverein allerdings hatte ich bis zum Halse satt.
Das Jahr 1943 ging zu Ende. Der Krieg dauerte nun schon über vier Jahre. Nach der Katastrophe von Stalingrad sank die Siegeszuversicht des deutschen Volkes von Monat zu Monat. Die Luftangriffe auf deutsche Städte nahmen an Heftigkeit und Häufigkeit zu. Die Entbehrungen der Zivilbevölkerung erreichten unerträgliche Maße. Das Volk hungerte und darbte, doch es litt schweigend. Wer Gefühle des Unmutes gegen die Führung äußerte oder wer halblaut vor sich hindachte, daß wir diesen Krieg verlieren würden, riskierte unter Umständen Kopf und Kragen. Im günstigen Falle bot man ihm in einem Konzentrationslager Zeit zum Nachdenken. Das Leben verlor alle Farbe. Deutschland verwandelte sich in ein Zuchthaus.

16

Als Freiwillige für eine neue Fallschirmjägereinheit gesucht wurden, meldete ich mich ohne zu zögern. Die neue Einheit wurde in Pardubitz zusammengestellt. Pardubitz liegt in der Nähe von Königgrätz, wo sich Preußen und Österreich die entscheidende Schlacht um die deutsche Hegemonie lieferten.

Meine Personalpapiere waren etwas befleckt und nicht ganz makellos, so kam es, daß ich nicht als Batteriechef, sondern als Führer der Munitionskolonne eingeteilt wurde. Das wurmte mich, denn ich sah, daß ich den aufgeblasenen Galaoffizieren des Heimatkriegsgebietes, die sich in Pardubitz versammelt hatten, einiges an Felderfahrung und Truppenführung voraus hatte. Es behagte mir zudem wenig, daß ich wieder im Flakartilleriemilieu gelandet war; daß der neue Verband „Fallschirmflak" hieß, tröstete mich nicht. Viel lieber wäre ich Infanterist in einer Jägereinheit geworden. Da ich aber damals schon gelernt hatte, daß es nicht gut ist, wenn man versucht, das Schicksal mit eiserner Hand zurechtzubiegen, fügte ich mich. Wahrscheinlich war es gut so.

Die Gunst meines Kommandeurs, eines vierschrötigen Ostpreußen mit beschränktem Horizont und magerem Verstand, verscherzte ich mir erwartungsgemäß schon sehr bald. Nach einem Zechgelage im Kasino demonstrierte ich den piekfeinen Pimpels etwas Kriegsflair, indem ich mit der Leuchtpistole auf dem Kasernengang entlangschoß. Zur Deckung meines Rückzuges entzündete ich dann noch eine Nebelhandgranate. Kein Wunder, daß ich in den Geruch eines enfant terrible geriet.

Nach überstandenem Gamaschendienst in Pardubitz verlud man uns in den ersten Maitagen des Jahres 44 auf Waggons via Monte Cassino.

Eine kleine Begebenheit will ich einfügen, die mein Gefühl der Selbstsicherheit stärkte und dazu beitrug, daß ich mit großer Zuversicht den Gefahren der Zukunft entgegensah. Kurz vor unserer Abreise ließ ich durch den Truppenzahnarzt die Zähne überprüfen. Einige bedurften auch tatsächlich der Reparatur.

Die Helferin des Zahnarztes, ein stämmiges, steirisches Mädchen, fiel mir auf, nicht etwa ihrer Schönheit wegen, auch nicht, weil sie mir etwa freundlich tat, sondern, weil sie das Maul auf dem rechten Fleck hatte. Der Zahnarzt ranzte sie an, weil sie ein falsches Instrument gereicht hatte. Auf die Entschuldigung von ihr, „ich habe gedacht, daß...“, sagte er: „Du sollst nicht denken, sondern korrekt arbeiten!“ Die Steiermärkerin entgegnete ziemlich schlagfertig: „Aber Herr Stabsarzt, wie kann ich arbeiten, ohne zu denken!“ Als ich während der Behandlung mit dem Zahnarzt plauderte und in der damals üblichen Kommißweise anmerkte, daß es schließlich Ehrensache für einen Soldaten sei, bei der Fahrt in die Grube mit einem halbwegs anständigen Gebiß zu erscheinen, tönte es aus der Ecke, wo die Helferin geradc den Zement anrührte: ”Aber was reden Sie denn, Herr Oberleutnant, Ihnen wird doch der Krieg nichts anhaben können! Sie werden die Heimat gesund wiedersehen!“ Die Sicherheit, mit der mir dieser Ausblick in die Zukunft eröffnet wurde, hat mich in großes Erstaunen versetzt. Einige Tage später traf ich Maria Woisetschläger, die prophetische

Zahnarztgehilfin. Wir kamen ins Gespräch. Sie habe schon von früher Jugend an Dinge und Ereignisse gesehen, die in der Zukunft lagen. Das wisse sie auch ganz genau, daß mir nichts passieren würde. Selbst wenn es mir dreckig ginge, sollte ich nur ja nicht den Mut verlieren. Wenn der Krieg längst vorüber sei, würde ich sie einmal in Eisenerz in der Steiermark besuchen. Ich würde sie beim Aufwaschen der Treppe überraschen.

Der erste Teil der Voraussage traf zu. Den zweiten Teil könnte ich auch leicht auf seinen Wahrheitsgehalt prüfen. Aber zu einer Reise nach Eisenerz spüre ich kein Verlangen. Ich schiebe sie begreiflicherweise gerne immer wieder hinaus.

Die Fahrt zum italienischen Kriegsschauplatz stand unter keinem guten Omen. In dem Dörfchen Auer bei Bozen hielt unser Zug drei Tage lang, weil die Strecke durch Bombenangriffe beschädigt worden war. Drei Batteriechefs hievten einen Kübelwagen vom Waggon und starteten zu einer Spritztour. Wer den Unglückswagen steuerte, weiß ich nicht mehr, ebenso ist mir der genaue Hergang des Unfalls nicht mehr erinnerlich. Jedenfalls kehrte keiner der Dreien von der Fahrt zurück, denn der Wagen stürzte in eine Gebirgsschlucht.

Da die Alliierten mit ihren massierten Luftangriffen das ganze italienische Schienennetz bald völlig lahm legten, kam unser Zug nicht über die Poebene hinaus. Wir entluden zum Marsch auf der Straße. In sehr mühseliger Weise drangen wir weiter nach Süden vor. Tagsüber lagen wir weit verstreut und gut getarnt gegen feindliche Luftangriffe in Deckung, nachts bewegten wir uns wie die Schnecken kriechend ohne Scheinwerferlicht vorwärts. Es dauerte mehr als zwei Wochen, bis wir endlich die Gegend von Monte Cassino erreichten.

Meines Wissens tobte damals schon die dritte Schlacht um diese historischen Berghöhen. Die Amerikaner wußten, daß ihnen durch den Besitz von Monte Cassino der Weg bis nach Mittelitalien offenstehen würde. Sie griffen mit einer Übermacht an Menschen und Material an, wie ich es noch nie erlebt hatte. Wir krallten uns in die zerborstenen Quader des Klosters in dem Bewußtsein, daß es mit dem Verlust dieser Stellung kein Halten mehr gäbe

Zwischen den Trümmern des Ortes Castrocielo in einigen tief in den Berg hineingetriebenen Weinkellern hatte sich unser Abteilungsgefechtsstand eingerichtet. Dorthin befahl mich der Kommandeur und eröffnete mir mit ungefähr folgenden Worten die neue Perspektive meiner militärischen Verwendung:

"Sie wissen, daß wir drei talentierte und fähige Batterieführer verloren haben. Ich bin nun in der mißlichen Lage, Ihnen eine Batterie anvertrauen zu müssen. Hoffentlich werden Sie nicht wieder mit Leuchtpistolen herumschießen und mit Nebelhandgranaten ihre Kameraden belästigen!"

Da während dieser gehaltvollen Ansprache einige Tausendkilobomben in der Nachbarschaft niedergingen und die gegnerische Artillerie Akzente setzte, dic nicht zu überhören waren, hätte ich am liebsten laut hinausgelacht, aber ich bezähmte meine Lust zu lachen wie auch das Bedürfnis zu einer ironischen Bemerkung über die Situation hier, die in keinem Verhältnis zum vergleichsweisen harmlosen Kasernenzauber stand. Ein kurzes: "Jawohl, Herr Major!", und ich stand draußen vor der Tür.

So war ich Batteriechef mitten im Höllentanz der Schlacht geworden. Ich kannte die Meinen nicht, und die Meinen kannten mich nicht.

Die Alliierten waren zum Großangriff im Lirital, einer breiten Ebene unterhalb des Cassinomassivs, angetreten. Ich hatte mit meinen 8,8 cm Geschützen sofort Stellung gegen die anbrandenden Panzer zu beziehen. Kaum waren wir in dem Buschgelände feuerbereit, als auch schon der Kommandeur einen Funkspruch von mir abzeichnen ließ, des Inhalts, daß wir dort, wo wir stünden, auszuharren hätten, auch wenn uns der Feind in Stücke hacken sollte. Das hieß im Klartext: Bereite dich auf deinen Heldentod vor! Der Dank des großdeutschen Vaterlandes wird dir gewiß sein.

Mein erster Befehl: Grabt Deckungslöcher, schmal und tief, damit euch nicht die Granatsplitter die Knochen zerhacken! Die Leute begriffen, daß sie für ihr Überleben schaufeln sollten, und sie taten es mit hektischem Eifer. Zwei gruben unzureichend. Berstende Granaten haben sie einfach zersägt. Wir haben sie dann begraben — in Deckungslöchern.

Teils aus Leichtsinn, teils um mit meinem Mut zu protzen, auch aus Bequemlichkeit und weil ich meiner so sicher war, habe ich dann selbst den Schutz der Gräben verschmäht, als die Granatwerfergeschosse fast so dicht auf uns herniederplatschten wie die ersten, dichten Tropfen eines heraufziehenden Gewitters. Meine zur Schau getragene Unbekümmertheit spielte ich so gekonnt vor, wie ein Schauspieler, der seine Rolle beherrscht. Mir klapperten manchmal vor Angst die Zähne, und ich schlotterte am ganzen Leibe, aber ich strahlte vollkommene Ruhe aus.

Da ich trotz des starken gegnerischen Feuers auf flachem Felde unter der Feldplane nächtigte und mehrere Granatsplitter die Plane und den Mantel, mit dem ich mich zugedeckt hatte, durchlöcherten, kam kaum jemand auf den Gedanken, daß auch mich die Angst ebenso schüttelte, wie die Muttersöhnchen, die um ihr Leben bibberten. Wenn ich die Nerven behielt, dann würde ich dazu beitragen, den anderen Sicherheit zu vermitteln, denn bei jeder Gefahr orientiert sich der Soldat an Gesicht und Gehabe seines Führers. Verliert dieser die Haltung, so gibt er das Signal zu panischen Reaktionen. Ohnehin bestand meine Truppe in dieser Schlacht aus fast lauter kriegsunerfahrenen Soldaten und vor allem aus denen, die sich bis zu diesem Tage mit Erfolg hatten aus dem Kriegsgeschehen heraushalten können. Trotzdem meuterte keiner, gab es keinen einzigen Fall von Widersetzlichkeiten oder Ungehorsam. Obwohl die Front nahe war und der Gegner als human galt, hat doch keiner die Gelegenheit wahrgenommen, zum Feind überzulaufen. Jeder tat brav und treu seine Pflicht, so gut er konnte. Dabei erlebten wir hier Fälle, wo Batterieführer ihre Geschütze sprengen ließen, die weiße Fahne hißten und mit ihrer ganzen Meute in Gefangenschaft zogen.

Eines Abends, nach einem Tag, der im doppelten Sinne heiß war, breitete sich so etwas, wie abendlicher Friede über dem Schlachtfeld aus. Wahrscheinlich verzehrte der Gegner sein Abendbrot und ließ dabei die Waffen ruhen. Die Angelsachsen hatten im Gegensatz zu den Russen einen Sinn für geregelte Dienstzeiten.

Während wir also gerade aufatmeten und auf eine ruhige Nacht hofften, hörten wir das unsympathische Gerassel von Kettenfahrzeugen, und schon tauchten mehrere

Panzer vor uns auf. Ich schaute durchs Fernglas und sah auf jedem Panzer Gestalten mit flachen Stahlhelmen. Kein Zweifel, der Tommy hatte sein Abendbrot beendet und versuchte in einem Überraschungsangriff, sich neue Ausgangspositionen für den nächsten Tag zu schaffen. Irgendeiner schrie: ”Panzer greifen an!“, und schon ereignete sich, was ich 1941 in Rußland ähnlich erlebt hatte.

Von sinnloser Angst erfaßt , flüchteten viele nach rückwärts und verbargen sich in dem struppigen Gehölz eines kleinen Wäldchens. Die die Feigheit übermannte, flohen, Beherztere blieben. Die Feuerbereitschaft der Geschütze schien noch gesichert zu sein. Ich ließ das Feuer eröffnen. Die Leute waren so nervös, daß die ersten Schüsse ihr Ziel verfehlten. Kurz nach der Feuereröffnung stiegen aus den Panzern weiße Leuchtkugeln in die Luft. Das bedeutete: ”Nicht schießen, eigene Truppe!“ Ich geriet in eine heillose Verwirrung. Da ich die Form der Stahlhelme als unverkennbar englisch ansah, nahm ich an, daß der Gegner uns zu täuschen versuchte. Noch einmal setzte ich das Doppelglas ans Auge. Ich zitterte wie Espenlaub, so daß der Feldstecher vor mir hin- und herwackelte. Mit Aufbietung aller Willenskraft gelang es mir dann doch, einen sicheren Blick durchs Okular zu werfen, und ich entdeckte außer englischen Soldaten eiserne Kreuze auf den Panzern. Sofort gab ich den Befehl zur Feuereinstellung.

Es waren wirklich unsere eigenen Panzer, die vom Gefecht zurückkehrten und zur Zierde ihrer Stahlkästen gefangene Tommies hatten aufsitzen lassen. Die Panzerbesatzungen forderten uns auf, unsere Stellungen sofort zu räumen, da die gegnerische Infanterie ihnen auf dem Fuße folgte. Das ”dulce et honestum mori“ rückte in bedrohliche Nähe. Die hereinbrechende Nacht beendete den Dienst des Gegners und sorgte für eine kurze Galgenfrist.

Der kommende Tag brachte denn auch die Bescherung. Der Feind durchbrach die Front der Hoch- und Deutschmeisterdivision und kesselte uns ein. Ein zehn Meter breiter Streifen, der sich quer durch ein tief eingeschnittenes Tal zog, bildete die letzte Möglichkeit eines Rückzuges. Feindliche Panzer operierten bereits im Gelände hinter uns. Einzeln und zu Fuß mochte es uns noch gelingen, der Mausefalle zu entkommen, Für Kanonen und Fahrzeuge schien dies unmöglich.

In dieser Situation erreichte mich die kategorische Anweisung des Kommandeurs, die Stellung aufzugeben und mit Mann und Maus, Kanonen und fahrbaren Untersätzen, mit Gerät und Munition die Umklammerung zu durchbrechen. ”In der Auffangstellung bei Frosinone sehen wir uns wieder!“, endete der Befehl.

In manchen Lagen des Lebens ist es einfacher, das Unheil zu erwarten, indem man unerschütterlich seinen Platz behauptet, als durch ein grandioses Wagnis sich der Gefahr zu entziehen.

Alle Straßen, die aus dem Kessel herausführten, hatte der Feind gesperrt. Nach kurzer Erkundung wurde mir klar, daß es ebenso hoffnungslos wie aussichtslos sein würde, einen der vorhandenen Rückzugswege zu benutzen. Nur wenn es uns gelänge, die Schlucht hinter uns so weit einzuebnen, daß sie für unsere Zugmaschinen und die Kanonen passierbar würde, hätten wir gewisse Aussichten.

Am späten Nachmittag begannen dann alle Mann mit Ausnahme von zwei gefechtsbereiten Geschützbedienungen, mit Schippe, Pickel und Spaten die Erde zu bewegen, um eine Gasse in die Freiheit zu bahnen. Ich mußte niemanden zur Arbeit anhalten. Die Leute wußten, um was es ging. Trotz sengender Hitze, trotz heftigem Artillerie- und Granatwerferbeschuß schufteten wir ununterbrochen.

Um 21.00 Uhr kuppelten wir das erste Geschütz an die Zugmaschine. Es wurde später als 1.00 Uhr in der Frühe, bis alle Wege- und Geländehindernisse überwunden waren. Ich konnte mir leicht ausrechnen, daß wir bis zur Morgendämmerung vielleicht mit zwei Geschützen unser Ziel erreichen würden. Da wir abends schon unter Gewehr- und MG-Feuer lagen, war für den kommenden Tag der Endkampf zu erwarten. Dann würde mindestens die Hälfte der Batterie in Feindeshand fallen. Als Batteriechef hatte ich bei den Leuten in der Stellung auszuharren.

Ich sträubte mich gegen den Gedanken, mit dem sinkenden Schiff unterzugehen. Um irgendeinen möglichen Ausweg zu finden, um auf ehrenvolle Weise unser aller Haut zu retten, zermarterte ich mir pausenlos mein schwaches Hirn. Meine Nerven waren so gespannt, daß ich dachte, sie müßten wie Bindfäden zerreißen. Obwohl ich in Schweiß gebadet war, fror es mich innerlich. Es war einer der wenigen Augenblicke des Krieges, da ich mir den Knall wünschte, der alles beendete.

Ich erinnerte mich an die Schulzeit, an den harten Brocken Mathematik, den ich dann doch zerkleinerte. Probleme, die unlösbar scheinen, können durch bohrendes Nachdenken geklärt werden.

So ging ich denn jetzt auch im Geiste die Chance einer jeden einzelnen Möglichkeit durch und versuchte, bis in alle Einzelheiten zutreffende Vorstellungsbilder zu gewinnen. Klugheit allein jedoch nützt nicht, Wagemut muß hinzutreten.

Ich rief meine beiden Leutnante, die Wachtmeister und Geschützführer zu mir und eröffnete ihnen, daß ich beabsichtige, an den feindlichen Panzern, die den Rückzugsweg versperrten, mit der ganzen Batteriekolonne vorbeizubrausen. Das sei die einzige Möglichkeit, die Freiheit wiederzugewinnen. Die Leutnante erklärten mir frank und frei, daß mein Vorhaben glatter Irrsinn sei. Ich erwiderte ihnen, daß es ihnen frei stünde, hier zu bleiben und nach Abzug der Batterie die weiße Fahne zu hissen. Die Unteroffiziere dagegen akzeptierten meinen Vorschlag ohne Widerspruch. Zwar war ich erst zwei Wochen Batteriechef, aber anscheinend hatte ich das Vertrauen der Truppe.

Meine Anordnungen für den Stellungswechsel gab ich kurz und klar. Nach einer halben Stunde stand die Batterie marschbereit.

Über Cassino schaukelten einige Leuchtfallschirme. Dem lebhaft einsetzenden Feuer nach zu schließen schien da drüben gerade ein Stoßtruppunternehmen über die Bühne zu rollen. Es schaffte uns Luft. Ich begriff es und gab den Befehl zur Abfahrt. Mit dem in beide Hände gepreßten Schnellfeuergewehr bestieg ich das Spitzenfahrzeug. Die Leuchtschirme waren noch nicht erloschen, als wir an den Panzern der Alliierten vorbeipreschten. Sie standen schön geordnet rechts und links der Straße, lauter schwarze, Gefahr drohende Ungetüme im flackernden Spiel der Schatten. Kein Schuß fiel. Die stählernen Raubtiere schliefen. Mich wunderte, daß die Posten keinen Alarm auslösten. Es hätte auch nicht viel genützt. Bevor es bei denen richtig gefunkt hätte, wären wir sowieso längst wie die Hasen über der Hecke gewesen. Wie eine Truppenparade vorm kommandierenden General, so präzise rollte die Kolonne an des Gegners Panzerwacht vorüber. Nach überstandener Gefahr löste sich der eiserne Griff der Spannung. Wir fielen einander in die Arme und schrieen und johlten.

Zwei Tote und zwanzig Verletzte hat uns das unselige Lirital gekostet. Wenn man bedenkt, mit welcher Wucht die feindliche Artillerie trommelte, so hielten sich die Verluste in sehr mäßigen Grenzen. Andere Truppenteile in unserem Abschnitt wurden völlig aufgerieben. Von dem Infanteriebattaillon in unserem Abschnitt kehrten ein Feldwebel und zwei Mann zurück. Der Rest: tot, gefangen, verschollen. Der Feldwebel selbst starb an seinen schweren Verletzungen auf einem unserer Lastwagen.

Einen herzzerreißenden Anblick bot auch eine Gruppe von Italienern, die während des Kampfes an uns vorüberzogen. Wenige Männer und viele Frauen, von denen einige durchblutete Verbände trugen, hielten in ihren Armen tote und verletzte Kinder. Ihr Wehklagen drang durch Mark und Bein. Ihr Dorf wurde anscheinend nicht rechtzeitig evakuiert, und so gerieten sie zwischen die Mühlsteine dieses grausamen Krieges.

Bei Frosinone meldete ich dem Kommandeur die Batterie. Nachdem er die Meldung entgegengenommen hatte, stellte er keine einzige Frage, sondern schnitt mir jedes weitere Wort der Erklärung ab, er sagte: "Ach so, Sie sind auch wieder da!“ und ließ mich einfach stehen. Es klang so , als dächte er: "Na, auf den hätte ich gut verzichten können.“ Er kam auch später nie mit einem einzigen Wort auf unseren wagemutigen Ausbruch zurück. Weder Mannschaften, noch Unteroffiziere, noch Offiziere wurden für den Einsatz im Lirital ausgezeichnet. War es schon Narrheit, uns in diesem Kessel schmoren zu lassen, so wurde diese Narrheit unter Umständen mit einiger Methode ins Werk gesetzt. Was spielte es schon für eine Rolle bei den Verlustziffern der letzten sechs Wochen, wo die Division ihren ganzen Ist-Bestand an Menschen verlor und ihre Gefechtsfähigkeit nur durch den dauernden Zustrom von Soldaten aus den Ersatzbataillionen erhalten werden konnte, wenn da zufälligerweise zur höheren Ehre des Vaterlandes auch der Doerr mit seinem Haufen im Moloch Krieg verheizt wurde?

Diese Hölle vernichtete nicht nur Tausende junger, hoffnungsfroher Menschen, dem Kugelfesten und Ehrgeizigen standen ungeahnte Chancen offen, wenn er sich durch Tapferkeit und militärische Erfolge hervortat. Einer unserer Jägeroffiziere zum Beispiel avancierte in wenigen Wochen vom Hauptmann mit EK 1 zum Obersten mit Ritterkreuz. Doch scheeläugige Vorgesetzte wußten solche Höhenflüge zu vereiteln. Vielleicht mußte man auch schon über Kreta mit dem General am Fallschirm gebaumelt sein, um so sehr lieb Kind zu werden.

Als wir Monte Cassino verloren hatten, gab es kein Halten mehr. Der Eckpfeiler der Verteidigung war gefallen. Was jetzt kam, glich zwar keiner Flucht nach dem Schreckensruf: "Rette sich, wer kann!", aber die Merkmale eines sehr eiligen Rückzuges konnte man nicht leugnen. Da unsere Fallschirmeinheiten zur Elitetruppe zählten, fanden wir uns überall, wo der Feind mit besonderer Wucht nachstieß. Wir hatten dort Löcher zu stopfen, wo andere versagten. Wir hatten auch dort die Türen offen zu halten, wo die langsam rückwärts kriechende Schlange von Versorgungstruppen, Stäben und Troßkolonnen in die Zange vielfach überlegener Feindverbände zu geraten drohte.

So standen wir eines Tages mitten im Villenviertel von Tivoli und warteten auf den Angriff der Panzer. In einem leergeräumten Haus nahm ich Quartier. In der Ecke eines Zimmers entdeckte ich einen Stapel Bücher.

Ich nehme ein kleines, schwarz eingebundenes Büchlein, ein lateinisches Psalterium und schlage es auf. Mir springt der Satz in die Augen:

"Tu domine, esto turris fortitudinis!“ “Du Herr, sollst der Turm der Tapferkeit sein!“

Das angenehmste Bett, die beste Mahlzeit, der edelste Wein hätten in diesem Augenblick nicht mehr mein Herz erfreuen können, als diese Anrufung des gewaltigen Gottes in schreckerfüllter Zeit. Das Büchlein nahm ich an mich. Wann immer die Granaten bersteten, die Geschosse zischten, wenn ich hilflos am Boden lag und die Erde unter den Einschlägen bebte, habe ich das Büchlein geöffnet und die Worte genossen. Sie beruhigten mich und träufelten Trost in mein zitterndes Herz.

Als vorsichtige und in Geschäften erfahrene Leute, griffen Amerikaner und Engländer nicht im gleichen Stil an wie die Russen. Bei den Russen hatte man immer den Eindruck, daß sie nichts zu verlieren, aber alles zu gewinnen hatten. Die Anglo-Amerikaner schonten kein Material, aber desto mehr Menschen. Sie gingen methodisch zu Werk. Zuerst zerbomte dieLuftwaffe die Angriffsziele, dann überschüttete sie die Artillerie mit Granaten aller Kaliber und erst, wenn man annehmen konnte, die gegnerische Stellung sei zur tabula rasa geworden, setzten sich Panzer und Infanterie in Marsch. Stießen die Angriffsspitzen auf unvermuteten Widerstand, begann der Tanz von vorne. Die gegnerische Führung versuchte dann mit Hilfe von Jagdbombern einzelne Widerstandsnester weichzuklopfen.

Vor Tivoli hatte der Feind einen besonders phantasievollen Einfall. Der Tag begann echt südlich wolkenlos, mit azurblauem Himmel und flimmernder Hitze. Die Kameraden vom Sternenbanner setzten gerade zum zweiten Angriffsakt an, indem die Artillerie mit ihren Blumentöpfen uns zuhagelte. Wir hatten in einem Bombentrichter mit keinem sehr großen Umfang Zuflucht gefunden. Das Loch war dafür fast fünf Meter tief und die Wände sehr steil. Wenn nicht gerade so ein dummes Ding von Granate uns auf den Kopf fiel, konnten wir uns ziemlich sicher wähnen. Während nun Schlag auf Schlag die schweren Koffer heranbrausten, saß ich auf dem Trichterrand, nicht aus Übermut, sondern, weil ich das Gefühl hatte, daß wir mit Überraschungen zu rechnen hätten. Ich beobachtete mit dem Doppelglas angestrengt das Vorfeld. Eine Detonation ganz nahe und die gleichzeitige Druckwelle rissen mir das Glas von den Augen. Zunächst war ich benommen und mußte erst einmal den Dreck aus den Augen wischen, um etwas zu sehen. Da hörte ich auch schon das Schreien von Verletzten, das zu mir heraufdrang. Es hatte mehr oder weniger alle erwischt, die auf dem Grund des Trichters zusammengekauert saßen. Mit Hilfe des pflichteifrigen und unerschrockenen Sanitätsunteroffiziers Bredow verbanden wir so gut wir konnten und schafften die Leute aus dem Feuerbereich. Kurz darauf schlug der glasklare Sommertag um in einen trüben Novembermorgen. Von den gegenüberliegenden Höhen aus nebelte der Feind uns ein. Wabernde Schleier dampften hoch, verhüllten die Sonne, verwischten die Konturen der Gegenstände und nahmen alle Sicht. Wie ein Londoner Herbstnebel brach es über uns herein. Und schon klirrten vor uns die Sherman-Panzer. Schatten tauchten auf und verschwanden. Gewehrschüsse peitschten. Maschinengewehre knatterten. Querschläger summten bedrohlich wie Hornissenschwärme. Gegenwehr ging ins Leere. Wir konnten zwar Löcher in den Nebel schießen, aber nicht den Feind treffen, er blieb so gut wie unsichtbar, schien sich aber ganz nahe an uns herangeschoben zu haben. Er würde uns umgehen, Tivoli einnehmen und diese Flakbatterie in die Tasche stecken wie eine handvoll Nüsse, die man unter dem Herbstlaub entdeckt. Was sollten wir in dieser Lage anderes tun, als uns möglichst schnell dem Zugriff der feindlichen Kameraden zu entziehen? Similia similibus curantur. Wie man in den Wald hineinruft, so schallt es wieder heraus. Auf den Nebel mit Nebel antworten, schoß es mir durch den Kopf. Vielleicht kam mir der Gedanke, den Nebel der Gegner durch eigene Nebelkerzen und Nebelhandgranaten zu verdichten, weil an diesem Tag der Morgenkaffee ausgeblieben war und wir ihn durch einige Flaschen sehr alten Cognacs ersetzt hatten. In meinem Hirn nämlich sah es genau so aus wie auf dem Schlachtfeld von Tivoli. Schleierhafte Gedanken trieben durch seine Windungen. Stier und unverwandt musterte ich das Kartenbild von Tivoli. Im Nebel konfuser Überlegungen stieg doch eine ganz klare Kontur auf: unser Heil hing an einem seidenen Faden.

Würde ich beim Rückzug durch die Stadt die falsche Richtung erwischen oder nicht die richtige Gasse finden, würde unser Schicksal besiegelt sein. Was mir mit nüchternem Verstand schwerlich gelungen wäre, fügte sich im Dunstkreis eines besoffenen Kopfes mit unnachahmlicher Sicherheit. Während wir durch die engen Gassen der Stadt brausten, schoben sich die gegnerischen Panzer parallel zu uns an den Außenbezirken entlang, und als sich die Zange schloß, hatten wir bereits die Falle verlassen.

Wie immer nach solchen Erlebnissen löste sich dann die Spannung in überquellende Heiterkeit und ausgelassene Fröhlichkeit. Es ist sehr erhebend, wenn es einem gelingt, der Schippe des Totengräbers eine Nase zu drehen.

Die nächste Stellung bezogen wir unterhalb Orvietos in einem lieblich grünenden Tal.

Wir kamen am späten Nachmittag an, machten unsere Geschütze feuerbereit, tarnten sie gegen Flieger- und Erdbeobachtung sehr sorgfältig und genossen einen stillen Sommerabend bei kreisender Chiantiflasche. Vom Feind war nichts zu spüren, nichts zu hören, nichts zu sehen. 20 Meter von den Geschützen entfernt stand ein Bauernhof. Seine Bewohner hatten ihn verlassen. Da das Mobiliar ausgeräumt war, bot sich zwar kein Bett an, aber der Fußboden im Obergeschoß genügte meinem Schlafbedürfnis vollständig. In dieser Nacht habe ich besonders tief und fest geschlafen. Einige Male rumsten zwar Artillerieeinschläge, nahe und ausladend, aber wer sich so sicher in Abrahams Schoß glaubt, den kann das nicht anfechten. Ich registrierte die Einschläge im Halbschlaf wie Ereignisse in einem fernen, unbekannten Land. Sie konnten meinen Murmeltierschlaf nicht ernsthaft stören.

Um sechs Uhr wurde ich hellwach und war ganz gegen meine sonstigen Morgengewohnheit bester Laune. Am Brunnen im Hof wusch ich mir den Schlaf aus den Augen, rasierte mich und dachte, daß die Sonne nun bringen könne, was sie wolle. Ich fühlte mich eines kommenden Tages Mühe und Plage gewachsen wie noch nie.

Er begann nicht sehr aufregend, aber von Stunde zu Stunde wuchs die Dramatik wie in einem guten Bühnenstück. Gegen acht Uhr erspähten wir Feindbewegung auf entfernteren Hügeln. Deutliches zu erkennen, war schwierig. Staubwolken hingen für kurze Zeit an den Hängen, verflüchtigten sich, um neuen quirlenden Wolken Platz zu machen. In den Lücken konnte man einzelne Fahrzeuge schwach ausmachen. Der Anmarsch des Feindes war also in vollem Gange. Da nun in sieben oder acht Klometern Entfernung diejenigen heranrückten, die die Absicht hatten, uns den Garaus zu machen, konnten wir nicht untätig zuschauen. Ich ließ einige Dutzend Granaten verfeuern. Die große Entfernung und die starke Staubentwicklung verhinderten eine genaue Beobachtung der Wirkung.

Nach diesem Scharmützel trat wieder Stille ein. Der Gegner blieb unsichtbar.

Ein kurzes Zwischenaktereignis verschaffte uns ein Italiener. Er erschien klagend in der Stellung. Seinem Wortschwall war zu entnehmen, daß er mich um Hilfe bitten wollte gegen zwei Soldaten, die seine Familie bedrohten. Ich begleitete ihn zu seinem Hof, der auf halber Höhe des Hanges lag, der sich ziemlich steil nach Orvieto hinaufzieht. Wie ich um die Hausecke trete, steht mir ein deutscher Landser in verwahrloster Uniform und ausgemachter Verbrechervisage gegenüber und hält seinen

Karabiner gegen mich im Anschlag. Ich versuchte noch nicht einmal, die Pistole aus der Tasche zu ziehen, denn wenn der Kerl wirklich bereit war, abzudrücken – sein Gesichtsausdruck spiegelte äußerste Entschlossenheit wider –, dann konnte er schießen, bevor ich in der Lage war, einen Finger zu rühren. So blieb mir nichts anderes übrig, als es mit dem Anschein absoluter Unerschrockenheit zu versuchen. Ohne zu zögern, näherte ich mich ihm, fixierte die Mündung seines Gewehres und schrie ihn an: "Schieß doch, du Saukerl, du verfluchter!“ Zunächst schien es, als ob das verwilderte Subjekt nicht davor zurückschreckte, mich kaltblütig umzulegen. Wer hätte schon nach mir gekräht? Ein toter Offizier vor einem Bauernhaus ließ vielerlei Schlüsse zu. Partisanen gab es, und der Feind war doch nahe. Ich befand mich im Niemandsland. Schließlich hat dann doch entschieden, daß ich mich vor dem Gewehrlauf nicht fürchtete. Meine Kaltblütigkeit zeigte Wirkung. Der Soldat senkte die Flinte und ließ sich entwaffnen. Mit gezogener Pistole trieb ich ihn vor mir her in einen Raum des Hauses, ein zweiter Soldat empfing uns mit erhobenen Händen. In der Mitte des Zimmers stand ein Tisch mit den Resten einer Mahlzeit. Die beiden Ganoven hatten die Gastfreundschaft der guten Leute schlecht gelohnt. Man schlug sich am gastlichen Tisch den Ranzen voll, dann zog einer auf Schmiere vor das Haus, während der andere die Tochter des Hauses mit Gewalt nahm. Frauen schwenkten mir kreischend ein blutbeschmiertes Leintuch vor der Nase herum. Der Saukerl hatte also das Mädchen entjungfert, eine Schande, die in Italien doppelt und dreifach zählt. Ich nahm die beiden schmierigen Brüder in Haft und versuchte, so gut ich konnte, die gänzlich verstörte Familie zu beruhigen, indem ich versicherte, daß die beiden Lüstlinge durch ein Militärgericht schwer bestraft würden.

Übrigens geriet ich einige Wochen später in eine ähnliche Situation in der Stadt Rimini. Ein vornehm wirkender Mann erbat meine Hilfe gegen einige Fallschirmjäger, die seine Frau belästigen würden. Ich brachte die Sache in Ordnung. Der Gatte zerrann förmlich vor überfließender Dankbarkeit. Er überreichte mir seine Visitenkarte mit der Bitte, ihm die Ehre anzutun, nach Kriegsende auf einer seiner Besitzungen Gast zu sein. Die Visitenkarte zeigte ein Wappen mit einer Krone. Der vornehme Herr war also von Adel. Einige Jahre nach dem Krieg entdeckte ich zufällig wieder die Karte und schrieb einen Brief an die angegebene Adresse. Der Brief kam zurück mit dem Vermerk: Nicht zustellbar.

Als ich von meiner "Sittlichkeitsübung" zurückkehrte, fand ich meine Leute in sehr aufgeräumter Stimmung. Anscheinend glaubten sie, daß der Krieg für heute vorüber sei, da der Feind sich nicht mehr gerührt hatte. Eine geradezu unheimliche Stille verbreitete sich über dem Tal. Es schien, als ob die Sonne, die sommerlich auf uns heruntersengte, einiges Unheil ausbrüten wollte.

Bei diesem Einsatz unterstand ich dem Kommandeur des 1. Fallschirmjägerregimentes. Oberst Schramm war einer jener Offiziere, die mir sympathisch waren. Man roch bei ihm förmlich den Pulverdampf der Tapferkeit, außerdem kümmerte er sich fürsorglich um seine Soldaten, machte wenig Aufhebens um seine Person und zeigte nur soweit Härte, als er sie an sich selbst erprobt hatte.

Als ich ihn an diesem Vormittag in seinem Gefechtsstand, einige Kilometer hinter dem mutmaßlichen

Frontverlauf, aufsuchte, weil ich mir nicht so recht im Klaren war, wer unsere Flanken sicherte, fand ich den Obersten in aufgeräumter Laune.

Er bewirtete mich mit Aprikosenkompott und beschrieb mir die Gefechtslage in rosigen Farben. An unseren Flanken stünden jeweils Infanteriedivisionen, und Grund zur Besorgnis gäbe es keinen.

Daß die Nachbardivisionen nur auf dem Papier standen, vermutete der Oberst wohl selber nicht. So stieg ich erleichtert in meinen VW-Kübel, um zur Batterie zurückzukehren.

Die Sonne strahlte erbarmungslos, und ich döste in die Hitze hinein.

Wenige hundert Meter vor der Stellung riß mich ein Schuß aus meinen Träumen. Der Fahrer schrie auf. Über seine rechte Hand strömte Blut. Das Lenkrad war in Stücke zersplittert, unmittelbar vor uns auf der Straße stand ein dicker Panzer. Der VW lief führerlos in ein Kornfeld hinein. Wir stürzten aus dem Wagen und hasteten zu unseren Kanonen.

Da einige Tage zuvor zwei Geschütze ausgefallen waren, blieben uns nur zwei zur Abwehr übrig. Das eine hatte rechts der Straße Stellung bezogen und stand unter dem Kommando von Leutnant Lürken, während ich mich um das andere links von der Straße kümmerte. Die Leute am Geschütz traf mein "Panzeralarm!" wie ein Donnerschlag. Sie hatten Pfannkuchen gebacken und waren gerade dabei, sie in aller Ruhe zu verzehren. Auch Lürken schien geschlafen zu haben.

Als ich meinem Richtkanonier anzeigte, wo überall Panzer aufkreuzten, reagierte der Mann so verstört und fahrig, daß ich ihn am Kragen packte und kurzerhand vom Richtsitz warf.

Zuerst hatte ich nur den einen Panzer auf der Straße gesichtet, inzwischen aber tauchten zwischen Bäumen und Büschen überall die stählernen Kuppeln auf. Mindestens 30 oder 40 Panzer rollten in dem Tal unterhalb Orvieto gegen uns. Man hätte leicht den Mut verlieren können angesichts einer solch erdrückenden Übermacht.

Unsere ganze Abwehrkraft bestand aus zwei armseligen 8,8 Kanonen, die zwar über erhebliche Feuergeschwindigkeit und hervorragende Durchschlagskraft ihrer Panzergranaten verfügten, aber leicht ein Opfer ihrer Größe und Unbeweglichkeit werden konnten.

Doch jetzt war wenig Zeit zum Überlegen. Zwei Gefreite, die mithalfen, die Kanone zu bedienen, blieben an meiner Seite. Unerschrocken taten sie ihre Pflicht. Die anderen suchten Zuflucht in den Deckungslöchern. Das nun folgende Gefecht entwickelte sich mit so viel Wildheit und Turbulenz, daß Einzelheiten und der genaue Ablauf schwer zu schildern sind. Die langrohrigen Panzergeschütze zusammen mit den überschweren MGs verbreiteten ein Inferno um uns. Die meisten operierten hinter dem Buschwerk von Bäumen und Sträuchern, so daß ich ihren Standort nur durch die Mündungsblitze ihrer Kanonen erkennen konnte. Da unsere Geschütze schon bei den ersten Abschüssen durch den Rücklauf der Rohre und den Mündungsknall der Granaten alles Tarnmaterial verloren hatten, standen wir da wie auf dem Präsentierteller.

Das fletschende Rudel der Angreifer bemühte sich dann auch, uns schnell und rücksichtslos niederzukämpfen. Auf beiden Seiten ging es schließlich um Sein oder Nichtsein. So krachte es denn auch überall. Splitter flogen, Fontänen von Dreck und Staub schossen rund um mich aus der Erde. Einmal schepperte es so unmittelbar vor mir, daß ich unwillkürlich auf meine Beine schaute, da ich dachte, sie müßten wegrasiert sein.

Das Duell mit einem dieser Stahlkästen habe ich nicht vergessen. Es war derjenige, der uns auf der Straße beschossen hatte. Als er merkte, daß da keine Pappkanone Zeitungsknüller verfeuerte, zog er sich zu seiner Sicherheit hinter ein einzeln stehendes Haus zurück. Er schien mir sehr gefährlich, weil er mich unvermutet in der Flanke fassen konnte. Ihm widmete ich meine ganze Aufmerksamkeit. Auf Befehl schob der Ladekanonier eine Sprenggranate ins Rohr. Das Geschoß setzte ich dann so unmittelbar hinter das Haus, daß die Granate über dem Panzer detonierte. Die Finesse zog. Der Panzerführer wurde sichtlich nervös und schob sein Fahrzeug so nach vorne, daß sein Bug sichtbar wurde. Vermutlich wollte er auch Sicht gewinnen, um mich aus sicherer Entfernung zu erledigen. Nur äußerste Schnelligkeit konnte mich retten. Seine Kanone schwenkte gerade in Schußposition, als ich abzog. Ich traf ihn. Die Einstiegsklappe schwappte hoch wie der Deckel eines Bierkruges, Dampf und Qualm quollen aus allen Ritzen, und zwei Gestalten schwangen sich ins Freie.

Inzwischen verschlechterten sich meine Aussichten, heil dieser Hölle zu entrinnen, zusehends.

Nach kurzer Gefechtstätigkeit hatte Lürken die Kanone auf die Lafette gesetzt und dampfte mit Zugmaschine, Geschütz und den noch intakten Fahrzeugen in dem Augenblick vom Schlachtfeld, als ich mich mit äußerster Kraft meiner Haut zu wehren hatte. Die ganze

Panzerlawine konnte sich nun auf mich allein einschießen. Ich habe hinterher dem Leutnant nicht vorgeworfen, wie feige er mich im entscheidenden Moment im Stiche ließ, habe auch nicht nach oben gemeldet, daß er den Kampfplatz ohne meinen Befehl räumte, um die Flucht zu ergreifen, doch hat mich sein Mangel an Kameradschaft tief getroffen, denn wir verkehrten freundschaftlich miteinander.

Nach Lürkens Abzug gelang es mir zwar noch, vier gegnerische Panzer außer Gefecht zu setzen, aber die Einschläge der Granaten in meiner Nähe häuften sich so, daß es nur eine Frage der Zeit sein konnte, bis ein Volltreffer mir die Waffe aus der Hand riß.

Noch beschäftigten meine Sinne und meine ganze Kraft ein einziger Gedanke, nämlich: schießen und treffen, damit dich keiner trifft. Ich war ein empfindungsloser Automat geworden, der mechanisch und präzise auf diese tödliche Herausforderung reagierte.

Erst als neben mir nach einem Treffer Verletzte im Deckungsgraben aufschrieen, begriff ich eine andere Aufgabe in dieser Lage. Da mir in diesem Augenblick nicht recht klar war, was ich nun zu tun hatte, ob ich den Kampf fortsetzen oder den Leuten in ihrer Not beistehen sollte, zögerte ich mit meinem Entschluß. Er wurde mir förmlich aus der Hand genommen. Es klingt recht seltsam, aber es ist wahr.

Mitten im Getöse des Gefechtslärms hörte ich die deutliche Stimme meiner Mutter, die damals schon 16 Jahre tot war. Sie sagte:

"Josef, hilf deinen Leuten!"

Ich habe weder vorher noch nachher die Stimme meiner toten Mutter vernommen, aber in diesem Augenblick empfand ich ihre Worte laut und deutlich, als ob sie neben mir stünde.

Mit einem Satz kniete ich neben den Verwundeten. Ich hatte das Geschütz noch keine drei Sekunden verlassen, als das Kanonenrohr senkrecht wie ein scheuendes Pferd hochstieg. Eine Granate mußte den Sockel getroffen haben. Die beiden Kanoniere folgten meinem Beispiel. Mein Gefechtsauftrag war erledigt.

Nur ein schneller Rückzug konnte retten, was zu retten war. Im Angesicht der Panzer räumten wir die Stellung mit unvorstellbarer Geschwindigkeit. Das Unwahrscheinliche gelang. Niemand verlor die Nerven. Noch bevor der erste Panzer die Einmündung zur Stellung erreichte, rollten unsere Fahrzeuge, soweit sie das Gefecht überlebt hatten, rückwärts. Die Gegner schossen auf uns wie man auf einer Treibjagt auf Hasen schießt. Ich selbst lief als letzter hinter den Fahrzeugen her. In Steinwurfweite folgten die vordersten Panzer. Es blieb mir unerklärbar, wieso sie uns nicht zu Schrott kartätschten.

Nach einigen hundert Metern Rückzug fiel mir ein, was gemessen an der Lage von höchster Unwichtigkeit war: Ich hatte in meinem Nachtquartier meine Aktentasche mit Toilettenartikeln und Rasierzeug stehen lassen. Wenn ich Hose oder Hemd vergessen hätte, wäre ich wahrscheinlich nicht umgekehrt, aber die Mittel, die mir täglich zu mitteleuropäischer Sauberkeit verhalfen, wollte ich nicht missen. Seife und Handtuch ließen sich schließlich ersatzweise wieder beschaffen, aber mein altes und treues Rasiermesser, mit dem ich mir schon ein Dutzend Jahre die Stoppeln aus dem Gesicht kratzte, ihm fühlte ich mich verbunden, wie einem guten Feund.

Also nochmal zurück durch den Feuerhagel mitten durch das krachende, berstende, pfeifende, feuerspeiende Gewitter, zurück in das Haus und die Treppe hoch zu meinem ehemaligen "Schlafzimmer". Mehrere Panzergranaten hatten große Löcher in die Wand gerissen. Die Tasche wühlte ich unter einem Haufen Mauerschutt hervor. Als ich das Freie wieder erreichte, sah ich, daß ich von Panzern auf der Straße und im Gelände umringt war. Sie drangen bereits über unsere ehemalige Stellung hinaus vor, so daß sie mir den Rückzug abschnitten. Ich hätte mit meinem Taschentuch winken können zum Zeichen, daß ich mich ergab. Ich verschwendete keine Sekunde an einen solchen Gedanken. Die Freiheit wollte ich mir erhalten, auch wenn das Leben für sie auf dem Spiel stand. Sie ging mir über alles.

Um in so einer Situation zu bestehen, muß man Auge und Ohr aufs Genaueste schärfen und Nase und Fingerspitzen so sensibilisieren, daß man dorthin fühlt, wo die Sinne nicht hinreichen. Alles an mir war aufs Äußerste wach.

Ich rannte vorwärts, ich duckte mich, ich warf mich platt auf den Boden, verharrte reglos hinter einem Busch, der mich jeder Sicht entzog, und ich beobachtete in jeder Lage. Dann wieder schmiegte ich mich platt an die Erde, wenn einer der feindlichen Kameraden MG oder Kanone in meine Richtung schwenkte. War der Feuerteppich vorüber, keuchte ich weiter. Knirschend und klirrend rollten die stählernen Elefanten langsam vor. Ich lief mit ihnen um die Wette. Dornen zerkratzten Hände und Gesicht, ich spürte es nicht. Das Herz klopfte wie eine Maschine, und ich dachte, ich müßte an meinen Schweißausbrüchen ersticken. Mit versagenden Kräften schaffte ich es doch. Hinter dem letzten Fahrzeug lief mein Bursche. Er hatte auf mich gewartet. Wir begrüßten uns mit freudigem Hallo. Doch das Glück schritt über schwankenden Boden. Einige Minuten später stieß er einen schrillen Schrei aus. Ich schaute erschrocken auf ihn. Sein linker Unterarm lag auf dem Erdboden. Eine Granate oder ein großer Splitter hatte ihn oberhalb des Ellbogengelenkes getroffen.–

Über einen Bach mit schluchtenartigen Steilhängen führte eine steinerne Brücke. Pioniere sprengten sie knapp hinter uns in die Luft. Nun erst fühlten wir uns vor den nachrückenden Panzern sicher. Drei Kilometer weiter bot sich eine neue Stellung. Wir bogen in einen Feldweg, angefüllt mit zerschossenen Fahrzeugen. Noch bevor wir die Geschütze von den Zugmaschinen abgekoppelt hatten, überraschten uns die feindlichen Panzer von dem gegenüberliegenden Höhenzug. Sie eröffneten sofort das Feuer und zerdepperten uns alles: die Kanonen, die Fahrzeuge, die Geräte, unser Gepäck und schließlich schossen sie auch noch unsere Munition in Brand. Nie hatten wir so viele Tote und Verwundete wie in dieser halben Nachmittagsstunde des 14. Juni 1944. Die Überlebenden konnten sich durch das schützende Unterholz eines Waldstückes zurückziehen. Wer leicht verletzt war, humpelte gestützt und geführt mitten im Haufen der Geschlagenen. Die Schwerverwundeten schleppten wir mühselig mit uns. Unsere Toten hatten wir nach Kriegssitte begraben.

Einem unserer Leute war die Halsschlagader zerrissen worden. Nach starkem Blutverlust wurde das Gesicht schmal und gelblich, die Nase durchsichtig wächsern. Er lag mit geschlossenen Augen da und atmete schwach. Wir taten alles, um die Blutung einzudämmen. Lürken meinte, es sei zwecklos, der Tod stünde ihm schon im Gesicht. Doch er starb nicht. Bei den Worten des Leutnants kehrte Bewegung in sein Gesicht zurück, er schlug mit großer Anstrengung die Augen auf und hauchte fast unhörbar, aber, wie mir schien, mit gesammelter Willenskraft: "Ich sterbe nicht!“ Dann fiel er wieder in seine todesähnliche Ohnmacht zurück.

Wir haben dann diesen Mann drei Stunden lang durch den Wald getragen. Die Hitze war fürchterlich, der Kraftaufwand übermenschlich.

Nach Monaten erfuhren wir, daß aller Wahrscheinlichkeit zum Trotz sein Leben gerettet wurde. Ein besonderer Verdienst kam dem Sanitätsunteroffizier Bredow zu.

Noch am gleichen Abend stand ich vor dem Kommandeur, um Meldung zu erstatten. Zum Verlust meiner Batterie sagte er so gut wie nichts, zum Abschuß der gegnerischen Panzer: "Wie können Sie als Batteriechef Panzer abschießen?“ Ich war so erschüttert, daß ich in dieser Nacht keinen Schlaf finden konnte, obwohl mir die Müdigkeit wie Blei in den Gliedern lag.

In der Soldatenzeitung Süd konnte man einige Wochen später lesen, daß der Oberleutnant Doerr für seine Tapferkeit bei der Abwehr feindlicher Panzer vor Orvieto mit dem Ritterkreuz ausgezeichnet worden sei. Davon jedoch erfuhr ich erst nach dem Kriege.

Selbst wenn ich eine ganze Panzerbrigade mit bloßen Händen erwürgt hätte, dieser neidzerfressene Kommandeur wäre nicht zu bewegen gewesen, mich dafür auszuzeichnen.

Nach Orvieto habe ich meine Orden und Ehrenzeichen abgelegt und nie wieder getragen.

Als ich dann Korten bei gegebener Gelegenheit ins Gesicht sagte, daß ich jegliches Vertrauen in seine Führung verloren hätte, verwandelte sich unsere gegenseitige Abneigung in eine erbitterte Feindschaft. Da er am längeren Hebel der Macht saß, fehlte nicht viel, daß er bei einer ihm günstigen Gelegenheit später mich hätte über die Klinge springen lassen.

17

San Gemmano hieß wohl das kleine Nest, das uns dann für alle Leiden und Strapazen vergangener Wochen entschädigte. Es thronte auf einer Bergspitze. Zwei Dutzend Häuser scharten sich um eine Kirche im üblichen italienischen Dorfrenaissancestil. Eine alte, von Sträuchern überwucherte Stadtmauer und ein tiefer Graben voller Gestrüpp mögen im Mittelalter seine Uneinnehmbarkeit gesichert haben. Von dieser Oase friedlicher Tage konnte der Blick weit hinunter bis nach Rimini und Cattolica schweifen.

Südlich von uns bei Pessaro bauten die Männer der Organisation Todt eine befestigte Linie auf. Sie war es denn auch, die uns diese Atempause verschaffte.

Italienische Flüchtlinge aus allen Teilen des Landes hatten im idyllischen San Gemmano Zuflucht und Schutz gefunden.

Ich erinnere mich eines Geigers der Mailänder Scala. Wenn die Kühle des Bergrückens abends die schläfrige Hitze des Tages abgelöst hatte, saß der Geiger auf einem Mauervorsprung und spielte. Sein Spiel ließ alles vergessen, was dieser Krieg an Schwere auf unsere Seelen gepreßt hatte. Mit einem Male atmeten wir wieder frei und leicht. Seine Töne träufelten himmlischen Balsam auf wunde Herzen. Ich vergaß alles um mich, ich hörte nur den Wohlklang dieser Geige, und mir schien es, als ob der Himmel sich herniedersenkte, um der Erde ein Paradies zurückzugeben. Der Zauber der Musik riß mich hin, und gelöst blickte ich an diesen Abenden in den dunklen Schoß der ungewissen Zukunft.

Die kurzen Tage des Friedens von Gemmano verflogen im Nu. Der Krieg zwang uns wieder in seinen eisernen Rhythmus.

Der Kommandeur reiste zum Springerlehrgang nach Fallingbostel. Als dienstältester Offizier wurde ich Ersatzkommandeur.

Dieses Zwischenspiel jedoch währte nur kurz. Ich zog den Stab mit all seinen Wanzen, Drückebergern, Schönärschen und Blechseelen mitten in die Hauptkampflinie hinein, so daß diesem hochmütigen Gamaschenvolk nach einigen Tagen schon vor lauter Pulverdampf die Spucke wegblieb. Es erhob sich ein großes Geschrei, und über Nacht war ich dann auch wieder Batteriechef. Diese Zurückversetzung störte mich wenig, denn ich hatte sie ja vorsätzlich provoziert. Ich wollte ja nie in diesem Krieg weit vom Schuß den lackierten Affen spielen, während andere haufenweise ins Gras bissen.

Kurze Zeit danach muß es gewesen sein, als ich in der Poebene auf neue Geschütze wartete, daß ich von meinem jüngeren Bruder eine Feldpostkarte erhielt. Auch ihn hatte es mit seiner Truppe nach Italien verschlagen. Den Standort seiner Einheit durfte er mir aus naheliegenden Gründen nicht mitteilen, so hatte er mir zu meiner Orientierung mitten in den Text zwei gekreuzte Handgranaten hingekritzelt. Ich begriff sofort, daß es das taktische Zeichen seiner Division war. Aus irgendeiner Quelle erfuhr ich, daß die Handgranatendivision im Raum Livorno, Lucca, operierte.

Da wir uns brüderlich liebten, drängte es mich, meinen Bruder zu besuchen. Natürlich hätte mir Korten, der inzwischen aus Deutschland zurückgekehrt war, nie erlaubt, im wehrmachtseigenen Wagen und in der wehrmachtseigenen Zeit derartige Privatkapriolen zu drehen. Ob das steinerne Herz dieses Mannes überhaupt für Familiengemütsregungen dieser Art ansprechbar war? Da ich nicht die Probe aufs Exempel machen wollte, kurvte ich los, ohne jeden Segen von oben.

Wir warteten nördlich von Ferrara auf die Ersatzwaffen aus der Heimat. Der Feind krebste derweilen noch bei Cattolica herum. Wen schädigte ich schon, wenn ich mich einige Tage von diesem öden Nichtstun absetzte? Ein kleines Abenteuer als Randverzierung. In meinem Horizont zeichnete sich das Kriegsende noch nicht ab. Wie schnell und unerbittlich mochte das Schicksal zuschlagen und uns Brüder für immer trennen?

Ein Sonntagsspaziergang wurde dieses Sonderunternehmen nicht. Es wagte sich ja damals am Tage fast kein Fahrzeug mehr auf die Straße. Die alliierten Jagdbomber hatten unsere Luftwaffe vom Himmel gejagt. Oft lagen wir länger im Straßengraben als wir im Auto saßen. Bei Sonnenaufgang begann die Hetzjagd auf alles, was auf dem Erdboden herumkreuchte und fleuchte, erst bei Sonnenuntergang verstummte das Halali der Jagd. Einige Kilometer Fahrt, manchmal nur ein paar hundert Meter, dann Motorengeräusch oder Pünktchen wie Mücken in der Luft, und schon kamen sie angebraust, zu zweit, zu dritt, zu fünft, eine langgezogene Kurve, und sie hatten die Straße im Visier. Dann ratterten die schweren MGs und Bordkanonen, und die Sprengblitze der Granaten hüpften fast lustig wie an einem Faden aufgereiht über den Asphalt. Wehe dem, der nicht seinen Karren unter Baum oder Gebüsch versteckt hatte und selbst regungslos im Straßengraben oder noch besser etwas abseits davon sich in ein Loch verkrümelt hatte. Wenn die Piloten nur ein handbreit großes Stück Autodach erspähten oder einen Uniformfetzen gewahrten, stießen sie wie Falken auf ihr Opfer herunter. War der erste Anflug vorüber, konnte man nie sicher sein, ob noch weitere folgten oder woanders sich ein lohnendes Ziel auftat. Unser Herz klopfte, wenn sie zum Angriff ansetzten, und unser Atem stockte, wenn die Kette der Einschläge sich auf uns zubewegte. Eine kleine Schwankung der Maschine, ein bißchen mangelnde Zielgenauigkeit, eine zufällige Ladehemmung konnten uns vernichten oder retten.

Mehr als 80 oder 90 Kilometer Tagesleistung waren kaum zu schaffen. Um endlich die Handgranatendivision ausfindig zu machen, mußten wir einen Spürsinn wie Polizeihunde entwickeln. Nach drei Tagen stießen wir auf die ersten Fahrzeuge mit aufgemalten Handgranaten. Wie konnten wir aber aus 8000 Angehörigen der Division den einen herausfinden, der mein Bruder war? Ein Glück, zu wissen, daß er einer Pioniereinheit angehörte.

Ortskommandanturen und Feldeinheiten hatten wir zu durchforsten. Brückenkommandos, Sprengeinheiten, Minensucher, Befestigungstrupps klapperten wir nach dem neunzehnjährigen Gefreiten ab. Das ganze Fronteinsatzgebiet der Division durchstreiften wir und suchten so eifrig, daß wir einmal nur durch schleunige Flucht uns der Gefangennahme entziehen konnten. In dem unbekannten Gelände waren wir versehentlich in Feindgebiet geraten. Die kriegsgewohnte Nase befahl uns kurz vor der gegnerischen Panzersperre die Umkehr. Manchmal wurden wir auch mit der gewohnten häßlichen

Kriegsmusik empfangen: Granaten schepperten, MGs rasselten quer durch die Landschaft.

Nach endlosen Vergeblichkeiten die erste heiße Spur: Er habe den Namen doch irgendwann einmal gehört, bei dem Brückensprengkommando da drüben wahrscheinlich, erinnerte sich irgendwer. Als wir die Brücke erreichten, lag sie schon in Trümmern. Im Haus daneben entdeckten wir halb angenagte Hühnergebeine auf dem Tisch. Den Essern hatte es wohl sehr geeilt. Von den Pionieren des Kommandos keine Spur. Ein zufällig dem Tod entronnenes Hühnervieh gackerte seelenruhig auf dem Hof. Das vorzeitige Ableben seiner Kameraden berührte es nicht, von diesem mordlustigen Krieg hatte es keine Ahnung.

Im nächsten Dorf keine Menschenseele. Einige Häuser waren eingeäschert worden, kohlende Balken rauchten noch. In Türöffnungen hingen die Leichen von Gehängten, angeröstet und aufgedunsen.

In einem Wäldchen in der Nähe wimmelte es von Soldaten, eine Pioniereinheit. Noch bevor ich einen der Männer ausfragen konnte, lief vor mir einer mit einem Bund Stroh unter dem Arm.

Der Gang, der Schnitt der Figur, die Art wie er sich gab, es konnte kein Zweifel sein. Ich rufe: "Ludwig!“ Er dreht sich um, läßt das Stroh fallen, auf seinem Gesicht ein ungläubiges Erstaunen. Wir hatten uns gefunden.

Unser Glück währte nur wenige Stunden, aber wir bedeuteten uns gegenseitig ein Stück vertraute Heimat. In brüderlicher Freundschaft halfen wir einander durch Ratschlag und Zuspruch.

Leider gingen von diesem Tag an unsere Wege langsam aber stetig auseinander, und als wir uns verabschiedeten, ahnten wir nicht, daß wir uns nie wieder so nahe kommen würden.

Einige Tage später stand ich vor dem Kommandeur, wieder im Rapportanzug und wieder im Stand eines Angeklagten.

Er begann mit erhobener Stimme und rollenden Augen: "Wie kommen Sie dazu, im Abwehrkampf des deutschen Volkes Ihre Truppe widerrechtlich für sieben Tage zu verlassen? Wissen Sie nicht, daß ich die Macht habe, Sie von einem Kriegsgericht aburteilen zu lassen? Ihnen blühen Degradierung und einige Jahre Zuchthaus, vielleicht auch Schlimmeres! Die da oben fackeln nicht lange!“

Ich stammelte etwas von einem elf Jahre jüngeren Bruder, ihn zu treffen, habe es mich gedrängt. Man könne doch in diesem fürchterlichen Krieg nie wissen, ob man sich noch einmal wiedersähe.

Die stählerne Härte des Kommandeurauges milderte sich nicht. Ich sprach vor tauben Ohren. Er hatte meine Vernichtung beschlossen. Nach kurzer Pause kam, was ich erwarten mußte:

"Ich werde Sie zur Bestrafung melden.“

Wollte ich mich retten, so mußte ich alle Register ziehen, die mir zur Hand waren:

"Auch ich habe dann vor dem Kriegsgericht eine Meldung zu machen, Herr Major. Sie haben vor einigen Wochen einen Waggon geräuberten und geplünderten Gutes nach Deutschland verschoben. Vielleicht veranlassen dann die Herren Kriegsgerichtsräte, daß wir uns als Degradierte in einem ZbV-Bataillon wiedersehen!“

Meine Kugel traf ins Schwarze. Der Majorsblick weitete sich zu einem gläsernen Flimmern. Die Adern des vierschrötigen Gesichtes schwollen beängstigend, rote Flecken auf der Haut kennzeichneten eine ungeheure Erregung. Die Finger spreizten sich wie Krallen. Der massige Oberkörper schob sich nach vorne, als wolle er wie ein Raubtier zum Sprung ansetzen. Trotz des abrupt gebrüllten "Raus!" nahm ich mir die Zeit und die Kühle, um die Hacken zusammenzuschlagen, die rechte Hand vorschriftsmäßig an den Stahlhelmrand zu führen und gelassen mich mit einem "Zu Befehl, Herr Major!" zu verabschieden.

Nach einigen Tagen erhielt ich die Aufforderung, mich unverzüglich zum Feldersatzbataillon in Marsch zu setzen. Ich wurde, was ich mir schon immer wünschte, Chef einer Jägerkompanie. Korten aber sah ich nie wieder.

Da ich schon einen Bataillonsführerlehrgang mit Erfolg absolviert hatte, konnte man meine neuerliche Versetzung als verhüllte Bestrafung ansehen. Die schwächliche Rache Kortens hat mich kaum getroffen. Für mich war ein Bataillon unter anderem zu viel Apparat und zu wenig menschliche Nähe.

Hundert Kilometer hinter der Front in tiefer Etappe lag meine neue Truppe. Was ich dort vorfand, bestand aus dem letzten militärischen Aufgebot einer in den letzten Zügen liegenden Militärmacht.

Man hatte die Stäbe gereinigt, die Schreibstuben ausgefegt, die Lazarette geplündert, die Heimat nach Frontdienstfähigen ausgesiebt und da und dort Drückeberger zusammengekratzt. Nun steckte man sie alle in Fallschirmkombinationen, stattete sie mit Springerstiefeln aus und erwartete von ihnen den Geist und die Einsatzbereitschaft einer Elitetruppe.

Ich gestaltete den Dienst hart, doch ich versuchte, ihn schmackhaft zu machen. Von ödem Kasernenhofdrill hielt ich ohnehin nicht viel. Alle Ausbildung fand im Gelände statt. Tag für Tag veranstaltete ich Felddienstübungen und ließ dabei die Gefechtsbedingungen des Krieges simulieren. Durch die dauernde Gewöhnung an Acker und Erde, an Baum und Busch, an Hügel und Senke, an Regen und Schlamm, an Hitze und Kälte, an Tag und Nacht, daran, daß man den Schutz, den die Natur bietet, erkennt und ihren Widerwärtigkeiten geschickt ausweicht, wollte ich die Überlebenschancen des Einzelnen im Einsatz vergrößern. Dazu gehörte auch eine gründliche und gewissenhafte Waffenausbildung. Um Unsicherheit und Ängstlichkeit im Umgang mit Handgranate und Panzerfaust abzubauen, führte ich die scharfe Handhabung dieser Waffen immer wieder selbst vor. Im Handgranatenduell ließ ich mir abgezogene Handgranaten ins Deckungsloch werfen, um sie kurz vor der Detonation hinauszuschleudern.

Ein seltsamer Vorfall, der wohl mit diesen Übungen in Zusammenhang gebracht werden kann, ereignete sich Anfang Dezember 1944.

In den späten Abendstunden erschreckte mich eine Detonation vor meinem Quartier. Gleich darauf hörte ich Hilferufe. Ich stürzte hinaus. Einer meiner Leute lag in seinem Blute. Ein Fuß schien völlig zerschmettert. Den Verletzten peinigten gräßliche Schmerzen, er schrie und wimmerte. Auf die wiederholte Frage, was denn eigentlich passiert sei, stieß er zwischen Jammern und Stöhnen immer wieder das Wort "Partisanen" hervor.

Wir verbanden den Mann und fuhren ihn ins nächste Feldlazarett. Am nächsten Morgen schaute sich die Feldgendarmerie den Unfallort an. Sie fand das Griffstück einer deutschen Stielhandgranate. Wegen des Verdachtes an der Beteiligung eines Partisanenüberfalles, wie man vermuten mußte, wurden einige Leute des Ortes verhaftet. Einige Tage später gaben uns die Ärzte des Feldlazaretts einen Bericht über die Verletzungen des Patienten aus unserem Truppenteil. Daraufhin hat man die Inhaftierten schleunigst entlassen. Nach Ansicht der Ärzte, und es bestand auch im Verlauf weiterer Untersuchungen und Verhöre kein Zweifel daran, lag hier ein Fall von Selbstverstümmelung vor.

Der arme Kerl hatte vor dem Heldentod solch panische Angst, daß er sich lieber in die Selbstverstümmelung flüchtete. Um den Verdacht von sich abzulenken, hatte er so getan, als sei er einem Partisanenanschlag zum Opfer gefallen. Die Wirkung einer Handgranate hatte er unterschätzt, möglicherweise eine Folge meiner Live-Vorführungen, sonst hätte er nicht seinen Fuß und das volle Gewicht des Körpers auf die Sprengladung gesetzt, die auf diese Weise verdämmt einen mehrfachen Detonationsdruck erzeugt hatte.

Da wir bald darauf von der Poebene in das Gebiet nordöstlich von Verona verlegt wurden, hörte ich nichts mehr von diesem Fall.

Vermutlich durfte er seine Verletzungen auskurieren, dann machte man ihm einen kurzen Prozeß und stellte ihn an die Wand. Der Umstand, daß fünf Monate später der Krieg zu Ende ging, hat ihm vielleicht das Leben gerettet.

18

Wir hatten 1944/45 einen schneereichen, aber verhältnismäßig kurzen Winter. Am 13. Januar schneite es solche Mengen, daß wir während der Gefechtsübungen bis in die Hüften im Schnee versanken.

Vierzehn Tage später begann der Frühling. Im Handumdrehen verschwand der Winter mit seinem weißen Zauber. Die Sonne schien Tag für Tag von einem wolkenlosen Himmel herunter, und ein prachtvoller Frühling stürmte ins Land herein.

Am Morgen eines solchen glasklaren Tages stand ich vor meiner in Reih und Glied angetretenen Kompanie. Da ich Flugzeuggeräusche hörte, schaute ich mir den blauen Frühlingshimmel über uns etwas genauer an und sah drei Jabos hintereinander auf unseren Standort zustürzen. Auf meinen Schrei "Fliegeralarm!" warfen sich alle platt auf den Bauch. Ich selbst war vor Schreck wie erstarrt, unverwandt klebten meine Blicke an den Maschinen. Jetzt mußten sie die Bomben ausklinken, jetzt müßte der Pilot den Abzug der Bordwaffen drücken, dann würden sich 120 Leiber um mich herum in ihrem Blute wälzen, und alles würde unter meiner Verantwortung und durch meinen Leichtsinn geschehen. Warum hatte ich mich in sträflicher Nichtachtung über die mehrfachen Anordnungen meiner Dienststelle bezüglich des Luftschutzes im rückwärtigen Kampfgebiet einfach hinweggesetzt? Jetzt würde ich dafür büßen. Ich stand da und erwartete den Tod, ich wollte nicht überleben. Doch die Bomben fielen nicht, die Bordkanonen sprachen nicht und das Blutbad fand nicht statt, die Maschinen drehten ab. Es ereignete sich eine jener rätselhaften, unglaublichen Unwahrscheinlichkeiten, die man erlebt, ohne sie zu begreifen.

Gegen Ende März wurde ich krank, trotz ewig blauen Himmels, bester würziger Alpenluft und trotz täglicher Bewegung im Freien. Eines Morgens erwachte ich mit hohem Fieber. Abends zuvor spürte ich schon, wie die Mandeln anschwollen. Da ich vor dem Krieg fast alljährlich eine Angina absolvierte, nahm ich die Sache nicht ernst. Zwei Tage später wurde mein Zustand besorgniserregend. Ich erkannte kaum meine Umwelt und dann nur schemenhaft und wie in einem dichten Nebel. Der Schlund verengte sich so, daß ich noch nicht einmal mehr Flüssiges schlucken konnte. Auch litt ich unter Atemnot. Die Halsschmerzen ließen zwar bald nach, aber mich beherrschte ein solches Gefühl matter Gleichgültigkeit, daß mich weder die Freude zu leben, noch der Schrecken des Todes anfechten konnten.

Mein Bursche, der brave Pulkow aus Mürzzuschlag in der Steiermark – das Ende des Krieges trennte uns, und nach dem Krieg blieb er verschollen–, alarmierte die italienischen Quartiersleute. Der Truppenarzt hätte mich vielleicht mit Aspirin ins Jenseits geschickt. Ich ließ ihn vorsorglich gar nicht rufen. Statt dessen unterzog ich mich lieber der Roßkur der Italiener.

Ein Pfund Zwiebeln in einem Liter Wasser abgekocht, wurden in ein Tuch gewickelt und so heiß, wie ich es ertragen konnte, um meinen Hals gelegt. Das Zwiebelwasser mußte ich trinken, und wenn der Umschlag kalt war und die Zwiebelbrühe in der Schüssel zur Neige ging, vollzog sich das Ganze von vorn. Bald war ich schweißgebadet und dampfte selber wie die Zwiebel im Kochtopf. Das Zimmer wurde von einer einzigen Zwiebeldunstglocke umwölbt. Doch das Fieber wich, die Mandelgeschwulst ging zurück, und nach weiteren drei Tagen fühlte ich mich zwar matt, aber gesund. Dann erst ließ ich den Truppenarzt kommen.

Er erschien mit dem Bataillonskommandeur und mehreren Offizieren des Stabes und untersuchte mich. Er schaute in meinen Hals und diagnostizierte Diphterie; doch sei wegen der Ähnlichkeit des Erscheinungsbildes auch angina glaucis möglich.

Als das Wort Diphterie fiel, wich der ganze Stabshaufen einschließlich Arzt und Kommandeur vom Bett zurück, die Fenster wurden weit aufgerissen, und das Zimmer leerte sich schnell. Das Schreckgespenst eines neuartigen Feinds ließ die hohen Herren alle Tapferkeit vergessen.

Einige Minuten später erschien der Sanitätsunteroffizier, um mir im Namen des Stabsarztes eine Serumspritze zu verpassen. Ich jagte ihn zum Teufel. Wozu das Serum, ich spürte doch, daß ich gesund war?

Um Mitternacht weckten mich laute Stimmen. Sanitäter des Stabes hielten mir einen schriftlichen Befehl des Kommandeurs unter die Nase, daß ich sofort ins Lazarett nach Verona abzutransportieren sei. Sie legten mich auf eine Trage und schoben mich in einen Sanitätswagen. Es tagte, als wir Verona erreichten. Ein Stabsarzt des Lazaretts nahm mich in Empfang. Sein böhmisch-mährisch-tschechisches Deutschgematsche erregte wenig Sympathie für seine Person und nach den ersten medizinischen Proben auch für seine ärztliche Kunst. Er schaute mir flüchtig in den Hals, stellte hochgradige Diphterie fest und jagte mir auch gleich eine hochdosierte Spritze in den Leib. Mein Körper reagierte heftig. Das Gesicht bekam die Form eines aufgeblasenen Luftballons, und alle Glieder schwollen angsterregend an. Mit Calcium hat man dann einen Ausgleich geschaffen.

Drei Wochen lang machte ein Krankenpfleger täglich Abstriche in meinem Rachen, ohne Diphteriebazillen zu finden. Wieviele Tropfen, Pillen, Dragées und Zäpfchen ich zu nehmen hatte, weiß ich nicht mehr.

In starker Erinnerung geblieben sind mir einige rotlauferkrankte Soldaten, die schrecklich aussahen und die Tatsache, daß ich mich durchaus nicht gesund fühlte, als ich entlassen wurde.

Einige Tage nach Rückkehr in die Kompanie begann die Agonie dieses Krieges.

In den zwölf Tagen zwischen dem 20. April, des "Führer"-Geburtstages und dem 2. Mai, meinem eigenen Geburtstagsfest, mußte ich mich den härtesten Strapazen meines Lebens unterziehen.

Wir wurden zum Einsatz alarmiert und marschierten pausenlos, zuerst nach Süden zum Po und dann nach Nordosten, um wieder nach Westen abzubiegen; am Ende bewegten wir uns nur noch im Kreise herum. Wohin wir uns wandten, trafen wir auf alliierte Truppen, die an Zahl und Material so haushoch überlegen waren, daß nur wildgewordene Selbstmörder sich zum Gefecht stellen mochten. Nach meiner Krankheit hätte ich einige Wochen Erholung gebraucht, um frisch und zuversichtlich wie zuvor meinen Leuten ein brauchbares Vorbild zu liefern. So aber war ich von Anfang an physisch erschöpft und seelisch entnervt. Fast täglich erreichten wir Marschleistungen von über siebzig Kilometern. Es gab so gut wie keine Verpflegung. In den Nächten fielen wir zu einem kurzen Schlaf einfach dorthin, wo wir gerade gingen und standen. Nach kurzer Zeit jagte uns ein Bataillonsbefehl oder häufiger der nachdrängende Feind weiter. Auch der Himmel hatte kein Erbarmen mit uns. Sturzbachartige Gewitterregen durchnäßten uns bis auf die Haut. Manchmal packte mich die Übermüdung derart, daß ich während des Marschierens einschlief und wach wurde, wenn ich am Boden lag.

Eines Morgens vor Vincenza erkannte ich, daß der Feind den Ring um uns geschlossen hatte. Die Falle war zugeschnappt.

Um das Leben meiner Leute zu retten, mußte ich in dieser aussichtslosen Lage jeden Kampf vermeiden. Wie aber konnte ich unser aller Freiheit bewahren? Noch wußte ich nicht, daß der Krieg in einigen Tagen zu Ende sein würde, ebenfalls konnte ich nicht vorhersehen, daß der Weg eines jeden deutschen Soldaten durchs Gefangenenlager führen würde, und so gab ich folgende Weisung:

"Der Kompanieverband ist ab sofort aufgelöst. Wir wollen versuchen, in kleinen Trupps durch die feindliche Umklammerung zu sickern. Eventueller Treffpunkt: Bahnhof Innsbruck!"

Wer Innsbruck dann erreicht hat, kann ich nicht sagen. Mein Weg endete sechzig Kilometer südlich davon.

Kurze Zeit nach der Kompanieauflösung lag ich mit meinem Kompanietrupp allein im Gras. Dreißig Meter vor uns zogen amerikanische Panzer vorüber. Meine Leute hatten sich schon so weit zerstreut, daß nichts mehr von ihnen zu sehen war. Zum Glück befanden wir uns in einem sehr unübersichtlichen Gelände. Heckenreihen und buschige Sträucher boten willkommene Deckung.

Als wir jedoch unseren Weg fortsetzen wollten, sahen wir uns nach wenigen hundert Metern von einer zahlreichen Partisanenschar umringt. Ein Kugelstoß aus meinem Schnellfeuergewehr verscheuchte den ganzen Trupp. Zwar waren alle bewaffnet und schossen auch wild um sich, aber ihre Angst übertraf wohl alle Zielgenauigkeit, und ihr wildes Kriegsgeheul übertönte den Gefechtslärm vollständig.

Vor uns tauchte ein Bauernhof auf. In unserer Situation wäre es bestimmt besser gewesen, ihn zu umgehen, aber der Hunger zwang uns hinein. Eine fette Mahlzeit stand auf dem Tisch. Wir wechselten im Essen einander ab. Einer aß, zwei sicherten das Umfeld. Als ich mich als letzter zum Essen niedersetzte, gaben die draußen Alarm.

In fünfzig oder sechzig Meter Entfernung wälzte sich ein dichter Pulk von Partisanen gegen das Gehöft. Der Anblick dieser Horde weckte in mir Vorstellungen vom Bauernkrieg. Wenn die unorganisierte Gewalt die Faust zeigt, dann entstehen solche zerlumpte, schreiende, gestikulierende Menschenhaufen, zusammengepreßt durch die kollektive Angst und vorwärtsgetrieben von Grausamkeit und Gier.

Wir zogen uns eilig zurück, nicht ohne daß ich einen sehr wehmütigen Blick auf den Tisch mit den Speisen und dem Rotwein warf, deren Genuß mir das Schicksal mit Waffengewalt versagte. Mein Magen zog sich vor Hunger schmerzhaft zusammen. Im Unterholz eines Wäldchens verbargen wir uns. Um uns herum wimmelte es von bewaffneten Zivilisten. Sie streiften sehr nahe an uns vorbei, aber seltsamerweise blieben wir unentdeckt. Mein Kompanieunteroffizier hatte ein Paket mit tausend Zigaretten bei den Bauern liegen lassen. Nur mit Mühe konnte ich ihn abhalten, deshalb zurückzukehren. Mit Sicherheit hätte er seine Raucherleidenschaft teuer bezahlt.

Es dunkelte bereits, als wir unser Versteck verließen. Als Nahziel schwebte uns das Dorf am südlichen Alpenrand vor, wo wir wochenlang im Quartier lagen. Uns beseelte die Hoffnung, daß uns die Leute dort immer noch wohlgesonnen seien und uns für einige Tage aufnehmen würden, bis unsere Kräfte uns erlaubten, den Marsch fortzusetzen.

Eine gute Karte erleichterte uns die Orientierung. Nachts marschierten wir, tagsüber suchten wir Unterschlupf in Hecken und Gehölzen. So hatte ich tagsüber stundenlang Gelegenheit, auf der Karte den folgenden Nachtmarsch einzuprägen, so daß uns zeitraubende Irrwege erspart blieben. Die Verpflegungsfrage sorgte uns dagegen sehr. Ein schmales Säckchen mit etwa eineinhalb Pfund Rohrzucker war alles, was wir unseren knurrenden Mägen anzubieten hatten. Morgens, mittags und abends erhielt jeder einen gehäuften Eßlöffel davon.

Ein einsames Haus in der Nacht. Durch eines der kleinen Fenster im Erdgeschoß dringt ein schwacher Lichtschein. Wir schleichen an den Mauern entlang und umkreisen das Haus mehrmals. Da wir nichts Verdächtiges feststellen, klopfen wir mit vorgehaltener Waffe am Eingang. Die Leute begrüßen uns sehr erstaunt, aber doch ziemlich freundlich. Unser Italienisch färben wir mit englischen Lauten und geben uns als amerikanische Patrouille aus. Willig schmort uns eine Frau am offenen

Feuer einige Eier. Wir verschlingen sie schnell und heißhungrig und verschwinden eilig.

Einmal in der Nacht kreuzte ein Kanal unseren Weg. Die einzige Brücke im weiteren Umkreis hatten Partisanen taghell erleuchtet. Da der Wasserlauf nur fünfzig oder sechzig Meter breit war, hätten wir ihn unter normalen Bedingungen leicht durchschwommen; in Uniform und mit den Waffen wollten wir das Kunststück nicht riskieren. So blieb uns kein anderer Weg als die Brücke. Und so lief dann das letzte Bravourstück dieses Krieges:

Kurz vor der Brücke formieren wir drei uns zu einer Reihe. Ich marschiere voraus, die anderen beiden im Gleichschritt hinterdrein. Am Brückeneingang löst sich eine Gestalt aus dem Schatten einer Schutzhütte. Ein Partisan mit Maschinenpistole im Anschlag tritt auf uns zu und will die Parole wissen. Ohne mit der Wimper zu zucken, ohne den Schritt zu verlangsamen, ohne zu zögern und wie aus der Pistole geschossen herrsche ich ihn an: "Käptn Rolls“, und das erfolgte in einem Ton, als wollte ich sagen: "Welches Mondkalb hat dich geboren, daß du einen alliierten Kapitän nach der Parole fragst?“ Der Posten nahm die Maschinenpistole von der Hüfte, bemühte sich um eine Art Ehrenbezeugung und ließ uns anstandslos passieren. Unseren Gleichschritt hielten wir bei und erreichten so das jenseitige Ufer.

In einem niedrigen, schuppenartigen Wachhäuschen hocken dort einige Gestalten am Tisch und spielen Karten. Eine armselige Funzel erleuchtet die Szene schwach. Gerade wollen wir uns an der Türöffnung vorbeidrücken, als einer aufschaut und seinen Kameraden etwas ins Gesicht schreit, was nicht zu verstehen war. Wie elektrisiert erheben sich die Genossen und stürzen zu den Waffen. Wir selbst spurten um die Ecke und jagen davon wie die Hasen, denen der Hund auf den Fersen sitzt. Hinter uns großes Geschrei und peitschende Schüsse. Dann verschluckt uns die Dunkelheit.

In der nächsten Nacht tappten wir rein zufällig in ein Ami-Zeltlager. Die Kameraden waren ihrer Sache so sicher, daß sie auf Sicherungsposten verzichtet hatten. Wir schlichen um die Zelte und fahndeten nach Eßbarem. Leider muß der Kommandant einer gewesen sein, der auf peinliche Ordnung hielt. Keiner dieser Gesellen hatte auch nur ein Quentchen Nahrhaftes vor seinem Zelt liegen lassen. Enttäuscht hockten wir uns nieder und lauschten auf die laute und fröhliche Unterhaltung unserer Gegner. Zu unserem Mißvergnügen verstanden wir kein Wort davon. Um unsere Visitenkarte zu hinterlassen, schnitten wir ein Feldkabel durch, dann verdünnten wir uns lautlos.

Halbverhungert und völlig entkräftet erreichten wir das Dorf, das wir gesucht hatten. Hier trennten sich unsere Wege. Meine beiden Kameraden wurden nach einigen Tagen zu den Amerikanern geleitet und der Gefangenschaft übergeben.

Der Padrone meines Quartiers erlaubte mir, mich in einem taubenschlagartigen Raum unterm Dach zu verkriechen.

Ich war immer noch von der Idee besessen, mich in die Heimat durchzuschlagen. Für den Augenblick jedoch verhinderte mein körperlicher Zustand den Weitermarsch.

Als ich die Stiefel auszog, mußte ich feststellen, daß die Füße und Unterschenkel bis zu den Knien kissenartig angeschwollen waren. Es dauerte fast vier Wochen, bis ich durch fortwährende Umschläge die Schwellung so weit zurückgedämmt hatte, daß die Füße wieder in die Schuhe paßten.

In meiner Dacheinsiedelei erfuhr ich vom Ende des Krieges. Ich hatte Zeit genug, um ausführlich über die verflossenen Kriegsjahre nachzudenken. Mehr noch als die Vergangenheit beschäftigte mich die Zukunft. Deutschland lag in Schutt und Asche. Unter welchen Bedingungen wird das Leben weitergehen? Werde ich meine Familie wiederfinden? Wie werden meine Lieben die Wirrnisse und Gefahren überstanden haben? Ein Dasein unter normalen, zivilen Bedingungen erschien mir wie eine unwirkliche Luftspiegelung.

In den alten Beruf wieder einzusteigen, in dumpfen Klassenzimmern den Gleichschritt eines Dutzendlehrers aufzunehmen, ohne die berauschende Spannung des Abenteuerlichen, immer am gleichen Ort, zur gleichen Zeit das Gleiche tun, kam mir so schal, öde und langweilig vor, daß ich daran gar nicht denken mochte.

Doch noch saß ich in meiner Koje unterm Dach, behandelte die Füße mit Umschlägen und fürchtete, daß eine Partisanenrazzia mich aufstöbern könnte.Dazu litt ich unter der unsäglichen Hitze und der Enge des Raumes. Trotz allem schmiedete ich an meinen Plänen, wie ich ungeschoren die Grenze erreichen konnte. Eines schönen Tages merkte ich, daß ich bei meinen Hausleuten eine persona non grata geworden war. Die Leute hatten einfach Angst, mich länger zu verbergen. Das verstand ich gut, und in der darauffolgenden Nacht stand ich wieder auf der Straße.

Mein Aufzug ließ nichts mehr von einem schmucken Fallschirmjägeroffizier ahnen, der gerade noch zum Hauptmann befördert worden war. Auf dem Kopf trug ich eine grüne italienische Militärmütze, meine Beine staken in einer Zivilhose und auf dem Leib saß eine Fliegerbluse ohne Kragenspiegel, ohne Hoheitsabzeichen, ohne Schulterklappen. Alles soldatische Primborium war abgetan. Meine Geschichte hatte ich mir in langen, müßigen Tagen und Nächten fest eingeprägt:

Als ehemaliger Mussolinisoldat war ich aus einem englischen Gefangenenlager auf Sizilien entlassen worden. Ich wollte in die Heimat, einem kleinem Dörfchen südlich des Brenners zurückkehren.

In den tief eingeschnittenen Alpentälern fand man keine verschwiegenen Pfade, und so benutzte ich die Straße denn auch am hellen Tage und zog von Dorf zu Dorf. Da ich die italienische Sprache damals fast wie ein Einheimischer beherrschte, sowie vermöge meiner selbst gebastelten Story und im Vertrauen auf meinen guten Stern, fühlte ich mich sicher und guter Dinge.

In den Dörfern umringten mich die Leute, interessierten sich lebhaft über das Woher und Wohin und fanden es anscheinend völlig in Ordnung, daß ich nach Krieg und Gefangenschaft dem heimischen Herd zusteuerte. Da niemand Mißtrauen schöpfte und meine "Geschichte" so glaubhaft und echt zu wirken schien, wurde ich nicht nur selbstsicher, sondern auch leichtfertig.

So kam es dann, daß mir ein entscheidender Fehler unterlief. Um die Mittagszeit rastete ich einige Meter abseits auf einer Wiese. Ich zog aus meinem Sacco meine Fallschirmjägerkombination heraus, breitete sie auf dem Boden aus und wollte gerade ein Mittagsschläfchen halten, da hörte ich in der Ferne das Geschrei spielender Kinder. Auf einmal zuckte ich zusammen. In dem Geschrei, das sich näherte, waren immer wieder die Worte zu hören:

"Un tedesco, un paracuadutista, patigiani avanti!“

Ich begriff sofort: Meine Kombination hatte mich verraten. Eine Flucht wäre sinn- und zwecklos gewesen. Ich blieb einfach im Grase liegen. Nun kam, was kommen mußte. Nach einigen Minuten umringten mich zahlreiche Partisanen. Sie durchsuchten mich sofort nach Waffen. Klugerweise hatte ich mich schon längst aller Waffen entledigt. Mit jeder Art der Gegenwehr hätte ich meinen sicheren Tod provoziert, denn das Leben eines deutschen Soldaten wog in der Hand dieser Rotten leichter als eine luftige Feder. Natürlich versuchte ich auch bei meinen Häschern die Geschichte des leidgeprüften Mussolinisoldaten, der nun endlich aus der Gefangenschaft heimkehren durfte, an den Mann zu bringen, aber angesichts der sichtbaren und erdrückenden Indizien blieb ich völlig erfolglos. Ich rückte sofort mein Soldbuch heraus und lieferte meine Erkennungsmarke ab. Auf diese Weise erhoffte ich wenigstens zu erreichen, daß ich als Kriegsgefangener galt. Angehörige der SS, des SD oder Polizeifunktionäre hatten damals nur Zufallschancen, zu überleben.

Meine Partisanen der ersten Stunde waren eigentlich keine Unmenschen. Sie behandelten mich einigermaßen korrekt. Ihr Anführer nahm mich mit auf seine Wiese, damit ich bei der Heuernte helfen sollte. Am frühen Nachmittag erschien ein weibliches Wesen und brachte die Mittagsmahlzeit, wie üblich Spaghetti. Da ich zum Essen eingeladen wurde, schöpfte ich Hoffnung. Vielleicht, dachte ich, konnte ich mich durch fleißige Arbeit so nützlich machen, daß ich bei diesen Leuten bleiben durfte, ihr Vertrauen gewann, um dann bei nächster Gelegenheit meinen Marsch in die Heimat fortzusetzen.

Nach dem Mittagessen sah ich einen amerikanischen Jeep die Straße heraufpreschen. Er hielt am Straßenrand in der Höhe der Wiese an. Vier Männer sprangen heraus, alle in Waffen, wechselten einige Worte mit meinem Padrone, gingen auf mich zu, packten mich, traten mir in den Hintern und schoben mich in das Fahrzeug.

In rasender Fahrt ging es talabwärts nach San Giovanni Ilarione. In dem kleinen Städtchen hatte man schon alle Einwohner auf die Straße gebracht, um diesen Teufel von einem Tedesco gebührend zu empfangen. Unter den Schmährufen, dem Geheul und durchdringenden Pfiffen einer rasenden Menge stieß man mich aus dem Auto und durch ein Spalier übel geifernder Menschen in das Rathaus hinein.

Das Tribunal war vorbereitet. In einem saalartigen Zimmer stand ein Tisch. An ihm saßen meine Richter, drei oder vier. In dem Raum drängten sich schreiende und gestikulierende Männer. Ich wußte sofort: Jetzt geht es um deinen Kopf. Noch nie war mir so viel geballte Feindseligkeit gegenübergetreten. Das Verhör begann. Als ob ich kein Wort italienisch verstünde, verlangte ich einen Dolmetscher. Man fand jemanden, der es sich zutraute, zu übersetzen. Doch seine Kenntnisse deutschen Wortsinnes erschienen mir sehr mangelhaft. Die Leute, die mich nun ins Verhör nahmen, hatten bösartige Verbrechervisagen. Jede Frage begann damit, daß sie an Stelle meines Namens oder einer sonst üblichen Anrede mich mit "häßliches Ganovengesicht" oder "dreckiger Hund" oder "vermaledeiter Henkersknecht" titulierten.

Mein Blick ging über sie hinweg zur goldenen Nachmittagssonne, die durch die schmalen Fenster hereinleuchtete. Mich packte ein unsagbares Verlangen nach Freiheit. Jetzt zu Hause sein bei meiner lieben Helene und alle gegenwärtigen Widerwärtigkeiten hinter sich lassen wie eine düstere Nacht, der man entflohen ist, das schwebte mir so vor wie einem Ertrinkenden das rettende Ufer. Meine Hilflosigkeit dieser Bande gegenüber bedrückte mich. Doch ich mußte mich zusammenreißen, es ging um mein Leben.

Unter allen Fragen, mit denen ich bedrängt wurde, machte mir nur eine arg zu schaffen, nämlich die: "Wo hast du dich in den vergangenen Wochen versteckt? Wie heißen die Leute, die dich verbargen? In welchem Dorf war es?“ Ich schwieg hartnäckig, denn ich wußte nur zu gut, daß die Partisanen alle ihre Landsleute gnadenlos verfolgten, die deutschen Soldaten Unterschlupf gewährten.

Da ich verstockt blieb, meinte einer der Verhörer: "Was müht ihr euch ab, wir führen ihn heute nacht in den Wald und durchsieben seinen Dickschädel mit einer "Raffia“ aus unseren Maschinenpistolen. Daraufhin wandte ich mich an den Dolmetscher und sagte, daß vor einigen Tagen in dem Dorf Concadirame südlich des Po sieben Partisanen von den Amerikanern zum Tod durch Erhängen verurteilt worden seien, weil sie einen deutschen Offizier widerrechtlich erschossen hatten.

Alles war frei erfunden, kein Wörtchen entsprach irgendwelchen Tatsachen. Meine Angaben konnten nicht sofort nachgeprüft werden, weil die durch den Krieg zerstörten Telefonverbindungen noch nicht wieder hergestellt waren. Davon hatte ich in meinem Versteck zufällig erfahren.

Am Mienenspiel meiner Richter und auch an der Ruhe, die auf einmal unter allen Anwesenden eintrat, verspürte ich eine gewisse Wirkung meiner Worte. Plötzlich wurde das Verhör eingestellt. Der Verhörchef erhob sich von seinem Stuhl, trat auf mich zu und schrie mich an:

"Wir Partisanen kennen Mittel und Wege, um ein solch hochnäsiges Aas wie dich zum Sprechen zu bringen!"

Dann wandte er sich seinen Kumpanen zu:

"Bringt das Schwein in den Keller und sorgt dafür, daß er sein dreckiges Maul aufmacht, denn wir wollen wissen, wer diesen Halunken beherbergt hat!"

Drei fiese Burschen nahmen mich in die Mitte und stiegen mit mir die Treppe hinunter. Ich fiel und stürzte öfter, als ich schritt, da die Drei sich darin abwechselten, mir Fußtritte zu versetzen. Im Keller hielten wir an einer eisenbeschlagenen Tür. Einer stieß die Tür auf, während der Zweite mir so ins Kreuz trat, daß ich in der hintersten Ecke des Raumes auf dem Boden landete. An den kahlen, ehemals weißen Wänden bemerkte ich zahlreiche Blutspritzer. Ich blieb liegen, weil ich erschöpft war und weil ich Kräfte sparen wollte. Meine Peiniger aber jagten mich in die Höhe, banden mir die Hände auf dem Rücken zusammen und stürzten sich dann mit wilden Flüchen auf mich. Mit geballten Fäusten schlugen sie mir ins Gesicht und auf den Kopf, bis ich zusammensackte. Dann stießen sie mir mit ihren genagelten Schuhen so lange in die Rippen, bis ich mich wieder erhob und taumelnd an die Wand lehnte. Jetzt begann die Schlägerei von neuem.

Wie oft sich diese ganze Prozedur wiederholte, weiß ich nicht. Ich merkte nur, wie meine Kräfte nachließen und fürchtete, durch die harten Schläge auf den Kopf den Verstand zu verlieren. Wehren konnte ich mich nicht. Gnade hatte ich keine zu erwarten. Bis dahin ertrug ich alle Schläge und Mißhandlungen lautlos, nunmehr aber schrie ich plötzlich und irrsinnig los, und zwar immer dann, wenn diese Metzgergesellen pausierten um Kräfte zu sammeln. Ich versprach mir so eine nachhaltigere Wirkung, als wenn ich bei jedem Schlag aufgeschrien hätte.

Durch mein wahnsinniges Schreien in völlig unerwarteten Augenblicken ließen diese Teufel sich irritieren. Ihre Quälerei geriet aus dem Takt, wurde reglos und endete plötzlich.

Wenn ich nicht morgen ein umfassendes, genaues und wahrheitsgemäßes Geständnis ablegen würde, drohten diese Banditen, dann sähen wir uns in diesem Raum wieder, und sie wollten mich dann totschlagen, wenn ich wieder zu schreien anfinge. Hernach banden sie mir die Hände los und zerrten mich durch einen langen Korridor vor eine eisenbeschlagene Tür, an der ein riesiges Vorhängeschloß baumelte.

Zwei oder drei Stufen ging es zum Eingang hinunter. Wie die Tür geöffnet wurde, weiß ich noch, nicht jedoch, wie ich hinein kam, denn ich kam erst auf einem lehmgestampften, feuchten Boden wieder zur Besinnung.

Der Raum war sehr niedrig. Als ich mühsam aufstand, stieß ich mit dem Kopf an die Decke. Ein winziges vergittertes Fenster führte zur Straße, ich hörte wenigstens Geräusche, die darauf schließen ließen: Es verbreitete so wenig Licht, daß ich von meinem Platz aus die Wände nicht genau erkennen konnte. Hinter mir vernahm ich Geräusche, als ob ein Mensch vor sich hinmurmelte. Ich drehte mich um und zuckte zusammen, weil ich dachte, ein Gespenst nähere sich.

Aus einem wachsgelben, verschwollenen Gesicht mit zerschlagener Kinnlade, ein zerquälter halbirrer Blick und dieses halblaute Sprechen, dessen Worte ich gut verstand: "O Gesu, abbia pietà di me!“ Stundenlang hörte ich nichts anderes von diesem Mann, den man tagelang schlimm geschlagen, geschunden und gemartert hatte, nichts anderes als diesen Stoßseufzer um Erbarmen und göttliche Hilfe. Er konnte einem leid tun. Bei ihm, dem ehemaligen faschistischen Ortskommandanten von San Giovanni Ilarione kannte der Haß der Partisanen keine Grenzen. Wie er sein Amt verwaltet hatte, habe ich nicht erfahren, nur daß eine Frau und zehn Kinder auf ihn warteten. Trotz seines elenden Zustandes hat mir dieser Mann geholfen, wann er konnte und viel dazu beigetragen, das Leben in diesem Kellerloch zu erleichtern.

Acht oder zehn Tage blieben wir beieinander, bis ihn die Partisanen mitten in der Nacht aus dem Gefängnis herausholten, ihn fesselten und abführten. Ich zweifle nicht daran, daß er in der gleichen Nacht erschossen wurde.

In der Ecke des Verließes lag ein modernder Haufen Stroh. Für die Nacht gab es eine schmutzige, verlauste Decke. An Schlaf war aber kaum zu denken. Alles Ungeziefer des Ortes schien sich in diesem Keller zu versammeln, um im Wechsel mit den Partisanen uns nachts weiter zu quälen. Nach einiger Zeit siedelten sich überall an meinem Körper Beulen an, die besonders an den Unterschenkeln zu tief eiternden Geschwüren ausarteten. Noch zu Hause dauerte es viele Wochen, bis die Beine endgültig heilten.

Für die erste Nacht im Gefängnis hatten sich die Partisanenschläger eine besondere Gaudi ausgedacht. Sie feierten vermutlich die Heldentat meiner Gefangennahme, und so durfte ich bei ihrem Bachanale auch nicht fehlen. Die grölende Schar inszenierte ihr Ritual in folgender Weise:

Mitten im Raum postierten sie mich auf, dann verabreichten sie mir zwei schallende Ohrfeigen. Als Höhepunkt der Feier kredenzte mir einer einen Humpen mit gut einem Liter Rotwein, stellte sich mit gezogener Pistole vor mich und befahl mir wild fluchend, das Gefäß in einem Zug zu leeren. Derweil ich widerwillig trank, schrieen mir die anderen Spießgesellen im Chor ihre Partisanenhymne in die Ohren. Mein geschwächter Magen behielt unter diesen Umständen keinen Tropfen bei sich. In der folgenden Nacht hatte ich die härteste geistige Anstrengung zu bewältigen, die man sich vorstellen kann.

Wenn ich nicht bis zum Morgen eine stichhaltige Geschichte über meinen Verbleib nach dem Waffenstillstand präsentieren konnte, mußte ich schlimmste Mißhandlungen erwarten. Ein erdachtes Alibi ist schon deshalb schwierig, weil keinerlei Widersprüche auftreten dürfen, und wer überblickt schon alle fiktiven Umstände so, daß sich der Faden nicht verwickelt? In meiner Apathie und geistigen Schwäche gerieten immer wieder die Einzelheiten durcheinander. Eine übermenschliche Konzentration der Merkfähigkeit forderte alle verbliebene Kraft. Stundenlang sprach ich alle Details vor mich hin und wiederholte sie immer wieder. Oft verwechselte ich Ort und Zeit und brachte alles durcheinander.

Am folgenden Tag tischte ich dann mein Märchen auf. Es wurde mir geglaubt und 48 Stunden blieb ich nahezu unbehelligt.

Wie ich die Lage einschätzte, konnte nur herausfordernde Frechheit dieses Spiel auf Leben und Tod gewinnen. In Geduld die harten Schläge dieses Schicksals zu ertragen, wäre völlig falsch gewesen. So versicherte ich bei jeder passenden Gelegenheit dieser Meute von Verbrechern, daß der amerikanische Stadtkommandant von Verona informiert worden wäre, daß ich hier brutal geschlagen und widerrechtlich behandelt werde. Als man mich zur Arbeit am Straßenbau zwingen wollte, weigerte ich mich kurzerhand mit dem Hinweis, daß Offiziere laut Kriegsrecht zu keiner Arbeitsleistung verpflichtet wären. Je mehr ich merkte, daß meine innere Unerschütterlichkeit Eindruck machte, desto anmaßender wurde ich. Noch allerdings war ich nicht über dem Berg. Nach zwei Tagen erschien einer meiner Bewacher und erklärte mir, was ich da über den Ort meines Versteckes ausgesagt habe, sei glatte Lüge. Ich erwiderte: "Ich habe meine Angaben als deutscher Offizier gemacht und weder etwas zurückzunehmen, noch etwas hinzuzufügen." Meine stereotype Wiederholung, daß der Colonel von Verona über meine Situation Bescheid wisse, trug die ersten Früchte. Der Mann tobte zwar und versicherte, daß ich für meine fortgesetzte Bosheit und Hartnäckigkeit mit einer einzigen Mahlzeit alle zwei Tage bestraft werden würde, aber die "Folterkammer" blieb mir erspart. Die Drohung mit der Hungerkur verfing nicht. Wir hatten längst das Gitter an unserem kleinen Fenster gelockert. Freunde des Ortskommandanten legten in jeder Nacht kleine Päckchen mit Lebensmitteln nieder, und der kleine Italiener teilte immer brüderlich mit mir. Weniger wohl war mir, als in den ersten Tagen der Gefangenschaft der Ortsbüttel bekannt machte, daß im Rathaus ein deutscher Fallschirmjägeroffizier festgehalten würde.

Da das Nachbardorf im Zuge einer Vergeltungsrepressalie – es waren dort einige deutsche Soldaten auf offener Straße erschossen worden – von einer Fallschirmeinheit niedergebrannt worden war, hoffte man, in mir einen der beteiligten großen Fische zu schnappen. Ich hatte mit der Sache nichts zu tun gehabt.Als ich nämlich nach Terrossa kam, lag der Vorfall schon einige Wochen oder Monate zurück. Die Partisanen versuchten, Licht in die Sache zu bringen, um sich lieb Kind bei der Bevölkerung zu machen. Vielleicht erkannte einer der Ortsansässigen in dem verfluchten Deutschen einen Anführer der Vergeltungsaktion.

Eines Nachmittags also öffnete man die Kerkertür weit. Zwei Mann mit Maschinenpistolen postierten sich rechts und links von mir, dann strömte das Volk von San Giovanni und den Nachbardörfern herein. Die meisten pflanzten sich vor mir auf, stießen gräßliche Flüche in die Luft, spuckten mir ins Gesicht und gingen wieder. Als die Partisanen merkten, daß sie mit ihrer Aktion ins Leere stießen, denn die kamen und mein Gesicht sahen, wußten nichts damit anzufangen, ärgerten sie sich. Um ihren Mut zu kühlen, forderten sie die Leute auf, nicht nur mich zu betrachten und ihre Schleimbatzen entgegenzurotzen, sondern dem Deutschen ihre wahre patriotische Gesinnung zu zeigen. "Gebt ihm Saures!“ So ungefähr lautete die Aufforderung. Damit ich nicht etwa aus Versehen zurückschlug, wurden mir die Hände auf den Rücken gebunden. Nun erlebte ich den Pöbel in seiner ureigensten Gestalt. Zum Teil traten sie mich, zum Teil schlugen sie wild auf mich ein. Einer aus dieser Höllenschar ist mir noch lebendig in Erinnerung geblieben: Ein Mann, klein, verwachsen, mit ausgemergeltem Gesicht und mit Augen von solch glühendem und flackerndem Haß, daß ich glaubte, der leibhaftige Satan wolle mich anspringen. Mir sind in meinem Leben viele Menschen begegnet, ich erinnere mich aber an keinen von solch abgründiger Bosheit.

Dieser Schrecken ging vorüber, doch nach einigen Tagen packte mich ein neuer. Der Chef der roten Partisanenbrigade wurde zur Inspektion erwartet.

Ich hatte auf seltsame Weise die Bekanntschaft dieses Mannes gemacht. In der ganzen Gegend war er bekannt und berüchtigt als la Barba; er trug nämlich einen langen, schwarzen Vollbart.

Wochen vor Kriegsende lagen wir in früher Morgenstunde längs eines Dammes mit Partisanen im Gefecht. Während von beiden Seiten Gewehrschüsse peitschten, stieg ich auf den Damm, um bessere Sicht über die Lage zu gewinnen. Gerade schiebe ich den Kopf bis zur Dammkrone empor, da erscheint zwei Meter vor mir das bärtige Haupt eines Mannes, der ebenfalls sich langsam und sachte die Böschung heraufbewegt hatte. Sofort zuckte mir durch den Kopf: das ist ja der Regionalchef der Bande, la Barba. Eine Schrecksekunde lang schauten wir uns in die Augen. Jeder von uns war so gebannt von der plötzlichen Erscheinung des anderen, daß keinem einfiel, zu schießen. Wie zwei Marionetten an einem gemeinsamen Faden tauchten wir auf und verschwanden wir wieder. Bei dieser kriegerischen Auseinandersetzung an jenem Frühlingsmorgen wurden zwei der Leute la Barbas tödlich verletzt. Wer konnte wissen, ob nicht der Besuch des Häuptlings in San Giovanni den Zweck verfolgte, den gefangenen Fallschirmjägeroffizier aus der Nähe und eingehend zu betrachten, um Rache für Terrossa zu nehmen. Schließlich war da noch mein Tagebuch, das mir bei der Festnahme abgenommen worden war. Da stand ja alles schwarz auf weiß. Man konnte auch an Hand meiner Aufzeichnungen unschwer erraten, wo ich untergetaucht war. Bisher hoffte ich darauf, daß diese Halbanalphabeten zu träge sein würden, um sich die Mühe zu machen, mein in deutscher Schrift Verfaßtes zu entziffern. Aber da lief in diesem Ort noch ein ehemaliger Wehrmachtsoffizier herum, den man für Verrat an den Kameraden mit Freiheit belohnt hatte. Solch einer war leicht als williges Werkzeug zu benutzen. Für ihn war es ein leichtes, zu entziffern, was den primitiven Landsknechten wie chinesisch vorkam.

Der Tag dämmerte wie jeder andere. Je heller der schwache Lichtstrahl des Morgens sich zu dem kleinen Fenster hereinstahl, desto trübere Gedanken umwölbten mein Gemüt. In meiner Traurigkeit fing ich an zu singen, alte Lieder von Tod und Vergehen, wie wir sie in der Jugendbewegung an den Lagerfeuern gesungen hatten. Die Lieder beruhigten mich, lösten etwas die unerträgliche Spannung der Ungewißheit und der drohenden Gefahr. Anschließend setzte ich mich zu meinem Leidensgenossen und wiederholte mit ihm seine Gebetsseufzer: "O Gesu, abbia pietà di noi!“ Die Minuten dehnten sich zu Stunden. Mir war, als ob das Rad des Tages einfach nicht vorwärts rollen wollte. Unser Beten verebbte. Still und ängstlich lauschten wir auf alle Geräusche von draußen.

Nun würden bald Schlüssel klirren und die schwere Tür sich ächzend öffnen, um diejenigen hereinzulassen, die unser Schicksal in den Händen hielten. Doch es blieb still, viele Stunden lang; erst am Abend gewahrten wir geschäftiges Treiben und eilige Schritte auf dem Flur.

Noch ängstlicher, noch zitternder preßten wir uns aneinander. Einige Minuten später ratterte ein Jeep davon. Das Rad, das uns zermalmen konnte, war vorübergerollt. Einige Tage später erfüllte sich dann doch das traurige Schicksal meines Leidensgenossen.

Die Schrecken der Gefangenschaft schienen damit ihren Höhepunkt überschritten zu haben. Kurze Zeit später lösten reguläre Karabinieri die rote Partisanengarde ab. Die Kerkertür öffnete sich, und ich durfte tagsüber die freie Luft im kühlen Schatten der Maulbeerbäume, die den Garten des Rathauses zierten, genießen. Vierzehn Tage danach überstellte mich die Polizei den Amerikanern.

Ein glücklicher Zufall wollte es, daß ich gerade zu dem Zeitpunkt Gefangener der Amerikaner wurde, als diejenigen deutschen Soldaten, die als Deserteure Partisanendienste getan hatten, sich den Alliierten stellen mußten. Für ihre Verdienste um die Sache unserer Gegner hat man sie dann auch umgehend in die Heimat entlassen. "Unverdienterweise“ und ohne mein Zutun geriet ich in diesen Schub und genoß die gleiche Vergünstigung.

Einige Tage bevor ich Bolanden und meine Familie wiedersah, hat eine alte Frau in einem Nachbardorf meiner lieben Helene alle Begleitumstände meiner Entlassung geschildert und den Tag meiner Rückkehr gewahrsagt.

Die Freude, mit meinen Lieben wieder vereint zu sein, wog alle erduldeten Qualen auf.

Der Krieg war zu Ende. Deutschland lag in Trümmern, doch das Leben ging weiter.